Jacques Baudouin

Die chinesische Loge

Jacques Baudouin

DIE CHINESISCHE LOGE

Roman

Aus dem Französischen
von Claudia Steinitz

List

Die Originalausgabe erschien im Jahr 2001 unter dem Titel
L'Homme de Jade *im Verlag Jean-Claude Lattès, Paris.*

Der List Verlag ist ein Unternehmen der
Econ Ullstein List Verlag GmbH & Co. KG, München

ISBN 3-471-79458-1

Satz: Franzis print & media GmbH, München
Druck und Bindung: Pustet, Regensburg

Für Nicolas

Erstes Kapitel

Elefanten, deren Stoßzähne unter Kappen versteckt waren, hatten die Londoner schon auf Schiffen aus dem fernen Orient eintreffen sehen, auch einen von Kopf bis Fuß in einen Turban gewickelten persischen Botschafter oder einen Tiger, der in seinem Eisenkäfig brüllte. Sie hatten die Takel unter dem Gewicht von Madagaskarpalmen knirschen hören, die der König im St-James-Park zu pflanzen gedachte. Da sie wussten, dass die *Bristol* aus Istanbul zurückkehrte, rechneten sie diesmal damit, ein paar Türken an Land gehen zu sehen. Weit gefehlt! Die hohe Gestalt, die sich ihren Blicken darbot, war keineswegs die eines gedungenen Mörders der Hohen Pforte. Der Mann war in einen langen Mantel aus pelzgefütterter Seide gehüllt und trug eine kleine, runde Kappe auf dem kahl geschorenen Kopf; er verbarg die Hände in weiten Ärmeln und betrachtete die am Fuße des Landungsstegs zusammengeballte Menge, ohne die Überraschung zur Kenntnis zu nehmen, die sein Erscheinen hervorrief.

Für die Neugierigen, die sich auf den Kais drängten, war es immer ein Ereignis, wenn ein Schiff der Indiengesellschaft eintraf. Alarmiert durch ein Gerücht, das sich in Windeseile verbreitete, sobald das Schiff in die Trichtermündung der Themse einfuhr, strömten sie in Massen herbei, um das Entladen der Waren aus dem noch immer legendären Asien zu beobachten und von Nahem den Hauch exotischer Abenteuer einzuatmen. An diesem letzten Januartag des Jahres 1756 trotzten sie der Kälte, sie trauten ihren Augen nicht und waren zunächst sprachlos angesichts des vornehmen Fremden, der plötzlich vor ihnen stand.

»Ein Chinese!«, rief jemand.

Sogleich ertönten Freudenschreie, die Männer schwenkten ihre Hüte, die Frauen applaudierten. Mit neugierigen Fragen begrüßten die Kühnsten den Abgesandten eines Menschenschlages, von dem sie bisher, anders als bei den Indianern aus Amerika oder den Schwarzen aus Senegal, noch keinen einzigen Vertreter erblickt hatten. Vergeblich. Die Erscheinung gab keine Antwort.

Auf der Brücke der *Bristol* stehend, genoss Li Ying diesen Augenblick. Zum ersten Mal würde ein *Han* den Boden der englischen Hauptstadt betreten. Obwohl er sich nichts anmerken ließ und nach außen völlig unbeteiligt wirkte, war er beeindruckt von dem Empfang, den ihm diese Barbaren bereiteten, hatte er doch bestenfalls mit Gleichgültigkeit, schlimmstenfalls mit Feindseligkeit gerechnet. Schließlich grüßte er sie mit einer Handbewegung. Begeistertes »Hurra!« antwortete ihm. Nie zuvor hatte er so gefroren, nicht einmal im Schnee des Pamir. Der lange Mantel, der ihn gut vor dem eisigen Wind der Steppen geschützt hatte, schien ohnmächtig gegen die nasskalten Böen, die am Fluss wehten.

Dutzende Träger in schmutzigen Lumpen drängelten sich, um das Schiff ausladen zu dürfen. Mit randvollen Kisten oder Ballen stiegen sie aus den Frachträumen und suchten ihr Gleichgewicht zu halten, während sie den Landungssteg hinabgingen. Feiner Regen legte sich über die Brücke. Vorarbeiter begannen Befehle zu brüllen, um die Arbeiter anzutreiben.

Endlich sah Li Ying seinen Diener Shi Xiu aus den Tiefen der *Bristol* auftauchen, vor sich zwei Männer, die ihr Gepäck trugen, zwei große Sandelholzkisten mit komplizierten Schlössern. Der Kaiser hatte sie eigens für ihn anfertigen lassen. Darin war alles, was Li Ying noch mit China verband: sein Mandarinsgewand, verschiedene Kostbarkeiten, sein Schreibgerät, seine Lieblingsbücher – die *Frühlings- und Herbstannalen*, das *Yi King*, die Dichter der Song-Dynastie – und das Reisenecessaire. Er sah die Träger den Steg betreten und hatte Angst, sie würden mit ihrer wertvollen Last ins Wasser fallen. Der Kai war verstopft von Equipagen, Pferdekarren und Sänften. Die Kutscher boten den Passanten ihre Dienste an. Abgezehrte Burschen schlängelten sich durch die Reihen der Neugierigen, um ein paar Münzen zu erbetteln oder eine Börse zu stehlen. Hin- und hergerissen zwischen Neugier und Furcht zögerte Li Ying, von Bord zu gehen. Nachdem er die halbe Welt umrundet hatte, wollte er sich Zeit lassen, ehe er in das Unbekannte eintauchte.

Die Stadt kam ihm riesig vor. Der sehr breite Fluss wurde von Dutzenden Booten durchfurcht, die den Fährbetrieb zwischen den Ufern gewährleisteten. Mit vom Wind geblähten dreieckigen Segeln fuhren große, dickbäuchige, mit Kohle, Holz oder Vieh beladene Kähne den Strom hinauf und kreuzten zwischen den Schiffen, die im tiefen Wasser ankerten. Sie reihten sich in die Schlange ein, um am Zollkai anlegen zu dürfen. Andere schaukelten in Erwartung einer neuen Ladung. Der Wald von Masten war so dicht, dass er Li Ying daran hinderte, das andere Ufer zu erkennen. Die Geschäftigkeit betäubte ihn geradezu. Niemals hatte er sich vorgestellt, dass ein Hafen so viele Schiffe aufnehmen könne. Flussabwärts zeichneten sich die Umrisse der Hochseefrachter vor dem düsteren Himmel ab. Rechts überspannte eine Brücke den Fluss, die mit kleinen, zweistöckigen Häusern bebaut war. Li Ying zählte neunzehn Bögen und fragte sich, wie sie einem solchen Gewicht standhalten konnten. Weiter entfernt erhoben sich die vier Türme einer Festung, deren Banner im Wind flatterten. Eine riesige, von einem Kreuz gekrönte graue Kuppel am anderen Ufer, die weit über alle Dächer und

Kirchtürme der Stadt hinausragte, übertraf alles, was er bisher gesehen hatte. Entlang der Kais und Lagerhallen spuckten Werkstätten schwarzen Rauch aus, der mit dem wolkenverhangenen Himmel verschmolz.

Ehe er die Brücke der *Bristol* endgültig verließ, holte Li Ying tief Atem, als wollte er sich schon jetzt, gleich zu Anfang, mit der Luft vertraut machen, die er nun auf Jahre atmen würde. Ein Geruch nach Kohle, Schlamm, Meer und totem Fisch. Kapitän Wren lehnte sich neben ihn an die Reling.

»Wollen Sie sich wahrhaftig in London niederlassen und hier ein Haus mieten, Monsieur?«, fragte er auf Französisch.

Li Ying drehte sich zu ihm um.

»Es wäre etwas spät, meine Meinung zu ändern, trotz dieses abscheulichen Wetters«, antwortete er in derselben Sprache. »Aber Sie werden mir helfen müssen. Ich habe nicht die geringste Ahnung, wie man das anfängt.«

»Nichts leichter als das. Die Zeitungen sind voll mit Anzeigen, in denen Sie alles finden, was Sie sich nur wünschen können.«

»Leider spreche ich kein einziges Wort englisch.«

»Zählen Sie auf mich, Monsieur. Schließlich sind Sie ja durch mein Verschulden in London. Zunächst darf ich Ihnen die Gastfreundschaft meines Reeders, Mister Leighton, anbieten. Ich habe ihn von Ihrem Aufenthalt an Bord in Kenntnis gesetzt, und es ist ihm eine Ehre, einen Gast wie Sie bei sich aufzunehmen. Sie haben so viel Zeit, wie Sie wollen, um mit unserer Stadt vertraut zu werden und ein Dach über dem Kopf zu finden, das Ihrem Stande würdig ist. Ich glaube, eine Kutsche wartet auf uns.«

Li Ying hatte keine andere Wahl, als das Angebot anzunehmen. Er warf einen letzten Blick auf die *Bristol*, die ihn von den Ufern des Bosporus bis ins Zentrum Englands getragen hatte, und stieg mit entschlossenem Schritt die Stufen des Landungsstegs hinab. Auf dem Kai trat die Menge beiseite. Bewunderndes Murmeln begleitete ihn, bis er in den

Wagen stieg, dessen Tür ein Lakai eilfertig für ihn aufhielt. Der lang über seinen Rücken herabhängende Zopf und die Pfauenfeder auf seiner Kappe weckten zweifellos größtes Erstaunen. Selbst die Hochnäsigsten unter den Zuschauern drängelten, um diesen achtundzwanzigjährigen, außergewöhnlich großen Chinesen zu sehen, dessen aristokratische Züge und scheuer Blick die Gespräche in den Hafenlokalen noch lange beleben würden.

Erst als sich die Pferde in Bewegung setzten, gab sich Li Ying, endlich vor den Blicken geschützt, der Meditation hin.

Zweites Kapitel

»Prinz Li Ying, heute mache ich Euch zu meinem Jademann«, hatte Qianlong gesagt. »So nannte man in längst vergangenen Zeiten die geheimsten Soldaten des Kaisers. Sie schlichen sich in die Reihen des Feindes ein, um zu spionieren und oft den Sieg heimzubringen. Sie besaßen die Härte und die Feinheit des Jade. Wie dieser Stein waren sie rein und unverderblich. Durch Eure Verdienste seid Ihr ihnen gleich geworden. Im Reich des Großen Westens, in das ich Euch schicke, werdet Ihr mein Auge und mein Ohr sein.«

Li Ying wagte nicht den Kopf zu heben. Er kniete vor Zehntausend Jahre Leben, presste die Stirn hartnäckig auf den Teppich des Sanxitang, der *Kammer der drei Kostbarkeiten* im Herzen des *Palastes der Geistesnahrung*, wohin ihn Qianlong bestellt hatte. Der Kaiser zog sich gern dorthin zurück, um ganz allein die drei antiken Kalligraphien der Jin-Dynastie zu bewundern oder die geheimsten Angelegenheiten des Kaiserreiches zu erledigen. Das Betreten des unzugänglichsten Raums der Verbotenen Stadt war ein Privileg, das nur den verdienstvollsten Untertanen gewährt wurde. Der Befehl, ihn aufzusuchen, hatte Li Ying wenige Stunden vor seiner Abreise überrascht, als er gerade ein letztes Mal gemeinsam mit Shi Xiu den Inhalt seines Gepäcks kontrollierte.

»Steht auf, Prinz Li Ying«, befahl Qianlong.

Der junge Mann richtete sich auf und beobachtete den

Herren über China. Qianlong saß auf seinem breiten, mit gelber Seide bezogenen Sofa und schaute ihn ebenfalls an. Er hatte gerade die Kalligraphie eines Gedichtes beendet und hielt noch den Pinsel aus kostbarem Holz zwischen den Fingern.

»Niemand darf wissen, wer Ihr seid. Weder im Verlauf Eurer Reise in den Westen, noch nach Eurer Ankunft im Königreich Frankreich. Tut so, als wäret Ihr ein Reisender, der die Sitten der Europäer kennen lernen will, und schickt mir mindestens zweimal im Jahr einen Bericht. Auch öfter, wenn Ihr es für nötig erachtet. Ihr sendet die Umschläge an Antoine Desmarais, einen französischen Händler in Kanton, hinter dem sich ein mir treu ergebener Untertan verbirgt, und Ihr übergebt sie einem Lazaristen in Paris, Pater Romanet, der sie per Schiff versenden wird. Habt Ihr verstanden, wie Ihr vorgehen sollt?«

»Ja, Zehntausend Jahre Leben«, antwortete Li Ying.

»Mehrere Jahre werdet Ihr brauchen, um die Mission zu erfüllen, die ich Euch heute anvertraue. Niemand kann genau sagen wie lange. Das ist ein Geheimnis, das allein *Shangdi*, der Herr des Himmels, kennt. Aber ich bitte Euch, Li Ying, kehrt zurück, sobald Ihr könnt. Ich will da sein, um Euch zu empfangen. Die Weisen haben prophezeit, ich würde ebenso lange regieren wie mein Großvater Kangxi, aber nichts sagt uns, dass sie sich nicht irren oder dass sie mir nicht schmeicheln wollen. Zögert also nicht zu lange. Wenn die Vorhersagen eintreffen, werdet Ihr heimkehren, ehe mich das Leben verlässt. Sollte ich hingegen bei Eurer Rückkehr bereits gestorben sein, vertraut meinem Nachfolger an, was Ihr mitbringen werdet. Ein geheimer Brief wird ihn über Eure Mission in Kenntnis setzen, und er wird Euch gut empfangen.«

Li Ying rechnete rasch aus, dass Qianlong noch vierzig Jahre über das Reich der Mitte herrschen würde, weil er seinem Vater Yongzhen nach dem Kalender der Christen im

Jahre 1735 gefolgt war und man gerade Neujahr 1755 feierte. Zeit genug, um seinen Auftrag erfolgreich auszuführen. Wenn der Kaiser auch hoffte ihn wiederzusehen, war er selbst doch weitaus weniger von seinen Chancen überzeugt, eines Tages die Schönheiten Chinas, die Orte der Verbotenen Stadt und denjenigen wiederzusehen, der den Fortbestand des Reiches verkörperte.

Li Ying wagte ein Lächeln: »Ich werde mich bemühen, bei meiner Rückkehr nicht zu alt zu sein, um mich Eurer Majestät zu Füßen zu werfen, ohne ein Stöhnen des Schmerzes unterdrücken zu müssen.«

Qianlong lachte.

»Das Wichtigste ist, dass Ihr lebendig wiederkehrt. Es ist bedeutungslos, ob Ihr Euch dann noch verbeugen könnt oder nicht. Ich werde schon einen Mandarin finden, dem ich befehlen kann, den *Ketou* an Eurer Stelle zu machen. Er wird sich fragen, welchen Fehler er wohl begangen hat, dass er sich zweimal hintereinander zu Boden werfen muss.«

»Oder was sein Verdienst war, dass ihm eine solche Ehre zuteil wird.«

»Ihr habt Esprit, Prinz Li Ying. Zeigt es nicht zu sehr vor Unbekannten oder vor Königen. Sie könnten es Euch übel nehmen oder beschließen, Euch bei sich zu behalten um sich zu zerstreuen!«

»Ich werde ihn wohl zu nutzen wissen, Majestät, und ich hoffe, genug davon zu bewahren, um Euch bei meiner Rückkehr nicht zu missfallen.«

Qianlong winkte verärgert ab.

»Ihr müsst nicht den Höfling spielen, Prinz Li Ying! Kein anderer ist so sehr mein Geschöpf wie Ihr. Wenn ich mit Euch spreche, so spreche ich mit mir selbst. Ich habe Euch geformt, wie ich es wollte. Ihr seid meine Schöpfung, mein anderes Ich. Ihr seid der, von dem ich am meisten erwarte, der, der mich mit dem größten Stolz erfüllen wird, wenn er seine Mission erfolgreich beendet hat. Ich habe Euch erschaffen, so, wie ich selbst gern gewesen wäre. Ich weiß alles von Euch, ich weiß, was Ihr denkt. Alles, was Ihr seid, habe ich eben so beschlossen.«

Dann bedeutete ihm der Kaiser, sich zurückzuziehen.

»Geht jetzt, und kommt erst wieder, wenn Ihr Eure Aufgabe erfüllt habt.«

Drittes Kapitel

Wo versteckt sich denn der Chinese, den Ihr mir von den Türken mitgebracht habt, Captain Wren? Ah, da ist er ja!«, rief James Leighton und eilte Li Ying entgegen.

Der Chinese war in die Betrachtung des Porträts eines Edelmannes versunken, der eine Schaumpfeife zwischen den Lippen hielt und dessen Besitz ergreifende Hand auf einer Weltkugel ihm etwas Lächerliches verlieh.

»Mein Vater …«, begann James Leighton und brach gleich wieder ab, um sich zu Wren umzudrehen. »Wie soll ich ihn anreden? Eure Exzellenz?«

»Warum nicht?«, antwortete der Kapitän. »Wenn ich recht verstanden habe, ist er ein Prinz. Aber das ist ohnehin gleichgültig, denn er versteht kein Wort Englisch.«

»Ach so? Was bringt man ihnen denn in China bei?«

»Französisch, wie es scheint.«

»Teufel auch! Und wozu?«

»Keine Ahnung. Das spricht er allerdings ziemlich gut.«

»Exzellenz«, begann der Reeder erneut und wies auf das Gemälde, »ich stelle Euch meinen Erzeuger vor, den ehrwürdigen Thomas Leighton, Teilhaber der Ostindiengesellschaft, der das Geld seiner Gemahlin, Gott sei ihrer Seele gnädig, mit so viel Spürsinn einzusetzen verstand, dass wir heute zu den reichsten Händlern der Stadt gehören. Übersetzen Sie, Wren.«

Der Kapitän tat wie geheißen, und Leighton sah erstaunt,

wie sich Li Ying respektvoll vor dem Gemälde verneigte. Nachdem er einen Moment in gebeugter Stellung verharrt hatte, drehte sich der Chinese zu ihm um.

»Ich verdiene die Ehre nicht, die Sie mir erweisen, indem Sie mich so großzügig empfangen«, sagte er auf Französisch, »aber die gegenwärtigen Umstände erlauben mir nicht, Ihre Gastfreundschaft abzulehnen.«

Nach Erledigung der Zollformalitäten war er mit Wren durch die Stadt gefahren, deren Straßen von Steinhäusern mit vier oder fünf Etagen gesäumt waren, wie es sie in Peking nicht gab. Mit Interesse hatte Li Ying beobachtet, dass manche Bewohner unter Regenschirmen Zuflucht suchten, wie man sie auch in China benutzte. Nach einer halben Stunde waren sie schließlich in den Hof eines prächtigen Hauses eingebogen.

»Sind Sie angemessen untergebracht?«, fragte Leighton. »Ist mein Haus nach Ihrem Geschmack? Mein Vater hat es vor dreißig Jahren hier in Cornhill erbauen lassen, um näher an den Büros der Gesellschaft zu sein. Er hasste jeden Weg, und wenn er in einem Zimmer hätte arbeiten, schlafen, essen, sich erleichtern und seine Angestellten einbestellen können, so hätte er es ohne zu zögern getan. Auf seine Weise war er ein Original. Gehen wir zu Tisch«, schlug Leighton vor und nahm Li Ying vertraulich beim Arm. »Ich habe mir erlaubt, ein paar Freunde zum Abendessen einzuladen. Wren, übersetzen Sie schon!«

James Leighton sprach sehr herzlich, hatte jedoch etwas ungeschliffene Manieren. Die Jahre, die er auf den Schiffen seines Vaters verbracht hatte, um den Beruf zu erlernen, das raue Leben an Bord und der dort notwendige Kommandoton hatten ihm einen ziemlich tyrannischen Charakter verliehen. Er führte sein Haus wie eine Schiffsbesatzung und seine Geschäfte mit einem Verständnis von Handelsusancen, die sich oft an der Grenze zu reiner Piraterie bewegten. So fand sich Li Ying gleich darauf zwischen einer imposanten Matrone mit roten Wangen und auffälliger Nase und einem ebenso korpulenten, gepuderten Herren, der ihn mit offensichtlichem Widerwillen betrachtete.

»Ich darf Ihnen meine Gattin vorstellen, meine liebe Jane«, sagte Leighton. »Und das ist der brillante John Harris, mein treuester Mitarbeiter, oder jedenfalls der, welcher mich am wenigsten bestiehlt! Hier ist mein Sohn Adam, dem es hoffentlich eines Tages gelingen wird, in den Geschäften meine Nachfolge anzutreten«, fuhr er fort und wies wie nebenbei auf einen linkischen jungen Mann, der sich gerade neben ihn gesetzt hatte.

Adam Leighton war weit entfernt von der dominanten Männlichkeit seines Vaters. Er glich eher seiner Mutter: blasse Haut, blaue, allzu verträumte Augen, ein breiter Mund, lange, weiße Hände, mit denen er nichts anzufangen wusste, keine Spur von einem furchtlosen Händler, der bereit ist, alle Meere der Weltkugel zu bereisen, um das Familienvermögen zu mehren.

»Gestatten Sie mir auch, Ihnen meinen guten Freund Vergilius Kimble und seine Gattin, die charmante Elizabeth, vorzustellen. Wenngleich sie beide Schotten sind, kann man doch sehr gut mit ihnen Umgang pflegen, Sie werden sehen!«, erklärte er und lachte laut.

Ohne die Miene zu verziehen, übersetzte Wren diesen Strom von Worten, so gut er konnte. Bei jeder Vorstellung verneigte sich Li Ying sehr zeremoniell, unter dem beifälligen Blick seines Gastgebers. Mit seinen Glupschaugen, den wulstigen Lippen und dem dicken Hals mutete Kimble an wie eine seltsame Mischung von menschlichem Wesen und Lurch. Er mochte vierzig Jahre alt sein und hätte mit der für seinen Riesenschädel viel zu kleinen Perücke wohl Anlass zum Lächeln geboten, hätte nicht etwas Strahlendes in seinem Blick, eine Mischung von Güte und Intelligenz, jeden davon abgebracht. Seinen Vornamen verdankte er der Liebe, die sein Vater dem römischen Dichter Vergil entgegengebracht hatte. Anstatt sein Leben lang daran zu leiden, hatte er beschlossen, aus diesem Anlass der Lächerlichkeit einen Gegenstand der Bewunderung für seine Zeitgenossen zu machen. Aus Trotz ein eifriger Latinist, hatte Vergilius die Äneis auswendig gelernt und war zu jeder Tages- und Nachtzeit imstande, ganze Passagen daraus zu rezitieren. Innerhalb der kleinen Gemeinde von Oxford, wo er lehrte, verschaffte ihm diese seltene Gabe außergewöhnliches Prestige, außerdem den Respekt von König Georg II., der ebenfalls ein ausgezeichneter Kenner der Sprache der Cäsaren war.

Im Unterschied zu den anderen Tischgästen, die Li Ying wie ein seltsames Tier begutachteten, lächelte Kimble ihm liebenswürdig zu, begeistert darüber, mit einem Mann am Tisch zu sitzen, der mindestens ebenso exotisch war wie er selbst. Verwirrt von der Feststellung, dass in London die Frauen mit den Männern speisten, überdies noch in Kleidern, die ihre halb entblößten Brüste betonten, verbarg der Chinese so gut er konnte die Verlegenheit, die solche Sitten in ihm weckten, und grüßte die versammelte Runde ein letztes Mal, ehe er sich setzte. Kaum hatte er Platz genommen, ließ ein Diener mit Perücke ein dickes Stück gekochtes Lammfleisch auf seinen Teller fallen, ein zweiter bedeckte es mit einer Schicht Karotten und Kohl, ein dritter goss ihm das Bier in ein so dickes Glas, dass er nicht hindurchsehen konnte.

»Erzählen Sie uns doch, lieber Prinz, wie Sie zu uns gelangt sind«, bat Leighton, während er kräftig auf dem riesigen Fleischbatzen herumkaute, den er sich in den Mund geschoben hatte.

Alle Blicke wandten sich Li Ying zu. In London wusste man, dass die Chinesen mit dünnen Holzstäbchen aßen, und die Tischgäste freuten sich auf die Schwierigkeiten, die er mit Messer und Gabel haben würde, die rechts und links neben seinem Teller lagen. Allerdings wurden sie enttäuscht. Li Ying hatte reichlich Zeit gehabt, deren Benutzung an der Tafel von Kapitän Wren zu erlernen, während die *Bristol* das

Mittelmeer überquerte. Er nahm sich Zeit, eine überzeugende Demonstration seiner Geschicklichkeit zu geben, ehe er antwortete.

»Durch größten Zufall«, begann er und warf Wren einen mitleidigen Blick zu, da dieser dazu verurteilt war zu übersetzen, während die anderen speisten.

»*Necesse est multum in vita nostra casus posuit, quia vivimus casu*«, kommentierte Kimble.

»Das stimmt, wir sind den Launen des Zufalls unterworfen. Seneca hat es besser als jeder andere ausgedrückt, nicht wahr?«, meinte Li Ying.

»Sie verstehen Latein und kennen die *Briefe an Lucilius*?«, fragte Vergilius Kimble fassungslos.

»Natürlich. Latein ist, neben dem Französischen, die einzige Sprache, die überall im Großen Abendland gesprochen und verstanden wird. Das ist der Beweis.«

»Aber *by Jove*, durch welches Wunder haben Sie, ein Chinese, Latein gelernt?«

»Wie jeder andere auch: mit Bambusrohrschlägen auf die Finger für jeden Grammatikfehler, der mir unterlief. Mit Wunder hat das nichts zu tun.«

Gleichsam erstarrt verzichtete Kimble auf das Essen, um diesen Sachverhalt, der ihm noch Sekunden zuvor undenkbar erschienen wäre, in Ruhe zu verarbeiten: ein Chinese, der sich in Latein nahezu mit der Leichtigkeit eines Oxford-Lehrers ausdrückte. Die anderen waren noch weit mehr beeindruckt und saßen mit aufgerissenen Mündern da, ohne sich einzumischen.

»Ich hatte eigentlich vor, nach Frankreich zu reisen«, fuhr Li Ying auf Französisch fort. »Das war das ursprüngliche Ziel meiner Reise. Aber die Umstände oder schelmische Geister haben es anders beschlossen, wie Sie gewiss schon erfahren haben.«

»Aber nein, wir wissen überhaupt nichts«, warf John Harris ein. »Erzählen Sie!«

Endlich war der Augenblick gekommen, da er sich vorstellen musste. Das war der Moment der Wahrheit, besser gesagt nach dem Willen des Kaisers der Moment der Lüge, weil er den Bericht seiner Jugend unterschlug.

Viertes Kapitel

Der alte Zhao hatte noch etwas Glut in das Kohlebecken gelegt, aber sie reichte nicht aus, das Zimmer zu erwärmen. Trotz seiner Steppweste zitterte Li Ying vor Kälte. Seine steifen Finger hatten Mühe, die vielen hundert Zeichen des *Buches der Riten* zu kopieren. Das war der einzige Weg, sie auswendig zu lernen. Er konnte sich nicht erinnern, in den sechs Jahren, die er nun in diesem Geheimpavillon eingeschlossen war, je etwas anderes getan zu haben, als zu lernen, betreut von Gelehrten, die so alt waren, dass sie ihm unsterblich schienen. Einer lehrte ihn die *Fünf Klassiker*, ein anderer das *Weiqi* und die Kalligraphie, ohne die geringste Nachsicht für sein jugendliches Alter. Beim kleinsten Fehler erhielt der Knabe zehn Stockschläge, die ihn davon abhielten, sich von dem Weg zu entfernen, den man für ihn gewählt hatte. Ein dritter Greis kam jeden Tag, um ihn im Bogenschießen zu unterrichten, wobei er eine erstaunliche Kraft und Genauigkeit unter Beweis stellte.

Zhao wachte Tag und Nacht über Li Ying. Unter allen Eunuchen des Palastes war er wegen seiner Sanftheit und des gesunden Menschenverstands eines Henan-Bauern ausgewählt worden, vor allem jedoch wegen seiner Diskretion. Dies hatte den Kaiser allerdings nicht daran gehindert, ihm zur Sicherheit die Zunge abschneiden zu lassen. Niemand durfte wissen, welche Dienste er einem kleinen, unbekannten Knaben erwies und wo er das tat. Wie das einsame Kind, für das er seit fünf Jahren sorgte, lebte auch er eingesperrt in dem verborgenen Pavillon in der hintersten Ecke des Yuan-Ming-Gartens. Der von einer hohen Mauer geschützte *Geheimpavillon des Studiums*, wie ihn Qianlong persönlich getauft hatte, trug ein elegantes Dach aus blauen Ziegeln, über das an jeder Kante eine Gruppe Unsterblicher wachte. Der Garten ringsum war groß genug, damit das Kind mit dem Bogen auf Zielscheiben aus Stroh schießen, zwischen den Bäumen mit einem Fantasiegefährten spielen, über den Fluss, der sich durch das weiche Moos schlängelte, springen und auf dem kleinen Steppenpferd reiten konnte, das ihm der Kaiser zu seinem zehnten Geburtstag geschenkt hatte. Niemand ahnte, dass hinter den Mauern, die rund um die Uhr von der Garde des Königs bewacht wurden, ein sehr junger Ming-Prinz, letzter Abkömmling der alten Herrscherdynastie, völlig von der Außenwelt abgeschlossen lebte, mit einem Eunuchen als einziger Gesellschaft, der stumm war wie ein Karpfen.

Qianlong, vierter Kaiser der Qing-Dynastie, hatte es so beschlossen. Keiner der sorgfältig ausgewählten Gelehrten, die er mit der Ausbildung des Knaben betraut hatte, kannte die Identität des kleinen Li Ying und den Grund für seine grausame Gefangenschaft. Und niemand versuchte, etwas herauszubekommen oder zu erraten. Die Gelehrten wussten nur, dass sie aus ihm – von dem sie nur den Vornamen kannten – einen Mann machen sollten, der würdig wäre, als Erster aus dem *jinshi*-Wettbewerb um den höchsten Rang in der kaiserlichen Verwaltung hervorzugehen.

Zhao umsorgte Li Ying besser als jede Mutter. Er pflegte ihn mit vollendeter Medizinerkunst, bereitete ihm liebevoll köstliche Speisen im Einklang mit dem Himmel seiner Geburt, damit er stark und schön werde, badete ihn jeden Tag in einem großen Holzbottich. Er tröstete ihn, wenn Li Ying weinend fragte, warum er immer allein sei, warum kein Kind seines Alters je mit ihm spiele und warum er, Zhao, ihm niemals antworte. Wenn der Knabe, niedergeschlagen über sein

Schicksal, leise vor sich hin schluchzte, hatte auch Zhao, der ihm keine Antwort zu geben wusste, Mühe, die Tränen zurückzuhalten. Diese Momente der Verzweiflung waren selten. Sie kamen, wenn sich das Kind am Ende eines Arbeitstages plötzlich seiner Einsamkeit und Sklaverei bewusst wurde. Nicht selten war der Junge abends so erschöpft, dass er beim Essen einschlief. Dann nahm ihn Zhao zärtlich in die Arme, trug ihn zu seinem Bett und drückte ihm gerührt einen Kuss auf die zarte Stirn.

Dieser Mönchsrhythmus wurde dreimal in der Woche durch die Ankunft von Pater Gallois unterbrochen. Der französische Lazaristenmönch hatte mit Benoist am Bau des Sommerpalastes gearbeitet, den Qianlong im Herzen des Yuan-Ming-Gartens, dem Garten der Vollkommenheit und des Lichtes, errichten ließ. Unter seiner Mandarinkappe und der daran befestigten einäugigen Pfauenfeder hatte der Franzose ein heiteres Gesicht, dessen tiefe Falten Li Ying schon bei der ersten Begegnung begeisterten. Auch er wusste nicht, warum Qianlong beschlossen hatte, dieses Kind abseits von der Gesellschaft der Menschen aufwachsen zu lassen, und was sein Ziel war. Wie die anderen Gelehrten hütete er sich wohl, die geringste Frage zu diesem Thema zu stellen, und von seiner geheimen Arbeit als Lehrer sprach er mit keinem der wenigen Europäer bei Hofe. Er wusste, dass der Kaiser auf die geringste Indiskretion erbarmungslos reagieren, ihn aus Peking verjagen oder gar umbringen lassen würde. Pater Gallois bemühte sich also, die ihm von Qianlong anvertraute Aufgabe so gut er konnte zu erfüllen, und lehrte seinen jungen Schüler mit besonderem Eifer die französische und die lateinische Sprache, wie man es ihm aufgetragen hatte.

Ein einziges Mal stellte das Kind ihm Fragen. An diesem Tag flog Li Ying in seine Arme, kaum dass er ihn kommen gehört hatte, und ließ zwei geräuschvolle Küsse auf die faltigen Wangen des Missionars knallen.

»Hast du den Konjunktiv des Plusquamperfekts von *legere* gelernt, mein Sohn?«, fragte der Lazarist und trank von dem Tee, den Zhao ihm respektvoll serviert hatte.

»*Legissem, legisses, legisset, legissemus, legissetis, legissent*«, sagte Li Ying mit sicherer Stimme auf.

»Richtig! Und La Fontaine?«

»Entfleucht Insekt, verfluchtes! Ausgeburt aus Dreck! So scheuchte einst der Leu die Mücke, die ihn gequält mit ihrer Tücke.«

»Wunderbar!«, rief Pater Gallois. »Du hast eine Belohnung verdient.«

Er gab ihm zwei Honigbonbons. Den Honig hatte er selbst aus einem Bienenstock geholt, den er im Garten des Xitang, der Lazaristenkirche in Peking, aufgestellt hatte. Li Ying knabberte den ersten voller Genuss und steckte den zweiten in seine Jackentasche, um ihn vor dem Einschlafen zu lutschen. Er nahm die Hand des Missionars und zog ihn in sein Studierzimmer. Außer Zhao war der Franzose der Einzige, der ihm Zuneigung schenkte.

»Warum nimmst du mich nicht mit, wenn du nach Hause gehst?«, fragte das Kind mit zaghafter Stimme.

»Weil ich das nicht darf«, antwortete Gallois verlegen.

»Warum nennst du mich dann ›mein Sohn‹?«

»Weil ich dich liebe wie ein Vater.«

»Aber du bist nicht mein Vater. Wer ist mein Vater?«

»Ich weiß es nicht, Li Ying, und ich kann es auch nicht in Erfahrung bringen.«

»Wer weiß es dann?«

»Der Kaiser vielleicht.«

Li Ying verzog das Gesicht. Er hatte den Sohn des Himmels nur ein einziges Mal gesehen, als dieser ihm das Pferd schenkte. Seine hohe Gestalt und das reglose Gesicht, aus dem die kleinen Augen gleich schwarzen Kugeln ihn unverwandt anstarrten, das Ausbleiben des geringsten Lächelns auf den zarten Lippen, über denen der Hauch eines Schnurrbartes lag, hatten ihn tief beeindruckt, und er hatte all seinen Mut zusammennehmen müssen, um nicht vor Angst zu weinen.

»Vielleicht habe ich nie einen Vater oder eine Mutter gehabt«, flüsterte das Kind.

»Ein jeder Mensch hat Vater und Mutter«, antwortete der Missionar und zog Li Ying auf seine Knie.

Er hatte den Knaben sehr lieb gewonnen, dessen Leben in vollkommener Einsamkeit verstrich und der sein Schicksal mit einer Selbstverleugnung ertrug, die seine Bewunderung weckte.

»Ich bin nicht jeder, sonst wäre ich nicht hier«, versetzte der Knabe.

Der Lazarist wusste nichts zu entgegnen. Erneut staunte er über die Intelligenz des Jungen und war ohnmächtig ob der Fragen, Zweifel und Ängste, die ihn quälten.

»Du weißt also auch nicht, wer ich bin«, stellte Li Ying fest und sah den Franzosen aus großen traurigen Augen an.

Fünftes Kapitel

Ich bin ein Han-Prinz, ein entfernter Abkömmling der alten Ming-Dynastie«, begann Li Ying und sah James Leighton fest in die Augen. »Ob dies meine Abenteuerlust erklärt? Ich weiß es nicht. Von frühester Jugend verspürte ich das Verlangen, die Reiche des Großen Abendlandes kennen zu lernen, von denen ich am Kaiserhof hörte. Leider hatte ich keine Hoffnung, diesen Traum jemals erfüllt zu sehen, denn niemand darf China verlassen, erst recht kein Prinz.«

Wie mit dem Kaiser abgesprochen, präsentierte er sich als vornehmer Reisender voller Neugier, was all die Fragen erklärte, die er stellen würde. Vom Erfolg dieser Vorstellung hing alles Weitere ab.

»Ach ja? Warum nicht?«

»Das Reich ist so groß und mächtig, dass es unnötig ist, es zu verlassen. Es genügt sich in gewisser Weise selbst, und wir meinen, dass wir nichts vom Ausland brauchen. Es würde niemandem in den Sinn kommen, nachzusehen, was jenseits der Grenzen geschieht. Dies erklärt auch, weshalb wir von den Männern aus dem Westen entdeckt wurden, wenn ich so sagen darf, und nicht umgekehrt. Dabei hat auch der Zufall entschieden. Zu Beginn Ihres 17. Jahrhunderts, als meine Vorfahren der Ming-Dynastie herrschten, wurde ein Eunuch des Palastes namens Zheng He von Kaiser Yongle beauftragt, eine Flotte mit hundert Schiffen aufzustellen, um die Meere des Südens zu erkunden und neue Länder zu entdecken.

Manche am Hof behaupteten, der Kaiser habe diese Expedition nur organisiert, um seinen Bruder Qianwen wiederzufinden, den er entthront hatte und dessen Rache er fürchtete. Aber das sind Vermutungen. Zheng He erwies sich als großer Kapitän, womit auch bewiesen ist, dass man nicht immer über alle Attribute der Männlichkeit verfügen muss, um einen guten Seemann und Anführer abzugeben.«

Elizabeth Kimble kicherte hinter ihrer Serviette, und Jane Leighton blickte sie entsetzt an.

»Er führte sieben Expeditionen hintereinander und wagte sich bis an die Küsten der Perser, der Araber und anderer Völker, von denen er erzählte, sie hätten schwarze Haut, was man daheim kaum glauben wollte. Zheng He konnte nicht weiter in den Süden vordringen. Das ist bedauerlich. Denn wenn er es getan hätte, hätte er Afrika umschifft, den Atlantischen Ozean gefunden und, wer weiß, hundert Jahre, bevor die Portugiesen zum ersten Mal in Kanton landeten, Europa entdeckt. Stellen Sie sich vor, welch eine Wendung die Geschichte hätte nehmen können!«

Erstauntes Schweigen empfing diese Enthüllungen. Kimble, auf dessen Gesicht leidenschaftliches Interesse geschrieben stand, reagierte als Erster.

»Wir wussten nichts von dieser Expedition«, sagte er.

»Ich kann mir auch nicht vorstellen, wie Sie davon hätten erfahren können. Sogar die Mehrheit der Chinesen hat nie davon gehört. Unsere Welt ist wahrhaftig außerordentlich alt. Einige unserer *Klassiker* entstanden zweitausend Jahre vor der Geburt Ihres Christus! Von der Herrschaft jedes Kaisers gibt es eine Chronik, die in den Archiven sorgsam aufbewahrt wird. Trotz unzähliger Brände und Kriege sind viele dieser Chroniken bis heute erhalten. Ich hatte das Glück, Zugang zu jenen Bänden zu erlangen, die von Zheng He berichten, obwohl sie geheim gehalten werden. Ich habe immer schon davon geträumt, es ihm gleichzutun und zur Entdeckung des Westens aufzubrechen, dort weiterzumachen, wo er gescheitert ist.«

»Wie haben Sie das gemacht?«, fragte Elizabeth Kimble fasziniert. »Sie sagten doch gerade, kein Chinese dürfe sein Land verlassen.«

»Ich habe mich als Händler verkleidet und bin mit wenig Gepäck geflohen. Das war vor einem Jahr, im Januar 1755 nach Ihrer Zeitrechnung, im zwanzigsten Jahr der Herrschaft von Kaiser Qianlong. Ich brauchte mehr als einen Monat, um Lanzhou zu erreichen, ohne festgehalten zu werden. Dort machen alle Seidenkarawanen aus Xian Halt, ehe sie die große Reise beginnen. Ich habe das Schweigen eines Uigurenführers und ein Kamel gekauft und bin ohne Bedauern losgezogen, ohne mich um den Gedanken zu sorgen, ob ich mein Heimatland eines Tages wiedersehen würde. Dann begann der endlose Weg durch die Wüste und die Berge des Westens, unendlich die eine, gigantisch die anderen, so schwer zu erklimmen, dass sie mir unüberwindbar schienen. Durst, Hunger, Staub, Angst vor Wegelagerern, eisige Nächte im ewigen Schnee, Schluchten, in die ich mehr als einmal beinahe gestürzt wäre – ich bereue nichts von dem, was ich ertragen musste, um die Welt zu entdecken. So sehr ich auch litt, selbst als ich mich mit einer Suppe aus Tee und Mehl aus gerösteten Erbsen begnügen musste, ich war doch glücklich. Ich zweifelte nie an der Richtigkeit meiner Entscheidung. Die Schönheit der Landschaft, jene steinerne Reglosigkeit, die ich im Rhythmus eines stinkenden Kamels durchzog, erfüllte all meine Erwartungen. Es dauerte Wochen, bis wir Kashgar erreichten. Das war die letzte chinesische Stadt. Der widerwärtige Schmutz auf meiner Haut und die vor Dreck starrenden Kleider schützten mich vor den Kontrollen der Soldaten. Ich wusste, dass man mich suchte.«

»Warum?«, fragte Leighton

»Weil ich Prinz Li Ying bin und zum Kaiserhaus gehöre. Mein plötzliches Verschwinden aus der Verbotenen Stadt konnte nicht unbemerkt geblieben sein, und man suchte mich gewiss in den entlegensten Winkeln des Reiches. Hinter

Kashgar bestiegen wir den Pamir, dessen Gipfel sich in den Wolken verloren. Viele Tage zogen wir über verschneite Bergkuppen und durch einsame Täler, Berg folgte auf Berg. Die Nächte unter freiem Himmel waren so eisig, dass wir morgens nicht selten Männer oder Tiere am Boden festgefroren fanden. Endlich erreichten wir Samarkand.«

»Die Stadt des Tamerlan … Ich träume oft von dieser Stadt aus Gold und Marmor«, murmelte Vergilius Kimble.

»Gold und Marmor sagen Sie? Eher Staub und Verfall«, korrigierte ihn Li Ying. »Der Glanz der Verzierungen und die Architektur der Moschee des Tamerlan sind unvergleichlich, aber glauben Sie mir, ansonsten gibt es nur hässliche Karawansereien, Häuser aus Strohlehm, dürre Gärten. Ein ganzes Volk widmet sich dem Handel und reckt den Hintern in die Luft, wenn es seinen Gott anbetet!«

»Aber die Erinnerung Alexanders …«

»Der große Eroberer Asiens? So groß war er gar nicht!«

»Warum nicht?«, fragte Kimble voller Erstaunen, dass dieser Chinese, der geradezu vom Himmel gefallen war, Alexander kannte und sich gar erlaubte, über einen Helden des Abendlandes zu urteilen.

»Er starb zu jung. Ein großer Mann stirbt erst, wenn sein hundertster Geburtstag herankommt, nicht früher.«

»Wird man in China so alt?«, fragte Adam Leighton mit schriller Stimme.

»Natürlich, manchmal noch älter. Wie sollen wir sonst die Vorhaben verwirklichen, die der Himmel uns auferlegt? Man braucht ein langes Leben, damit es gelingt.«

»Lassen wir doch Alexander, wo er ist, ich bitte Sie!«, unterbrach Leighton.

»Aber niemand weiß doch, wo er ist«, meinte Kimble.

»Vergilius, ich bitte Sie, wir werden doch nicht für den Rest unseres Lebens in Samarkand bleiben. Mister, wir brennen darauf, die Fortsetzung Ihrer Reise zu hören.«

»Wüsten, Monsieur Leighton, Wüsten, in denen der Wind,

Schlangen und Skorpione die einzigen Lebenszeichen waren. Meshed erschien mir wie das Paradies auf Erden, als wir dort ankamen. Bäume, Wasser, Ziegen, Früchte ...«

»Frauen?«, erkundigte sich Harris.

»John!«, rief Jane. »Wie können Sie es wagen?«

Harris errötete unter ihrem erzürnten Blick und stammelte etwas von Bedürfnissen der menschlichen Natur, dann rückte er die Perücke zurecht, um wieder Haltung zu gewinnen.

Wren hatte auf die Übersetzung dieser Einwürfe verzichtet, und Li Ying setzte seinen Bericht fort, ohne sich durch die Unterbrechung verwirren zu lassen.

»Tagelang folgten wir dem Ufer des Kaspischen Meeres, dann wandten wir uns nach Westen, durchquerten die Täler und Berge Anatoliens und erreichten schließlich Istanbul, das Tor zum Westen. Fast auf den Tag genau ein Jahr, nachdem wir Peking verlassen hatten.«

»Und wie sind Sie dann hierher gekommen?«, fragte Elizabeth Kimble.

»Das kann Ihnen der Kapitän besser erzählen als ich«, antwortete Li Ying und wies mit dem Finger auf Wren am anderen Ende des Tisches.

Alle Blicke richteten sich auf den Kommandanten der *Bristol*, der hastig einen letzten Bissen verschlang, ehe er berichtete, wie er dem Chinesen auf dem Kai des Goldenen Horns in Istanbul begegnet war.

Li Ying hörte ihn reden, ohne ein Wort von dem zu verstehen, was er sagte. Er beobachtete die Engländer, die ihm so freundlich und neugierig begegneten. Kimble kreuzte seinen Blick und lächelte ihm wohlwollend zu. Ohne zu wissen weshalb, empfand Li Ying spontane Sympathie für diesen liebenswürdigen und gebildeten Mann. Das gegenseitige Vertrauen und die dank des Lateins entstehende Freundschaft ließen ihn ahnen, dass der Gelehrte ein wesentlicher Trumpf für die Erfüllung seiner Mission sein könnte. Er bedauerte nicht, Wrens Einladung angenommen zu haben. Der unkomplizierte Empfang, den man ihm bereitete, war ein gutes Omen für seinen Aufenthalt. Abgesehen von den Perücken, mit denen sich die Engländer ausstaffierten, kamen sie ihm gar nicht so anders vor als normale Menschen. Schließlich trug er auch einen Zopf. Welche Verrücktheit trieb die Menschen wohl dazu, ihren Schädel zu quälen, indem sie ihn bald mit falschem Haar bedeckten, bald kahl rasierten?

Sechstes Kapitel

Shi Xius Zorn legte sich nicht. Seit dem Erwachen schimpfte er auf alles: das Essen, das er geschmacklos und eintönig fand – besonders litt er unter dem Fehlen von Reis –, das weiche Bett, in dem er schlecht geschlafen hatte, die Treppen, die er ständig hinauf- und hinunterlaufen musste, das Personal der Leightons, das sich hinter seinem Rücken über ihn lustig machte.

»Du hättest in Peking bleiben sollen, wenn du dich vor allen Veränderungen fürchtest.«

»*Daren*, Herr, ich hatte keine Wahl!«

»War dir dein Sklavenleben etwa lieber als das jetzige, das du mir verdankst? Eine neue Welt entdecken, andere Menschen, andere Gegenden, entschädigt dich das nicht für den Verlust deiner Rosshaarmatratze und deiner Alltagskost, der Stockschläge, die du bei jeder Gelegenheit bekamst, und für die Beschimpfungen, mit denen dich die Eunuchen von morgens bis abends quälten? Trauerst du diesem Leben nach?«

Shi Xiu zog den Kopf ein. Sein Herr schlug ihn nie, aber instinktiv erwartete er dennoch die Hiebe.

»Nein, *Daren*«, gab er schließlich zu.

»Fehlt dir unser Heimatland so sehr?«, fragte Li Ying mit sanfterer Stimme. »Du bist nicht der Einzige. Auch mich überkommt zuweilen Bedauern, wenn ich mich allein inmitten all dieser Barbaren sehe. Als einzige Gesellschaft bleibt mir ein Diener, der ohne Unterlass schimpft. Ich wusste nicht, was ich hier finden würde, und ich weiß es immer noch nicht. Aber ich beklage mich nicht!«

Shi Xiu hatte nicht protestiert, als ihn sein Herr in dieses Abenteuer hineinzog. Er ahnte nichts von den wahren Gründen dieser Reise nach Europa, war hundert *li* von dem Verdacht entfernt, der Kaiser könnte ihn mit einer geheimen Mission betraut haben. Für ihn war Li Ying nur ein Prinz auf der Flucht, dem er wohl oder übel bis ans Ende der Welt folgen musste.

»Weißt du, warum meine Wahl auf dich gefallen ist und nicht auf einen anderen, stärkeren und jüngeren?«, fragte Li Ying. »Weil du klein, aber robust bist wie das Steppenpferd, ein Nörgler, aber schlau wie der Affe, diskret, aber wachsam wie der Tiger. Vor allem aber, weil ich wusste, dass du keine Angst vor dem Tod haben würdest, wie du es während unserer Reise tausendfach bewiesen hast.«

»Herr, ich wusste nicht, dass ich keine Angst vor dem Tod hatte. Wie konntet Ihr das wissen?«

»Wir bedürfen stets eines anderen, um uns selbst zu erkennen, Bursche. Hast du den Roman *Shui-hu-zhuan*, *Die Räuber vom Liang-Shan-Moor*, von Shi Nai'an gelesen?«

»Ich bin nur ein Sklave, der nicht so gut lesen kann, wie er sollte«, antwortete Shi Xiu und senkte den Kopf.

»Einer der hundertacht Räuber in dieser Geschichte trägt denselben Namen wie du. Wie alle anderen ist auch er ein Rächer der Armen, ein Mann des Volkes, der die Seinen vom Joch der korrupten Beamten befreien will. Als er eines Tages erleben muss, dass seine wunderschöne Schwägerin den Avancen eines lüsternen Mönchs nachgibt, beschließt er, seinen Bruder zu rächen. Das fand ich sympathisch. Diesen Shi Xiu, der zum Verbrecher wurde, um die Ehre seines Bruders zu rächen, nannte man auch *Pin-ming-san lang*, Der dem Tod trotzt. Als ich erfuhr, dass unter meinen Dienern einer den Namen Shi Xiu trug, sah ich darin ein günstiges Vorzeichen, und deshalb beschloss ich dich mit auf meine Reise zur anderen Seite der Welt mitzunehmen. Ich bereue es nicht.«

Erschüttert von dieser Enthüllung, die ihn zum Beschützer seines Herren machte, warf sich Shi Xiu ihm zu Füßen und presste das Gesicht auf die Kieferndielen, mit denen Li Yings Zimmer ausgelegt war.

»Das ist zu viel Ehre, *Daren*, für ein erbärmliches Insekt wie mich«, protestierte er, ohne den Kopf zu erheben. »Versprecht mir nur, mich eines Tages nach Hause zurückzubringen, und ich werde mich nicht mehr beklagen.«

»Natürlich kehren wir heim! Glaubst du, ich wäre bereit, in einem anderen Land zu sterben als dem meiner Vorfahren?«, antwortete Li Ying. »Steh auf! Mach dich fertig, wir gehen aus. Vergilius Kimble erwartet uns, um uns London zu zeigen.«

Kein Spaziergänger auf der Cheapside blieb unberührt vom Schauspiel des freundlichen Gentleman in abgewetzter grüner Samtjacke unter einem Wollumhang und des groß gewachsenen Chinesen mit offenem Mantel über einem Gewand aus blauer Seide, dessen Brustteil mit einem herrlichen Tiger verziert war. Mit zwei Schritten Abstand folgte ihnen ein zweiter Chinese, der kleiner war und eine dicke Steppweste zu einer groben Leinenhose trug. Li Ying schenkte den Schaulustigen keine Beachtung. Würdevoll durchschritt er die Menge, die Hände in den Ärmeln seines Mantels verborgen, scheinbar gleichgültig gegen die Menschen, die mit dem Finger auf ihn zeigten, und die Kutschen, die ihre Fahrt unterbrachen, um ihn zu betrachten. Tatsächlich aber beobachtete er alles, die Geschäfte, die Equipagen, die Kleidung der Engländer, die ihm entgegenkamen, die eleganten Hausfassaden, die weißen Kirchen, deren Türme in den grauen Himmel ragten.

Alles war ihm neu, alles fesselte ihn. Ab und zu hielt er inne, richtete den Blick nach oben und bewunderte die gemalten Ladenschilder oder folgte mit den Augen den großen Karren, die mit mehr oder weniger gut befestigten Fässern, Bergen von Gemüse oder Möbeln aller Art beladen waren. Als sie das Mansion House, das Londoner Rathaus, erreichten, blieb er begeistert stehen, um die hohen korinthischen Säulen zu betrachten. Auf dem Frontgiebel schienen steinerne Geschöpfe in ihrem mineralischen Traum erstarrt zu sein. Nie zuvor, nicht einmal aus der Ferne, hatte er so naturgetreue Statuen gesehen, und in einem kurzen Schwindelanfall glaubte er, sie erwachten vor seinen Augen zum Leben. Vergilius Kimble erklärte ihm in seinem schlechten Französisch, dies stelle eine Allegorie der Themse und der Stadt London dar, dann setzten sie ihre Wanderung durch die Cheapside fort.

Drei junge, in ihre Mäntel eingemummelte Mädchen kamen ihnen lachend entgegen und blieben stehen, um den kostbar gekleideten Fremden mit der beeindruckenden Gestalt zu begutachten. Er erwiderte ihr Lächeln und verneigte sich vor ihnen. Was war das für ein Land, wunderte er sich, in dem Frauen einfach so auf der Straße herumlaufen durften? Nie zuvor hatte er so viele in so kurzer Zeit gesehen. Hier waren die Frauen also nicht in ihren Häusern eingesperrt, wie in Peking oder in den anderen asiatischen Städten, die er durchquert hatte. Auch nahmen sie am Tischgespräch teil, ohne dass ihr Ehemann etwas einzuwenden fand, wie Li Ying am Vortag festgestellt hatte. Sie schienen nach eigenem Belieben kommen und gehen zu können. Das war merkwürdig. Auch Shi Xiu riss die Augen auf, als er feststellte, dass sich die Frauen in Europa frei bewegen konnten. Wenn die Ordnung der Dinge, die es ihnen nach Konfuzius auferlegte, den Männern zu dienen, wenn diese Ordnung von den Engländern nicht beachtet wurde, wie konnten sie ihre Frauen dann zum Gehorsam zwingen?, fragte sich Li Ying. Zu viel Freiheit führte unvermeidlich zur Anarchie, so hatte man es ihn gelehrt, und damit die Welt sich harmonisch fortentwickelte, musste jeder an seinem Platz bleiben, angefangen bei den Frauen. Er wollte Kimble gerade nach diesen Extravaganzen fragen, als er an einer Straßenecke erneut erstarrte. Vor ihm zeichnete sich die riesige Masse einer Kuppel vor dem Himmel ab, die auf einem Säulenkreis von fast unwirklichem Weiß ruhte. Nie zuvor hatte er ein so grandioses Bauwerk gesehen, vielleicht mit Ausnahme der Hagia Sophia, die er in Istanbul besichtigt hatte. Keine Pagode in Peking war so hoch und hatte so beeindruckende Abmessungen.

»Die St-Pauls-Cathedral«, erklärte Kimble, der Li Yings Schock wahrnahm. »Wir sind sehr stolz darauf. Kommen Sie, von dort sieht man sie besser.«

Er zog ihn am Ärmel und führte ihn zur Ecke Ludgate Hill, von wo der Chinese und sein Diener die riesige Kathedrale von London noch besser bewundern konnten. An der Vorderseite umrahmten zwei hohe Türme ein doppeltes Säulenportal und das Giebeldreieck. Die dahinter liegende Kuppel mit ihrem Bleidach vollendete die Majestät des Bauwerkes. Li Ying war in die Betrachtung der Kathedrale versunken und sah nichts von den Kaleschen und Karren, die vor ihm hin- und herfuhren, den Passanten, die wenige Schritte entfernt stehen blieben, den Kindern, die lachten und auf den langen Zopf in seinem Rücken zeigten, an dem sie gar zu gern gezogen hätten, hätte Kimble sie nicht mit Blicken verjagt.

»Wollen Sie sie besichtigen?«, schlug er vor. »Ich nehme an, Sie haben noch nie etwas Derartiges gesehen.«

Sie wollten hineingehen, als Shi Xiu plötzlich stehen blieb. Er war krankhaft abergläubisch und weigerte sich hartnäckig, seinem Herrn ins Innere zu folgen, so sehr fürchtete er die bösen Geister, die sich in diesem Tempel herumtrieben, der ihm entschieden zu groß war.

»Willst du lieber allein draußen bleiben, schutzlos den langnasigen Teufeln ausgeliefert?«, fragte Li Ying wütend. »Wenn dir etwas zustößt, hast du es nicht anders gewollt!«

»Nein, *Daren*, verlasst mich nicht!«, jammerte Shi Xiu. Schließlich folgte er ihnen zitternd und umklammerte das Schutzamulett, von dem er sich niemals trennte.

Das riesige Kirchenschiff war in Licht getaucht. Ein mächtiger Baldachin auf gedrehten Säulen überspannte das Querschiff. Sie wanderten langsam durch die Seitenschiffe. Bögen, Kassettengewölbe, korinthische Säulen und Kapellen stürzten die beiden Chinesen in ehrfürchtiges Staunen. Sie waren an Holzkonstruktionen in lebhaften Farben und üppige Skulpturen gewöhnt. Diese Architektur aus Stein und Licht erfüllte sie mit grenzenloser Bewunderung. Den einzigen Eindruck, den Li Ying bisher vom Können der Europäer auf diesem Gebiet gewonnen hatte, war der Sommerpalast, den Qianlong nach den Plänen französischer und italienischer Jesuiten hatte errichten lassen. Shi Xiu beruhigte sich, während er durch diese Welt von Ordnung und Frieden ging, die allein vom Echo ihres Flüsterns gestört wurde. Li Ying spürte, wie ihn ein eigenartiger innerer Frieden erfüllte, ebenso, wie er es als Kind erlebt hatte, als er in Begleitung seiner Lehrer zum ersten Mal in Peking den Fayuansi, *Tempel der Quelle des Gesetzes*, betreten hatte.

An der Rückwand des Chores erwartete ihn kein sitzender Buddha in seiner vergoldeten Meditation, sondern ein Christus mit goldenem Heiligenschein. Als er das Querschiff erreichte, entdeckte er das Innere der Kuppel, deren gähnende, von den Seitenfenstern erhellte Leere ihn mit ihrer gewaltigen Höhe zu erdrücken schien. Sie war ein Abgrund, erfüllt von hieratischen, lächelnden Heiligen, die ihn schweigend einluden, zu ihnen zu kommen. Er glaubte, dieser umgekehrte Schlund würde ihn aufsaugen. Wo war oben, wo unten? Er hatte den Kopf nach hinten gelegt, war wie benommen und empfand plötzlich das stärkste Schwindelgefühl seines Lebens.

Siebtes Kapitel

Die Pflaumenbäume im Park waren mit einem Schlag erblüht, ein leichter Duft erfüllte die Abendluft und kündigte die milden Frühlingstage an. Qianlong spazierte gern unter den mit zarten weißen Blüten bedeckten Bäumen. Er ging allein, nur von vier Wachleuten begleitet. Mehr hatte er nicht gewollt. Das war außergewöhnlich. Die Nacht brach an, und ein junger Eunuch beleuchtete den Weg mit einer Papierlaterne. Am Ende des Moosweges begannen die hohen Mauern des *Geheimpavillons des Studiums* mit dem dunkler werdenden Schatten zu verschmelzen. Zwei Wächter öffneten das Tor und warfen sich vor dem Kaiser zu Boden, als er hindurchschritt. Prüfend schaute Qianlong auf das Haus und den gepflegten Garten. Seit drei Jahren war er nicht mehr hier gewesen. Wöchentliche Berichte hatten ihn über Li Yings Fortschritte auf dem Laufenden gehalten. Das Kind war zu einem gesunden jungen Mann herangewachsen, dessen Wissen ihn an die Seite der größten Gelehrten stellte. Der Kaiser sah Licht im Arbeitszimmer und lächelte befriedigt.

Allein trat er in den Raum. Li Ying, in seiner Lektüre überrascht, warf sich zu Boden, um die drei vorgeschriebenen *ketou* auszuführen.

»Steht auf, Prinz, damit ich Euch anschauen kann«, befahl der Kaiser. »Ihr seid heute achtzehn Jahre alt, nicht wahr?«

Er nahm sich viel Zeit für seine Prüfung und stellte erfreut fest, dass der junge Mann ihn bereits um einen Kopf überragte. Sein offenes Gesicht trug die Züge der *Han* aus dem Süden, beweglicher, feiner, rassiger als die der Menschen im Norden. Li Ying besaß eine natürliche Vornehmheit in seiner Art, ihn anzusehen und aufrecht vor ihm zu stehen. Weder eingeschüchtert noch arrogant ertrug Li Ying den Blick des Kaisers mit einer Ruhe, die diesen erstaunte. Sein Körper hatte sich in den Jahren harmonisch entwickelt, und Qianlong wusste, dass die täglichen Übungen des *qigong* und des Schwertkampfes seine Muskeln ebenso wie seinen Geist gefestigt hatten.

»Eure Lehrer haben gute Arbeit geleistet«, sagte der Kaiser, während er in den beschriebenen Blättern las, die auf dem Tisch verstreut waren. »Ihr seid so schön, wie ich es erhoffte. Auch von Eurem Geist weiß ich, dass er so gut gefüllt ist, wie ich es befohlen hatte. Ihr kennt die *Dreizehn Klassiker*, Eure Kalligraphie ist voller Eleganz, und Ihr sprecht hervorragend Latein und Französisch. So hatte ich es gewünscht.«

Li Yings Herz schlug rascher. Er ahnte, dass der Kaiser nicht nur zu ihm gekommen war, um seine Fortschritte festzustellen, sondern auch, um ihm etwas mitzuteilen. Furcht schnürte ihm die Kehle zu. Der Moment, den er so lange erwartet hatte, war nun da, und plötzlich hatte er Angst zu erfahren, warum er so lange diese vollständige Einsamkeit und ein so schweres Studium hatte ertragen müssen. Er senkte die Augen und wartete, dass Qianlong ihm endlich das Geheimnis seiner Bestimmung enthüllte.

»Ihr habt Euch gewiss oft nach dem Grund Eures außergewöhnlichen Daseins gefragt, nicht wahr? Oder danach, welche Fehler Ihr Euch zuschulden kommen ließet, um zu verdienen, was Euch wie eine Bestrafung erscheinen musste.«

Li Ying hob den Kopf und sah dem Kaiser direkt in die Augen, als wolle er ihn herausfordern.

Qianlong lachte kurz. »Manch einer bezahlte mit seinem Leben, weil er es wagte, mich anzusehen, wie Ihr es jetzt tut,

Prinz, aber ausnahmsweise dulde ich, was die Etikette verbietet. Ich weiß, dass Ihr ungeduldig auf Erklärungen wartet. Ich konnte sie Euch nicht früher geben. Euer jugendlicher Verstand hätte sie nicht aufnehmen können, ohne in Verwirrung zu geraten. Heute seid Ihr reif genug.«

Der Kaiser zog den Stuhl heran, auf dem gewöhnlich die Lehrer saßen, und nahm ohne Umstände Platz. Er strich über seinen Schnurrbart.

»Ich habe beschlossen, Euch den weisesten Lehrern des Reiches anzuvertrauen, weil die Zukunft Chinas es so verlangte«, begann er mit ernster Stimme. »Sie machte es auch notwendig, dass Eure Erziehung in aller Heimlichkeit erfolgte. Außer denen, die Euch lehrten, was Ihr heute wisst, ahnt niemand etwas von Eurer Existenz, hat niemand je erfahren, dass Ihr in diesem Pavillon lebtet und was hier geschah. Die Stunde Eurer Befreiung rückt näher, und ich werde Euch jetzt erklären, warum ich so mit Euch verfahren musste. Vor langer Zeit habe ich beschlossen, dass Ihr derjenige sein würdet, der die heiligste Mission erfüllen soll, die je einem *Han* anvertraut wurde: China zu retten.«

Li Ying, der neben seinem Arbeitstisch stand, zuckte vor Erstaunen zusammen, aber sein Gesicht blieb unbeweglich, wie seine Meister es ihn gelehrt hatten. China retten, er? China, das mächtigste Reich, das die Welt je gekannt hatte, und er, der so schwach war?

»Ihr wisst, dass seit mehr als einhundertfünfzig Jahren christliche Missionare am Kaiserhof dienen«, fuhr Qianlong fort. »Sie haben uns ihren Glauben gebracht, vor allem aber ihr Wissen. Mein Großvater, Kaiser Kangxi, empfing sie voller Wohlwollen, sie aber nutzten es aus, um überall im Land Zwietracht zu säen, ja sogar am Hof. Mein Vater Yongzhen verjagte sie, musste jedoch die Gelehrtesten unter ihnen bei sich behalten. Denn während wir sie wachsam zu hindern suchten, unserem Volk ihren Glauben aufzuzwingen, bemerkten wir nicht, welchen Einfluss sie in öffentlichen Angelegenheiten erlangten. Mit großem Geschick wussten sich die Missionare in allen Institutionen unverzichtbar zu machen. Sie reformierten unseren Kalender, was tatsächlich notwendig war, brachten uns ihr Wissen von Kanonenbau und Eisenschmelzen, Malerei, Musik, ihre mathematischen Kenntnisse, die Kunst der mechanischen Geräte und vieles mehr. Alles Dinge, die zweifellos gut waren für das Reich, jedoch eine schreckliche Kehrseite besaßen.«

»Welche?«, fragte Li Ying, der nicht wusste, dass es streng verboten war, den Kaiser zu unterbrechen.

»Die tägliche Bekundung unserer technischen und wissenschaftlichen Unterlegenheit unter das Große Abendland. Ich bemerkte es, als ich den Thron bestieg und erkannte, dass wir ohne die Hilfe der Christen zu gar nichts mehr imstande waren. Krieg? Wir brauchten die Karten, die sie für uns gezeichnet hatten, und die Kanonen, die sie uns zu gießen gelehrt hatten. Unsere religiösen Zeremonien? Sie waren die Einzigen, die genau die Daten unserer großen rituellen Feste bestimmen konnten. Die Zeitmessung? Unsere Uhren waren lächerlich primitiv im Vergleich zu ihren. Selbst für den Bau eines Palastes, der sich mit dem des Königs von Frankreich vergleichen lässt, musste ich auf sie zurückgreifen! Der Hof der Mandschu war stets gastfreundlich gegenüber Ausländern, wenn sie den Interessen des Reiches dienten. Aber war das bei all diesen Weißen tatsächlich der Fall? Dienten sie nicht viel mehr den Ländern, die sie uns geschickt hatten? Die Antwort lag für mich auf der Hand. Früher oder später würden sie versuchen, uns zu unterwerfen und zu Sklaven zu machen. Die Drohung war da, vor unseren Augen, und niemand sah es.

Die Europäer haben die Mittel, ihre Pläne durchzusetzen. Wenn sie mit all den wunderbar gearbeiteten Dingen, die allem bei uns technisch weit voraus sind, bis zu uns kommen können, wie sieht es dann erst in ihren eigenen Ländern aus, in Frankreich, Italien, Portugal? Wenn sie imstande sind,

Dutzende Schiffe hierher zu entsenden, um Handel zu treiben, wie viele haben sie insgesamt? Hunderte, Tausende vielleicht. Und wir, was besitzen wir? Armselige Dschunken, die keineswegs mit ihnen konkurrieren können und die eine einzige Salve von der kleinsten ihrer Fregatten in Sekundenschnelle versenken würde.«

Der Kaiser verstummte, als habe er das Bild der Katastrophe vor Augen, die er gerade ausgemalt hatte. Li Ying wagte nicht, sein Schweigen zu unterbrechen. Er erfasste die Fragen, die Qianlong beschäftigten, verstand jedoch nicht, welch ein Zusammenhang zu ihm bestand.

»Es fehlt uns an allem, nur nicht an der Vielzahl unserer Bewohner, das ist die traurige Wahrheit«, fuhr der Kaiser schließlich fort. »Unzählige Soldaten, gewiss, aber wie könnten sie gegen diese Teufel bestehen, wenn sie eines Tages die Lust überkommen sollte, uns anzugreifen? Ihre Kanonen, ihre Gewehre würden all unsere Reserven erschöpfen. Die Männer des Westens nutzen Techniken, die wir nicht haben, sie wissen Dinge, von denen wir nichts ahnen. Und ständig entwickeln sie ihre Kenntnisse weiter, wie ich feststellen konnte, als ich die außergewöhnlichen Geschenke prüfte, die mir ihre Könige schicken. Wenn ich mich in einem ihrer Spiegel betrachte, so sehe ich nicht den Sohn des Himmels, sondern das Gesicht eines zurückgebliebenen China. Was tun wir, während die Männer des Westens immer neue Fortschritte machen? Nichts. Wir bleiben unseren Traditionen treu, unseren Prinzipien, unseren alten Werkzeugen, wir wollen nichts verändern, wir bedienen uns immer noch derselben tausendjährigen Techniken, und wir sterben auf kleiner Flamme.«

Qianlong sah Li Ying in die Augen.

»Deshalb beschloss ich vor nunmehr achtzehn Jahren, den Besten unter uns in die Länder des Großen Abendlandes zu entsenden, damit er in Erfahrung bringt, wie diese Nationen so große Fortschritte gegenüber der unseren erreichen konnten. Einen Spion, der imstande wäre, zu beobachten und die Geheimnisse der Herstellung von Schiffen, Waffen und Kanonen zu durchdringen, die die Kraft der Männer des Westens ausmachen. Kurz und gut, die Geheimnisse ihrer Macht zu enthüllen und an mich zu berichten. Das ist der einzige Weg, um unseren Rückstand aufzuholen oder ihn zumindest besser zu verstehen und zu wissen, woran wir sind. Die Drohung, die auf uns lastet, ist noch fern und unbestimmt, aber wenn wir nicht wollen, dass sie sich morgen auf unsere Kosten nähert, wenn wir jetzt schon eine Entgegnung finden wollen, müssen wir die Europäer in ihren Ländern aufsuchen. Keiner der Männer, denen ich vertraute, war imstande, eine solche Mission erfolgreich durchzuführen. Sie machte es notwendig, die Sprachen des Westens zu kennen. Deshalb beschloss ich, selbst denjenigen zu formen, den ich dorthin entsenden würde.«

Li Ying stockte der Atem. Mit verkrampften Händen und erstarrtem Gesicht harrte er wie eine Statue der Enthüllung, die er bereits ahnte.

»Dieser Mann seid Ihr«, sagte der Kaiser.

Li Ying verneigte sich tief, um seinen Stolz zu verbergen. Er, der Spion des Kaisers in den Ländern des Westens! Plötzlich überflutete ihn eine mächtige Welle der Dankbarkeit für den Mann, der ihn auserwählt und über so lange Zeit auf sein Schicksal vorbereitet hatte. Qianlong spielte mit den Korallenkugeln seiner kaiserlichen Kette.

»Wenn ich beschließe, dass Ihr bereit seid – was ich aber heute noch nicht tun werde –, reist Ihr nach Westen, allerdings über den Landweg. Ich wünsche nicht, dass Ihr eins ihrer Handelsschiffe besteigt. Das würde Eurer Reise einen nahezu offiziellen Charakter verleihen, und nach Eurer Ankunft könntet Ihr nicht mehr allein über Eure Schritte bestimmen. Ich möchte vielmehr, dass Ihr in vollkommener Freiheit handeln könnt. Das ist die Bedingung für die Heimlichkeit. Ihr werdet zu dem, was Ihr nicht seid, einem Flüchtling, einem Verbannten. Ein Mann, der aus seinem Land flieht, um in einem anderen Zuflucht zu suchen, weckt stets Sympathie. Alle, denen Ihr unter dieser Maske begegnet, werden Euch helfen wollen und Euch die Vorzüge ihrer Gesellschaft enthüllen. Dann könnt Ihr ihnen mühelos entlocken, was Ihr wissen müsst. Wir werden Eure Geschichte später noch genauer ausarbeiten. Eure Reise wird lang und schwierig. Ihr werdet auf Euch selbst gestellt sein, ohne Schutz, nur von einem Diener begleitet. Wir werden ihn sorgfältig unter denen auswählen, die ich Euch zuweise, sobald Ihr bei Hofe Einzug haltet. Ihr geht zunächst nach Frankreich, das ist das mächtigste und volkreichste Land in diesem Teil der Erde. Eure Arbeit wird darin bestehen, zu prüfen, wie der König herrscht, die Anzahl der Soldaten, über die er verfügt, und ihre Bewaffnung zu ermitteln, auch die ihrer Handels- und Kriegsschiffe und die Ausdehnung seines Reiches. Weiterhin sollt Ihr Euch über die Entwicklung der Technik und der Waffenfabrikation informieren und in Erfahrung bringen, wie die Franzosen Kriege führen und Metall bearbeiten. Wenn Ihr genug darüber wisst, reist Ihr weiter in das Reich Österreich, die andere Macht in Europa, um dort die gleiche Aufgabe zu erfüllen.«

»Wie lange muss ich fern von Euch sein, Majestät?«

»Ihr werdet mindestens fünf Jahre benötigen, vielleicht mehr, wenn Ihr Erfolg haben wollt. All diese Informationen zu erlangen setzt voraus, dass Ihr zunächst in die Gesellschaft aufgenommen werdet und Euch mit den Bräuchen vertraut macht, von denen Ihr nichts wisst. Das braucht Zeit. Erst dann könnt Ihr Euch an die Arbeit machen. Überstürzt nichts. Wir werden vor Eurer Abreise noch darüber reden.«

»Ich kann all diese Informationen nicht so lange behalten, Majestät«, wandte Li Ying ein. »Sie hätten keinen Wert mehr, wenn ich zehn Jahre, nachdem ich sie erlangt hätte, hierher zurückkehrte.«

Ein kurzes Strahlen ging über die hieratischen Züge des

Kaisers. Die Stichhaltigkeit von Li Yings Bemerkung bestätigte ihn darin, dass der Junge seinen Erwartungen entsprach.

»Daran habe ich schon gedacht. Deshalb habe ich ein System entwickelt, mit dem ich regelmäßig Eure Berichte erhalten kann. Ich erkläre es Euch vor Eurer Abreise.«

Li Ying bewunderte diesen Mann, der eine so gewagte Mission so sorgfältig geplant hatte. Die Gefahr machte ihm keine Angst. Im Gegenteil. Plötzlich hatte er es eilig aufzubrechen.

»Wann kann ich mich auf den Weg machen?«, fragte er.

»Das wird noch einige Zeit dauern. Ihr seid noch nicht bereit und müsst Euch noch weitere Kenntnisse aneignen. Sie werden Euch bei Eurer Arbeit von Nutzen sein. Dann geht Ihr zum Heer, das im Norden des Reiches die Dsungaren bekämpft, um Kriegserfahrung zu sammeln und die Wirklichkeit aus größerer Nähe kennen zu lernen. Der Krieg ist paradoxerweise ihre deutlichste Verkörperung. Er ist nicht nur das Ergebnis der Konfrontation zweier Fronten, der Kampf von zwei entgegengesetzten Kräften, er ist auch das Reich der Ungewissheit, der List, der Kühnheit, des Mutes und des grausamsten Tötens, das heißt ein genaues Abbild des Lebens. Er ist ein blendender Nebel, und man weiß nie, wer als Sieger hervorgehen wird. Ich will, dass Ihr die Taktiken unserer Generäle erlernt, für den Tag, an dem Ihr, wie ich es wünsche, die von den Männern des Westens angewandten Strategien erleben könnt. Man sagt, wir seien Meister der Kriegskunst, meist aber kämpfen wir gegen Feinde, die weniger gut organisiert sind als wir. Was geschieht, wenn wir eines Tages den Armeen der Weißen gegenüberstehen? Ich fürchte, dann werden wir nicht mehr standhalten können. Man kann nicht immer mit der Überzahl von Soldaten und Kriegslisten gegen die Macht des Feuers angehen.«

»Majestät«, wagte Li Ying einzuwenden, »ich weiß nicht, ob ich einer solchen Mission würdig bin.«

»Merkt Euch nur Eines, Prinz: Die Zukunft unserer Söhne und der Wohlstand Chinas hängen von Eurem Erfolg ab. Merkt Euch auch, dass die Yin sich einst dank des Spions Yi Zhi erhoben, den sie in Xia eingeschleust hatten: Gemäß den Worten Sunzis wissen weitsichtige Fürsten und weise Generäle ihre Spione unter denen auszuwählen, die über besondere Intelligenz verfügen, um großen Erfolg zu erlangen. Ihr seid mein Yi Zhi, und wer weiß, vielleicht gelingt es uns eines Tages Dank Eurer Intelligenz, den großen Sieg über die Männer des Westens davonzutragen.«

Qianlong stand auf, die Seide seines Gewandes rauschte, und Li Ying wusste nicht, wie er sich verhalten sollte. Sollte er sich zu Boden werfen, um den *Ketou* auszuführen? Musste er sich lediglich zum Zeichen der Demut und des Gehorsams verneigen? Er tat weder das eine noch das andere, senkte nur respektvoll den Kopf. Der Sohn des Himmels empörte sich keineswegs darüber, sondern wandte ihm mit einem rätselhaften Lächeln den Rücken zu. Da wagte Li Ying ihm die Frage zu stellen, die ihm seit so langer Zeit auf den Lippen brannte.

»Majestät«, sagte er, da Qianlong die Tür öffnen wollte, »wer sind meine Eltern?«

Der Kaiser hielt inne und sah ihn mit eisigem Blick an.

»Eure Eltern? Die Sonne und der Mond natürlich, wie für jeden von uns.«

Achtes Kapitel

Denken Sie nur an die Gewinne, die uns dieser Chinese einbringen kann!«, rief Leighton. »Durch ihn könnten wir eine deutliche Bevorzugung in China erlangen. Prinz Li Ying ist der Trumpf, von dem wir geträumt haben, um den englischen Handel mit Peking zu entwickeln und unsere Konkurrenten zu überholen.«

»Sie lassen sich hinreißen, mein Lieber!«, versetzte Scarborough mit zweifelnder Miene.

Schon am frühen Morgen war James Leighton zu seinem alten Freund geeilt, der ein Vertrauter des Königs von England war. Er hatte an die Tür getrommelt, bis man ihm öffnete, war hineingestürmt und vier Stufen auf einmal nehmend die majestätische Marmortreppe hinaufgerannt, ehe er wie ein Teufel in Scarboroughs Schlafgemach eindrang, wo dieser noch in seinem riesigen Säulenbett lag.

»Ich lasse mich hinreißen, und wie!«, entgegnete er. »Dieser Chinese ist ein Segen. Er ist ein Geschenk des Himmels, und es ist ein Wunder, dass er in London angekommen ist und nicht bei den Franzosen.«

»Wie hat die göttliche Vorsehung das nur angestellt? Sie scheint doch gegenwärtig eher Versailles zugeneigt. Sie verwirren mich«, sagte Scarborough und trank einen großen Schluck Tee, um richtig wach zu werden.

»Das Ganze kam durch einen Zufall zustande, wie er bisweilen gar den Verlauf der Geschichte ändern kann. Li Ying hat China verlassen, um Frankreich zu entdecken und nebenbei noch Italien. England kam in seinen Plänen nicht vor. Er wusste kaum, dass es existiert. Die Entscheidung fiel in Istanbul, wo er ein französisches Schiff besteigen wollte und keines fand. Da betrat der brave Kapitän Wren die Bühne. Er hatte gerade die letzten Tabakballen verstaut, als er am Kai hörte, dass ein Chinese nach Frankreich reisen wolle. Erstaunt suchte er die Begegnung mit ihm, stellte sich vor und überzeugte ihn dank glänzender Französischkenntnisse – man muss stets die Sprache des Feindes sprechen –, an Bord der *Bristol* zu gehen, anstatt ein ungewisses Schiff nach Marseille abzuwarten. Schließlich seien doch England und Frankreich so nah beieinander, dass man an einem Tag den Kanal überqueren könne.«

»Das war geschickt.«

»So gelangte unser Chinese also an Bord. Während der gesamten Überquerung des Mittelmeeres rühmte Wren unablässig die Verdienste unseres Vaterlandes und die Vorzüge unserer Gesellschaft. Er hat ihm erklärt, dass London eine weitaus bedeutendere Stadt sei als Paris und die wahre Hauptstadt des christlichen Abendlandes.«

»Und der Chinese hat es geglaubt? Herr im Himmel!«

»Zweifeln Sie daran?«, fragte Leighton beunruhigt.

»Davor bewahre mich Gott«, antwortete Scarborough. »Erzählen Sie weiter.«

»Li Ying hat es geglaubt. Er hatte ehrlich gesagt auch kaum eine andere Möglichkeit. Entscheidend war der Zwischenstopp in Gibraltar.«

»Ich ahnte doch, dass dieser Teufelsfelsen irgendwann zu etwas gut sein würde!«, meinte Scarborough ironisch.

»Lieber Freund, Sie sind ungerecht. Er gibt uns seit einem halben Jahrhundert den Schlüssel zum Mittelmeer in die Hand, und die französische Flotte in Toulon kann den Atlantik nicht erreichen, ohne dass wir davon erfahren! Das ist kein geringer Vorteil.«

»Hören Sie endlich auf, mich zu belehren, James, ich kenne die Bedeutung dieses Affennestes ebenso gut wie Sie!«

Es hätte mehr gebraucht, um Leightons Begeisterung zu dämpfen. Er fuhr ungerührt fort: »Wren hat die Besichtigung der Festung und ihrer Geschütze zum Anlass genommen, um dem Chinesen eine Ahnung von der Macht Englands zu geben und ihm zu erklären, dass unsere Flagge auf allen Meeren weht.«

»Sehr geschickt.«

»Als sie im Golf von Gascogne waren, hat Wren den entscheidenden Stoß geführt: Er hat dem Prinzen geraten, ein paar Wochen in London zu bleiben und die Freuden unserer Gastfreundschaft zu genießen, ehe er nach Frankreich aufbreche.«

»Mit anderen Worten, er hat ihn entführt! *Such a good fellow!*«

»Jetzt werden Sie verstehen, warum wir diese Chance nutzen müssen, um gegenüber den Franzosen einen Vorsprung zu gewinnen. Sie wird nicht so bald wiederkehren, wenn wir nicht eines Tages eine Gesandtschaft nach Peking entsenden. Wir müssen deshalb alles unternehmen, damit unser Gast seine Pläne ändert, auf Frankreich verzichtet, sich hier niederlässt und allein England von seinen Kenntnissen über China und seinen Beziehungen zur Spitze des Reiches profitieren lässt.«

Leighton hielt es für klug, zu verschweigen, dass Li Ying ein Verbannter war, denn er wollte das erwachende Interesse seines Gesprächspartners nicht abkühlen.

»Wenn wir uns geschickt anstellen«, fuhr er fort, »wird es uns schließlich gelingen, vom Kaiserhof alle Vergünstigungen zu erlangen, die wir für unseren Handel benötigen. Wer weiß? Vielleicht können wir uns sogar in Peking niederlassen, anstatt weiter in Kanton festzusitzen, wie in den letzten hundert Jahren.«

»Es wäre in der Tat ein beachtlicher Vorteil, eine Konzession für die Hauptstadt Chinas zu erhalten«, bestätigte Scarborough und kratzte sich am Kinn.

»Sie wissen ja, wie defizitär unser Handel mit China gegenwärtig ist«, erklärte Leighton. »Die Chinesen überschwemmen uns mit Tee, Seide, Porzellan, Lackdosen …«

»Die Gesellschaft schlägt daraus beachtliche Gewinne.«

»Zweifellos, aber was kaufen sie uns dafür ab? Ein paar Uhren, Möbel, das ist fast alles. Dieses Ungleichgewicht droht unsere Position zu untergraben. Kaufen, ohne zu verkaufen, ist kein vernünftiger Austausch, da werden Sie mir zustimmen.«

»Mag sein, aber unsere Produkte interessieren sie nicht, was sollen wir machen?«

»Das behaupten die Chinesen. Dabei kennen sie sie gar nicht. Die Franzosen werden sehr viel mehr los als wir, Spiegel, Lüster, Leinen, was weiß ich nicht alles. Warum? Weil sie ihre Jesuiten in der Verbotenen Stadt haben, ganz einfach.«

»Werden Sie Jesuit, mein Lieber!«, lachte Scarborough.

»Für den Ruhm der englischen Nation würde ich sogar zum Papisten werden, wenn es nötig ist!«, entgegnete Leighton mit dem Ernst, der ihn nie verließ, wenn er von Geschäften sprach. »Da wir nicht wie die anderen ein paar Mönche des Kaisers missionieren können, schicken wir ihm diesen Chinesen zurück, nachdem wir ihn von der Überlegenheit unserer Produkte überzeugt haben und davon, wie nötig seine Landsleute diese brauchen.«

»Warum sollten sie?«

»Um besser, bequemer und gemütlicher zu leben natürlich! Einfach zivilisierter.«

»Sie irren sich, Leighton. Wenn Sie die Bücher der französischen Jesuiten gelesen hätten, wüssten Sie, dass es diesen Menschen an nichts fehlt und dass sich ihre Sitten ganz und gar von unseren unterscheiden. Ihre Gewohnheiten sind Tausende Jahre alt, und sie erwarten nichts von uns, das werden Sie nicht ändern können.«

»Wer spricht denn davon, etwas zu ändern?«, empörte sich Leighton. »Wir können ihnen doch wenigstens zeigen, was unsere Manufakturen herstellen können und was es Besseres gibt. Li Ying wird der ideale Bote sein.«

Scarborough erhob sich mit Mühe. Sein Kammerdiener hüllte ihn in einen Morgenmantel aus karminrotem Samt. Er machte ein paar Schritte zum großen Fenster, hinter dem die hohen Bäume des Parks zu sehen waren, und schaute auf die strahlend weiße Fassade des St-James-Palace in der Ferne.

»Na gut. Was erwarten Sie von mir, Leighton?«

»Empfangen Sie den Prinzen, um sich selbst zu überzeugen, welch großen Nutzen wir aus ihm ziehen können. Wenn Sie dann der Meinung sind, dass dieser Mann unserem Land unschätzbare Dienste erweisen kann, nutzen Sie Ihren Einfluss, um ihn König Georg vorzustellen.«

Neuntes Kapitel

Vergilius Kimble hatte nur wenige Tage gebraucht, um eine angemessene Wohnung für Li Ying zu finden. Er war hilfsbereit und darauf bedacht, all seine Fragen zu beantworten, ja setzte seine Ehre darein, der Pygmalion des Chinesen zu sein, und er musste nur den *Public Advertiser* aufschlagen, um zu finden, was er suchte: ein elegantes Haus am Lincoln's Inn Field, dessen spindelförmige Säulen mit ionischen Kapitellen sich zwischen hohen Fenstern mit Giebeldreieck einfügten. Li Ying mietete das möblierte Erdgeschoss für fünfzehn Guineen pro Woche inklusive Bettwäsche und allem Zubehör, das er benötigte. Kimbles Liebenswürdigkeit ging so weit, dass er für ihn zum besten Kurs eine der Goldtafeln wechselte, die der Chinese unter seinen Kleidern verborgen mitgebracht hatte.

»Das ist beinahe das reinste Gold, das mein Bankier je zu Gesicht bekommen hat«, sagte Kimble, als er Li Ying das Geld brachte. »Er ist bereit, Ihnen alles zu Höchstpreisen abzukaufen, wenn Sie wollen.«

»Ich habe Angst, dabei zu verlieren. Lieber tausche ich immer nur so viel, wie ich benötige. Und das ist wenig.«

Vom Salon, der mit Kanapee, Sesseln und einem kleinen Spieltisch ausgestattet war und nur durch zwei Wandspiegel und einen Kristalllüster verziert wurde, gingen sie in ein dunkles Zimmer, in dessen Mitte ein quadratisches Bett mit einem über vier fein gedrechselte Holzsäulen gespannten Himmel stand. Dahinter folgten ein Badezimmer mit einem Waschgeschirr aus Fayence, dessen Verwendung sich der verwunderte Li Ying erst erklären lassen musste, ein Ankleideraum und ein großes Speisezimmer. In einem Mahagonibüffet fand er ein komplettes Service, Silberbesteck und wunderschöne Stielgläser aus Frankreich. Küche und Dienstbotenkammer befanden sich im Keller, wie es in London üblich war. Shi Xiu nahm mit Freudenrufen davon Besitz und war besonders begeistert, als er feststellte, dass sich die Fenster durch einfache Gegengewichte ohne jede Anstrengung öffnen ließen.

Mit vollendeter Diskretion ließ Kimble Li Ying allein mit seiner Wohnung vertraut werden und verschwand, um zu seiner geliebten Elizabeth heimzukehren. Der Chinese schloss sich im Schlafzimmer ein und betrachtete sein neues Reich. Das plötzliche Gefühl von Freiheit war ebenso stark wie in den grenzenlosen Weiten Asiens. Unverzüglich brachte er an der Wand gegenüber seines Betts ein antikes Poem auf Seidenstoff an, das ihm Qianlong vor seiner Abreise geschenkt hatte. Diese kleine Seidenrolle war sein kostbarstes Gut. Sie verkörperte den unsichtbaren Faden, der ihn mit China verband, das er unendlich liebte, wenngleich er es im Grunde nur wenig kannte. Dann holte er aus seiner Truhe einige außerordentlich seltene Jadesteine. Qianlong, der den Geschmack der Europäer kannte, hatte sie persönlich in seiner Schatzkammer ausgesucht. Ein Pferd aus der Tang-Periode, ein Kelch, so fein geschnitten, dass er durchsichtig zu sein schien, ein *ruyi*, ein mit einem Blütenmotiv verziertes Zepter mit leicht gebogenem Griff und rundem Knauf, und zwei Daumenringe, in die Li Yings Siegel graviert war.

In Abwägung der Länge seiner Reise war er mit wenig Gepäck aufgebrochen. Eine Lackdose mit seinem Schreibzeug, drei Seidenroben mit den Insignien seines Grades, normale Kleidung, ein paar Bücher, das war beinahe alles. Natürlich hätte niemand an seine Geschichte geglaubt, wenn er mit der Ausstattung eines Botschafters angekommen wäre. Er hätte ohnehin Mühe gehabt, mehr als zwei Truhen zu füllen. Er besaß so wenig. Der letzte Gegenstand, den er im Zimmer aufstellte, war ein Buddha aus Holz, den ihm Pater Gallois bei seinem letzten Besuch geschenkt hatte.

»Ich habe gehört, dass du dich dem Heer anschließen wirst, das an der Grenze des Reiches kämpft«, hatte der Missionar gesagt. »Ich weiß nicht, ob ich dich wiedersehe. Erlaube mir, dir diesen kleinen *Fo* zu überreichen, den ein sehr alter Mönch aus dem Tanzhesi, dem Kloster des Teiches und des Maulbeerbaumes, mir bei meiner Ankunft in Peking zum Zeichen des Willkommens und der Brüderlichkeit gab. Diese Figur hat mich nie verlassen, und ich habe sie so geehrt, wie es mir möglich war. Jetzt gebietet mir mein Herz, sie in die Hände eines wahren Anhängers des buddhistischen Glaubens zu legen. Für mich ist es Zeit, es an einen wertvollen Menschen zu übergeben, den ich sehr liebe«, schloss er und verneigte sich mit Tränen in den Augen vor seinem Schüler.

Als Li Ying nun den kleinen Buddha in die Hand nahm, um ihn auf ein Tischchen neben seinem Bett zu stellen, erfüllte ihn tiefe Rührung. Wenngleich diese Erinnerung schon mehrere Jahre zurücklag, war sie doch immer noch sehr lebendig. Er entzündete eine kleine Öllampe und dachte an seinen europäischen Lehrer. Lebte er noch, war er noch in China? Oder war er nach Frankreich zurückgekehrt, um dort zu sterben? Er wünschte sich so sehr, ihn eines Tages wiederzusehen. So viel war inzwischen geschehen. Vier Jahre Krieg, die ihm nichts erspart hatten, drei weitere Jahre des Studiums, dann die lange Reise nach Westen.

Während Shi Xiu das Abendessen zubereitete, begann Li Ying seinen Bericht an den Kaiser. Der letzte stammte aus Istanbul. Er hatte ihn dem Anführer der Karawane mitgegeben, die nach Xian zurückkehrte. Der Brief würde erst nach drei, vier Monaten in die Hände Qianlongs gelangen. Wann würde er diesen Bericht absenden können? Da er nun in England war und nicht wie vorgesehen in Frankreich, war die

Verbindung, die sie vereinbart hatten, noch ungewisser. Wie sollte er die Briefe, die er an einen gewissen Antoine Desmarais für den Kaiser richten würde, dem Lazaristen Romanet in Paris zukommen lassen? Zunächst musste er den Hafen besichtigen und Kontakt mit Kapitänen aufnehmen, die nach Frankreich reisten, ihr Vertrauen gewinnen, einen Preis aushandeln. Er rieb seinen Tintenstein an der kleinen Mulde in seinem Etui, fügte ein paar Tropfen Wasser hinzu, erhielt die gewünschte Mischung, tauchte seinen Pinsel ein und begann an Qianlong zu schreiben.

»Februar 1756. Majestät, während ich noch glaubte, bald im Königreich Frankreich anzukommen, entdeckte ich eine Nation, von der bei uns fast nichts bekannt ist: England. Eine große Insel im Westen des Kontinents, von dem sie durch einen Meeresarm getrennt ist, den man an einem Tag überqueren kann. Als ich in Istanbul, der Hauptstadt der Ottomanen, eingetroffen war, suchte ich eine Möglichkeit, das Land zu erreichen, das Ihr mir als Ziel bezeichnet hattet, als ein englischer Kapitän vorschlug, mich mit in seine Heimat zu nehmen. Ich habe nicht abgelehnt, da ich es für nützlich hielt, eine Gegend kennen zu lernen, die in diesem Teil der Welt großes Ansehen genießt. Als ich in der Hauptstadt eintraf, die London heißt, war ich höchst überrascht. Ich hatte nicht damit gerechnet, eine Stadt zu entdecken, die offensichtlich ebenso groß ist wie Peking – ich hatte bisher kaum Zeit, sie zu besichtigen – und in der sich einige Gebäude von der Größe her durchaus mit unseren vergleichen lassen, allerdings nicht in der Architektur. Ihr habt mich aufgefordert, Euch niemals die Wahrheit über all das vorzuenthalten, was ich im Verlauf meiner Reise sehen und beobachten werde. Ich werde also nichts verschweigen. Nach den enormen Ausmaßen ihres Haupttempels, der St Paul's Cathedral, zu urteilen, ist diese Nation reich und mächtig. Überall Geschäfte, Wirtshäuser, deren Schilder die Passanten einladen. Diese Schilder sind teilweise ebenso reich bemalt wie die Gemälde, die die Europäer an Eurem Hof fertigen. Dieses Volk scheint eine Leidenschaft für den Handel zu haben, ein Eindruck, der auch durch den Flusshafen bekräftigt wird, in dem Schiffe aus aller Welt ihre Waren ausladen. Die Engländer blicken, wie mir scheint, mit großer Bewunderung auf unser Reich und seinen Kaiser, dessen Weisheit und kluge Verwaltung sie loben. *Shangdi*, der Herr des Himmels, kann mich nicht zufällig in dieses Land geführt haben, Majestät. Ich hoffe auf große Dinge für das Wohl des Reiches und den Ruhm Eurer Majestät. Euer ergebener Diener.«

Das Wenige, das er gesehen hatte, bestätigte ihm, dass die Befürchtungen des Kaisers berechtigt waren. Es drängte ihn deshalb nur umso mehr, seine Mission zu beginnen. Der Anfang war nicht schlecht gewesen: Offensichtlich ahnte niemand etwas. Jetzt musste er die Sympathie ausnutzen, die ihm all diese Leute bezeugten, um Zugang zur Gesellschaft zu erhalten und seine Spionagetätigkeit auszuführen.

Plötzlich legte sich die Einsamkeit schwer auf seine Schultern, unerwartete Sehnsucht nach China packte ihn. In dieser Nacht dachte er beim Einschlafen an das unschätzbare Geschenk, das ihm Qianlong gemacht hatte, ehe er ihn in die Welt entsandte.

Zehntes Kapitel

Heute werden wir wohl einen achtzehnjährigen Novizen empfangen«, sagte Du Wei und schob eine Silbernadel in ihr Haar, um den Knoten festzustecken.

Dabei entblößte sie ihren zarten weißen Nacken. Sie warf noch einen prüfenden Blick in den Spiegel, strich einen letzten Hauch Schminke über ihre rosigen Wangen und gestattete sich ein Lächeln. Ihre Dienerin Zhaofei kniete vor ihr, streifte ihr die Ringe über und polierte ein letztes Mal die lackierten Fingernägel. Die Männer waren verrückt nach diesen spitzen Krallen, die Du Wei ihnen in die Haut bohrte, um ihr Verlangen zu steigern oder eigene Lust zu simulieren.

»Wer ist dieser junge und glückliche Drachen?«, fragte Zhaofei.

»Prinz Li Ying, wurde mir gesagt. Ich habe noch nie von ihm gehört. Gewiss einer der neuen Günstlinge des Kaisers, nach den Anweisungen des Obersten Eunuchen Wei Zhongxian zu urteilen.«

»Was hat er Euch gesagt?«

»Der junge Prinz soll von mir das Spiel der Wolken und des Regens erlernen.«

Zhaofei erlaubte sich ein kleines Lachen.

»Kennt er es noch nicht?«, fragte sie verwundert.

»Nein. Ich habe gezögert, ob ich ihn empfangen soll, aber der Kaiser hat mir keine Wahl gelassen. Einen jungen Mann in die Freuden des Körpers einzuführen, kann böse Überraschungen bringen. Ich weiß nicht, was er für einer ist.«

Du Wei war außergewöhnlich schön, und sie wusste es. Die Mandarine, die dank kaiserlicher Gunst das Privileg erhielten, einmal ihren schlanken Körper in den Armen zu halten, waren bereit, durch die Hölle zu gehen, um sie erneut zu besitzen. Sie bewahrten eine strahlende Erinnerung, von der sie bis ans Ende ihres Lebens träumten. Aber die junge Frau hatte keinen Preis. Sie gehörte Qianlong. Er war der Erste gewesen, der sie geliebt hatte, und in seiner Begeisterung hatte er kurz daran gedacht, sie in den Rang der Favoritin zu erheben. Dann erschien es ihm jedoch nützlicher, sie zum Kultobjekt zu machen, sie dem Vergnügen weniger, verdienstvoller Männer, Mandarine oder Generäle, vorzubehalten, denen er sie für eine unvergessliche Nacht überließ, um sie für ihre Meriten oder ihre Treue zu belohnen.

Tatsächlich ging es ihm weniger darum, sie zu beschenken, als sie durch eine Gunst, deren Seltenheit sie unschätzbar erscheinen ließ, auf ewig an sich zu binden. Für jene, die Du Wei einmal in den Armen gehalten hatten, war sie unendlich viel mehr wert als ein kaiserlicher Jadestein oder eine Truhe mit Goldzechinen. Genau das beabsichtigte Qianlong. Nachdem sie sich ihnen hingegeben hatte, konnte er verlangen, was er wollte. So gab er sie einem General aus Junjichu, Sieger über die Dsungaren, einem Inspektor des *Duchayuan*, der bestechliche Beamte entlarvt hatte, oder einem Mandarin, der ein Komplott gegen den Kaiser im Herzen der Verbotenen Stadt aufgedeckt hatte. Du Weis seidige Haut, ihr zarter Körper, die Wollust, mit der sie sich den Liebkosungen ihrer kurzzeitigen Liebhaber darbot, machten die Kurtisane des Kaisers zu einer in der Welt einzigartigen Perle. Sie lebte in einem Pavillon, dessen Dach mit goldenen Ziegeln gedeckt war, verborgen in einem Weidenwald am Rand des *Teichs der ewigen Lotusblüten*.

Als Li Ying eintrat, erstarrte Du Wei zu Marmor. Der Novize war ein junger Han, ebenso groß wie schön, der sie mit einer Begierde anstarrte, wie sie es nie zuvor bei einem Mann gesehen hatte. Unter diesem Blick, der sie bis in die Seele enthüllte, fühlte sie sich merkwürdig nackt. Dann schaute sie ins Gesicht des Jünglings, den sie die Liebe lehren sollte. Seine kaum schlitzförmigen Augen glichen schwarzen, funkelnden Kristallen, sein Gesicht war noch bartlos. Er stand auf der Schwelle ihres Zimmers und wagte nicht näher zu treten.

»Hattet Ihr eine gute Reise, teurer Gast?«, fragte sie mit sanfter Stimme.

Sie machte ein paar Schritte auf ihn zu und nahm seine Hand, um ihn zu einem breiten Sessel mit vielen Kissen zu führen.

»Der Weg erscheint einem stets zu lang, wenn man das Ziel der Reise nicht kennt«, antwortete Li Ying und setzte sich.

Er versuchte Haltung zu bewahren, trotz der vielfältigen Empfindungen, die auf ihn einstürmten. Die einzigen Frauengesichter, die er bisher gesehen hatte, stammten von alten Malereien. Sie waren bis zu diesem Moment Gefangene seiner Bücher und seiner Träume geblieben, Legendengestalten. Er war höchst überrascht, von einem dieser märchenhaften Geschöpfe ohne Umschweife im Privatgemach empfangen zu werden. Die Dienerin brachte eine Teekanne. Darin war Tee mit Suzhou-Blüten. Du Wei servierte ihn persönlich und reichte ihm mit beiden Händen eine Schale aus blauem Porzellan. Der Duft des Tees breitete sich im ganzen Zimmer aus.

»Nun, da Ihr das Ziel der Reise kennt, bedauert Ihr nicht mehr, sie gemacht zu haben?«, fragte sie, während sie sich anmutig zu seinen Füßen kniete.

»Ich beklage allein, sie nicht früher unternommen zu haben«, gestand er und erwiderte ihr Lächeln. »Ich habe bisher nur Eunuchen und Gelehrte kennen gelernt, aber weder die einen noch die anderen besaßen Eure Schönheit.«

»Hattet Ihr denn keine Mutter, Schwester oder Dienerin? Bin ich tatsächlich die erste Frau, der Ihr begegnet?«

»Das seid Ihr«, antwortete Li Ying, dessen Gesicht sich plötzlich verschloss.

Lu Wei sah ihn erstaunt an und bedauerte es weniger, auserwählt zu sein, diesen Mann in die Geheimnisse der Weiblichkeit einzuführen.

»Kommt«, murmelte sie und zog ihn an sich, »es ist unnütz, länger zu warten. Ich werde Euch lehren, für welches Spiel die Männer und Frauen geschaffen sind.«

»Ein Spiel?«, fragte Li Ying leicht enttäuscht.

»Das Spiel der Wolken und des Regens.«

Er ließ sie gewähren und fand sich neben ihr am Boden auf einer dicken, geblümten Decke wieder. Von einem Tisch mit Perlmuttintarsien stieg wohlriechender Rauch aus einer Duftlampe auf. An der Wand entdeckte er wunderbar kalligraphierte Gedichte, deren Lektüre ihn in tiefste Verwirrung stürzte. Da war von einem Jadespross die Rede, der in eine Pfingstrose eindrang, die sich für ihn öffnete, vom Vollmond, bei dem sich die vereinten Seelen auflösen würden. Er suchte keineswegs den Zustand zu verbergen, in den ihn Du Weis zauberhafte Schönheit versetzte. Sie lachte.

»Euer erblühter Zweig ist recht kühn, junger Prinz, aber wisst Ihr auch, wie Ihr Euch seiner bedient?«, fragte sie und schaute ihn an. »Wisst Ihr, wie der Frühlingswind bläst? Nein, nicht wahr? Seid geduldig und schaut her«, sagte sie, selbst tiefer berührt, als sie geglaubt hätte.

Langsam öffnete Du Wei ihr Gewand und enthüllte ihre Brüste, zwei runde, weiße Früchte mit einem roten Blütenknopf. Li Ying streckte die Hand aus, um sie zu berühren, aber sie entzog sich geschickt.

»Die Spiele der Liebe sind eine erlesene Kunst«, flüsterte sie, während sie ihre Taille, ihre Hüften, ihren flachen Bauch entblößte. »Vor dem Vergnügen der Berührung kommt das Vergnügen des Anblicks.«

Sie nahm sich sehr viel Zeit und genoss das Vergnügen, in den Augen des Prinzen ein Verlangen aufblitzen zu sehen, das er kaum noch zurückhalten konnte. Sie legte sich neben ihn, der letzte Zipfel ihres Kleides fiel herab, und sie war vollkommen nackt. Li Ying war fassungslos angesichts solcher Schönheit. Er ließ seinen Blick über sie streichen, blieb fasziniert an dem zarten Vlies unterhalb ihres Bauches und zwischen ihren Perlmuttschenkeln hängen, die sich wie unter der Wirkung eines lauen Windes ein wenig öffneten. Sein ganzer Leib zitterte. Du Wei nahm seine Hand, legte sie sanft auf ihren Bauch und begann ihre Ausbildung.

»Stellt Euch vor, Eure Finger seien Schmetterlinge, die den Nektar von der Frühlingsblume sammeln«, flüsterte sie.

Zitternd tat Li Ying, was sie ihm sagte. Die Blüte, die sich unter seinen Fingern öffnete, war zart und süß, aber sogleich wurde das Verlangen, in sie einzudringen, übermächtig. Er vergaß alle Zurückhaltung und stürzte sich auf sie. Du Wei stieß einen Schrei der Empörung aus, aber ehe sie ihn zurückweisen konnte, nahm er sie ungeschickt. Es dauerte nur wenige Sekunden. Ohne dass sie eine Bewegung gemacht hatte, spannte sich sein Körper wie ein Bogen und sank dann auf ihr zusammen. Seine Augen glänzten vor Überraschung.

Du Wei grollte ihm nicht. Sie hatte ein flüchtiges Lustgefühl verspürt und lächelte ihn zärtlich an, während sie mit frischer Hand sein brennendes Gesicht liebkoste.

»Das erste Mal ist der Frühlingswind zu stark, und der Tau überflutet das Herz der Blüte allzu rasch«, erklärte sie. »Das ist normal. Aber in Zukunft müsst Ihr lernen, es zu vermeiden, wie jeder Liebhaber, der diesen Namen verdient. Um eine Frau zu befriedigen, müsst Ihr lernen, nicht allzu rasch vom Pferd abzusteigen, junger Prinz, Eure Säfte zurückzuhalten. Ihr müsst wild und leidenschaftlich sein, mit Eurem Feuer die Blütenkammer entflammen, aber Euer *yang* so lange wie möglich bewahren. Manche Taoistenpriester behaupten gar, wenn der Mann es bewahrt, ohne es abzugeben, ernährt er sich vom *yin* der Frau und kann unsterblich werden. Ich weiß nicht, ob das stimmt. Eines aber will ich Euch anvertrauen: Je besser Ihr Euch beherrscht, desto zahlreicher werden die Wellen der von Euch beehrten Frau sein und ihr Befriedigung verschaffen.«

Du Wei musste keineswegs die Ressourcen ihrer Kunst ausschöpfen, um dem Jadehorn ihres Liebhabers neue Kraft zu verleihen. Einige Minuten später war Li Ying erneut im Vollbesitz seiner Kräfte.

»Ich bitte Euch, lehrt mich, meine Zeit und meine Glut zu beherrschen«, bat er, »damit der verirrte Vogel in sein Nest zurückkehrt.«

»Dies ist erst das letzte Ziel des Spiels, mein Prinz. Zuvor habt Ihr mit dem, was Euch gewöhnlich zu anderem Gebrauch dient, viele Dinge zu tun.«

»Ich verstehe nicht. Erfolgt die Vereinigung des *yin* und des *yang* vielleicht auf anderem Weg als durch Eure Pfingstrose und meinen erblühten Zweig?«

»Nein, aber sie wird durch Liebkosungen vorbereitet, deren Vielfalt das Unterpfand der Lust ist. Glaubt Ihr zum Beispiel, Eure Zähne seien allein zum Essen gut? Ihr hättet Unrecht. Knabbert an meinem Ohr und beobachtet, welche Wirkung das hat.«

Er tat es. Du Wei erschauerte, ihre Brüste wurden hart wie Marmor, und sie presste sich an ihn.

»Seht Ihr?«, fragte sie mit heiserer Stimme.

»Wie seltsam.«

»Und Eure kräftigen Füße, denkt Ihr, sie dienten Euch nur zum Laufen? Legt einen gegen meine Blume, und Ihr werdet sehen, dass er sehr gut eine weitere Aufgabe erfüllen kann.«

Er tat, was sie verlangte, und erschauerte vor Lust. Sie streckte ebenfalls das Bein aus, um ihn mit ihrem feinen, biegsamen Fuß zu berühren. Er zitterte, vermochte sich jedoch zu kontrollieren und stellte glücklich fest, dass Du Wei weniger Selbstbeherrschung hatte. Sie begann sich zu winden und leise zu stöhnen.

»Und meine Hände? Was soll ich mit meinen Händen tun?«, fragte er mit gespielter Naivität.

Du Wei brauchte etwas Zeit, ehe sie antworten konnte.

»Mit Euren Fingern könnt Ihr nicht nur greifen oder einfach streicheln. Sie sind auch dazu da, die Haut Eurer Geliebten zu streifen, über sie hinwegzuschweben wie leichte Geister, Motive auf ihren Körper zu zeichnen, die komplizierter sind als die Stickereien auf dem Gewand des Kaisers. Sie sind Libellen, die über das Wasser des Teiches schweben, der unter dem Sommermond erzittert ...«

Wie bezaubert glitten Li Yings Finger langsam über den Hals von Du Wei. Sie rundeten sich um ihre Schulter, gingen bis zu ihren Brüsten herab, die sie kaum berührten, zu ihrer Taille, liebkosten ihren Bauch wie eine Frühlingsbrise, umfassten ihre runden Pobacken. Die junge Frau zuckte vor Lust. Auf diese Weise ging er über ihren ganzen Körper, bis hinab zu den Füßen, mit unerträglicher Langsamkeit, und strich an der Innenseite ihrer Schenkel wieder hinauf, reizte ihre zarte Haut mit seinen Nägeln. Sie unterdrückte einen Schrei.

»Ist es so richtig, wie ich es mache?«, fragte er besorgt. »Habe ich Euch wehgetan?«

»Keineswegs, junger Prinz«, stöhnte sie. »Aber Ihr müsst wissen, dass die Frau ermüden kann, wenn Ihr zu lange mit diesem Spiel fortfahrt. Die Blütenkammer muss rasch gefüllt werden, und sie grollt Euch, wenn Ihr sie zu lange harren lasst. Wenn Ihr spürt, dass sie am Rande der Ohnmacht ist, zögert nicht länger, das ist der richtige Moment, um sie zu nehmen, wie Ihr es jetzt bei mir tun werdet. Kommt in mich, mein Geliebter«, sagte sie und zog ihn an sich.

Aufs Äußerste gespannt spürte er, dass er sich in ihr auflöste wie beim ersten Mal. Seine Lust wollte hervorquellen, und er versuchte verzweifelt, sie zurückzuhalten.

»Noch nicht, junger Prinz!«, befahl Du Wei mit plötzlich scharfer Stimme. »Haltet Euer *yang* zurück!«

Am Rand des Krampfes gelang es Li Ying ganz allmählich, sich zu kontrollieren. Er holte tief Luft und begann, sich langsam hin und her zu bewegen, geleitet von Du Weis erfahrenen Händen.

»Ja«, flüsterte sie. »So müsst Ihr es machen. Jetzt sorgt für Leere in Eurem Geist. Seht mich an, als sei ich durchsichtig. Die Liebe macht die Frauen schöner. Aber ihre halb geschlossenen Augen, ihr leicht geöffneter Mund, ihre kleinen Schreie sind gleichzeitig Aufforderung, Eure Gefühle ohne Hemmung auszudrücken. Es ist eine Falle, die sie für die Männer aufstellen. Wenn Ihr wollt, dass sie die Lust mehrmals hintereinander erleben und Euch dann umso mehr lieben, dürft Ihr sie weder anschauen noch ihnen zuhören. Nur Leere schaffen. Vergesst nicht«, stammelte sie, »Ihr werdet unsterblich, wenn Ihr Euer *yang* zu bewahren wisst.«

Dann gab sie sich ihrem eigenen Glück hin und umklammerte ihn. Eine Stunde später flehte sie ihn mit blutleerem Gesicht an, seinen Regen strömen zu lassen. Er gehorchte fast mit Bedauern. Er hätte die ganze Nacht damit fortfahren können, sie ohne jede Anstrengung zu befriedigen. Er hatte die unvergleichliche Lust entdeckt, die darin besteht, diesseits der Befriedigung zu bleiben, losgelöst von der Welt, Herr über seine Sinne und die der leise stöhnenden Frau.

Li Ying blieb drei Tage und drei Nächte in den Armen von Du Wei. So lange, wie es bedurfte, alle Feinheiten der Liebeskunst zu erlernen, die Stellungen, die die Frauen sich selbst vergessen ließen, die berauschendsten Liebkosungen, die Worte, die man ihnen ins Ohr hauchen musste, damit sie die Sinne verloren. Die kaiserliche Kurtisane lehrte ihn außerdem alle Dreistigkeiten, alle Verstellungen und Tricks, mit denen ihre Geschlechtsgenossinnen vertraut waren, um Verweigerung zu spielen, den Höhepunkt vorzutäuschen oder den des Mannes schneller hervorzulocken, als dieser es wollte.

»Die Liebe ist nicht nur das Spiel der Wolken und des Regens«, erklärte sie ihm am letzten Abend. »Sie ist auch der Krieg zwischen zwei Willen, die von der Natur einander entgegengesetzt sind. Es ist der Kampf darum, wer den anderen beherrscht. Die Frauen gelten als Meisterinnen in diesem Gefecht. Sie geben vor, sich gehorsam zu unterwerfen, um leichter die Vorherrschaft über Euch, die Männer, zu erlangen und Euch zu ihren Sklaven zu machen. Das Reine Mädchen sagte eines Tages zum Gelben Kaiser: ›Die Frau ist dem Manne überlegen wie das Wasser dem Feuer überlegen ist.‹ Der Mann, Gefangener seiner Sehnsucht nach der Frau, die ihm bald Vergnügen schenkt, bald sich ihm verweigert, ist nichts mehr, er wird ein Spielzeug in ihren Händen, und an dem Tag, da sie ihn verlässt, sehnt er sich nur noch nach dem Tod. Schwört mir, junger Prinz, dass Ihr niemals die Beute einer Frau sein werdet.«

Er schwor und küsste ihre Finger. Die Nacht war hereingebrochen, aber sie konnten nicht schlafen. Am nächsten Morgen würde er in den Geheimpavillon des Studiums zurückkehren müssen, um sich darauf vorzubereiten, für mehrere Jahre in der Armee des Nordens zu dienen. Er wollte diesen Moment so lange wie möglich hinauszögern. Du Wei legte sich hin, er bettete seinen Kopf auf ihren Bauch und liebkoste andächtig ihre runden Hüften. Plötzlich dachte er an die Worte des Kaisers und an die Frauen im Großen Abendland. Wie waren sie? Würden sie ebenso schön und liebevoll sein wie Du Wei? Würden sie seine Flamme ebenso gekonnt aufleben lassen, wenn er müde oder abgelenkt war? Hatten sie eine ebenso zarte Haut, den gleichen bezaubernden Duft nach Mango und Moschus? Würde er sie verführen können?

»Ich schwöre es«, wiederholte er. »Aber wenn ich Euch liebte, Du Wei, würdet Ihr mich ebenso schwören lassen?«

Sie drehte sich um, sah ihn an, nahm sein Gesicht in beide Hände und küsste ihn leidenschaftlich.

»Ja, denn wer weiß, wozu ich imstande wäre, um Euch zurückzuhalten«, antwortete sie.

»Wenn ich Euch liebte, wer könnte mich dazu bringen, fortzugehen?«

»Die Männer sind wie der Wind, junger Prinz. Sie gehen und kommen, sie wechseln die Richtung, ohne zu wissen weshalb, gleichen heute der Frühlingsbrise, morgen dem Wintersturm. Manchmal lassen sie sich ohne Grund von Gewalt hinreißen, werden im nächsten Augenblick sanft und gehorsam, ohne dass man weiß weshalb, verschwinden in der Ferne und kehren zurück. Man weiß nie, was sie tun werden. Wissen sie selbst es? Ich zweifle daran. Auch Ihr werdet dem Fluch nicht entgehen.«

»Nicht alle Männer sind dazu verurteilt. Wer sagt Euch, dass ich nicht anders wäre?«

»An mich zu denken, wird Euch vielleicht dabei helfen«, murmelte sie.

»Wie könnte ich nicht an Euch denken? Ihr werdet für immer die erste Frau bleiben, die mich in den Armen gehalten hat.«

Er richtete sich auf und sah sie an.

»Ihr könntet auch die Letzte sein. Eure Seele erfreut meine Seele, ich liebe es, mich in Euren geheimen Kammern zu verlieren, ich habe das Gefühl, mit Euch ebenso verbunden zu sein wie Ihr mit mir. Warum sollte ich Euch verlassen? Warum sollte ich nicht mein ganzes Leben bei Euch bleiben können?«

»Weil ich meine Zeit bereits hinter mir habe, junger Prinz, und vor Euch ein ungewöhnliches Schicksal liegt. Ich habe Euren Weg nur gekreuzt, um Euch das Laufen zu lehren. Anderen Frauen wird es zukommen, Euch auf diesem Weg zu begleiten.«

Eine Träne glänzte in Du Weis Augenwinkel.»Sehen wir uns eines Tages wieder?«, fragte er mit dumpfer Stimme.

»Wir können davon träumen, mein Liebster. Aber beide können wir nicht selbst über unser Schicksal bestimmen. Eures gehört dem Kaiser, das weiß ich. Ebenso wie meins. Keine Macht kann uns je davon befreien, selbst wenn wir es uns inbrünstig wünschen. Aber wünschen wir es wahrhaftig?«

Li Ying war nur ein Haarbreit davon entfernt ihr zu erklären, dass er sie genug liebe, um auf alles zu verzichten und für sie dem kaiserlichen Zorn zu trotzen, aber sie legte den Finger auf seine Lippen.

»Schweigt, junger Prinz, Ihr würdet Dummheiten sagen. Und das dürft Ihr nicht.«

Am Morgen liebten sie sich ein letztes Mal mit einer Leidenschaft, die im Gefühl des Endes voller Gewalt war, als wollten sie vom anderen die heißesten Empfindungen, die stärksten Düfte, die heftigsten Regungen mit sich nehmen, um sie nie zu vergessen.

»Ihr werdet immer in meinem Herzen sein«, sagte sie, als sie ihn zur Tür ihres Pavillons begleitete.

»Ich liebe Euch, Du Wei.«

»Nein, junger Prinz, das glaubt Ihr nur, aber Ihr werdet Euch immer an mich erinnern.«

In der frischen Morgenluft spürte er, wie sie erschauerte, und er wollte sie in die Arme nehmen.

»Nein, sagte sie mit einer neuen Härte in der Stimme. »Geht, ohne Euch umzudrehen. Ihr seid jetzt ein Mann und habt nicht mehr das Recht, der Rührung nachzugeben.«

Elftes Kapitel

»Geld zurück! Geld zurück!«, schrien die Zuschauer im Parkett.

»Zieht euch wieder an!«, brüllten andere vom Rang herab. »Ihr seid lächerlich!«

Ein Tumult brach los. In Blitzesschnelle war das gesamte Publikum auf den Beinen und bekundete seine Empörung ob der Wertlosigkeit des Stückes, mit dem sie John Garrick, der berühmteste Schauspieler Londons, seit einer Stunde quälte. Wie entfesselt trampelten die Londoner rhythmisch mit den Füßen und pfiffen durchdringend. Das Ensemble auf der Bühne versuchte weiterzuspielen, aber das Tohuwabohu war bald so laut, dass nichts mehr zu hören war. Ein zerbrochener Stuhl flog vom Rang auf die Bühne und warf einen Teil der Dekoration um, die erschreckten Schauspieler wichen zurück und suchten sich in Sicherheit zu bringen. Das war das Signal zum allgemeinen Aufstand. Ein jeder ergriff, was er in die Hand bekam – Stücke zersplitterter Stühle, Teile des Geländers, Kupferstangen, von den Wänden gerissene Lampen, aus dem Parkett gebrochene Holzleisten –, um die Bühne zu bombardieren. Die Truppe suchte rennend hinter den Kulissen Zuflucht, Buhrufe folgten ihr. Dieser Rückzug reichte nicht aus, den Zorn der Zuschauer zu beruhigen, die nun die Bühne stürmten, um die Kulissen zu zerstören. Fassungslos erlebte Li Ying in Leightons Loge diese entfesselte Gewalt.

»So etwas habe ich noch nie erlebt!«, rief Kimble. »Aber es ist verdient: Garrick war selten so schlecht wie heute.«

Sie gerieten in das Gedränge, schafften es endlich, das geplünderte Theater zu verlassen, fanden sich draußen wieder und waren erleichtert, dem Sturm entronnen zu sein. Kimble hatte es nur gut gemeint, als er Li Ying in das Theater in der Drury Lane führte, auf das die Stadt so stolz war. Da Shakespeare zu schwierig für das noch rudimentäre Englisch des Chinesen war, hatte Kimble die Idee gehabt, ihn zu einer Vorstellung des neuen Stücks von Garrick zu führen, »Chinese Festival«. Aber Garrick hatte sich lächerlich gemacht, indem auch er der China-Mode folgte: Seine Inszenierung war erbärmlich manieriert und das Bühnenbild, das den Glanz der kaiserlichen Paläste und Gärten widerspiegeln sollte, Angst erregend hässlich.

»Was halten Sie von dem Stück?«, fragte Kimble vorsichtig. »Ist es tatsächlich so erschreckend?«

»Ich kann nicht so gut wie Sie darüber urteilen«, antwortete Li Ying, »aber ich habe genug verstanden, um zu wissen, dass es schlecht ist. Ich frage mich, wo Mister Garrick die Inspiration für seine Geschichte gefunden hat.«

»Natürlich in China!«, sagte Leighton.

»Dieses China gibt es nicht, meine Herren«, erklärte Li Ying, während er ihnen in ein Rauch geschwängertes Wirtshaus folgte. »Und ich würde nur allzu gern erfahren, wer es erfunden hat.«

Anders als in den ersten Tagen seines Londonaufenthaltes erregte er kaum noch Aufmerksamkeit. Er war Kimbles Empfehlung gefolgt und kleidete sich wie ein anständiger Brite, trug Perücke und Hut, ohne jedoch seinen langen Zopf zu verbergen, der bei jeder Bewegung in seinem Rücken schaukelte. Er hatte sich seltsam eingeengt gefühlt, als er zum ersten Mal Tuchhose, Leinenhemd, Seidenweste und Strümpfe angezogen hatte. Als er sich dann aber im Spiegel betrachtete, musste er zugeben, dass er gar nicht so lächerlich aussah, wie er befürchtete. Am schwierigsten war es gewesen, die Absatzschuhe anzuziehen und so erhöht unter Shi Xius heimlichem Lachen zu laufen.

»Garrick hat nichts erfunden!«, protestierte Leighton. »Reisende und die Missionare des Papstes haben viel von Ihrem China erzählt. Davon hat er sich inspirieren lassen.«

»Die Missionare kennen bestenfalls die Oberfläche. Schlimmstenfalls geben sie das Bild wieder, das sie gern gesehen hätten, nicht das, was sie gesehen haben. China hat nichts mit dieser Ziererei, diesen allzu stark geschminkten Gestalten und diesen Schundpalästen gemein.«

Sie erhielten gebratenes Huhn, eine Schüssel mit gekochten Rüben und eine Pinte *Ale*.

»Das ist der beste Gastwirt der Stadt«, versicherte Leighton. »Ich stelle mit Freuden fest, dass Sie die englische Küche zu würdigen wissen, wie es sich gehört. Kompliment! Glauben Sie mir, Sie werden nirgends auf der Welt so gut essen wie hier.«

Leightons Selbstzufriedenheit ärgerte Li Ying. Der Reeder ließ keine Gelegenheit aus, die Überlegenheit Englands über alle anderen Nationen zu rühmen. Der Chinese beschränkte sich darauf, Kimble zuzulächeln, der heimlich seufzte.

»China wahrhaft kennen?«, nahm Leighton den Faden wieder auf. »Das ist unser größter Wunsch, glauben Sie mir. Aber wie? Ihr lasst uns nicht hinein, und nur die Missionare des Papstes finden Zugang bei Hofe.«

Li Ying hütete sich zu antworten. Er musste in Erfahrung bringen, worauf der Engländer hinauswollte.

»Vielleicht können Sie uns helfen, Ihr Land zu entdecken und Handelsbeziehungen zu entwickeln?«, fuhr Leighton fort.

Der Chinese sah ihn erstaunt an.

»Ich? Wie könnte ich? Ich bin ein Verbannter.«

»Sie könnten es nicht mehr sein«, sagte Leighton sibyllinisch. »Schließlich sind Sie ein Prinz. Wie dem auch sei, es wird Zeit, dass Sie sich in der Gesellschaft präsentieren. Ich mache mich anheischig, Sie unserem König Georg II. vorzustellen.«

»Das wäre mir eine große Ehre. Aber wird er mich empfangen wollen, wenn er von meiner Situation erfährt?«

»Unser gütiger König ist ein neugieriger und offener Geist«, entgegnete Kimble. »Er zeigt großes Interesse für die Geschichte. China ist in Mode, wie Sie gesehen haben. Das geht auch am Hof nicht vorbei. Ich bin sicher, dass er begeistert sein wird und dass Sie ausreichend Gelegenheit bekommen, unsere falschen Vorstellungen zu korrigieren.«

Li Ying lachte. Mit den Tagen war aus der Sympathie, die ihn mit Kimble verband, eine Freundschaft geworden, die von gegenseitigem Verständnis, angedeuteten Offenbarungen und Gesprächen über die einstige Größe Roms genährt wurde. Was wusste eigentlich er selbst über China? Was die Weisen ihn darüber gelehrt hatten und was er in den *Klassikern* gelesen hatte. Das war alles. Die Jahre, in denen er unter dem Befehl von General Chao Hu'en Krieg führte, hatten seine Kenntnisse kaum erweitert. Zwar wusste er alles über die Verwaltung und die Regierung des Kaiserreiches, aber vom Leben der Menschen in Peking hatte er nur eine vage Vorstellung, von den riesigen Provinzen des Reiches wusste er fast gar nichts. Und Kimble wollte, dass er die Engländer informierte, er, der doch die Aufgabe hatte, sich über sie zu informieren? Die Situation wurde immer komischer.

»Warum lachen Sie?«, fragte Leighton pikiert. »Finden Sie die Aussicht so komisch, unserem König vorgestellt zu werden?«

»Keineswegs, lieber James. Wir Chinesen lachen, um unsere Verlegenheit zu überspielen, wenn man uns zu viel Ehre erweist. Etwa, wenn ich Ihren Herren treffen soll.«

»Georg ist nicht unser Herr, lieber Li Ying. Er ist nur unser König, und das reicht auch. Dafür bezahlen wir schon genug.«

Li Ying erstarrte ungläubig, seine Gabel schwebte in der Luft.

»Sie meinen, Sie bezahlen den König dafür, König zu sein?«

»In gewisser Weise schon«, entgegnete Kimble, »denn er lebt ja von unseren Steuern. Natürlich erst, wenn das Parlament darüber entschieden hat.«

»Das Parlament? Was ist das?«

»Wird in China nicht gewählt?«, wunderte sich Leighton.

Kimble rutschte ungehalten auf seiner Bank hin und her.

»James, nur in England wird gewählt. Woher soll unser Freund wissen, was das ist! Ich erkläre Ihnen später, wozu das gut ist«, sagte er zu Li Ying.

»Es ist dazu gut, dass man weiß, wer das Land regiert, ganz einfach, machen Sie doch kein großes Geheimnis darum!«, versetzte Leighton.

Auf dem Gesicht des Chinesen spiegelte sich größtes Erstaunen.

»Regiert es nicht der König?«, fragte er.

»Er würde gern«, antwortete Leighton mit lautem Lachen. »Aber er hat nicht das Recht dazu.«

Kimble erkannte, dass es Zeit war, diese Diskussion zu beenden. Li Ying wusste natürlich gar nichts über die politischen Sitten des Königreiches und verstand deshalb nichts von ihren unzusammenhängenden Bemerkungen. Hier war weder der passende Ort noch der Zeitpunkt, ihn über dieses Gebiet zu unterrichten.

»Mein lieber Freund, ich erkläre Ihnen unser Regierungssystem, ehe Sie den König treffen. Ich glaube, Sie haben ebenfalls falsche Vorstellungen von uns. Oder gar keine. Machen wir für heute Schluss. Dieser Abend hat mich erschöpft«, sagte er und stand auf.

Als Li Ying zu Hause war, versuchte er verzweifelt zu verstehen. Was war die Bedeutung dieses unbekannten Wortes »Recht«? In was für einem Land war er nur gelandet? Was war das für ein seltsames Königreich, wo das Publikum ein Theater demolieren konnte, ohne dass jemand etwas dagegen einzuwenden hatte? Wo der König nicht über sein Volk herrschte, und wo dieses ohne jeden Respekt von ihm sprach? Für ihn, einen Chinesen, eine »simple Kreatur« des Kaisers, war diese Unverschämtheit undenkbar.

Offenbar machten die Engländer nichts so wie alle anderen. Und damit ging es ihnen anscheinend nicht schlecht.

Zwölftes Kapitel

Nottingham House, die Privatresidenz der Könige von England, war ein großes, plumpes Bauwerk, das Wilhelm von Oranien am Ende des vorangegangenen Jahrhunderts erworben hatte. Wie sein Vater hielt sich auch Georg II. gern darin auf, wenn seine Verpflichtungen ihn nicht im St-James-Palace festhielten, wo das aufwendige Zeremoniell ihn sehr belastete. Wenngleich er seine geringe Größe durch übermäßige Eitelkeit ausglich, empfing er seine Freunde doch gern ohne Protokoll in diesem eigentlich recht bürgerlichen Haus, das ohne jeden sichtbaren Luxus auskam.

Hinter Leighton und Kimble, der diesen Augenblick um nichts in der Welt versäumt hätte, betrat Li Ying die Galerie mit sicherem Schritt. Er konnte es nicht fassen, dass ein König einen Palast von so bescheidenen Ausmaßen bewohnte. Verglichen mit dem Prachtbau, den Qianlong sich hatte errichten lassen, fehlte es diesem Gebäude ebenso an Anmut wie an Erhabenheit. Kimble hatte ihm erklärt, es handele sich um eine Privataudienz, und als Li Ying die Stufen der großen Treppe hinaufgestiegen war, hatten ihn plötzlich Zweifel befallen. Hatte er wirklich gut daran getan, in London zu bleiben, anstatt wie vorgesehen nach Frankreich zu reisen? Was konnte er von einem Volk wie diesem lernen, das auf seiner Insel gefangen war, das nichts von zivilisierten Sitten zu wissen schien und dessen König ohne jeden Pomp lebte? Er erkannte Scarborough, den Leighton ihm einige Tage zuvor vorgestellt hatte und der gerade in ein Gespräch mit einer Frau von etwa dreißig Jahren vertieft war, deren elegantes Kleid aus gelber Faille bis zum Hals geknöpft war.

»Ist das wirklich ein Chinese, den Sie uns da bringen, Scarborough?«, fragte Lady Yarmouth.

»Absolut, Milady. Ein Chinese aus Peking, der aus seiner Heimat geflohen ist.«

»Was für ein Verbrechen hat er denn begangen?«

»Kein anderes, als Europa sehen zu wollen. Man verbot es ihm. Also konnte er nur noch fliehen. In gewisser Weise ist er ein Märtyrer der Freiheit.«

»Was für ein mutiger Mann! Ich hoffe sehr, das wird den König von seinen gewöhnlichen Amüsements ablenken. Stellen Sie sich vor, er interessiert sich für nichts anderes mehr, als für europäische Dynastien. Er kennt sie alle. Kaum vorstellbar, dass er sich seit dem Tod seines Sohnes Frederick nur noch mit der Nachkommenschaft berühmter Familien beschäftigt!«

Als offizielle Mätresse Georgs II. war Lady Yarmouth die Einzige, die sich solche Äußerungen erlauben durfte. Scarborough regte sich nicht auf. Er kannte den König gut genug, um zu wissen, dass der Tod seines Sohnes und seiner Gemahlin, Königin Caroline, ihn so tief getroffen hatten, dass er seither nicht mehr derselbe war. Er war noch langweiliger als früher und wiederholte tagaus, tagein seine Beschwerden über das Parlament und Newcastles Regierung, vor allem über den wahnsinnigen William Pitt, der den Krieg mit Frankreich wieder aufgenommen hatte, ohne ihn überhaupt zu erklären.

»Wer ist diese Dame?«, erkundigte sich Li Ying und wies auf Lady Yarmouth. »Ist das die Königin?«

Er staunte erneut darüber, dass die Frauen, die am Hof in China gänzlich unsichtbar waren, hier überall auftraten. Kimble lachte leise.

»Die Königin ist tot, mein Freund. Diese Person ist die Mätresse des Königs, Lady Yarmouth.«

»Sie meinen seine erste Konkubine?«

»Auch nicht. Unsere Könige sind nicht wie Ihre, sie haben nur eine einzige Frau, die Königin. Das hindert sie allerdings nicht daran, einige Favoritinnen zu unterhalten. Nach dem Tod von Caroline hatte Georg II. nicht das Bedürfnis, sich wieder zu verheiraten. Und wir kommen auch sehr gut ohne Königin aus. Unter diesen Umständen nimmt seine Mätresse gewisse Verpflichtungen wahr. Nur privat, *of course*. Ich muss zugeben, dass sie ihre Rolle perfekt spielt. Sie ist nicht aus der Art geschlagen, das ist wohl wahr.«

»Was wollen Sie damit sagen?«, fragte Li Ying, der schnell Gefallen daran gefunden hatte, bei Kimble nachzuhaken, wenn der seine Sätze bewusst allzu elliptisch formulierte.

»Das ist eine Familientradition, mein Lieber. Diese charmante Person ist die Enkeltochter der Mätresse von Georg I., dem Vater unseres Königs. Sie ist außerdem die Nichte einer anderen seiner Mätressen. Anders gesagt, sie kennt sich bestens aus mit den Sitten dieser seltsamen Dynastie, die wir auf den Thron gesetzt haben. Wissen Sie, dass unsere Könige keine Engländer sind, sondern Deutsche?«

»Nein, aber was ist daran erstaunlich? Unsere Kaiser sind auch Mandschu und keine Chinesen.«

»Das ist wohl wahr, aber wenn ich mich recht erinnere, haben sie das Reich erobert. Das ist bei den Hannoveranern nicht der Fall, sie haben einfach die Krone in Empfang genommen, ohne sich große Mühe zu geben. Ehrlich gesagt mögen wir sie nicht besonders. Sie denken mehr an ihre Ländereien um Hannover als an die Interessen Englands.«

In diesem Moment betrat Georg II. die Galerie. Scarborough stürzte ihm entgegen.

»Majestät, ich habe die Ehre, Euch einen Untertan des Kaisers von China vorzustellen, einen Prinzen sogar. Haben Sie die Güte, näher zu treten, mein Herr«, sagte er an den Chinesen gewandt.

War dieser kleine Mann, so rundlich wie ein Eunuch, tatsächlich der König von England?, wunderte sich Li Ying, während er auf ihn zuging. Die Blicke der wenigen Höflinge wandten sich in seine Richtung. Er fühlte sich keineswegs beeindruckt und ging mit erhobenem Haupt und sicherem Schritt weiter. Für diesen Anlass hatte er sein blaues Zeremoniengewand angelegt, das mit dem gestickten *qilin* auf der Brust verziert war, dem Symbol der Militärs des ersten Rangs. Bewunderndes Murmeln begleitete ihn, aber er beachtete es nicht. Als er vor dem König stand, verneigte er sich tief und voller Respekt, wie es ihm Scarborough empfohlen hatte.

»Majestät, ich bin Euer ergebener Diener«, begann er.

»Prinz Li Ying ist aus China geflohen, um bis zu Euch zu kommen«, unterbrach ihn Scarborough. »Der Ruhm Eures Namens …«

»Tatsächlich hat mich die Leidenschaft der Entdeckung bis nach England geführt«, sprach Li Ying in Latein dazwischen, wie es ihm Kimble geraten hatte.

Fassungslos riss Georg II. die Augen auf, und Li Ying meinte einen Moment, er werde das Bewusstsein verlieren.

»Das ist teuflisch!«, rief der König. »Dieser Chinese spricht die Sprache Ciceros!«

Einige Frauen stießen Schreie aus, und Scarborough war wie gelähmt. Er sprach kein Latein und wusste nicht, was er in dieser Situation sagen konnte.

»Es ist vielmehr ein Wunder«, griff James Leighton mit einer respektvollen Verbeugung vor dem König ein. »Der Prinz wurde teilweise von einem katholischen Missionar erzogen, Majestät, jedoch wollte er Euer Reich kennen lernen!«

»Das interessiert mich ganz besonders«, erklärte Georg II. »Kommt näher, Prinz Li Ying. Ihr werdet mir später berichten, wie Ihr in unser Land gekommen seid, jetzt aber erzählt mir vor allem von Eurem Kaiser. Er ist ein Qing, nicht wahr? Ich habe einiges darüber erfahren. Wie alt ist diese Dynastie?«

Erstaunt von diesem Gesprächsauftakt begann Li Ying die Geschichte der Qing-Dynastie zu erzählen, die mit Shunzi begonnen hatte, dem ersten Mandschu, der nach der Eroberung Pekings 1643 den Thron im Saal der Höchsten Harmonie in der Verbotenen Stadt einnahm. Eine Stunde lang musste er die Fragen des Königs beantworten, der nicht genug davon bekam, von den Schlachten zu hören, die die Mandschu gewonnen hatten, und immer neue Einzelheiten über die absolute Macht hören wollte, die der Kaiser von China genoss.

»Was für ein bewundernswertes Volk! Das ist wahrhaftig die beste Regierung. Jeder hat seinen Platz. Respekt für die höchste Autorität, eine gehorsame Verwaltung, und alle sind zufrieden. Während wir hier unaufhörlich kämpfen müssen, um Respekt zu erhalten und für unseren Unterhalt zu sorgen! Ah, meine Herren, wir sollten China nachahmen! Worauf warten wir, um uns bei unseren Reformen von diesem machtvollen Vorbild leiten zu lassen und dem Königshaus all die Macht zurückzugeben, die das Parlament ihm geraubt hat.«

Hier und da hüstelte man auf der Galerie, aber Georg II. tat, als habe er es nicht gehört. Er fuhr mit der gleichen Begeisterung fort: »Wir dürfen nicht die Einzigen bleiben, die durch den Prinzen Aufklärung erfahren. Ich wünsche, dass er anlässlich des für die kommende Woche vorgesehenen Levers offiziell bei Hof und bei der Regierung eingeführt wird.«

Dieser Vorschlag wurde mit eifrigem Beifall aufgenommen. Leighton applaudierte etwas leiser als die anderen. Nicht nur, dass dieser Schwachkopf von Scarborough alles verdorben hatte, jetzt hatte er sich auch noch seinen Chinesen wegnehmen lassen, ohne überhaupt zu wissen, wie ihm geschah. Der König würde Li Ying offensichtlich nicht zum Nutzen der City und des englischen Handels gebrauchen, wie er selbst es erhoffte, sondern zugunsten der Monarchie.

»Ich wünsche, dass die Minister – und durch sie mein ganzes Volk – den Vertreter der weisesten Nation dieser Welt mit eigenen Augen sehen, der gekommen ist, um uns aufzuklären!«, schloss Georg II.

Dreizehntes Kapitel

Li Ying stieg bis zu den Kais hinab. Das Pflaster war nass vor Feuchtigkeit und die Luft gesättigt mit starken Gerüchen. Schale Essensdüfte mischten sich mit den Ausdünstungen des zähflüssigen Wassers, in dem menschlicher Unrat, der Abfall des Lebens und verfaulte Tiere trieben. Es war der Geruch des Elends, der betrunkenen Seeleute, der Freudenmädchen und der ausgehungerten Kinder, die unter ihren Lumpen krepierten. Die Nacht war finster, und nur die Lichter, die aus den Wirtshäusern drangen, verhinderten, dass er sich verirrte oder stürzte. Er kreuzte den Weg von drei Männern, die von Pub zu Pub gingen, Trinklieder grölten und die Mädchen beschimpften, die ihnen ihr Geld verweigerten. Sie sahen ihn scheel an, überlegten, ob sie Streit mit ihm anfangen sollten, verschwanden schließlich in der Dunkelheit. Eine Bande verdreckter Straßenjungen hängte sich an seine Rockschöße, und er wurde sie nur los, indem er ihnen ein paar Münzen hinwarf.

Mit seinem schäbigen Hut und dem groben Wollmantel war Li Ying nicht zu erkennen. Niemand hätte sich vorstellen können, dass einige Tage zuvor der König ihn empfangen hatte. In diesen Elendsvierteln war es besser, sich dessen nicht zu rühmen. »Schau immer hinter die Kulissen«, hatte ihm sein Strategielehrer oft gesagt. »Nur so erfährst du, was wirklich auf der Bühne geschieht.« Seit seiner Ankunft hatte Li Ying nur die freundlichsten Seiten von London kennen gelernt. Nichts von seinen Kulissen, wo sich doch das wahre Leben abspielte, wo der Puls der Stadt schlug. Hier schlug er sehr viel heftiger als in den Palästen. Vieles erzählte man sich in den Häfen, vieles geschah dort. Wenn man mehr über die Geheimnisse einer Stadt erfahren wollte, durfte man nicht zögern, sich auch einmal in ihr zu verlaufen. Mit seinen stinkenden Gerbereien, Brauereien, Dreck starrenden Lagerhäusern und übervollen *rookeries*, in denen sich die Arbeiterfamilien drängten, entging gewiss auch London nicht diesem Gesetz. Li Ying hoffte, hier einige zusätzliche Informationen über das aufzuschnappen, was ihn in erster Linie interessierte, die Schiffe und die Waffen.

Er trat aufs Geratewohl in ein volles Wirtshaus, aus dem Geschrei, das Blöken betrunkener Männer und die Proteste umhergeschubster Frauen, ertönte. Man schenkte ihm keinen Blick, er setzte sich ans Ende eines Tisches und versuchte aufzuschnappen, worüber man rings um ihn sprach. Unauffällig lauschte er, was man sich hier und da erzählte. Manche Gäste sprachen von ihren verlorenen oder gewonnenen Wetten, andere von den Kohlepreisen, die unaufhörlich stiegen. Ein dickes Mädchen mit rotem Haar brachte ihm eine Pint lauwarmes Bier und ein kleines Glas Gin. Er begann zu trinken, während er weiter die Ohren spitzte. Seeleute, die hinter ihm saßen, begannen einander von ihrer letzten Reise über den Atlantik zu erzählen, wo sie Schiffen aufgelauert hatten, die aus Indien zurückkehrten.

»Ganz plötzlich kam Wind auf«, erklärte einer von ihnen, »und unsere drei Schoner flogen förmlich über das Wasser. Das hättet ihr sehen sollen! Wir hatten alle Segel gesetzt und kamen dem Konvoi immer näher. Es waren Franzosen. Sie versuchten zwar, uns zu entkommen, aber ihre Schiffe waren so schwer, dass sie keine Chance hatten. Nach zwei Stunden hatten wir sie eingeholt.«

»Haben sie Kanonen abgefeuert?«, fragte einer seiner Gefährten.

»Kaum. Sie hatten nur eine kleine Fregatte, die sie beschützen sollte. Wir haben uns draufgestürzt. Einer von jeder Seite, um ihr den Wind zu nehmen. Ein Gemetzel. Nach einer Stunde haben sie sich ergeben. Und dann gehörte der Konvoi uns. Fünf Schiffe, so voll, dass wir sie hierher geschleppt haben. Eine gute Beute. Der Admiral war so zufrieden, dass jeder von uns zehn Guineen bekommen hat.«

Wenn man sie erzählen hört, sind die Chinesen wohl nicht die Einzigen, die Piraterie betreiben, dachte Li Ying und lächelte insgeheim.

»Und dabei haben wir diesen Franzosen noch nicht mal den Krieg erklärt!«, schrie der Erste.

Der ganze Saal lachte los, der Chinese aber fragte sich, ob er richtig gehört hatte.

»Auf England!«, rief irgendjemand.

In einem gemeinsamen Schwung leerten alle ihre Pinten. Li Ying, in besorgte Gedanken versunken, machte den Fehler, es ihnen nicht gleichzutun.

Einer seiner Nachbarn sah ihn mit bösem Blick an. »Was denn, wir trinken nicht auf das Wohl des Landes?«, raunzte er ihn an. »Wir sind kein Patriot?«

Li Ying zuckte zusammen, als er alle Blicke auf sich gerichtet spürte. Er antwortete nicht.

»Ich finde, er sieht irgendwie komisch aus«, rief ein anderer.

»Ein Ausländer?«, fragte der Erste und kam drohend näher. »Er ist hier, um uns auszuspionieren, kein Zweifel. He, Jungs!«, rief er und nahm den ganzen Saal zum Zeugen. »Wir haben einen Spion!«

Li Ying erfasste sogleich die Gefahr. Niemals würde er allein gegen zehn kämpfen können. Er musste auf der Stelle fliehen. Er stand ruhig auf und machte ein paar Schritte auf den Ausgang zu, ehe die anderen reagierten. Ein Mann wollte ihn aufhalten, doch er versetzte ihm einen heftigen Schlag zwischen die Brauen, und nutzte dann den Überraschungseffekt, um zur Tür zu stürzen. Hände wollten ihn packen, aber er entkam und rannte, sobald er draußen war, so schnell er konnte davon. Er hörte, wie seine Verfolger brüllend hinter ihm her stürzten, aber in wenigen Minuten hängte er sie ab und verschwand im Nebel.

Als er in Sicherheit war, lachte er herzlich über sein Missgeschick. Es hätte schlecht ausgehen können, aber er bereute es nicht. Er hatte zwei Dinge erfahren: Erstens bereitete sich England auf den Krieg gegen Frankreich vor. Zweitens, und das war ebenso ernst, hatte man ihn entdeckt. Diese Männer aus dem Volk hatten erraten, dass er ein Spion war. Er hatte es zu schnell vergessen: Die Gefahr war da, an jeder Straßenecke, und der kleinste Fehler konnte ihn das Leben kosten.

Vierzehntes Kapitel

Ich fürchte, die Kanada-Affäre wird eine Katastrophe, Mister Pitt«, sagte der Herzog von Newcastle, Erster Lordschatzmeister und Premierminister der englischen Regierung.

»Keineswegs, Herzog. Unser gesamter Handel steht auf dem Spiel. Wir müssen es verteidigen oder untergehen!«, entgegnete William Pitt mit jener Leidenschaft, die seit Jahren das Parlament begeisterte.

»Frankreich wird uns schließlich den Krieg erklären! Ich persönlich hätte etwas mehr Weisheit vorgezogen.«

Auf Pitts Anweisung hatten die Truppen von General Braddock die französischen Forts Beaujour und Gaspareaux an der Nordgrenze der französischen und englischen Kolonien in Amerika angegriffen. Seit dem 6. August hatten die englischen Kapitäne Befehl, jedes Handelsschiff unter französischer Flagge zu kapern. Zwei Kriegsschiffe eines französischen Geschwaders, die auf dem Weg nach Quebec waren, hatte Admiral Boscawen vor Neufundland aufgebracht.

»Mit Weisheit hat man noch nie ein Königreich erobert, Newcastle. Aber ein Königreich erwartet England. Ludwig XV. ist zu zaghaft, um sich auf einen Kampf mit uns einzulassen. Der Meinungsumschwung Friedrichs II. von Preußen zu unseren Gunsten ...«

»Er hat uns nicht wenig gekostet!«

»... und die Aufgabe seiner Allianz mit Frankreich hat Versailles noch nicht verdaut. Ich bin sicher, dass Ludwig XV. bis zum letzten Moment warten wird, ehe er sich in Bewegung setzt. Er denkt nur an Polen und möchte gern glauben, dass Frankreich der Schiedsrichter für ganz Europa ist. Wohl bekomm's! Die Größe Englands verlangt, dass die Bourbonen unseren amerikanischen Kolonien nicht ihre Gesetze diktieren! Wie sollen wir stillhalten, wenn die Franzosen sich immer weiter ausbreiten, bis ins Ohio-Tal? Sie bemächtigen sich unserer Märkte, und wir unternehmen nichts? Wollen wir zulassen, dass sie den Welthandel beherrschen, den ersten Platz auf den Weltmeeren einnehmen, England dazu verurteilen, eine zweitrangige Macht zu werden? Das werde ich niemals erlauben!«

Wie von einer Feder angetrieben war William Pitt aufgesprungen und lief im Arbeitszimmer der Downing Street 10, seit 1723 Residenz des Ersten Lordschatzmeisters, auf und ab. Newcastle seufzte resigniert. Nichts konnte Pitt davon abhalten, endlos weiter zu schwadronieren.

»Das Schicksal Englands entscheidet sich auf den Ozeanen, nicht auf dem Festland«, fuhr er mit leuchtendem Blick fort. »Unsere Zukunft entscheidet sich auf dem offenen Meer. Mehr als die Waffen macht der Handel unsere Kraft aus, die *Navy*, die unsere Macht sichert. Unser einziger Rivale, unsere einzige Gefahr ist Frankreich. Mit seinen Geschäften und seiner mächtigen Flotte ist allein Frankreich imstande, sich unseren Bestrebungen entgegenzusetzen. Deshalb müssen wir es überall angreifen, ohne Atemholen, in Amerika und Indien. Für die Größe des Königreiches! Das ist Gottes Wille! Erheben Sie sich nicht gegen ihn!«

»Der König teilt Ihre Kriegslüsternheit nicht«, versetzte Newcastle in einem letzten Versuch, William Pitt zu beruhigen.

»Der König denkt allein an sein erbärmliches Kurfürstentum Hannover! Er vergisst, dass er König von England ist und sich vor allem um die Interessen der Nation sorgen muss.

Diese verlangen, dass wir uns des französischen Handels bemächtigen, das heißt aller Schiffe, die uns in die Hände fallen, und dass wir Quebec erobern.«

»Für wen arbeiten Sie, Pitt? Für die Händler der City oder für den König?«

»Für die Händler, Newcastle, denn sie sichern den Reichtum des Landes. Und Reichtum heißt Macht.«

»Warum wollen Sie Frankreich unbedingt in Quebec angreifen und nicht auf dem Festland?«

»Weil ich Fontenoy nicht vergessen kann. Und ebenso, weil Quebec der Schlüssel zu Kanada ist und Kanada der Schlüssel zum Wohlstand unserer Kolonien und ihr Wohlstand der Schlüssel zu unserem, deshalb. Der Fünfpunkteplan, den ich Ihnen unterbreitet habe, muss ohne Abstriche erfüllt werden. Ich erinnere Sie daran: Die Eroberung Quebecs gibt uns die vollständige Kontrolle über den gesamten Pelz- und Fischhandel Amerikas. Sie nimmt Französisch-Westindien das Holz, was zur Folge hat, dass der Zucker von dort teurer wird, zum großen Vorteil für unsere Händler. Drittens nehmen wir Frankreich mit Quebec einen Absatzmarkt für seine Manufakturen. Viertens wird es daran gehindert, in Amerika Schiffe zu bauen oder die Masten und das Holz zu kaufen, das für die Aufrüstung der Flotte auf dem Festland nötig ist, die demzufolge begrenzt wird. Schließlich können sich unsere eigenen Kolonien nach der Vertreibung der Franzosen aus Amerika in aller Sicherheit entwickeln. Das Parlament unterstützt mich. Schluss mit dem Zögern! Schicken wir Braddock endlich die Verstärkung, die er verlangt, und der Sieg ist unser!«

Mit einer müden Bewegung unterzeichnete Newcastle den Befehl, fünftausend zusätzliche Männer nach Kanada zu entsenden. Wie konnte er auch widerstehen? Dieser Teufel von Pitt hatte die ganze City hinter sich.

Unermüdlich prüfte Pitt immer wieder die Karte der amerikanischen Kolonien Frankreichs und verfiel ins Träumen. Nach Kanada, das den Händlern in Boston und New York neue Absatzmärkte bot, müsste man Louisiana erobern und die spanischen Territorien in Florida von der Flanke angreifen. Als die Tür plötzlich aufgestoßen wurde, fuhr er zusammen.

»Sie haben wirklich etwas verpasst!«, rief Hauptmann Hurtley und stürmte ins Arbeitszimmer des Staatssekretärs. »Sie sollten von Zeit zu Zeit ausgehen, um sich am Hof einzufinden. Wieder einmal ist dem König Ihre Abwesenheit aufgefallen.«

»Das ist mir egal, Hurtley«, entgegnete Pitt. »Ich habe etwas anderes zu tun, als mich am Hof zu spreizen. Außerdem mag er mich nicht. Er hat mir diesen Posten nur auf Druck des Parlaments überlassen, mir, der ich an der Spitze dieses Landes stehen müsste, um es seiner höchsten Bestimmung entgegenzuführen!«

Pitts Adjutant und Handlanger war an die Schimpftiraden seines Herren gewöhnt. Sein grenzenloser Egoismus machte ihn oft unerträglich, und wie viele andere fragte sich auch Hurtley hin und wieder, ob er nicht etwas gestört war. Er fuhr fort: »Beim Lever in St James haben wir heute einen märchenhaften Auftritt erlebt.«

»Ein intelligenter *Tory*-Abgeordneter?«

Der junge Mann lachte. Pitts brutaler Humor richtete sich mit schöner Regelmäßigkeit gegen seine Gegner.

»Keineswegs. Ein Chinese. Ein großartiger Mann. Die Haltung, die Vornehmheit eines großen Herrn. Ein herrliches Gewand. Eine lange Robe aus blauer Seide, die bis an die Knöchel herabreichte, wie bei den Mandarinen, die Chambers in seinen Stichen dargestellt hat. Eine lange Rubinkette und Ringe, wie Sie sie noch nie gesehen haben. Er trägt sogar einen am Daumen, können Sie sich das vorstellen? Wenn die Frauen am Lever teilnehmen dürften, wären sie verrückt geworden. Der König hat ihn dem Hof als Prinz Li

Ying vorgestellt, der aus Peking geflohen sei, um nach England zu kommen. Er spricht offenbar Latein. Und Französisch, was weniger erstaunlich ist.«

William Pitt wurde von einem Hustenanfall gepackt, und Hurtley dachte einen Moment, er würde gar nicht mehr aufhören.

»Und kein Englisch?«, fragte Pitt schließlich mit erstickter Stimme. »Das ist unbegreiflich! Der Mann hat keinen Geschmack.«

»Sie sind wie immer sehr bösartig. Wie hätte er es lernen sollen?«

»Egal!«, schrie Pitt. »Und was hat dieser Eingeborene bei uns zu suchen?«

Hurtley verdrehte die Augen.

»Ich weiß es nicht, und ich glaube, dass er es ebenso wenig weiß.«

»Seien Sie da nicht so sicher. Nach Georg Anson sind die Chinesen Betrüger und Diebe, deren Unehrlichkeit keine Grenzen kennt.«

»Wer ist Georg Anson, dass er sich solche Anschuldigungen erlaubt?«

»Sie sollten mehr lesen, Hurtley, vor allem die Bücher unserer Reisenden. Sie bereiten unsere künftigen Eroberungen vor. Anson war dort, in China! Er weiß, wovon er spricht.«

»Wenn er diesen Chinesen getroffen hätte, hätte er ganz sicher seine Meinung geändert. Der Prinz hat dem König sogar ein sehr seltenes Jadestück geschenkt, ein *ruyi*, eine Art Zepter. Unser Georg war sehr begeistert und hat es den ganzen Tag nicht mehr aus der Hand gelegt. Es war das erste Mal seit langer Zeit, dass ich ihn so heiter erlebt habe.«

»Hat dieser Chinese etwas als Gegenleistung verlangt?«

»Überhaupt nichts. Er hat uns begreiflich gemacht, dass er China verlassen habe, um zu entdecken, wie man in Europa lebt, dass er durch Zufall nach London gelangt sei, es aber nicht bereue.«

»Ich hoffe vielmehr, dass wir es nicht bereuen werden.«

»Woher kommt nur dieses Misstrauen gegen alles und jeden, William?«, fragte Hurtley, verärgert über die abscheuliche Stimmung seines Herrn.

»Ausländer, Hurtley … Man kann ihnen nie genug misstrauen.«

»Und warum?«

»Weil sie nicht so sind wie wir und es niemals sein werden!«

Fünfzehntes Kapitel

Etwas nicht zu Beschreibendes lag in der Luft und kündigte den Frühling an. Der abscheuliche Kohlegeruch, der die Stadt erfüllte, war weniger schwer, eine noch blasse Sonne ließ hin und wieder das schwarze Wasser der Themse funkeln.

»Ich zeige Ihnen heute etwas, was Ihnen gewiss nicht missfallen wird«, sagte Vergilius Kimble, als er Li Ying die Tür der Kalesche öffnete.

Er wies den Kutscher an, den *Strand* entlang zu fahren und stieg ebenfalls in die Kutsche. Der Chinese mochte diese bequemen Fahrzeuge, die auf dem unebenen Pflaster zwar ein wenig schaukelten, aber äußerst praktisch waren, um die Stadt zu entdecken. Immer mehr genoss er die Gesellschaft des gebildeten, zuvorkommenden Schotten, der ihm die tausend Facetten der englischen Hauptstadt zu zeigen wusste. In wenigen Monaten war Kimble sein Freund geworden, der Erste, den er je gehabt hatte. Der Staub, den die Wagenräder aufwirbelten, tanzte in der Luft und brachte sie zum Husten. Aber das war noch besser als der Regen, unter dem sich die Straßen in Morast verwandelten und der Schlamm die Fußgänger bespritzte. Geschäftige Menschen betraten oder verließen die *coffee houses*, Straßenjungen boten Blumen an, eine Matrone verkaufte den Passanten für einen Penny ein Glas frischer Limonade, die sie in einem Zug hinunterstürzten.

Die Kalesche folgte anderen Kutschen, Wagen und sonstigen Gespannen, die in dieselbe Richtung fuhren wie sie. Niemand versuchte zu überholen, niemand wurde ungeduldig, und Li Ying war von neuem erstaunt über die Friedlichkeit, mit der sich diese Menge trotz des regen Verkehrs ohne jeden Ärger bewegte. Kein Vergleich mit dem Geschrei und den Schlägen, die man in den Straßen Pekings austauschte. An einer Straßenkreuzung tauchte plötzlich der Westminster Palace auf, ein nüchterner Bau, der mit seinen zinnenbewehrten Türmen und Kapellen und den hohen, von jahrzehntealtem Rauch geschwärzten Mauern aus einem anderen Zeitalter zu kommen schien.

»Das ist also der Sitz Ihres Parlaments?«, fragte Li Ying. »Wir haben in China nichts Vergleichbares.«

»Nicht wenige meinen, so gehe es Ihnen weitaus besser«, sagte Kimble mit seinem gewohnten Humor. »Ich persönlich zweifle daran. Sie werden mir zustimmen, dass es denen, die den Reichtum des Landes erarbeiten, auch zusteht, über sein Schicksal zu entscheiden, und nicht einem König, der allein an seine eigenen Interessen denkt.«

»Das glaube ich nicht. Wer könnte besser als ein Herrscher wissen, was gut oder schlecht für das Volk ist? Es kann keinen anderen Herrscher geben als den König oder Kaiser.«

»In China vielleicht. Nicht in England, wo die Könige uns früher ihre ungeteilte Macht, Allianzen, Kriege und eine Religion aufzuzwingen suchten, die das Volk nicht wollte.«

»Das Volk hat nichts zu wollen. Es ist unwissend. Es muss gehorchen. Das ist das Gesetz, und ein König muss seine Macht nicht mit ihm teilen.«

»Wenn der König sie nicht gegen das Volk ausübt. Und hier ist das Volk nicht unwissend. Es liest Zeitungen, es weiß, was seine Interessen sind, es hat gelernt, sie zu verteidigen.«

»Sieh an! Und wie?«

»Indem es sich auflehnt, wenn es notwendig ist. Wir haben König Karl vor etwas mehr als hundert Jahren den Kopf abgeschlagen, und als einer seiner Söhne, Jakob II., uns die katholische Religion aufzwingen wollte, die nicht unsere Religion war, haben wir ihn vom Thron verjagt.«

Li Ying staunte. Obwohl es im Kaiserreich viele Aufstände gegeben hatte, war die Vorherrschaft des Kaisers doch nie in Frage gestellt worden.

»Hat das Parlament seinen Platz eingenommen?«, fragte er.

»Nein, wir haben uns einen Fürsten gesucht, der bereit war, seine Macht mit uns zu teilen. Für den Monarchen die Bewahrung unserer Werte und Traditionen wie auch der drei Königreiche unter einer Krone. Für das Parlament die Alltagspolitik, das heißt die Führung der Geschäfte.«

»Aber der König ernennt doch die Minister?«

»Formal ja, aber in Wirklichkeit entscheidet das Parlament darüber. Und der König muss sein Einverständnis geben.«

»Wenn ich es recht verstehe, hat dieser Georg II., den Leighton mir vorgestellt hat, eigentlich keine große Autorität! In China ist all das nicht vorstellbar. Ein Kaiser, der keine Autorität hat, würde verachtet werden, vom ...«

»Vom Volk?«, unterbrach Kimble.

»Nein, denn das Volk sieht ihn nicht, und er sieht das Volk nicht. Der Kaiser ist ein göttliches Wesen, das den Befehl des Himmels auf Erden verkörpert. Der Kaiser würde also von seinen Ministern und Eunuchen verachtet werden, wenn er nicht die Autorität seiner Position hätte. Dann würden sie ihre eigene Politik betreiben, und Unordnung wäre die Folge. In dieser Hinsicht gleicht Ihr Parlament ein wenig unserer Akademie der Gelehrten.«

»Gelehrte, unsere Parlamentarier? Was für eine Farce! Die meisten von ihnen können gerade einmal zählen!«

Die Kalesche fuhr über die Westminsterbrücke. Li Ying beobachtete den Anblick der Schiffe aller Art, die über die Themse glitten, bescheidene Boote, schwere Lastkähne, Fischkutter von den Küsten. Fähren fuhren von einem Ufer zum anderen, die Maste der Hochseeschiffe in der Ferne, hinter dem Londoner Hafen, glichen einem Wald. Auf der anderen Seite des Flusses fuhren sie an den Kais entlang, dann hielten sie vor dem Eingang der Vauxhall-Gärten.

Vor ihnen öffnete sich eine breite Eschenallee. Um die Vorboten des Frühlings zu genießen, spazierten zahlreiche Londoner durch den hundertjährigen Park, der mit Ruinen im antiken Stil, Statuen und Zierpavillons geschmückt war. Frauen in eleganten Reifröcken und Edelmänner mit Perücken, in ihre engen Überröcke gezwängt, grüßten einander liebenswürdig und plauderten im Schatten der Bäume oder flanierten zu einem der Stände, an denen man Erfrischungen erhielt oder Zeitung lesen konnte. In einer Rotunde spielte ein Orchester Musik nach italienischer Mode. Eine Gruppe von Kindern rannte hin, um zuzuhören. Li Ying folgte ihnen sogleich. Er hatte nie zuvor solche Instrumente gehört und bat Kimble, ihm jedes einzelne zu erklären.

»Gefällt Ihnen unsere Musik?«, fragte Kimble.

»Das wäre zu viel gesagt. Ich kann nur schwer verstehen, dass man so viel Lärm machen kann.«

»Das ist wahrhaftig etwas ohrenbetäubend. Was Sie da hören ist leider nicht Händel. Unser Nationalmusiker – auch er ein Deutscher, bewundern Sie unsere Widersprüche – ist zu alt, um noch zu komponieren.«

»Bei uns hat Musik überhaupt nichts mit dieser Kakophonie zu tun. Einmal habe ich eine Violine im Kaiserpalast gehört. Das fand ich schön. Aber all diese Noten gleichzeitig, das ist unerträglich! Wie machen sie das?«

»Es sollte mir schwer fallen, Ihnen das zu erklären, ich verstehe nichts davon«, gestand Kimble.

Sie gingen weiter und näherten sich einem Pavillon mit einem glockenförmigen Dach, auf dessen Scheitelpunkt eine goldene Kugel glänzte. Kimble blieb sichtlich begeistert stehen. Die blauen Ziegel, die Keramiktiere, die bunt verzierten Drachen erinnerten Li Ying ganz leise an etwas Vertrautes.

»Das ist es, was ich Ihnen zeigen wollte. Unser chinesischer Pavillon. Was sagen Sie dazu?«

»Dass er nicht sehr chinesisch ist.«

»Ach so?«, fragte Kimble enttäuscht. »Aber ich habe doch im *London Magazine* gelesen, er sei eine Kopie Ihrer Bauten. Der Artikel über die Gärten des Kaisers enthielt die Erinnerungen eines Franzosen, Jean-Baptiste Attiret, an den Sommerpalast von Qianlong.«

»Das alles hier hat überhaupt nichts mit China zu tun. Mein Land gleicht diesem gezierten Häuschen nicht mehr als das lächerliche Theaterstück, das wir gemeinsam mit Leighton gesehen haben. China ist, wie soll ich es Ihnen erklären?, gleichzeitig viel zivilisierter und ungleich wilder.«

»Ich nehme an, England sehen Sie ebenso. Wenn ich Sie richtig verstehe, entspricht von all den Vorstellungen, die wir uns von Ihrem Land machen, keine der Wirklichkeit.«

»Chinas Wirklichkeit ist viel einfacher, als Sie annehmen. Sie besteht in der Harmonie mit dem Himmel, den die Menschen respektieren müssen, um ihn nicht zu verstimmen. Wenn sie sich von ihm entfernen, bringt er sich mit großem Unheil in Erinnerung, mit Erdbeben, Überschwemmungen und Unordnung jeder Art. Dann gibt es Hunderttausende Tote.«

»Wie können nur so viele Menschen ums Leben kommen?«

»Und doch ist es so.«

»Gehen wir einen Tee trinken«, schlug Kimble vor. »Von diesen Zahlen bekomme ich eine Gänsehaut.«

Sie betraten den Pavillon und fanden zwei freie Plätze. Tische, Teeservice und Lämpchen waren in chinesischem Stil gehalten, mehrere aus China importierte Lackparavents verliehen dem Ganzen einen Hauch von Authentizität. Die Gespräche wurden unterbrochen. Einige Gäste betrachteten Li Ying mit unverhohlener Neugier. Am Nachbartisch sprang ein Mann auf.

»*Ladies and Gentlemen*«, sagte er laut, »hören Sie mir zu. Der Mann, von dem die ganze Stadt spricht, Prinz Li Ying, erweist uns die Ehre, sich in unserer Gesellschaft zu erfrischen! In seiner Person kommt China zu uns, das Land, das wir lieben. Begrüßen Sie ihn mit mir gemeinsam. *Hip, hip, hip hurray!*«

Wie ein Mann erhoben sich alle Anwesenden und begannen zu applaudieren. Li Ying verbeugte sich zum Dank, er war gerührt von dieser gänzlich unerwarteten Sympathiekundgebung. Die Leute drängten sich um ihn. Sie wollten ihn anfassen, mit ihm reden.

»Es ist eine Ehre, mein Herr, Sie in unserem Land zu empfangen«, sagte ein vornehmer Herr mittleren Alters und schüttelte ihm kräftig die Hand.

»Wir sind stolz, Sie auf englischem Boden zu sehen«, erklärte ein temperamentvoller Kavalier in Begleitung einer entzückenden jungen Dame.

Li Ying wollte sich für diese Willkommensworte bedanken, als seine Bewunderer auseinander traten, um einer jungen Aristokratin Platz zu machen, der zwei Begleitdamen folgten. In ihrer Hermelinmantille und dem langen Satinkleid schien sie über den Boden zu gleiten. Auf ihrer blonden Perücke saß ein kleiner Dreispitz von dem gleichen Blau wie ihre Augen. Ihr Gesicht war ein einziges Lächeln. Das Kleid entblößte ihren Hals, dessen reines Weiß Li Ying faszinierte. Im Bewusstsein ihrer Schönheit kam die junge Frau auf ihn zu, und in ihren Augen blitzte der Schalk.

»Lady Rochefort, welch ein Vergnügen, Sie zu sehen«, stammelte Kimble, ebenfalls verwirrt von dieser engelgleichen Erscheinung.

»Teurer Vergilius, ich hatte nicht erwartet, Sie hier zu treffen«, antwortete die junge Frau. »Es kommt also vor, dass Sie Ihre Bibliothek verlassen? Bitte stellen Sie mich vor.«

»Lieber Freund, ich darf Ihnen Lady Caroline Rochefort vorstellen, die Gattin von Lord Rochefort. Teure Caroline, das ist Prinz Li Ying, der aus Peking zu uns gekommen ist.«

Die junge Frau deutete eine Verneigung an, ohne den Chinesen aus den Augen zu lassen.

»Ich bin geehrt, Sie zu treffen, mein Herr. Seit Ihrer Einführung bei seiner Majestät König Georg spricht man nur noch von Ihnen. Ich meinte zu hören, dass Sie unsere Sprache sprechen. Ist das wahr?«

»Ich bemühe mich, Milady«, entgegnete Li Ying. »Da ich das Glück hatte, Französisch zu lernen, ist Englisch, das dem Französischen sehr nah ist, nicht mehr so schwierig.«

Kimble ließ Stühle bringen.

»Wollen Sie eine Tasse Tee mit uns trinken, Milady?«, fragte er.

»Gern. Sie sprechen es wunderbar, mein Herr. Chinesisch zu lernen muss hingegen sehr viel schwieriger sein. Ist es wahr, dass Sie nicht dieselbe Schrift haben wie wir?«

Li Ying war höchst verlegen. Lady Rochefort war deutlich jünger als er, höchstens fünfundzwanzig, aber ihre Schönheit schüchterte ihn ein.

»Tatsächlich«, murmelte er. »Wir schreiben mit Zeichen, die … wie soll ich sagen …«

»Eine Art Alphabet?«

»Nein, eher Zeichen, die … Oh, ich fühle mich wahrhaft lächerlich, Milady, dass ich es Ihnen nicht besser erklären kann.«

»Verzeihen Sie, mein Herr, ich wollte Sie nicht in Verlegenheit bringen«, sagte Caroline und senkte den Blick.

Man hatte eine Teekanne serviert, dazu eines der chinesischen Porzellanservice, mit denen die Indiengesellschaft England überschwemmte. Lady Rochefort trank einen Schluck, und Li Ying erfreute sich an der zarten Bewegung, mit der sie die Tasse an die Lippen führte. Selbst die vornehmste Mandschuprinzessin hätte es nicht eleganter tun können. Die Weiblichkeit äußerte sich offenbar auf allen

Breitengraden mit derselben Anmut, sagte er sich. Kimble blieb stumm. Er schien sich zu fragen, welchem Wunder er es verdankte, eine der meistbeachteten Frauen Londons, deren Schönheit alle Blicke auf sich zog, an seiner Seite zu haben.

»Warum kommen Sie nicht einmal zu einer *Party*, um uns all diese Geheimnisse zu erklären?«, schlug Lady Rochefort vor. »Ich würde mich sehr geehrt fühlen, einen Ball zu Ihren Ehren zu organisieren.«

»Ein Ball? Was ist das?«, erkundigte sich Li Ying erstaunt.

»Wir Engländer tanzen gern zum Klang der Musik.«

»Aber ich kann nicht tanzen, Milady!«

»Sie werden es lernen, es ist nicht schwer. Mister Kimble, Sie sind natürlich auch willkommen mit Ihrer reizenden Elizabeth. Abgemacht? Nächsten Montag, in meinem Haus an der Pall Mall?«

Li Ying hatte keine Zeit nachzudenken, schon war Caroline aufgestanden und verabschiedete sich mit einer Neigung des Kopfes.

»Ich wäre glücklich, Milady«, sagte er und stand ebenfalls auf, um sie zu grüßen.

Kimble tat es ihm gleich und sah ihr mit verträumtem Blick hinterher.

»Stimmt etwas nicht, Vergilius?«, fragte Li Ying und beobachtete ihn aus dem Augenwinkel.

»Diese Frau, mein Freund. Ich kenne sie ein wenig. Hüten Sie sich vor ihr. Sie ist eine der berühmtesten Schönheiten Londons, aber auch die verführerischste.«

»Was meinen Sie damit?«

»Dass die Gerüchte von vielen Liebesabenteuern sprechen, trotz ihrer Ehe mit dem armen Lord Rochefort. Vielleicht auch deswegen. Und die Gerüchte sind selten falsch.«

»Und warum sollte ich mich dann vor ihr hüten?«

»Tun Sie nicht so, als hätten Sie nicht bemerkt, wie sie Sie mit den Blicken verschlungen hat! Was will sie wohl, wenn sie Sie zu diesem Ball einlädt?«

»Mich ihrem Gatten vorstellen und etwas mehr über mein Land erfahren, was ich bei einer Frau sehr bemerkenswert finde.«

»Wie naiv Sie sind! Sie schert sich kein bisschen um China!«, lachte Kimble. »Sie will Sie, mein Freund. Ihr Gatte ist übrigens in Amerika.«

»Wieso sind Sie sicher, dass sie Gefallen an mir findet?«, protestierte Li Ying.

»Das war nicht zu übersehen. Und Sie sind keineswegs unempfänglich für ihren Charme, geben Sie es zu«, ergänzte Kimble mit einem verständnisvollen Lächeln.

»Ich leugne es nicht«, gestand Li Ying. »Aber sie deshalb an mich heranzulassen …«

»Sie kennen unsere Frauen nicht. Sie sind wahrhaftig zum Fürchten. Glauben Sie mir, wenn Caroline Sie in ihr Bett holen will, dann gelingt es ihr auch, *nolens volens*!«

»Und was tut sie dann?«, fragte Li Ying neugierig.

»Danach spreizt sie sich überall in London, verkündet, dass Sie ihr Liebhaber sind und ruiniert mit Klatsch Ihren Ruf.«

»Ich ihr Liebhaber? Wenn sie mich einmal in ihr Bett gelockt hat? Ich mag vielleicht die Frauen im Westen nicht kennen, aber Sie wissen gar nichts von den Chinesen! Da wird es nichts zu klatschen geben.«

Kimble lachte herzlich.

»Ah, Sie gefallen mir!«, rief er. »Was glauben Sie, was das bevorzugte Gesprächsthema der Frauen ist, wenn sie unter sich sind? Die Anatomie der Männer, nichts anderes. Ihre Neugier ist in dieser Hinsicht unersättlich, wie übrigens auch unsere über die Weiblichkeit, geben wir es ruhig zu. Sie sind ein besonders exotischer Gegenstand der Neugier. Man möchte doch gern erfahren, ob ein Chinese so gebaut ist wie andere Männer auch, ob er nicht vielleicht interessante Besonderheiten hat. Verstehen Sie, was ich meine?«

»Durchaus!«, antwortete Li Ying wütend. »Es kommt

nicht in Frage, dass ich mich für solche Spiele hergebe. Ich werde Lady Caroline davon abbringen, ihre natürliche Neugier zu befriedigen.«

Er nahm es Kimble übel, dass dieser seinen Stolz kränkte, indem er ihm erklärte, das Interesse dieser Dame der *gentry* habe allein ein so vulgäres Motiv. Diese Leute waren wirklich Barbaren. Sie meinten China zu kennen, weil sie es schlecht nachahmten, sie tranken Tee aus Porzellan, das der einfachste Eunuch nicht geschenkt nehmen würde, ihre Frauen warfen sich aus rein animalischer Neugier einem Ausländer an den Hals, ihr König war eine Marionette in den Händen des Volkes und ihre Musik ließ ihn mit den Zähnen knirschen. Was für ein Irrtum, die *Bristol* bestiegen zu haben. Er sagte kein Wort mehr, bis Kimble ihn vor seinem Haus absetzte.

Sechzehntes Kapitel

Haben Sie ihn wirklich gesehen?«
Esther Harrington glaubte es noch nicht und bemühte sich, ihre Enttäuschung zu kaschieren.

»Mehr noch, ich habe mit ihm gesprochen, meine Liebe«, antwortete Caroline.

»Und weiter?«, fragte Jane Murphy. »Lassen Sie uns doch nicht länger zappeln.«

»Er ist ein charmanter Mann. Gar nicht so wie diese Wilden, die man ab und zu aus den amerikanischen Kolonien mitbringt, um dem König Vergnügen zu bereiten. Ein echter Prinz, dessen Manieren nicht schlechter sind als die des besten französischen Höflings.«

»War er orientalisch gekleidet?«

»Nein. Ich habe selten einen Mann gesehen, der unsere Kleidung mit so viel Eleganz trägt. Die Wirkung ist ergreifend.«

»Und Sie waren ergriffen, nicht wahr?«, meinte Esther Harrington ironisch.

»Jede Frau wäre es gewesen, Sie als Erste.«

»Werden Sie ihn uns zeigen?«

»Denken Sie vielleicht schon daran, ihn mir zu rauben?«

Lady Harrington lachte schrill.

»Natürlich! Wie könnte ich Ihnen das Monopol über das einzige interessante männliche Geschöpf des Jahres überlassen?«

»Ich war die Erste, die ihn getroffen hat. Ich habe das Recht auf ihn.«

»Sie hatten Glück. Es war ein Zufall, und noch haben Sie ihn nicht in Ihrem Bett«, spottete Esther.

»Zweifeln Sie daran, dass es mir gelingt?«, fragte Caroline mit gespielter Empörung.

Es war schwierig, der jungen Frau nicht alle notwendigen Trümpfe zuzuerkennen. Ein schlanker Körper, eine Taille, deren Zartheit durch den Reifrock noch betont wurde, runde, kühn entblößte Brüste, ein wollüstiger Mund und vor allem das Strahlen ihrer veilchenblauen Augen. Ihre bevorzugten Waffen waren jedoch die betörende, leicht verschleierte Stimme und das kehlige Lachen, das geheimes Verlangen heraufbeschwor. Sie verdrehte den nüchternsten Männern den Kopf und musste ihnen nur ihr strahlendes Lächeln schenken, um zu erhalten, was immer sie wollte. Kein Mann hatte bis heute ihrem Charme widerstanden, und sie zweifelte nicht daran, dass auch der Prinz ihm erliegen würde, selbst wenn er aus China kam. Lady Rochefort gab sich nur den Männern hin, die sie selbst erwählte, und sie genoss einen schmeichelhaften Ruf als Verführerin, der die Fantasie ihrer Verehrer nährte. Lady Harrington führte ein weitaus skandalöseres Leben und stellte ihre ebenso außergewöhnliche Schönheit in den Dienst eines viel weniger wählerischen Appetits. Das verschaffte ihr den Ruf einer Abenteurerin, der sie jedoch nicht scherte. Jane Murphy schließlich, die gerade ihre ersten Schritte in der Öffentlichkeit machte, führte noch ein weniger ausschweifendes Leben, um sich nicht alle Chancen zu verderben, gleich den beiden älteren Freundinnen einen ebenso reichen wie impotenten Ehemann zu ergattern.

»Wenn Sie daran zweifeln, meine Liebe«, fuhr Caroline fort, »lade ich Sie für nächsten Montag hierher zum Ball ein, den ich ihm zu Ehren veranstalte. Dann werden Sie mit eigenen Augen feststellen können, dass der Prinz meinem

Charme gegenüber nicht gleichgültig ist. Es ist selbstverständlich verboten, diese Gelegenheit auszunutzen, um ihn an meiner Stelle zu verführen!«

Li Ying konnte sich nicht vorstellen, dass er Gegenstand derartiger Gespräche war. Seine Gedanken waren woanders. Er war kein bisschen vorangekommen und begann sich ernsthaft zu sorgen, ob er überhaupt Erfolg haben würde. Auch wenn ihm Kimble alles gesagt hatte, was er über das politische System in England wissen wollte, war er doch bisher damit gescheitert, auch nur das geringste militärische Geheimnis zu durchdringen. Er hatte versucht, eine Kanonenfabrik oder das Arsenal der Kriegsmarine zu besichtigen. Vergebens. Auch Leighton konnte er nichts entlocken, obwohl dieser weiterhin unaufhörlich von seinen fantastischen Plänen für den anglo-chinesischen Handel sprach und von den Vorteilen, die sie beide daraus ziehen würden. Den König hatte er seit seiner Vorstellung in St James nicht mehr getroffen, und er hatte verstanden, dass von diesem nichts zu erwarten war. Mutlos fragte er sich, ob Qianlong nicht doch zu ehrgeizig gewesen war und ob er ermessen hatte, wie schwierig es sein würde, die gewünschten Informationen zu erhalten.

Lady Rochefort war seine letzte Chance.

Siebzehntes Kapitel

Das Gesicht von Antoine-Louis Rouillé war eingefallen vor Müdigkeit. Seit Stunden diskutierte der Staatssekretär für Auslandsangelegenheiten in Versailles mit dem Botschafter Frankreichs in London, Charles-Pierre de Lévis, Herzog von Mirepoix, über die katastrophalen Depeschen, die aus Kanada eintrafen. Er spürte wohl, dass er mit sechsundsechzig Jahren nicht mehr genügend Kraft hatte, um den Krieg mit England und dem Preußenkönig zu führen. Die zehn Jahre an der Spitze der Marine, in denen er wieder eine Flotte für Frankreich geschaffen hatte, die diesen Namen verdiente, hatten ihn erschöpft.

»All meine Bemühungen waren vergebens«, seufzte Mirepoix. »Ich habe zu spät begriffen, dass die von Newcastle vorgeschlagenen Abmachungen über die Grenze zwischen unseren Kolonien in Amerika nur leeres Gerede waren. Tatsächlich trieb er Georg II. in den Krieg.«

»Sind Sie sicher?«, wunderte sich Rouillé. »Warum sollte er das getan haben?«

»Um sein Kabinett zu retten, *parbleu*! Er wusste, dass die gesamte englische Nation den Krieg wollte. Das Parlament, getrieben von William Pitt, der wiederum von der City unterstützt wurde, verlangte es von ihm. Um die Macht zu behalten, musste sich Newcastle notgedrungen der Kriegspartei anschließen. Die Meisterschaft, mit der er Friedrich II. dazu überredete, Frankreich zu verraten und im Januar den Westminster-Vertrag zu unterzeichnen, hätte uns alarmieren müssen.«

»Wir waren alarmiert, was glauben Sie! Nur Seine Majestät machte Ausflüchte. Der König konnte nicht glauben, dass ihn der König von Preußen, mit dem er sich sehr gut verstanden hatte, so zynisch verraten würde. Nur mit Widerwillen fasst Ludwig XV. den Krieg ins Auge. Ich musste all mein Können aufbieten, um ihm zu erklären, dass es nach Pitts Ernennung zum Staatssekretär keine Hoffnung auf Frieden mehr gibt. Mit einem Mann wie ihm werden wir uns niemals einigen können.«

»Ich habe ihn ein paar Mal getroffen«, sagte Mirepoix. »Er kompensiert seine körperliche Schwäche mit einer Brutalität und Verachtung ohnegleichen. Ich habe erlebt, wie er bei einem diplomatischen Treffen einen entsetzlichen Wutanfall gegen Frankreich bekam. Ehrlich gesagt ist das nicht verwunderlich, wenn man den Ursprung seines Vermögens kennt. Es stammt von seinem Großvater, einem Seeräuber der übelsten Sorte, genannt Diamond Pitt, der in Ostindien sein Unwesen trieb. Er endete als Gouverneur von Madras. Pitt hatte immer nur mit seinesgleichen Umgang, und er ist überzeugt, dass die Größe Englands von der Fähigkeit abhängt, sich die Reichtümer anderer Nationen anzueignen. Kurz, dass man ein Freibeuter sein muss, um zu siegen.«

»Unglücklicherweise hat er das auch bewiesen, indem er unsere Handelsschiffe kaperte. Diese Engländer bleiben auch unter einem zivilisierten Äußeren im Grunde Piraten. Sind Sie wirklich sicher, dass es keine Möglichkeit gibt, Pitt zu kaufen?«

»Er hasst Frankreich. Wir sind ein Hindernis für seine Machtbestrebungen. Er ist ein Fantast. Nichts wird ihn von der Mission abbringen, die er sich gewählt hat.«

»Und König Georg? Kann man nicht bei ihm vorstellig werden, um diesem Wahnsinn Einhalt zu gebieten?«

»Er hat nur sehr geringen Bewegungsspielraum, wie Sie

wissen. Die *whigs* in den Gemeinden lenken das Land. Ich fürchte, es gibt kein Mittel außer der Flucht nach vorn, zu der uns Pitt zwingt.«

Rouillé stand auf. Es war spät, die Nacht brach über Versailles herein, und er öffnete das Fenster, um etwas frische Luft ins Zimmer zu lassen. Kutschen fuhren in den Schlosshof ein, vor ihnen marschierte eine Wachkompanie. Gewiss der König, der aus dem Hirschpark zurückkehrte, um mit ihm die Ratssitzung am folgenden Tag vorzubereiten.

»Gut«, erklärte er resigniert und wandte sich zu Mirepoix um. »Uns bleibt keine andere Wahl, als ihnen eine Schlacht zu liefern.«

Achtzehntes Kapitel

Eine lange Reihe von Kutschen wartete auf der Pall Mall vor dem Haus der Rochefort, und auch Li Ying musste sich gedulden, ehe er aussteigen konnte. Er hatte für diesen Anlass eine von zwei weißen Pferden gezogene Kalesche gemietet, die seinem Rang entsprach. In seiner Person wurde hier China von der Londoner Aristokratie empfangen, und er wollte die Geister mit einem Auftritt beeindrucken, an den man sich erinnern würde.

»Es ist voll heute Abend«, sagte Kimble. »Wie ich hörte, hat Lady Rochefort die ganze Stadt wissen lassen, dass Sie ihr Ehrengast sein werden. Sie sind der Clou dieses Frühjahrs, mein Lieber!«

Ein Lakai mit einer Fackel in der Hand öffnete den Wagenschlag und klappte den Tritt hinunter. Li Ying stieg aus und schritt mit Kimble und Elizabeth feierlich auf die Eingangstür zu. Das Haus der Rochefort war eines jener hohen Gebäude mit Kolonnaden, Frontispiz und Kranzgesims, die Inigo Jones entworfen hatte, der sich von den Villen des italienischen Architekten Palladio inspirieren ließ.

Li Ying betrat einen großen Eingangsraum, in dem sich Diener mit Perücke und schwarz-goldener Livree um Carolines Gäste kümmerten. Einer von ihnen bat den Gast, ihm die breite Marmortreppe hinauf zu folgen, die ins Obergeschoss führte. Eine Doppeltür öffnete sich, und Li Ying trat in einen riesigen Saal, der von mächtigen Kristalllüstern erhellt wurde.

»Seine Exzellenz, Prinz Li Ying«, verkündete ein Majordomus mit lauter Stimme.

Die Gespräche verstummten, die Musik erstarb, alle Gesichter wandten sich ihm gleichzeitig zu. Er sah majestätisch aus in seiner seidenglänzenden Mandarinsrobe. Langsam ging er weiter und suchte mit Blicken Lady Rochefort. Die Männer grüßten ihn mit einem Kopfnicken, die Frauen deuteten einen Knicks an. Er antwortete mit Lächeln. Man betrachtete ihn voller Neugier oder mit gespielter Gleichgültigkeit. Der gestickte Tiger auf seiner Brust, die lange, wunderbar funkelnde Rubinkette, die Ringe aus Jade und Gold, die seine Hände zierten, und die rot-schwarze, mit einer Pfauenfeder geschmückte Kappe hatten die gleiche Wirkung auf die Gäste von Lady Rochefort wie auf die des Königs in St James. Hinter ihm trat Kimble mit Elizabeth am Arm herein und verbarg seine natürliche Scheu hinter einem der Situation angemessenen Lächeln. Der Majordomus brüllte ihre Namen für die Anwesenden. Dann gingen die Gespräche weiter, die Musik wurde lauter und geschäftige Diener begannen wieder, den etwa hundert Gästen Getränke und Speisen anzubieten. Endlich erschien Caroline. Sie trug ein prächtiges türkisblaues Taftkleid. Eine Saphirkette strahlte in ihrem tiefen Ausschnitt.

»Prinz Li Ying, ich bin sehr glücklich, Sie bei mir zu begrüßen«, sagte sie und genoss die Bewunderung, die die Ankunft ihres exotischen Gastes geweckt hatte, wie eine persönliche Ehrerweisung.

Voller Freude sah Li Ying wieder das entzückende Gesicht der jungen Frau vor sich. Ihre vollkommene Nase, der rosige Schmollmund und die unvergleichlichen blauen Augen verwirrten ihn weitaus mehr als beim ersten Mal. Er tat sein Bestes, um sich nichts anmerken zu lassen, aber Caroline war nicht dumm. Sie hatte in den schwarzen Augen des Prinzen jenes lebhafte Funkeln entdeckt, das sie so oft in den Augen der Männer entzündete.

»Verzeihen Sie meine Kühnheit, Milady, erlauben es die englischen Sitten, Ihnen ein Kompliment für Ihre Schönheit zu machen?«, fragte er.

»Kümmern wir uns nicht um die Sitten. Wie sie auch sein mögen und vor allem wenn sie solche Sätze verbieten, so schätzt eine Frau es doch immer, wenn ihre Schönheit von dem Manne gewürdigt wird, dem sie bestimmt ist.«

Er war wie geblendet. Waren alle Engländerinnen so geradeheraus und frei? Sie nahm ihn beim Arm. Er ließ sich zu einer Gruppe von Männern und Frauen führen, die lebhaft miteinander diskutierten.

»Kommen Sie, ich werde Sie einigen meiner Freunde vorstellen«, sagte sie. »Das sind Lord Pembroke und seine Verlobte, Lady Spencer, Hauptmann Hurtley, der Herzog von Bristol, Jane Murphy, Herzog Richard von Grosvenor und Lady Harrington. Alle brennen darauf, Sie kennen zu lernen. Ich überlasse Sie ihnen, um mich meinen anderen Gästen zu widmen. Aber ich komme bald zurück, dann tanzen wir«, murmelte sie ihm ins Ohr und presste dabei ihre Brust gegen seinen Arm.

Ihre warme Stimme ließ ihn erschauern, und er grollte ihr, dass sie ihn inmitten einer Gruppe gänzlich Unbekannter allein ließ, die sogleich anfingen, ihn mit Fragen zu bombardieren, um ihre Neugier zu befriedigen. Er hielt nach Kimble Ausschau, der aber war irgendwo im Saal verschwunden.

»Sagen Sie, warum tragen Sie diesen Zopf im Rücken?«, fragte Lady Harrington, nachdem sie einmal um ihn herum gelaufen war, um seine Kleidung zu bewundern.

»Das ist ein Brauch, der von den Mandschu eingeführt wurde, als sie vor einem Jahrhundert China eroberten.«

»Sind Sie Chinese oder Mandschu?«

»Chinese natürlich. Ich gehöre der alten Ming-Dynastie an, die jahrhundertelang über das Reich der Mitte herrschte«, versetzte Li Ying voller Hochmut, damit diese

Engländer verstanden, mit wem sie sprachen. »Ich bin der letzte Abkömmling.«

»Der letzte Ming? Welch eine Ehre für uns, mein Herr«, erklärte Lord Pembroke. »Ist das der Grund, warum Sie diese Kette aus Edelsteinen tragen? In Europa sieht man solcherart Schmuck eher bei den Frauen.«

Li Ying spürte die Ironie und antwortete sogleich: »Wenigstens haben wir es nicht nötig, Perücken zu tragen. Und eine Kette aus Edelsteinen zeigt unser Vermögen wahrlich besser als falsches Haar.«

»*Touché!*«, rief Hurtley.

»Was getroffen?«, fragte Li Ying auf Französisch zurück.

Der Hauptmann schien erstaunt.

»Sie sprechen Französisch? Sie sind noch unglaublicher, als ich dachte! *Touché* ist ein Begriff aus der Fechtkunst, den wir verwenden um auszudrücken, dass die Worte ins Schwarze treffen.«

Li Ying sah ihn erstaunt an.

»Ich erkenne an Ihrem Gesichtsausdruck, dass Sie nichts vom Fechten wissen, mein Herr«, fuhr Hurtley fort. »So nennt man die Kunst, den Degen mit einem Gegner zu kreuzen. Die Franzosen, das muss ich zugeben, sind Meister darin. Aber diesmal wird ihnen dieses Talent gar nichts nützen. Wir werden sie besiegen.«

»Sind Sie im Krieg mit Frankreich?«, erkundigte sich Li Ying, der darauf brannte, den Wahrheitsgehalt der Gerüchte zu überprüfen, die er gehört hatte.

»Auf dem Meer und auf dem Land«, erklärte Hurtley. »In Kanada genauer gesagt. Auf dem Festland sollen die Preußen sich um sie kümmern.«

Diese Information bestätigte die Befürchtungen des Chinesen. Weder er noch der Kaiser hatten vorhergesehen, dass er in ein vollkommen zerstrittenes Europa kommen könnte. Das würde die Sendung seiner Berichte nach Kanton via Paris nicht erleichtern.

»Was haben Ihnen die Franzosen getan?«, fragte er.

»Sie existieren, das ist alles, und das ist schon zu viel«, antwortete Lord Grosvenor. »Sie stehen uns immer wieder im Weg, in Kanada, in Indien, auf den Inseln. Es ist Zeit, ihnen eine Tracht Prügel zu verpassen!«

»Man lässt sich doch meist nur auf einen Krieg ein, wenn man sicher ist, ihn zu gewinnen. Ist das bei Ihnen so?«

»Wir haben auch eine Schlappe gutzumachen! Das vervielfacht unsere Kräfte. Sehen Sie nur Hauptmann Hurtley an. Ist er nicht unwiderstehlich?«

»Waren Sie schon mal im Krieg, mein Herr?«, fragte Hurtley.

»Ja, und ich habe keine sehr gute Erinnerung daran.«

»Vielleicht töten Sie nicht gern?«

Die hinterhältige Frage des Hauptmanns ließ Li Ying die Fassung verlieren. Sie erinnerte ihn an den grausamen Kampf gegen die Dsungaren und an die Tausende Leichen und Verwundeten, die die Schlachtfelder bedeckt hatten.

»Nur Kriminelle empfinden Vergnügen dabei zu töten«, versetzte er. »Den wahren Soldaten stößt es ab, und er tut alles, um es zu vermeiden. In China besteht die Kriegskunst darin, den Krieg zu gewinnen, ohne eine Schlacht zu schlagen. Das gelingt uns nicht immer. Manchmal zwingt uns der Feind, ihn auf freiem Feld zu bekämpfen. Unsere Armeen zählen Hunderttausende Männer. Ich überlasse es Ihrem Vorstellungsvermögen, welche Schlächterei bei so einem Zusammentreffen stattfindet.«

»Hunderttausende Männer!«, wiederholte Hurtley bewundernd. »Solche Massen zu befehligen muss berauschend sein.«

Lady Harrington unterbrach sie.

»Hören Sie auf zu träumen, Hauptmann. Ihr Männer denkt immer nur an den Krieg. Egal wo ihr geboren seid.«

»Verzeihen Sie uns, Milady«, bat Li Ying. »Ich würde auch lieber über etwas anderes sprechen.«

»Dann begleiten Sie mich zum Büffet, ich sterbe vor Hunger«, sagte sie und legte die Hand auf seinen Arm.

Auf den Tischen standen Silber- und Vermeilplatten, die mit gebratenem, noch dampfendem Fleisch, zerlegtem Geflügel oder gekochtem, kunstvoll drapiertem Gemüse beladen waren. Alles sah so appetitanregend aus, dass Li Ying nicht wusste, was er nehmen sollte. Es gab auch Pasteten, Fisch, Austern auf Eisschalen und Schillerwein in silbernen Kübeln. Lakaien füllten Porzellanteller, mit denen man sich dann an einen der runden Tische setzte, die in den kleinen angrenzenden Salons verteilt waren.

»Ich werde etwas für Sie auswählen«, schlug Lady Harrington vor, die seine Ratlosigkeit bemerkte.

Sie griff nach einem Teller und füllte ihn mit einer Aufmerksamkeit, die keineswegs uneigennützig war. Li Ying sah ihr amüsiert zu, als Caroline wieder auftauchte.

»Mein Gott! Ich habe Sie vor Entkräftung sterben lassen«, rief sie in gespieltem Entsetzen. »Danke, meine Liebe, dass Sie sich um den Prinzen gekümmert haben. Mein Lieber, trinken Sie doch mit mir von diesem köstlichen Champagner.«

Sie leerte ihr Glas mit einem einzigen Zug. Die Wärme gab ihren gewöhnlich blassen Wangen einen rosigen Hauch. Li Ying kostete vorsichtig das prickelnde Getränk, das sie ihm in einer Kristallflöte reichte, fand es hervorragend und trank es ganz aus. Lady Harrington machte wütend auf dem Absatz kehrt. Das Orchester spielte ein Menuett.

»Mein lieber Prinz, tanzen Sie mit mir«, bat Caroline und reichte ihm mit einem unwiderstehlichen Lächeln die Hand.

»Ich kann nicht tanzen, Milady«, protestierte Li Ying.

»Sie müssen es mir einfach nur gleichtun.«

Sie zog ihn in die Mitte des Saales, wo die Tänzer sich gerade aufgestellt hatten. Man applaudierte ihm mit aufmunternden Rufen, als er seinen Nachbarn nachahmte und seine Dame grüßte. Das Mandarinsgewand behinderte seine Bewegungen, und er hatte gewisse Schwierigkeiten, die Schritte der Tänzer zu wiederholen. Caroline lächelte ihn an, ließ ihn nicht aus den Augen und leitete ihn mit ihren Blicken. Als der Tanz sie vereinte, presste sie sich schamlos an ihn. Er spürte die runden Brüste an seinem Oberkörper und ihren Schenkel, der sich zwischen seine Beine schob.

»Tut es Ihnen Leid, meiner Einladung gefolgt zu sein?«, fragte sie mit einem herausfordernden Lächeln in den Augen.

»Wie könnte es?«, antwortete er etwas verlegen. »Ich fürchte allerdings, ich bin ein erbärmlicher Kavalier. In China tanzen wir nicht.«

»Aber das ist falsch! Es ist eine hervorragende Übung, die nebenbei noch zeigt, ob eine Frau und ein Mann so harmonieren, wie sie es erhoffen.«

»Sie wollen sagen, dass …«

»Dass der Tanz ein Vorspiel der Liebe ist! Man müsste ein Heuchler oder sehr naiv sein, um das nicht zuzugeben. Und Sie sind doch weder das eine noch das andere, nicht wahr?«

»Ich bin vielleicht schlimmer als das, Milady. Ich bin Chinese.«

»Die Chinesen sind wie wir. Und wir sind wie alle Tiere, so menschlich wir auch sein mögen: Wir paradieren, ehe wir uns paaren. Der Tanz ist nichts anderes. Schockiere ich Sie?«

Er hatte keine Zeit zu antworten. Das Menuett trennte sie, und eine neue Dame griff nach seiner Hand, um seine Schritte zu lenken. Sie hatte ein bezauberndes Lächeln, jugendliche Frische und einen verlorenen Blick, der in seinem versank, als biete sie sich ihm an. Etwas betäubt fragte er sich, ob man so viel Provokation für eine Einladung halten sollte, oder ob es im Großen Abendland einfach zum Liebesspiel gehörte. Man war jedenfalls weit entfernt von den raffinierten Ritualen, die in seinem Reich üblich waren. Bei der folgenden Figur traf er wieder auf Caroline.

»Sie haben mich getäuscht, Milady«, sagte er. »Ständig wechselt man die Dame, wie soll man da harmonieren?«

»Der Tanz ist wie das Leben, die Menschen kommen und

gehen, sie tauchen auf und verschwinden im nächsten Augenblick, sie sind flüchtig wie das Glück. Gerade deswegen müssen wir sie festhalten, wenn sie einmal in unserer Reichweite sind.«

Ihre Brust bebte, und ihre Augen waren voller Verheißung. Als das Orchester ein anderes Menuett zu spielen begann, wollte er sich erneut einreihen, da er Gefallen am Tanz gefunden hatte. Aber sie ließ ihn los und machte einen Knicks.

»Ich kann nicht mehr, verzeihen Sie mir«, sagte sie.

Er verbarg seine Enttäuschung unter einem leicht verkrampften Lächeln.

»Kommen Sie mit auf die Terrasse, wir brauchen frische Luft«, schlug sie vor und zog ihn unauffällig zu einem hohen Fenster, das sich über der Mall öffnete.

Der Balkon war in Dunkelheit getaucht. Die Düfte des benachbarten Gartens stiegen zu ihnen auf. Caroline schmiegte sich an ihn, hielt sein Gesicht mit beiden Händen fest und presste ihren Mund auf seinen. Ein Gefühl der Wollust durchfuhr ihn von den Füßen bis zum Kopf, und er umschlang sie noch fester. Zum ersten Mal seit Istanbul spürte er einen weiblichen Körper. Für die junge Ottomanin, die er eines Abends in der Karawanserei geliebt hatte, hatte er bezahlt. Diese hier bot sich ihm ohne Scham an. Dieser Gedanke ließ ihn plötzlich zurückweichen.

»Was haben Sie?«

»Wir können doch nicht …«

»Hier weitermachen? Natürlich nicht. Ich wollte Ihnen gerade einen bequemeren Ort vorschlagen.«

»Darum geht es nicht, Milady. Mir scheint, Sie sind verheiratet.«

»Das ist kein Problem. Es ist allein eine Frage des Geldes, wie so vieles in diesem Land, eine Zweckheirat, wenn Sie lieber wollen. Gefühle haben darin nichts zu suchen. Machen wir weiter, es war sehr schön.«

Li Ying zögerte. Diese Frau, die sich ihm an den Hals warf,

brachte ihn aus der Bahn. Trotz seines Begehrens hielt ihn irgendetwas nicht zu Benennendes zurück.

»All das ist sehr neu, Milady, und ich bin noch nicht ganz sicher, welches Verhalten angemessen ist.«

»Ich hoffe, Sie scherzen! Welches Verhalten? Da gibt es doch nur eines! Erzählen Sie mir nicht, dass es in China anders läuft.«

»Die Natur ist überall gleich, da stimme ich Ihnen zu, aber wir sollten vielleicht unsere Parade noch eine Weile fortsetzen, ehe wir …«, antwortete Li Ying.

Caroline sah ihn fassungslos an.

»Was sind Sie für ein Mann, dass Sie die Parade brauchen? Sie sollten wissen, dass es keine schlimmere Kränkung gibt, als die Freundlichkeiten zurückzuweisen, die eine Frau Ihnen schenkt«, sagte sie mit trockener Stimme.

»Ich bin verwirrt, Milady.«

»Ich hielt Sie für kühner. Leben Sie wohl, mein Herr!«

Mit vor Zorn blitzenden Augen ließ sie ihn stehen, wütend auf diesen Mann, der es wagte, sich ihr zu verweigern. Li Ying blieb einen Moment allein auf der Terrasse und bedauerte sogleich, so ungeschickt gewesen zu sein. Warum war er ihr nicht in ihr Bett gefolgt? War es nicht auch das, was er selbst wollte? Er schimpfte sich einen Idioten. Nun hatte Lady Rochefort allen Grund, ihn zu hassen, und er hatte mit seiner lächerlichen Schamhaftigkeit soeben die letzte Chance verspielt, zum Erfolg zu gelangen. In der klaren Nacht erkannte er in der Ferne die dunkle Masse der St-Pauls-Cathedral. Der schwere Geruch der Themse drang zu ihm herüber. Er dachte an die Schiffe, die von allen Ozeanen gekommen waren und das Morgengrauen erwarteten, um ihre Waren auszuladen. Plötzlich überwältigte ihn die Erinnerung an seine Heimat. Blickte dort, in Yuanming Yuan, Kaiser Qianlong in dieser Stunde auf dieselben Sterne wie er? Er erfreute sich an dieser Vorstellung und kehrte dann unauffällig in den Salon zurück, ehe er verschwand, ohne Aufmerksamkeit auf sich zu ziehen.

Neunzehntes Kapitel

Und, wie viele haben wir jetzt?«, fragte William Pitt. Hauptmann Hurtley legte den Federhalter hin.

»In dieser Woche noch drei, vor Senegal. Also insgesamt zweihundert Schiffe und fünftausend französische Gefangene seit August 1755.«

»Und Ludwig XV. hat uns gerade erst den Krieg erklärt! Zehn Monate um zu reagieren, das ist völlig unverständlich. Dabei weiß er genau, was er von unseren Absichten und Kriegszielen zu halten hat. Sein bester Kapitän, Marschall de Noailles, hat es ihm schon vor einigen Jahren bis ins Kleinste dargelegt.«

»Woher wissen Sie das?«, wunderte sich Hurtley.

»Einer unserer Agenten in Versailles hat damals das Memorandum des Marschalls entwenden und kopieren können. Ihnen muss ich nicht erklären wie. Das Ergreifende bei den Franzosen ist, dass ihrer Geistesschärfe niemals Taten folgen. Glücklicherweise, sonst würde diese sie zu den Herren der Welt machen.«

William Pitt öffnete hinter seinem Schreibtisch einen Schrank mit einem komplizierten Schloss und holte einen Papierstapel heraus.

»Hören Sie sich an, was Noailles über uns gesagt hat: ›Die Engländer haben nur insofern ein direktes Interesse an den Kriegen auf dem Festland, als sie ihnen Gelegenheit bieten, den gesamten Handel an sich zu reißen. Das englische System ist bekannt; es besteht darin, durch die Überlegenheit des Reichtums zu der Überlegenheit der Stärke zu gelangen, und nur Amerika kann ihnen dafür den Weg bahnen.‹«

»Klarer kann man unsere Politik nicht beschreiben«, kommentierte Hurtley. »Von wann ist dieses Memorandum?«

»Von 1751. Damals dachte ich, wir wären verloren, weil der Feind unser Spiel so klar durchschaute. Doch ich vergaß dabei die Intrigen am Hof von Versailles und die unglaubliche Leichtfertigkeit derer, die in Frankreich die öffentliche Meinung bestimmen. Natürlich hat es mich sehr beruhigt, als ich erfuhr, dass ihr Voltaire in Kanada nichts anderes sah als ein Stück verschneites Land, das von Barbaren, Bären und Bibern bewohnt ist. Glücklicherweise verstand er ebenso wenig wie der Hof, dass Kanada der Schlüssel zur Macht war. Wie man Philosoph sein und eine so beschränkte Einsicht in das Ganze haben kann, das bleibt mir ein Rätsel.«

William Pitt stand auf und fing an, in seinem Arbeitszimmer auf und ab zu gehen, wie er es immer tat, wenn ein Gedanke ihn beschäftigte.

»Und dieser Chinese? Was treibt er? Was erzählt man von ihm?«, fragte er mit plötzlicher Ungeduld.

»Viel Gutes, bei Hofe wie auch in der Stadt. Ich habe ihn bei dem Ball gesehen, den Lady Rochefort vor einiger Zeit ihm zu Ehren gegeben hat. Alle waren sich einig. Ich habe einen Moment mit ihm geredet, und was er sagte, erschien mir außerordentlich gescheit. Leider ist Lady Caroline etwas schnell zur Sache gegangen, Sie kennen sie ja, und von ihrem wütenden Gesicht meinte ich abzulesen, dass er auf ihre Avancen nicht eingegangen ist. Er verschwand kurz darauf, ebenso undurchschaubar wie bei seiner Ankunft.«

»Man muss wahrhaft Chinese sein, um dem Ansturm von Lady Rochefort zu widerstehen!«, rief William Pitt. »Kein Engländer wäre dazu imstande. Außer mir vielleicht. Hurtley, bringen Sie mir diesen seltenen Vogel! Ich will nicht der Letzte in London sein, der ihn trifft.«

Zwanzigstes Kapitel

Hatten die Götter Mitleid mit ihm gehabt? Hatten Sie beschlossen, ihm eine zusätzliche Chance zu gewähren? Gleich am nächsten Tag, während Li Ying Pläne entwarf, um die Gunst von Lady Rochefort zurückzugewinnen, lud ihn James Leighton ein, an der Parade der Horse Guards, der Königlichen Garde, vor ihrem Hauptquartier am St-James-Park teilzunehmen.

»Sie werden nicht bereuen, das gesehen zu haben, mein Lieber«, versprach der Reeder.

Dem Chinesen Englands Militärmacht vor Augen zu führen, erschien Leighton der beste Weg, ihn ein für alle Mal dafür zu gewinnen, dass er bei seinem Kaiser die britischen Interessen vertrat. Wie hätte er ahnen können, dass Li Ying nach ebendieser Demonstration suchte? Dieser verbarg seine Befriedigung unter der Maske, die er anlegte, wenn er einen gewissen Abstand zwischen sich und seinen Gesprächspartnern wahren wollte. Ihm war aufgefallen, dass diese Haltung die Weißen in respektvollem Schweigen erstarren ließ, das sie nicht mehr zu brechen wagten. Gerade bei Leighton konnte es nichts schaden, dieses Rätselhafte heraufzubeschwören.

Vor ihnen begann ein Trupp von Soldaten in untadeliger Ordnung zu exerzieren. Mit dem Gewehr auf der Schulter marschierten sie in Sechserreihen im Gleichschritt, ihnen voran Trommeln, Querpfeifen und Trompeten. Ein Offizier, der geschickt einen langen Stab bewegte, eröffnete den Marsch mit einer Feierlichkeit, die einem Zeremoniell in der Verbotenen Stadt in nichts nachstand. Die Soldaten waren alle gleich groß und trugen eine rote Uniformjacke mit blauem Revers, in der Taille von einem weißen Gürtel geschnürt, weiße Hosen und Gamaschen sowie einen schwarzen Dreispitz, der mit einer weißen Borte gesäumt war. Li Ying bewunderte diese Männer, die sich in fehlerfreiem Gleichschritt wie gut geölte Maschinen bewegten. Er hatte den Eindruck, sie könnten *li* um *li* marschieren, ohne müde zu werden. Dann bildeten sie eine Kampflinie und legten ihre Gewehre an, die erste Reihe auf Knien, die zweite aufrecht dahinter, bereit zum Schuss.

»Wie nennen Sie diese langen Spieße an der Spitze der Gewehre?«, fragte Li Ying Leighton.

»Bajonette. Eine sehr nützliche Waffe für den Angriff und den Kampf Mann gegen Mann. Zuerst gehen sie schießend auf den Feind zu, dann, wenn sie nur noch wenige Schritte entfernt sind, greifen sie mit Bajonetten an. Andersherum ist es auch eine gute Art sich zu verteidigen, wenn man von der gegnerischen Kavallerie angegriffen wird.«

Der Offizier befahl, die Gewehre zu laden, und Li Ying beobachtete mit größter Aufmerksamkeit, wie das vonstatten ging. Die Gewehre der chinesischen Soldaten waren schwerer und altertümlicher, mehr als einmal hatte er festgestellt, dass sie nicht sehr wirksam waren. Diese hier hingegen mit ihrem langen Lauf schienen genauer und weiter schießen zu können. Jeder Soldat gab etwas Pulver in die Zündpfanne und dann in den Lauf, schob eine Papierkugel hinein und stopfte das Ganze mit einem feinen Stab fest. Ein neuer gebrüllter Befehl, und alle stellten sich bereit.

»Werden sie schießen?«, fragte Li Ying.

»Ja, aber ohne Kugeln«, antwortete Leighton. »Das ist nur eine Übung.«

Erneutes Gebrüll und die Gewehre richteten sich bedrohlich gen Himmel. Es herrschte tiefe Stille. Sie hörten *Fire*, und das Donnern der Schüsse zerriss die Luft.

»Sehr beeindruckend«, kommentierte Li Ying. »Wie viele solcher Soldaten haben Sie?«

»Einige Zehntausend, glaube ich.«

»Mehr nicht? Und kann ich auch Ihre Reiter sehen?«

»Manchmal paradieren sie vorbei, aber es wäre interessanter für Sie, die Kavallerie beim Manöver zu erleben. Ich werde versuchen, das in den nächsten Wochen zu arrangieren.«

Ein zufriedenes Lächeln erhellte Li Yings Gesicht. Ungewollt gab ihm Leighton endlich die Möglichkeit, seinen Auftrag zu erfüllen. Der Reeder erwies sich nun als der beste Zugang zu den Informationen, die er begehrte. Er würde nur dessen Eigenliebe schmeicheln oder gewisse Zweifel an der Macht Englands äußern müssen, damit Leighton ihm zeigte, was er zu sehen wünschte. Heute die Infanteristen, morgen die Kavallerie, dann die Artillerie oder die Kriegsschiffe. Von ihm würde er alle militärischen Informationen erhalten, von denen er träumte. Er empfand eine gewisse Sympathie für diesen etwas dümmlichen Mann, der seinen Zielen diente, ohne es zu bemerken, und er beschloss, seinen Vorteil auszubauen.

»Wenn man diese Waffen sieht, dann müssen sich die Franzosen auf einiges gefasst machen!«

Er glaubte einen Moment, Leighton werde ihn umarmen.

»Dabei haben Sie sie noch gar nicht in Aktion gesehen!«, rief Leighton begeistert. »Sie sollen geradezu teuflisch genau sein.«

»Sie könnten auch uns sehr nützlich sein, meinen Sie nicht?«

Leightons Augen funkelten.

»Wäre Ihr Kaiser bereit, sie zu kaufen?«, fragte er ungläubig.

»Warum nicht? Der Gedanke ist nicht abwegig. Aber um das zu beurteilen, müsste ich sie von nahem sehen können.«

Der Reeder überlegte.

»Das ist nicht so einfach«, gestand er. »Es sind Kriegswaffen …«

»Was man kauft, muss man vorher in der Hand halten.«

Der Reeder nickte.

»Da stimme ich Ihnen zu. Ich werde sehen, was ich tun kann.«

Li Ying ermutigte ihn, indem er ihm freundschaftlich den Arm um die Schulter legte.

»Ich bin sicher, dass Sie es schaffen«, erklärte er mit einem strahlenden Lächeln.

Vor ihm begann die Truppe wieder nach der Musik zu marschieren. Entlang der Esplanade hatte sich eine kleine Menschenmenge angesammelt, um dem Schauspiel zuzusehen. Li Ying spürte geradezu körperlich den Stolz der Engländer auf ihre Soldaten und die Fahne, die im Wind flatterte.

In Peking hatte er nichts Vergleichbares empfunden, als er nach dem siegreichen Feldzug gegen die Dsungaren an der Bannerparade teilgenommen hatte. Dort wurde das Volk nicht dazu eingeladen, die Soldaten defilieren zu sehen. Dieses Privileg war dem Kaiser vorbehalten. Li Ying erkannte in diesem Moment, dass das ein Fehler war. Um vereint hinter einem Herrscher, einer Fahne, einem Land zu stehen, musste das Volk den Männern applaudieren, die seine Grenzen verteidigten, es musste seinen Stolz zeigen können. Gewiss war es unmöglich, Qianlong und die Mandarine des Ritentribunals von dieser Idee zu überzeugen, aber er nahm sich vor, sie in seinem nächsten Bericht zu erwähnen.

Er erkannte, wie sehr er sich schon verändert hatte. Was er noch einige Monate zuvor nie infrage zu stellen gewagt hätte, erschien ihm jetzt zweifelhaft, ja manchmal gar unverständlich. Lag es am Einfluss der individuellen Freiheit, die den Engländern so unverzichtbar war? An der Ferne der Heimat? Zweifellos spielte beides eine Rolle. Die Freiheit des Denkens, die auf dieser Insel verbreitet war, öffnete ihm völlig neue Horizonte. Er wunderte sich selbst über den Spielraum, den er sich in seinem Verhalten gönnte, das er doch seit frühester Kindheit erlernt hatte. Shi Xiu war darüber sehr entsetzt und schimpfte, sein Herr äffe die Europäer nach. Wie hätte der Diener auch verstehen können, dass er sich allein aufgrund seiner Ausbildung schon halb als Europäer fühlte?

Was also war natürlicher, als dass er bereits ein wenig Engländer geworden war?

Einundzwanzigstes Kapitel

Da ist ja endlich der Prinz, um den sich ganz London prügelt!«, rief William Pitt zur Begrüßung, als Hurtley Li Ying in sein Arbeitszimmer führte. »Es ist mir eine Ehre, Sie zu treffen, mein Herr.«

»Das ist es vielmehr für mich«, antwortete Li Ying. »Man redet überall nur von Ihnen.«

»Wirklich?«, fragte Pitt geschmeichelt. »Und was sagt man?«

»Dass das Schicksal Englands in Ihren Händen liegt und dass durch Sie der Ruhm des Landes heller erstrahlen wird als je zuvor.«

»Das glaube ich auch! Gott hat es offenbar so beschlossen und mich für diese Aufgabe auserwählt. Ich habe sie mit Demut angenommen. Setzen Sie sich doch. Hurtley, lassen Sie Tee servieren.«

Li Ying amüsierte sich insgeheim über diese maßlose Unbescheidenheit und setzte sich in einen bequemen Ohrensessel. Er betrachtete den Mann, der die Hoffnung einer ganzen Nation verkörperte.

»Und was ist das Schicksal Englands, Mister Pitt?«, fragte er.

»Die erste Weltmacht zu werden und unser Reich auf Kosten unserer Feinde stark zu machen.«

»Haben Sie viele Feinde?«

»Frankreich ist der letzte. Seit Jahrhunderten geht das

schon. Aber ich denke, diesmal haben wir die Mittel, es zu besiegen.«

»Ich habe gehört, es sei ein mächtiges Land, gut bewaffnet, mit fähigen Generälen. Sind Sie so sicher, den Sieg davonzutragen?«

»Die Armeen des Königs von Frankreich sind die mächtigsten Europas, das ist wahr. Wie würden Sie unter diesen Umständen vorgehen, wenn Sie an meiner Stelle wären? China ist ein riesiges Reich, das all seine Nachbarn unterworfen hat, und der gute Hurtley hat mir gesagt, dass Sie sich in der Kriegskunst auskennen. Sicher haben Sie eine Idee, was man an unserer Stelle tun sollte.«

Li Ying hatte nicht damit gerechnet, dass ihm Pitt gleich zu Beginn mit einer solchen Herausforderung begegnen würde. Aber warum eigentlich nicht? Zudem gab es keinen besseren Weg, die Pläne seines Gesprächspartners kennen zu lernen. Er überlegte einen Moment, sah Pitt in die Augen und erklärte, wie er die Dinge sah.

»England verfügt über eine beträchtliche Anzahl von Kriegsschiffen, nicht wahr? Ich würde sie einsetzen, um die Franzosen dort anzugreifen, wo sie am schwächsten sind, und wenn möglich dort, wo sie es am wenigsten erwarten. Das heißt überall, außer auf dem europäischen Festland«, erklärte er und ließ den Globus kreisen, der neben ihm stand. »In China hat diese Kriegslist einen Namen: ›Wei umzingeln, um Zhao zu retten.‹ Anders gesagt, das anzugreifen, was nachgibt, nicht das, was widersteht. Ich würde hinzufügen, dass man noch eine andere List einsetzen sollte, die ›mit einem geliehenen Schwert töten‹ heißt.«

»Was bedeutet das?«, fragte Pitt höchst interessiert.

»Einen Verbündeten zu finden, der ablenkt und den Feind an Ihrer Stelle bekämpft.«

»Hervorragend! Genau das tue ich! Was für eine Klarheit, welch eine Vision und Analysefähigkeit! Sind alle Chinesen wie Sie? Verstehen sie sich alle so auf die Kriegskunst?«

»Die Gebildeten schon. Wir studieren sie anhand der *Klassiker* und der unzähligen Bücher, die diesem Thema gewidmet sind, dem *Aufsatz der sechsunddreißig Kriegslisten* und der *Kunst des Krieges* von Sun Zi beispielsweise.«

»Und Sie wenden diese Rezepte auch an?«

»Ja. Mit dem Erfolg, den Sie sich ausmalen können.«

»Wenn ich recht verstehe, sollte man Ihnen besser nicht in die Quere kommen!«, rief Pitt lachend.

»Davon würde ich Ihnen in der Tat abraten«, antwortete Li Ying sehr ernst. »Kommen wir auf Ihren Krieg zurück. Trägt Ihre Taktik Früchte?«

In das Gesicht des Engländers trat Besorgnis. Er schwieg einen Moment und sah seinen Gesprächspartner scharf an.

»Es würde nichts nützen, Ihnen die Wahrheit zu verheimlichen, ja ich fürchte gar, es würde dem Vertrauen schaden, das ich Ihnen entgegenbringe«, sagte er schließlich. »Ganz offen, unsere ersten Operationen sind keine Erfolge, außer auf dem Meer. Wir haben die Franzosen in Kanada angegriffen. Aber sie sind zäh, sie haben uns zurückgetrieben und uns dabei große Verluste zugefügt. Nach vier Monaten ist es uns noch immer nicht gelungen, Fort Beauséjour einzunehmen. Wir bräuchten mehr Gold und Truppen, um die Entscheidung herbeizuführen!«

Pitt richtete sich ruckartig auf seinem Stuhl auf, und Li Ying sah ihn vor Wut mit den Füßen trampeln, ehe er plötzlich mit wässrigem Blick in sich zusammensank, als habe er das Bewusstsein verloren. Hurtley stürzte zu ihm und ohrfeigte ihn. Pitt kam nach wenigen Sekunden zu sich und schüttelte sich wie nach einem schlechten Traum.

»Verzeihen Sie, Mister«, sagte er mit schwacher Stimme. »Manchmal fühle ich mich etwas ... müde.«

»Ich wollte Sie keineswegs ermüden, Mister Pitt«, erklärte Li Ying und stand auf. »Erlauben Sie mir, mich zu verabschieden.«

»Es tut mir Leid. Dieses Gespräch war äußerst anregend.

Versprechen Sie mir, dass Sie einer weiteren Einladung folgen werden. Der Einladung, meiner nächsten Rede vor dem Unterhaus zuzuhören. Es wäre mir eine besondere Ehre. Auch wäre es eine hervorragende Gelegenheit, Westminster zu besichtigen. Was meinen Sie?«

»Ich nehme mit größtem Vergnügen an«, sagte Li Ying und verbeugte sich respektvoll, ehe er einem Hausdiener, der wie aus dem Nichts aufgetaucht war, hinaus folgte.

Pitt gewann wieder etwas Farbe. Er hustete, nahm eine Prise Tabak aus einer Porzellanschale und schnupfte etwas in jedes Nasenloch.

»Sagen Sie, Hurtley, dieser Li Ying ist nicht irgendwer, wie es scheint«, stellte er fest.

»Das möchte man allerdings meinen«, antwortete der Hauptmann.

»Er ist noch intelligenter, als Sie ihn mir beschrieben hatten, und könnte uns nützlich sein, um unsere Beziehungen zu China zu entwickeln. Meinen Sie nicht? Ich frage mich allerdings, was er in London anstellt.«

Hurtley stieß einen Seufzer aus. William Pitt war so misstrauisch, dass es bereits krankhaft war. Er glaubte, die ganze Welt wolle ihm schaden, und sah überall Feinde.

»Was hat einen Chinesen wie ihn nach Europa getrieben?«, setzte der Staatssekretär fort.

»Das Gleiche wie die Europäer nach China: entdecken, wer wir sind, das ist alles«, erklärte der Hauptmann.

»Glauben Sie, ein Mann wie er hat eine so lange Reise unternommen, nur um sich zu vergewissern, dass wir nicht drei Pfoten und einen Schwanz am Rücken haben? Nein. Da muss noch etwas anderes sein, Hurtley. Ich möchte Klarheit haben. Man kann niemals zu vorsichtig sein. Lassen Sie ihn unauffällig verfolgen, überwachen Sie seine Post, sehen Sie, mit wem er verkehrt, also all das, was Sie so gut können, um die Informationen zu sammeln, derer England und ich selbst dringend bedürfen. Ich würde gern etwas mehr über diesen köstlichen Jungen erfahren. Denken Sie daran, was ich Ihnen über die Chinesen gesagt habe.«

Hurtley erlaubte sich ein Lächeln, ehe er sich verabschiedete. Sein Herr hatte fixe Ideen, aber bisher hatte er nie ganz falsch gelegen. Nachdem er die Tür leise hinter sich geschlossen hatte, versank William Pitt in stummer Betrachtung der Karte Chinas auf dem Globus. Dieses riesige Land am anderen Ende der Welt würde sich eines Tages England öffnen. Während er von den Warenströmen träumte, die dieser unermessliche Markt aufnehmen würde, glich er im Halbdunkel einem Falken, der überlegt, auf welche Beute er sich stürzen wird.

Zweiundzwanzigstes Kapitel

Gleichsam von den Stagen gefangen, die wie Pfoten unter ihnen hervorragten, glichen die Schiffsrümpfe urzeitlichen Tieren, die gelähmt am Ufer lagen. Hunderte Männer waren nach den Anweisungen der Vorarbeiter am Werk. Die einen bedienten Hebezeuge, um riesige Holzteile zu bewegen, die sich präzise am gewünschten Ort einpassten, andere bearbeiteten mit der Dechsel kleinere Teile. Zimmerleute liefen auf den Decks umher, Gesellen gossen Pech zum Kalfatern in die heißen Kessel. Dumpfe Hammerschläge mischten sich in Hauruck-Rufe, Befehle und das Quietschen der Takel.

Vier Schiffe wurden hier zusammengesetzt. Das am weitesten Fortgeschrittene bot dem Blick bereits eine beeindruckende Masse mit mächtigem Bug, Vordersteven und Galionsfigur. Zwei Arbeiter saßen rittlings auf dem Bugspriet und befestigten an dessen Ende die englische Fahne. Riesige Stricke, die durch die Klüsen geführt wurden, hielten das Schiff noch auf der Helling fest. Bald würde es ins Meer gelassen werden, und Li Ying bedauerte, nicht Zeuge dieses Schauspiels sein zu können. Er hatte schon großes Glück, die größte Schiffswerft Englands überhaupt betreten zu dürfen. Leighton hatte ihm den Besuch in der Werft von Chatham als Entschädigung dafür vorgeschlagen, dass es ihm nicht gelungen war, ein Gewehr zu besorgen, wie es die Horse Guards getragen hatten. Chatham lag in Kent, am Ufer der Medway, die einige Meilen weiter in den Ärmelkanal mündete, und war der größte Kriegshafen des Königreiches. Der König selbst hatte Li Ying einen Passierschein ausstellen müssen, damit er Zugang erhielt. Auf Anraten von Scarborough und Leighton hatte Georg II. eingewilligt, den kostbarsten Gast Englands bewundern zu lassen, was den größten Stolz des Landes ausmachte, die Kriegsmarine. Hier nahmen die Dreimaster Gestalt an, die seine Seemacht sicherten. Wie zum Beweis der strategischen Bedeutung Chathams errichteten Hunderte Arbeiter rings um die eigentliche Werft mächtige Festungsanlagen, um sie vor einem möglichen französischen Angriff zu schützen.

Li Ying ging ein paar Schritte am Kiel entlang. Kräftiger Eichengeruch drang ihm in die Nase. Er war fast erschlagen von diesem mächtigen Ungetüm, das sich über ihm erhob. Es war das Große Abendland, das ihn so in seiner ganzen Wucht überragte. Er verstand, dass China nichts sein würde, solange es nicht ebenfalls imstande war, Schiffe dieser Größe aufs Meer zu bringen. Hoch oben sah er die offen stehenden Pfortenklappen in drei Reihen übereinander und noch weiter oben, vor dem blauen Himmel, die Arbeiter, die auf der Brücke beschäftigt waren. Wie konnte ein so riesiges Schiff überhaupt auf dem Meer schwimmen?

»Stellen Sie es sich mit seinen Zwölfpfündern vor?«, fragte James Leighton hinter ihm voller Stolz. »Sehen Sie sich das Ruderblatt an. Das ist das größte Teil. Es wird von dort oben, von der Brücke aus, durch einen Steuermann bedient, der es nach rechts oder links schwenken lässt.«

Li Ying erinnerte sich, wie erstaunt er an Bord der *Bristol* gewesen war, als er entdeckte, dass das Schiff von einem einzigen Mann gelenkt wurde. Dieser drehte ein großes Holzrad in die Richtung, die der vor ihm stehende Kompass wies. Selbst die stabilste aller Dschunken wäre nicht imstande, sich mit diesem Schiff zu messen. Der technische Vorsprung der Europäer war gewaltig, den Beweis dafür hatte er hier vor Augen. Aber wie sollte er das dem Kaiser berichten? Wie den chinesischen Zimmerleuten das Wissen der Engländer vermitteln? Er war weit davon entfernt, die nötigen technischen Kenntnisse zu besitzen, um so komplexe Konstruktionen genau zu beschreiben. Eine Idee blitzte in seinem Geist auf.

»Ich nehme an, Ihre Arbeiter haben genaue Pläne, um so riesige Schiffe zu bauen«, sagte er zu Leighton. »Glauben Sie, ich könnte einen solchen Plan bekommen, um zu verstehen, wie sich diese ganze Masse senkrecht hält?«

»Das müsste ich für Sie bekommen können«, antwortete Leighton. »Sie haben keine so großen Schiffe, nicht wahr?«

»Nein. Unsere Dschunken sind bescheidener.«

»Ich glaube nicht, dass die Chinesen echte Seeleute sind«, sagte der Reeder abfällig. »Man trifft sie nicht oft auf den Ozeanen. Für uns Engländer ist das Meer ein Daseinszweck. Diese Schiffe werden morgen über den Erdball kreuzen. Sie sind Ausdruck unserer Macht, unserer Liebe zum Handel, unserer …«

James Leighton ließ den Satz unvollendet.

»Ihrer Überlegenheit?«, beendete Li Ying. »Haben Sie keine Scheu, es auszusprechen. Ich habe oft genug festgestellt, dass die Engländer sich allen anderen überlegen fühlen. Das ist die Arroganz der Jugend. Wenn Sie erst wie wir dreitausend Jahre Geschichte und viel Unglück hinter sich haben, werden auch Sie weiser sein.«

Leighton lachte. Der Chinese gefiel ihm wirklich. Die in der Medway ankernden Schiffe schaukelten leicht. Der Himmel bedeckte sich, und ein Schauer, der vom Meer kam, ging nieder. Li Ying fuhr zusammen. Er konnte sich einfach nicht an diesen wolkenverhangenen Himmel gewöhnen, der selbst zu Sommeranfang über dem Land lag, und an den Regen, der ihm jeden zweiten Tag seine Spaziergänge verdarb. Wie konnte man in so einem Klima leben? Man konnte nicht, ganz einfach. Deswegen fand man die Engländer auf allen Meeren der Welt, auf der Suche nach einem Paradies, wo sie endlich ohne Regenschirm leben könnten. Eilig verließen die beiden Männer die Werft und betraten das nächste *coffee house*, um auf die Postkutsche zu warten und einen warmen Tee zu trinken.

Zur großen Enttäuschung von Shi Xiu, der ihm ein köstliches Abendessen bereitet hatte und sich gewünscht hätte, dass sein Herr länger sitzen blieb, um ihn zu loben, schloss sich Li Ying bald in seinem Zimmer ein. Er dachte nur noch an den Bericht, den er über seinen Besuch in Chatham verfassen wollte. Er hatte sich in die Ecke der Kutsche geschmiegt und trotz der holprigen Straße getan, als schlafe er, um dem Gespräch mit Leighton zu entgehen. So angenehm es war, mit Kimble stundenlang über alles und nichts zu plaudern, so unerträglich wurde es binnen kurzem, dem Reeder zuzuhören, wenn er Luftschlösser baute und über ihre Geschäftsbeziehungen fantasierte oder die Verdienste der englischen Rasse rühmte. Um ihm zu entlocken, was Li Ying brauchte, genügte es, ihn in seiner Eigenliebe zu bestärken. Als sie in London eintrafen, hatten sie sich rasch verabschiedet und waren nach Hause geeilt.

Li Ying setzte sich bequem vor seinen Arbeitstisch und tauchte den Pinsel in die schwarze Tinte. Er beschrieb zunächst die geographische Lage der Werft, dann erklärte er ausführlich, wie die Engländer ihre Schiffe bauten, beschrieb die Geräte, die sie verwandten, behalf sich mit einer Skizze. Ausführlich ging er auf die Qualität der Arbeiter ein, die er am Werk gesehen hatte, und auf die Kunstfertigkeit, mit der selbst das kleinste Stück Holz bearbeitet war. Jedes Schiff bestand aus Tausenden von Teilen, wie eine geduldig Stück für Stück nach einem Plan von teuflischer Genauigkeit zusammengesetzte Maschine.

Als er die technischen Erklärungen beendet hatte, ergänzte Li Ying seinen Bericht um einen persönlichen Kommentar: »Die Engländer, Majestät, sind ein erfinderisches, aktives Volk. Sie bekämpfen ihr raues Klima und die Melancholie, die daraus erwächst, mit einem erstaunlichen Schöpfergeist. Ihre mächtigen, wunderbar entworfenen Schiffe sind der strahlende Beweis dafür. Dieses Volk übertrifft uns, Majestät, und es ist zweifellos nicht das Einzige des Abendlandes. Die Engländer sind Seeleute. Weil das Meer sie umgibt und weil sie Händler sind, die nichts anderes wollen, als sich zu bereichern. Wenn möglich zum Schaden der anderen. Man spricht hier viel von dem Krieg, den sie gegen Frankreich führen, um dessen Kolonien in Amerika zu erobern. Das ist eine sehr aggressive Nation.

Wir werden eines Tages unvermeidbar mit ihnen zu tun bekommen. Sie werden Rechte von uns verlangen, um ihren Handel zu erleichtern, Land, um ihre Niederlassungen zu eröffnen, wie einst die Portugiesen Macao erhalten haben. Sie werden nach dem Beispiel der Missionare bis nach Peking kommen wollen, um Euch zu sagen, wie mit den Sternen oder den Göttern zu verfahren ist. Wir müssen mit diesem Volk rechnen, das zweifellos daran denken wird, uns zu unterwerfen, so machtbesessen wie es ist. Ein Han ist gewiss nicht furchtsam, Majestät, der letzte Abkömmling der Ming noch weniger, aber nun, da ich die geschickten und so gut organisierten Engländer kenne, habe ich verstanden, dass Ihr Recht hattet, und ich fürchte für die Zukunft.«

Dreiundzwanzigstes Kapitel

Schon drei Berichte! Höchste Zeit, sie nach China zu senden. Wenn er noch länger zögerte, würde sich der Kaiser, der ihn in Frankreich wähnte, ob seines Schweigens sorgen und ihn für verloren oder tot halten. Er könnte dann auf den Gedanken kommen, die Verbindung zu unterbrechen, die er organisiert hatte, und Li Ying würde keine Möglichkeit mehr haben, sich mit seinem Herrn zu verständigen.

Nichts Schlimmeres könnte ihm geschehen. Sich selbst überlassen, ohne jede Verbindung zu China, würde er seine Papierstapel bei sich behalten müssen, mit all den Gefahren für seine Sicherheit, falls irgendjemand ihn eines Tages verdächtigen sollte. Li Ying saß vor seinem Arbeitstisch und richtete ein stummes Gebet an den kleinen Holzbuddha, der von einer Öllampe schwach angeleuchtet wurde. Wie konnte er Pater Romanet in Paris die Dokumente zukommen lassen, die er vorbereitet hatte? Der Krieg zwischen England und Frankreich machte diesen Versand unmöglich. Die Verbindungen zwischen den beiden Ufern des Ärmelkanals waren gewiss unterbrochen, und er konnte sich nicht vorstellen, wie er sein Paket einem unbekannten Kapitän anvertrauen sollte, ob nun Franzose oder Engländer. Li Ying überlegte, ohne eine Lösung zu finden, als Shi Xiu leise an die Tür klopfte.

»Herr Vergilius Kimble kommt Euch besuchen«, sagte er mit einer tiefen Verbeugung. »Wollt Ihr ihn empfangen, *Daren?*«

»Lass ihn eintreten, und bring uns Tee. Er muss halb tot sein vor Durst.«

Kimble trat herein. Er war nachlässig in einen Mantel aus grobem Leinen und eine unförmige Hose gekleidet, die Perücke entblößte seine hohe Stirn, auf der Schweißtropfen perlten, und so wirkte er noch erschöpfter als sonst.

»Diese Hitze ist unerträglich!«, sagte er und wischte sich den Hals mit einem Taschentuch. »Wie war Ihr Gespräch mit unserem lieben Pitt? Ich sterbe vor Neugier.«

»Wunderbar«, antwortete Li Ying. »Er ist ein ungewöhnlicher Mensch, besessen von einer Vision der Größe, die mir durchaus gefällt. Er bebt vor Energie. Seine Vitalität ist beeindruckend. Etwas zu stark vielleicht. Er leidet gewiss an einem Überschuss seines *yang*.«

»Sein *yang*? Ich habe etwas darüber gelesen, aber ich gebe zu, dass ich nicht richtig verstanden habe, worum es ging.«

»*Yin* und *yang* verkörpern die Dualität, die das Universum beherrscht und die auch jedes lebendige Geschöpf erfüllt, das sich darin bewegt. Das eine geht nicht ohne das andere. Ein Leser von Lukrez wie Sie kann solche Dinge gewiss verstehen.«

»In *De Natura Rerum* habe ich nichts dergleichen gefunden.«

»Dann haben Sie es schlecht gelesen!«

»*Yang* oder nicht *yang*, ich muss zugeben, dass ich Pitt nicht besonders mag. Hatten Sie nicht den Eindruck, dass er vollkommen verrückt ist? Seine Vision, England zum Herrn über alle Ozeane und die Welt zu machen, ist die Frucht eines kranken Hirns. Wenn man ihn gewähren lässt, wird er alle Nationen gegen uns aufbringen, und wir werden an allen Fronten Krieg führen müssen. Was keine sehr angenehme Situation ist.«

»Ich glaube, Pitt hat Recht. *Audaces fortuna juvat*, sagte Vergil. Die größten Reiche wurden von Verrückten oder Furchtlosen erobert, was in etwa das Gleiche ist. Alexander und Julius Cäsar bei Ihnen, Qin oder Zhu Yuanzhang, die Begründer der Ming-Dynastie, bei uns – Menschen, die von einer so mächtigen Kraft erfüllt waren, dass sie nur vom Himmel kommen konnte.«

»Pitt vom Himmel geleitet! Sie scherzen. Er wird einzig von der Vision beherrscht, die er von sich selbst hat. Und die steht für ihn noch höher, als Sie es sich vorstellen können. Nein, glauben Sie mir, man muss ihm misstrauen. Haben Sie Nachricht von Lady Rochefort?«, fragte Kimble dann in seiner unnachahmlichen Art, von einem Thema zum nächsten zu springen.

»Keine, was ich zutiefst bedaure.«

»Wundert Sie das, nach dem, was Sie ihr angetan haben? Selbst ich kann sie verstehen! Sie ist ihnen fürchterlich böse, weil Sie sie in aller Öffentlichkeit so erniedrigt haben.«

»Wir waren allein«, korrigierte Li Ying.

»In England, mein Lieber, ist man niemals wirklich allein. Wir überwachen einander, natürlich ohne es zu zeigen, und wir interessieren uns ständig dafür, was unser Nachbar gerade ausheckt. Wir sind etwas klatschsüchtig. Sie müssen nur unsere Zeitungen lesen. Darin steht alles über alle und jeden. Kurz, die schöne Caroline hasst Sie, wie sie nie einen Mann gehasst hat.«

»Sie können gewiss sein, dass mir das sehr Leid tut.«

»Warten Sie einfach ab. Der Hass ist niemals weit weg von der Liebe, und eben deshalb brennt sie darauf, Sie wiederzusehen.«

Li Ying riss die Augen auf. Das kam unerwartet.

»Sind Sie ihr Bote?«, wagte er zu fragen.

»Ich hatte nicht den Mut, es Ihnen zu gestehen«, gab Kimble zu und senkte die Augen.

»Pit war also nur ein Vorwand für Ihren Besuch! Tatsächlich schickt Sie Lady Rochefort, um mich zu ihr zu bringen!«

»Herr im Himmel, Sie haben es aber eilig! Nur nicht so schnell. Im Grunde komme ich von mir aus, um mit Ihnen über sie zu sprechen. Weil ich mich um Ihre Gesundheit sorge.«

»Meine Gesundheit? Was hat die damit zu tun?«

»Alles, mein Freund, alles. Sie werden mir zustimmen, ein Mann kann nicht ... wie soll ich sagen, verzeihen Sie die Trivialität, ein Mann kann nicht allzu lange enthaltsam leben. Seine Säfte machen sich bemerkbar, er verdaut schlecht, wird nervös, aggressiv und so weiter. Schlafen Sie wenigstens gut?«

Ohne eine Antwort abzuwarten, fuhr Kimble fort: »Glauben Sie mir, Sie brauchen eine Freundin. Sonst werden Sie krank oder, noch schlimmer, man wird erzählen, Sie interessierten sich nicht für Frauen. Solche Dinge werden zwar geduldet, aber man bringt sich doch ins Gerede. Man wird gar behaupten, Sie bedienten sich Ihres Lakaien, um widernatürliche Bedürfnisse zu befriedigen. Unerträglich, nicht wahr?«

»Sie übertreiben, Vergilius!«

»Niemals, erst recht nicht, wenn es darum geht, den Ruf meiner Freunde zu verteidigen.«

Die beiden Männer lachten.

»Natürlich gibt es Kurtisanen«, fuhr Kimble fort. »Für ein paar Guineen sind sie stets bereit, Sie zu befriedigen, und an ihnen ist in London kein Mangel. Ich bin sicher, dass einige sogar dafür bezahlen würden, Sie zu bekommen. Aber das ist höchstens für ein kleines Amüsement zum Nachtisch gut.«

»Sie schlagen mir also vor, Lady Rochefort zur Mätresse zu nehmen?«

»Jedenfalls mit ihr Frieden zu schließen, und dann der Natur ihren Lauf zu lassen. Ist sie nicht bezaubernd schön? Jung und kräftig, wie Sie sind, wäre es doch Vergeudung, sich zu verweigern.«

»Ich habe Ihnen bereits erklärt, dass mir die allmorgendlichen *qigong*-Übungen helfen, meine Bedürfnisse zu kontrollieren.«

»Erzählen Sie mir nichts davon! Ich habe die Übungen

versucht, die Sie mir gezeigt haben. Elizabeth musste den Arzt kommen lassen, um die Blockade meiner Wirbelsäule zu lösen!«

Li Ying unterdrückte ein Lachen.

»Um auf Lady Rochefort zurückzukommen«, sagte er, »so muss ich Ihnen gestehen, dass ich vor Verlangen sterbe, sie wiederzusehen.«

»Einfach wunderbar! Ich werde das arrangieren. Aber danach will ich nichts mehr wissen!«

Als Li Ying Kimble so bereitwillig sah, fragte er sich, ob dessen natürliche Selbstlosigkeit ihm nicht die Lösung für das Problem liefern könnte, das ihn so sehr beschäftigte.

»Sagen Sie, Vergilius, wissen Sie, wie man es hier anstellt, Post nach Frankreich zu schicken?«

Kimble sah ihn erstaunt an. Er hatte alles erwartet außer dieser Frage.

»Aber nichts ist einfacher als das! Mit den *packet boats.*«

»Was ist das?«

»Schiffe, die zwischen beiden Ufern des Kanals kreuzen, um Waren, Post und gelegentlich Passagiere zu transportieren.«

»Hat der Konflikt diesen Verkehr nicht unterbrochen?«

»Keineswegs. Die Feindseligkeiten zwischen unseren Ländern haben die Geschäftsverbindungen nie verhindert. An beiden Ufern des Kanals kennt man einander seit Jahrhunderten. Ein Krieg mehr oder weniger wird doch die guten Nachbarschaftsbeziehungen nicht erschüttern, die seit der normannischen Eroberung bestehen. Verzeihen Sie meine Neugier, aber was in aller Welt wollen Sie dorthin schicken?«

Li Ying hatte sich bereits überlegt, wie er diese Frage beantworten würde.

»Sie wissen ja, dass ich eigentlich nach Frankreich wollte und nicht nach London. Ehe ich Peking verließ, übergab mir mein alter Lateinlehrer, ein Lazarist, dem ich meinen Wunsch offenbart hatte, das Große Abendland zu entdecken, Briefe für seine Familie, seine Freunde und den Superior seines Ordens. Seit meiner Ankunft hier war ich so beschäftigt, dass ich vergessen habe, mich darum zu kümmern. Ich will es nicht länger aufschieben.«

»Es wird mir ein Vergnügen sein, Ihnen dabei zu helfen. Wir gehen zum Hafen, um den Kapitän eines *packet boat* zu finden, dem Sie Ihre kostbaren Briefe anvertrauen können. Ich kenne einen, der es ganz sicher übernehmen wird.«

»Ich weiß nicht, wie ich Ihnen eines Tages all das entgelten soll, was Sie für mich tun, Vergilius. In Ihnen habe ich mehr gewonnen als einen Freund, ich habe einen Bruder gefunden.«

»Na, na, hören Sie auf, sich der Rührung hinzugeben, sonst sagen Sie noch Dummheiten, und wir werden beide wie Idioten dastehen. Gehen wir lieber hinunter in die Küche und sehen nach, was Shi Xiu für uns brutzelt. Mich erreichen da Düfte, die mir Appetit machen.«

Vierundzwanzigstes Kapitel

Sie liefen durch die Alleen des St-James-Park, deren große Bäume den Spaziergängern erfrischenden Schatten spendeten. Li Ying mochte den Sommer nicht so sehr. In Peking herrschte oft drückende Hitze, und er hatte jahrelang unter dem erstickenden Wind gelitten, der in den Bergen der Mandschurei blies. Hier in London war die Hitze weniger schwer und weniger feucht. Caroline hatte ihn zum Ufer des Sees bestellt, und das Wiedersehen hatte ihn mit Verwirrung und Freude erfüllt. Sie trug ein pfirsichfarbenes Seidenkleid, dessen Ärmel über den Ellbogen endeten, und einen entzückenden Hut auf der blonden Perücke. Im Morgenlicht erschien ihr Gesicht noch feiner, ihre Haut durchscheinender, die Lippen rosiger. Sie hatte ihn angelächelt, als er sich vor ihr verneigte, um sie zu begrüßen.

»Ich muss Ihnen neulich Abends sehr lächerlich vorgekommen sein«, begann er.

»Zunächst schon. Aber ich glaube, ich war es ebenso sehr«, sagte Lady Rochefort und stützte sich etwas stärker auf seinen Arm. »Danke, dass Sie mich auf diesem Spaziergang begleiten. Ich fürchtete bereits, ihn allein machen zu müssen.«

»Geht es Ihnen nicht gut, Milady? Vielleicht wäre es besser umzukehren.«

»Es ist nichts. Wie alle anderen macht auch mich der Ostwind entsetzlich melancholisch. Das ist der schlimmste Moment des Jahres. Wenn er einsetzt, wird die halbe Stadt krank, und die andere Hälfte bekommt Lust sich aufzuhängen. Selbst die Stabilsten werden traurig wie die Preußen. Überdies habe ich erst heute erfahren, dass eine Freundin aus Kindertagen bei dem Erdbeben umkam, das Lissabon vor einigen Monaten dem Erdboden gleichmachte.«

»Wo ist das?«

»Lissabon ist die Hauptstadt Portugals. Völlig zerstört. Der Königspalast soll zusammengefallen sein wie ein Kartenhaus. Man spricht von fünfzigtausend Toten. Eine ganze Stadt in Ruinen, können Sie sich das vorstellen?«

Li Yings Gesicht verdüsterte sich.

»Besser, als Sie annehmen. Peking hat 1729 dasselbe Schicksal erlitten. Ich war kaum drei Jahre alt, aber ich erinnere mich noch an das Grollen, das aus dem Nichts aufstieg, und an das Beben des Bodens. Es war entsetzlich.«

»Wurden Sie verletzt?«

»Nein, jedenfalls erinnere ich mich nicht daran. Das Krachen der Häuser, die nacheinander einstürzten, war unerträglich. Als man mich aus den Trümmern zog, war alles zerstört. Später erzählte man mir, zweihunderttausend Einwohner seien an diesem Tag gestorben.«

»Zweihunderttausend? Das ist unfassbar!«

»Wenn China von einer Katastrophe getroffen wird, wütet der Tod ohne die Opfer zu zählen.«

»Wie konnten Sie diese Schrecken überwinden? Sind Ihre Eltern in diesem Erdbeben umgekommen?«

»Darauf kann ich Ihnen nicht antworten, Milady«, sagte Li Ying mit plötzlich veränderter Stimme.

»Warum nicht?«

Li Ying war bestürzt. Ohne es zu bemerken, hatte er ihr seine persönlichste und schrecklichste Erinnerung offenbart. Er hatte sich stets gefragt, ob seine Eltern nicht an diesem Tag von der zornigen Erde verschlungen worden waren, aber niemand hatte ihm je eine Antwort darauf gegeben. Jahre später, Tausende *li* von zu Hause entfernt, stand er nun plötzlich wieder vor der grausamen Frage, die er tief in sich vergraben hatte, um sie besser vergessen zu können. Hier, unter den hundertjährigen Bäumen, am Arm einer der schönsten Frauen Londons, erkannte er, dass er weniger denn je wusste, wer er war. Wessen Kind war er, dass er ein solches Schicksal erleiden musste? Warum war er hier am anderen Ende der Welt, ungeduldig, diese fast gänzlich Unbekannte zu lieben, deren Bereitschaft zur Hingabe er spürte? Der Wille des Kaisers war kein hinreichender Grund. Welche Ironie des Schicksals hatte ihn dazu gebracht, Vertraulichkeiten über seine verstümmelte Kindheit zu offenbaren, über die er noch niemals mit einem Menschen gesprochen hatte? Wieder einmal war Schweigen die einzige Antwort.

Er begann zu lachen. Alles war so absurd. Es gab keinen Grund für irgendetwas. Das Leben war unvorhersehbar und ohne Sinn. Der Mensch hatte keinen Einfluss darauf. Zweifellos existierte im Himmel ein Herr der Schicksale, der die Menschen vollbringen ließ, was er für sie beschlossen hatte. War es der Gott der Christen oder der Chinesen? Er hatte nicht die geringste Lust, das zu erfahren.

»Sprechen wir von etwas anderem«, sagte er schließlich und ging langsam weiter.

Caroline fragte nicht nach, obwohl sie gern mehr gewusst hätte. Er bemerkte ihre Enttäuschung.

»In China haben wir gelernt, unsere Stimmungen zu überwinden«, erklärte er.

»Wie machen Sie das?«

»Bestimmte Körperübungen helfen uns dabei.«

»Zeigen Sie sie mir?«, fragte sie fröhlich. »Sie könnten mir sehr nützlich sein.«

Er lächelte amüsiert. Schwäne tauchten bei ihrem Näherkommen ins Wasser und schwammen geräuschlos zu der kleinen Insel, die ihnen als Zuflucht diente. Etwas weiter tauchten Flamingos ihre langen Hälse in das dunkle Wasser des Sees.

»Die Kunst dieser Bewegungen, das *qigong*, ist sehr streng, Milady«, warnte er.

»Die Strenge hat anerkanntermaßen auch ihre Tugenden.«

»Man muss lange üben.«

»Ich bin dazu bereit. Um zu wissen, muss man lernen.«

Sie fand auf alles eine Antwort.

»Es verlangt, dass man den Körper auch in wenig natürliche Haltungen zwingt …«

»Was bedeutet die Stellung, wesentlich ist doch das Gute, das daraus hervorgeht.«

»Manchmal ist es unbequem, ja schmerzhaft.«

»Man muss leiden können, wenn man größere Erleichterung erlangen will.«

»Dazu bedarf es täglicher Übung.«

»Ich wollte Sie gerade bitten, mir diese zu gewähren«, hauchte sie und versenkte ihre veilchenblauen Augen in die seinen. »Sie werden es nicht bereuen, mein lieber Prinz, ich werde die eifrigste Schülerin der Welt sein.«

Als sie so ihr Gesicht zu ihm erhob, war sie unwiderstehlich. Und Li Ying widerstand nicht. Sein Verlangen wurde noch stärker. Die Aussicht, sie in sein Bett zu legen und ihr all die Künste zu zeigen, die er im Kopf hatte, ließ ihn erschauern.

»Zittern Sie?«, fragte sie besorgt.

»Vor Kälte«, sagte er gegen jede Logik.

»Daran zweifle ich nicht«, entgegnete sie mit einem Lächeln. »Vielleicht wäre es Zeit, dass Sie mir eine Tasse Tee oder Schokolade anbieten.«

»Kein *coffee house* wäre Ihrer würdig. Was halten Sie davon, bei mir einen Tee zu kosten, den ich aus China mitgebracht habe?«, schlug er vor.

Caroline errötete.

»Ich sterbe vor Lust darauf.«

Li Ying spürte sein Herz noch schneller schlagen. Er hätte sie gleich dort, auf dem Gras niederlegen mögen, aber damit hätte er ihr Vergnügen verdorben. Die Erwartung wurde unerträglich.

»Dann wollen wir keine Zeit verlieren«, sagte er fast unhöflich und zog sie zum Ausgang des Parks.

Auch wenn Caroline vor Ungeduld seufzte, ließ sich Li Ying doch viel Zeit, sie auszukleiden. Bei jedem Kleidungsstück küsste er ihren Körper dort, wo er ihn entblößte. Die Schätze, die sich seinen Augen offenbarten, waren noch schöner, als er sie sich vorgestellt hatte, und er musste sich all der Lehren erinnern, die Du Wei ihm einst vermittelt hatte, um die Kontrolle über sich selbst zu behalten. Als er Caroline das Kleid ausgezogen hatte, verharrte er begeistert vor den raffinierten Strümpfen, Unterröcken, der Korsage, all den Bändern, die er lösen musste, ehe er endlich Carolines Körper betrachtete.

»Ich bitte Sie, zögern Sie nicht länger«, flehte sie.

Er gehorchte ihr nicht. Der Anblick ihrer endlich entblößten Brüste entlockte ihm einen Seufzer des Glücks, ihr flacher Bauch und der feine goldene Flaum überstieg all seine Vorstellungskraft. Als sie endlich nackt war, verharrte er in Anbetung. Er kniete vor ihr, strich mit den Händen ihre Beine hinauf und liebkoste das zarte Tor der Lust, das sich unter seinen Fingern mit größter Unschuld öffnete. Sie begann leise zu stöhnen.

»Ich liebe Ihren Gesang, nichts klingt süßer in meinen Ohren«, flüsterte er.

»Mir ist kalt, mein Freund, lassen Sie mich nicht länger darben«, sagte Caroline.

Li Ying zog sich aus. Er zog das Hemd über den Kopf und warf es auf den Boden, streifte die Strümpfe hinunter. Angesichts des glatten Oberkörpers, der im Halbdunkel seine Muskeln zeigte, konnte sich Lady Rochefort nicht mehr zurückhalten. Sie bedeckte seine zart duftende Haut mit Küssen. Ungeduldig, das Wesentliche zu entdecken und endlich zu wissen, was für ein Mann er war, half sie ihm, die Unterhose aus schwarzem Samt auszuziehen.

»Mein Gott!«, flüsterte sie. »Wie Sie gebaut sind!«

»Sind Sie enttäuscht?«, fragte er besorgt.

Als einzige Antwort griffen die Lippen der jungen Frau nach ihm. Sein ganzer Körper erbebte. Selbst Du Wei hatte ihm diese Liebkosung nicht mit solcher Wollust geschenkt. Er fasste sich wieder und versuchte sich zu befreien. Das war nicht die Rolle, die er sich zudachte. Er musste seine Gefährtin befriedigen, nicht umgekehrt. Er legte sie auf das Bett und streckte sich mit seinem ganzen Gewicht auf ihr aus. Ohne die Augen von ihr zu lassen, nahm er sie langsam. Angespannt über ihr verharrend, unterwarf er sie dem fordernden Rhythmus seines Begehrens, fasziniert von ihrem schönen Gesicht, das vor Wollust erstrahlte. Ihr Kampf dauerte fast eine Stunde. Er leckte die Schweißtropfen weg, die zwischen ihren Brüsten perlten, dann bemächtigte er sich ihres Mundes, schien ihn fiebernd zu verschlingen. Sie stöhnte, und er wusste nicht mehr, ob es Lust war oder Ungeduld. Als sie ihn anflehte, sich zu befreien, sank er zusammen wie ein allzu lange gespannter Bogen und beobachtete bis zum Schluss in ihren Augen die Stärke ihrer Erfüllung. Caroline ließ einen Schrei ertönen, der sich wie ein Siegesruf im Zimmer erhob.

Fünfundzwanzigstes Kapitel

Der alte Mitchell stellte schicksalsergeben sein Ginglas ab und zog an seiner alten Tonpfeife.

»Tut mir Leid, Reverend, ich konnte nichts machen. Sie sind am Hafen angekommen, als das Schiff grad losfahrn wollte. Nicht mal mehr Zeit, zu fragen, ob ich an Bord darf, um zu sehn, was sie dem *captain* gegeben haben. Kaum hatten sie sich umgedreht, legte das verdammte *packet boat* ab und verschwand in Richtung Kanal.«

»Was war das für ein Paket?«, fragte der anglikanische Pastor, mit dem er am Tisch saß.

»Quadratisch wie ein großes Kissen, wissen Sie, und in eine Art Teerpapier eingewickelt. Verknotet wie ein Hühnchen, mit einem großen Wachssiegel. Das ist alles, was ich von da, wo ich stand, sehen konnte.«

»Der Name des Empfängers muss draufgestanden haben, geben Sie sich Mühe, Sie müssen ihn gesehen haben.«

»Gesehen habe ich ihn allerdings, Reverend! Aber ihn zu lesen war unmöglich, ich sag's Ihnen, sogar mit Fernrohr.«

»Gut, ich glaube Ihnen«, seufzte der Pastor schließlich enttäuscht. »Und dann?«

»Sind der Chinese und Vergilius Kimble ins *Prince of Orange coffee house* gegangen und erst nach zwei Stunden wieder rausgekommen. Dann haben sie sich getrennt«, antwortete Mitchell und goss sich noch einen Gin ein. »Der

Chinese ist nach Hause gegangen und hat sich bis zum nächsten Tag nicht mehr gerührt.«

Hurtley bemühte sich, in der Kleidung eines Kirchenmannes eine gute Figur zu machen, und leerte seine halbe Pinte *Ale*. Er hätte auch gern ein Glas vom duftenden Gin aus Mahon auf Menorca genommen, aber seine Verkleidung war dazu nicht geeignet.

»Vielleicht hab ich eine Information, die Sie tröstet«, sagte Mitchell nach kurzem Schweigen.

»Mich trösten, wenn uns ein Paket unter der Nase wegschwimmt, niemals! Aber erzählen Sie.«

»Wenn ich Ihnen sage, dass ich den Chinesen und Lady Rochefort gestern Früh Arm in Arm im St-James-Park gesehen hab, wärn Sie dann getröstet?«

»Kaum«, gab Hurtley zu.

»Und wenn ich Ihnen noch sage, dass sie dann zu ihm gegangen sind, Lincoln's Field Inn, und erst nachts wieder rausgekommen, sichtbar zufrieden mit dem Nachmittag, den sie verbracht hatten, wär das besser?«

»Sie meinen, die beiden haben miteinander geschlafen?«

»Ganz klar, danach zu urteilen, wie sich Ihr Chinese um die Dame gesorgt hat und wie sie ihn mit Blicken fast aufgefressen hat. Ich hab gewisse Erfahrungen in der Hinsicht, das können Sie mir glauben.«

»Daran zweifele ich nicht«, versicherte der Hauptmann mit ironischem Lächeln.

»Ich sprech nicht von solchen Erfahrungen, Reverend. Die gehörn der Vergangenheit an. Ich mein die vielen Ehebrecher, die ich erwischt hab, weil man mich dafür bezahlt hat, die heimlichen Liebespaare, die in den Herbergen um Richmond oder Greenwich Zuflucht finden. Oh ja, die Menschheit ist wahrlich nicht immer schön anzuschauen, davon können Sie auch ein Lied singen, stimmt's, Reverend? Und ich hab zu viele Stunden in Kälte und dunkler Nacht gestanden, um das zu vergessen.«

»Die Menschheit besteht fort, mein Freund, das ist so ziemlich alles. Alles andere liegt in Gottes Hand. Was Sie mir da erzählen, freut mich sehr. Hier sind fünf Guineen für Ihre Arbeit. Überwachen Sie den Mann weiter, und passen Sie auf, was aus der Affäre mit Lady Rochefort wird. Sie leisten gute Arbeit, Mitchell. Der Herr wird es Ihnen danken. Machen Sie weiter so«, sagte er und stand auf.

Sobald er auf der Straße war, löste Hurtley das Jabot über seiner Kleidung und begann fröhlich zu pfeifen. Er liebte es, sich als Pfarrer zu verkleiden, und William Pitt würde zufrieden sein. Wieder einmal hatte der Spürsinn des Staatssekretärs nicht getrogen. Mit diesem Chinesen war tatsächlich etwas faul.

Sechsundzwanzigstes Kapitel

Vergilius Kimbles Gesicht bot einen Anblick tiefster Bestürzung. Er saß vor einer Pinte Schwarzbier, und seine Augen klebten förmlich an der Ausgabe des *Gentleman's Magazine*, die er in beiden Händen hielt. Totenstille lag über dem gewöhnlich sehr belebten Café. Alle Gäste waren in ihre Zeitungen versunken, und nichts schien sie ablenken zu können. Selbst das Eintreffen Li Yings ließ sie nicht die Köpfe heben, während sie gewöhnlich keine Gelegenheit ausließen, ihn zu begrüßen und danach zu befragen, was er von ihrer Stadt hielt. Die Atmosphäre war so düster, dass Li Ying schon im Begriff war, sich zurückzuziehen um zu Caroline zu gehen, die ihn erwartete. Schließlich setzte er sich zu Kimble, um den Grund dieser allgemeinen Niedergeschlagenheit zu erfahren.

»Heute ist ein verfluchter Tag«, erklärte dieser mit Grabesstimme.

Li Ying hatte den Freund noch nie so blass gesehen.

»Was haben Sie?«, fragte er besorgt.

»Ich habe nichts, wie immer. Aber England erlebt das Schlimmste, das man sich vorstellen kann, eine entsetzliche Katastrophe.«

»Ist der König tot?«

»Gott im Himmel, nein, wobei das nicht so schlimm wäre. Jetzt sehen wir, wohin uns die Verrücktheiten dieses verdammten Pitt führen! Direkt in die Niederlage. Ich hatte oft genug gesagt, dass man die Franzosen nicht so unbedacht angreifen dürfe. Ich war sicher, dass sie uns von neuem schlagen würden.«

»Was ist geschehen? Gab es eine Schlacht?«

»Wir sind dabei, Menorca zu verlieren!«

»Wo ist das? In Kanada?«

Li Yings Ahnungslosigkeit entlockte Kimble ein schwaches Lächeln.

»Im Mittelmeer, vor Spanien. Eine Insel der Balearen. Ihr Herzog Richelieu hat sie im April besetzt, ohne auf Widerstand zu stoßen, und das Sankt-Philips-Fort belagert, wo sich unsere Truppen verschanzt hatten. Wir hätten dem Mann misstrauen sollen. Richelieu! Wenn man den Urahnen kennt, kann man sich denken, dass zumindest ein paar Tropfen seines Genies im Blut des Nachkommen fließen. Er hat uns schon in Fontenoy mit seiner Artillerie massakriert.«

»Ich dachte, Sie besäßen die beste Kriegsmarine und die besten Admiräle. Wie kommt es dann, dass die Franzosen auf dieser Insel landen konnten?«

»Sie haben uns glauben lassen, dass sie hier an unserer Küste angreifen würden, und inzwischen haben sie fünfunddreißigtausend Männer nach Menorca entsandt.«

Li Ying bewunderte das Manöver. Er erinnerte sich an das Gespräch, das er mit Pitt über Ablenkungstaktiken geführt hatte. Es amüsierte ihn, dass die Franzosen offenbar zuerst darauf gekommen waren. Ein Meisterstreich. Die Engländer verloren etwas von ihrem Hochmut, was ihm nicht schlecht gefiel.

»Und Sie haben nichts unternommen, um sie aufzuhalten?«, fragte er mit leicht ironischer Stimme.

»Doch, natürlich, das ist ja gerade das Unglück. Newcastle hat ein Geschwader hingeschickt, das von Admiral Byng kommandiert wurde, aber La Galissonière hat jede Annäherung verhindert. Wir werden diese Insel verlieren.«

»Ist das so schlimm?«

»Man merkt, dass Sie von dieser Geschichte nicht viel verstehen. Sobald die Franzosen uns erledigt haben, werden sie Menorca an Spanien zurückgeben, dafür wird es an ihrer Seite in den Krieg eintreten. Dann haben wir zwei Feinde anstelle von einem, auf dem Land und auf dem Meer. Eine Katastrophe, das sage ich Ihnen! Juli 1756, merken Sie sich dieses Datum. Es läutet das Ende unserer Illusionen ein.«

»Ich verstehe vielleicht nicht viel von der Geschichte, wie Sie sagen, aber ich dachte, die Entscheidungen fallen nicht dort, im Mittelmeer, sondern in Kanada.«

Kimble verdrehte die Augen.

»Pitt hat Sie also auch überzeugt! Die Nachrichten von dort sind übrigens auch nicht gut! Die Franzosen haben ihren besten General dorthin geschickt, Marquis de Montcalm. Er schlägt all unsere Angriffe zurück. Unmöglich, ihre Linien zu durchbrechen. Dabei sind sie viel weniger als wir. Diese Teufelskerle haben den Krieg im Blut.«

»Wirklich? Dann interessieren sie mich. Ich würde gern über den Kanal fahren, um sie von nahem zu sehen.«

»Meinen Sie das ernst?«, fragte Kimble erstaunt.

»Natürlich. Frankreich war das ursprüngliche Ziel meiner Reise, wenn ich Sie daran erinnern darf. Sie kennen meine Neugier, die immer noch unbefriedigt ist, und man soll dort göttlich speisen. Ich warte nur, bis sie den Krieg gewonnen haben, ehe ich hinfahre, und so, wie es sich entwickelt, wird das wohl nicht lange dauern.«

»Sie wären imstande, Lady Rochefort zu verlassen, nur um Ihre Genäschigkeit zu befriedigen?«, fragte Kimble mit gespielter Empörung. »Das wäre aber nicht *fair play.*«

»Die Französinnen, von denen man sagt, sie seien sehr schön, würden mich schon trösten«, versetzte Li Ying. »*Trahit sua quemque voluptas*, jeder geht, wohin ihn seine Wollust führt.«

»Caroline bedeutet Ihnen also nicht mehr?«

»Wie könnte es anders sein? Sie ist verheiratet.«

»Die ganze Stadt spricht von Ihrer Beziehung, und niemanden scheint sie zu stören. Sie können sich gratulieren. Bestenfalls haben Sie Bewunderer, schlimmstenfalls Neider. Selbst der König freut sich insgeheim über Ihr Glück, wie es scheint. Sicher ist er etwas eifersüchtig. Nur Lord Rochefort scheint nichts zu bemerken.«

»Zumindest tut er so.«

»Verzeihen Sie meine Indiskretion, aber da ich mich etwas verantwortlich für das alles fühle und weil wir Freunde sind, können Sie es mir ruhig sagen: Lieben Sie Caroline nicht trotz allem ein bisschen?«

Li Ying zögerte, ehe er antwortete. Sollte er Kimble gestehen, dass er tatsächlich dem Zauber der jungen Frau erlegen war? Dass er in ihren Armen zum ersten Mal entdeckte, wie die Liebe aussah? Dass Caroline genau zu ihm zu passen schien, in Alter wie Charakter, so seltsam ihm das auch vorkommen mochte? Sollte er ihm enthüllen, dass aus dem, was als Spiel begonnen hatte, mit den Tagen eine Beziehung voller Leidenschaft geworden war?

»Meine Gefühle sind unwichtig«, antwortete er. »Über so etwas sprechen wir Chinesen nicht.«

»Wir auch nicht, das kann ich Ihnen sagen. Haben Sie trotzdem welche?«

»Ebenso wie Sie, fürchte ich. Sie haben es doch verstanden, Vergilius, Lady Caroline ist meinem Herzen sehr teuer, aber ich wiederhole es, sie ist verheiratet. Was mir verbietet, mehr zu sagen.«

»Wie ritterlich Sie sind! Man könnte Sie für einen Engländer halten, der die Ehre seiner Angebeteten verteidigt. Glückwunsch, mein Lieber, Sie lernen wirklich sehr schnell.«

Siebenundzwanzigstes Kapitel

Was konnte William Pitt nur von ihr wollen?, fragte sich Caroline Rochefort, als sie die Einladung des Staatssekretärs entdeckte. Sie hatte kurz daran gedacht, ihm zu antworten, sie sei leider nicht frei, aber es wäre unschicklich gewesen, einen Besuch zu verweigern, um den er so höflich bat. Und außerdem, warum es leugnen, war sie neugierig, einmal persönlich mit dem Mann zu sprechen, der Gegenstand so vieler Polemiken war, seitdem seine Politik die ersten Niederlagen einstecken musste.

»Meine liebe Lady Rochefort, Sie bringen die Sonne in meinen Tag!«, rief William Pitt, als er sie begrüßte.

Eilfertig bot er ihr einen Stuhl an, klingelte nach einer Dienerin und bestellte Tee, dann endlich ließ er sie zu Worte kommen.

»Mister Pitt, ich komme Sie besuchen, weil Hauptmann Hurtley, der auch ein Freund von Ihnen ist, es mir eindringlich empfohlen hat«, begann sie zurückhaltend. »Ohne seinen Rat hätte ich es wahrscheinlich unterlassen.«

»Sie mögen mich also nicht?«, fragte Pitt mit untröstlicher Miene.

»Das ist nicht die Frage, Mister Pitt. Sie gehören zu den *whigs*, ich bin dafür bekannt, die Ideen der *tories* zu teilen. Deshalb weiß ich nicht, wie ich Ihnen behilflich sein könnte.«

»Das werden Sie sogleich erfahren, liebe Freundin, und ich

zweifle nicht, dass Sie die dringende Notwendigkeit einsehen werden.«

Während ihr eine alterslose Dienerin Tee in eine wunderschöne goldblaue Porzellantasse goss, schaute sich Caroline in dem Salon um, in dem Pitt sie empfing. Er war mit mehr Geschmack eingerichtet, als sie erwartet hatte. Ein schöner Fächerschrank aus Mahagoni, ein Elisabethanischer Nussbaumtisch, auf dem Boden ein flämischer Teppich. Das Sofa, auf dem er saß, hatte eine elegante und bequeme Form. An den Wänden hingen mehrere Porträts von Männern und Frauen mit ebenso strengem wie respektablem Aussehen. Das Vermögen der Pitt begann Patina anzusetzen und zu Ehren zu gelangen. Sie genoss einen Schluck Tee, der zart duftete.

»Ich höre Ihnen zu«, sagte sie.

»Ich nehme an, Sie folgen den politischen Ereignissen. Die Katastrophen für unser armes Land häufen sich. Der Verlust von Menorca, unsere Niederlagen in Kanada, die Ungewissheit, die auf den Truppen Cumberlands in den Niederlanden lastet, die Situation ist nicht gerade glänzend. Der König hat sich endlich darin gefügt, Newcastle abzusetzen und mir die Leitung des Kabinetts anzuvertrauen. Endlich werden meine Verdienste anerkannt.«

»Ich weiß nicht, ob das eine gute Nachricht für England ist.«

William Pitt zappelte auf seinem Sofa herum, bei ihm ein Zeichen tiefer Verärgerung. Alle, die ihm auf die eine oder andere Weise zeigten, dass sie nicht genug an sein Genie glaubten, konnten ihn so zappeln sehen.

»Sie werden bald bedauern, so gedacht zu haben, Milady«, sagte er trocken. »Und glauben Sie mir, ich werde mich darum bemühen, dass Sie Ihre Meinung ändern. Wie dem auch sei, ich möchte Ihnen lediglich deutlich machen, dass Sie den wahren Herren über England vor sich sehen.«

»Ist das der einzige Grund, aus dem Sie mich zu sich gebeten haben?«, fragte Caroline trocken zurück. »Ich sehe nicht, inwieweit Ihre neuen Ämter mich betreffen.«

»Täuschen Sie sich nicht, liebe Freundin. Tatsächlich können Sie mir helfen.«

»Ich Ihnen helfen? Mein Gott, ich glaube nicht, dass ich Ihnen irgendwie nützlich sein kann. Und selbst wenn ich es könnte, so bin ich doch nicht sicher, ob ich es will.«

»Das werden wir später sehen. Lassen Sie mich in ein paar Worten erklären, worum es geht.«

William Pitt lehnte sich bequem gegen die Rückenlehne des Sofas und sah Caroline aufmerksam an. Unter seinem starren Blick fühlte sie sich sogleich unbehaglich und wandte hochmütig den Kopf ab, um ihm zu entgehen.

»Unsere Stadt ist sehr gastfreundlich zu Ausländern«, erklärte er, »und viele finden hier Zuflucht. Auch das macht den Stolz Englands aus, den Unterdrückten aus ganz Europa und all jenen, die von der Willkür der Könige bedroht sind, einen Hafen des Friedens und der Toleranz zu geben. Unter diesen Geächteten tut sich seit einiger Zeit ein Mann hervor. Er ist aus großer Ferne gekommen, um unsere Freiheit zu genießen. Vor allem die Freiheit der Liebe.«

Caroline zuckte zusammen. Sie verstand, weshalb sie vor diesem Ungeheuer der Hochmut saß. Er bemerkte ihr Erschrecken und fuhr mit zynischem Lächeln fort: »Diesen Mann kennen Sie sehr gut. Sie sind sehr vertraut mit ihm.«

Sie wurde bleich.

»Wer hat mich verraten? Lady Harrington?«

Pitt hielt es nicht für nötig, dem zu widersprechen. Sie brauchte nicht zu wissen, dass ihm jede Bewegung Li Yings von Hurtleys Männern zugetragen wurde.

»Unwichtig, Milady. Nun gibt mir allerdings das Verhalten von Prinz Li Ying, denn um ihn handelt es sich, wie Sie schon erraten haben, in höchstem Maße zu denken. Ich frage mich, was das Ziel seines Aufenthaltes in England ist. Mit der britischen Gesellschaft vertraut zu werden, eine Position in der

Welt zu erlangen, um Handel zu treiben, oder, wie ich es fürchte, geheimen Aktivitäten nachzugehen, um unserem Land zu schaden? Ich will Klarheit haben.«

Carolines lachte frei heraus.

»Li Ying uns schaden? Man muss verrückt sein, Mister Pitt, um das anzunehmen. Sie sehen das Böse wahrlich überall. Womit um Himmels willen könnte der Chinese uns schaden?«

Pitt hatte sich unter der Beleidigung verkrampft.

»Ich bitte Sie zur Kenntnis zu nehmen, dass ich nicht verrückt bin, Milady«, erklärte er mit unterdrücktem Zorn. »Die Welt ist voll von Schwindlern, die versuchen, an unsere Geheimnisse zu gelangen, um sie dem Meistbietenden zu verkaufen, in Europa oder anderswo. Ich vertraue meinem Instinkt, der mir sagt, dass Li Ying hierher gekommen ist, um uns auszuspionieren. Ich weiß noch nicht, was genau der Gegenstand seiner Mission ist. Aber ich setze auf Sie, um es bald zu erfahren.«

»Sie reden Unsinn! Ich glaube Ihnen kein einziges Wort.«

»Sie sollten Ihre Haltung besser ändern, Milady, denn Sie werden für mich enthüllen, was dieser Chinese ausheckt.«

»Niemals!«, rief Caroline und sprang auf.

Pitt sah sie mit ironischem Lächeln von unten herauf an.

»Setzen Sie sich wieder, Milady, das wäre vernünftiger. Wollen Sie, dass Ihr Gemahl, der im fernen Amerika als Einziger nichts von Ihrer ehebrecherischen Liaison weiß, erfährt, wie lächerlich ihn seine Gattin vor den Augen der ganzen Stadt macht?«, fragte er mit süßlicher Stimme. »Wollen Sie, dass er erfährt, dass Sie ihn in den Armen eines Götzenanbeters aus China betrügen?«

Caroline musste sich wieder setzen. Sie war stumm vor Fassungslosigkeit und brauchte einige Sekunden, ehe sie antwortete: »Sie sind absolut grotesk, Mister Pitt. Niemals wird er Ihnen glauben.«

»Oh doch! Ich kenne alle Einzelheiten über Ihre Begegnungen, Ort, Stunde, Zeugenaussagen von Personen, die ihre Augen überall haben. Nichts, was infrage gestellt werden könnte. Vor einem Gericht würden diese Beweise Sie ohne jeden Zweifel erdrücken und der Welt das Ausmaß Ihrer Verworfenheit enthüllen. Kein Zweifel, dass Lord Rochefort nicht zögern würde, eine so gottlose Gattin zu verstoßen, und dass er die öffentliche Meinung auf seiner Seite hätte. Dann leb wohl, Reichtum, leb wohl, Geschmeide, lebt wohl, Bälle, um Ihre Schönheit zu zeigen.«

Caroline wankte, sie war totenbleich. Dieser Mann war wirklich zu allem fähig, um seine Ziele zu erreichen. Sie wollte sich auflehnen, die Anschuldigungen und Drohungen zurückweisen, aber sie verstand, dass sie den Kampf von vornherein verloren hatte. Pitt, das wusste sie, würde sie erbarmungslos vernichten.

»Ich empfinde nichts als Verachtung für Sie, Mister Pitt«, sagte sie mit dumpfer Stimme.

»Das ist ganz natürlich, Milady, und das Gegenteil hätte mich geradezu beunruhigt. Ich schließe darauf, dass Sie auf meinen Handel eingehen.«

»Seien Sie wenigstens so anständig, von Erpressung zu sprechen!«

»Nein, ich bleibe dabei, es ist ein Handel. Zug um Zug. Sie werden es nicht bedauern, gewiss nicht. Ihren Geliebten zu verraten, wie Sie es nun tun müssen, verdient eine Belohnung. Dafür werde ich sorgen, ganz gewiss.«

So viel Zynismus machte sie sprachlos.

»Sie sehen, wie sehr man sich in mir irrt«, fuhr er fort. »Man sagt, ich sei erbarmungslos. Ganz im Gegenteil. Ich bin großzügig, ich denke nur an mein Land, ich will nichts für mich, und ich werde Sie dafür zu belohnen wissen, dass Sie England dienen.«

»Niemals werde ich irgendetwas von Ihnen annehmen, Sie Ungeheuer!«

»Wir werden sehen. Zunächst einmal möchte ich, dass Sie

mich über alles informieren, was der Prinz Ihnen erzählt. Dass Sie mir alles bringen, was mich über seine wahren Absichten aufklären kann, Papiere, Briefe. Dass Sie mir sagen, woher er sein Geld bekommt, weshalb er hergekommen ist, was er sucht. Ich möchte alles wissen, ganz einfach.«

»Wie soll ich das alles herausbekommen?«, fragte sie resigniert.

»Sie sind doch eine Frau, nicht wahr? Ich werde Ihnen doch nicht List und Verstellung beibringen!«, sagte er mit harter Stimme. »Wir werden einen Mittelsmann haben, denn es kommt nicht infrage, dass Sie hier auftauchen. Ihm werden Sie Ihre Informationen übergeben. Sie verabreden feste Termine für Ihre Treffen, und wenn ich Ihnen eine besondere Frage zu übermitteln habe, erfahren Sie es von ihm. Es ist wohl unnötig zu erklären, dass dieses Gespräch geheim bleiben muss. Wenn Sie mit irgendjemandem darüber sprechen, stürzen Sie sich und Ihren Liebhaber ins Unglück. Ist das klar?«

Caroline murmelte etwas Zustimmendes.

»Denken Sie daran, bei der kleinsten Dummheit, beim geringsten falschen Schritt, bei der ersten Anwandlung, unseren Vertrag zu brechen, zerstöre ich Sie für immer! Gehen Sie jetzt. Mein Sekretär wird Ihnen alles erklären, was Sie wissen müssen, um mir Ihre Erkenntnisse zukommen zu lassen. Leben Sie wohl, Milady, und denken Sie daran, dass Sie einmal nicht nur für Ihr persönliches Wohl arbeiten, sondern für das Wohl Englands. England wird es Ihnen zu danken wissen.«

Achtundzwanzigstes Kapitel

Gott allein wusste, wie James Leighton es anstellte, aber er hielt sein Versprechen. An einem Herbstabend betrat er Li Yings Haus mit großen Rollen unter dem Arm. Während Shi Xiu Tee zubereitete, entrollte er sie mit triumphierender Miene auf dem Tisch. Es waren die Pläne einer Fregatte mit achtundvierzig Kanonen. Genau eine von denen, die Li Ying in Chatham im Bau gesehen hatte.

»Ich hätte nicht gedacht, dass es so schwierig sein würde«, sagte Leighton. »Aber schließlich habe ich einen der Konstrukteure überzeugt, sie mir für ein paar Tage zu überlassen.«

»Wunderbar, James!«, rief Li Ying. »Dann habe ich genug Zeit, sie zu studieren. Wie ich Ihnen erklärt habe, frage ich mich, ob wir nicht daran interessiert sein könnten, einige dieser Schiffe von Ihnen zu kaufen, um den Handel zwischen unseren beiden Ländern zu entwickeln. Erzählen Sie niemandem davon. Diese Idee muss unter uns bleiben. Irgendwer könnte intrigieren, um uns scheitern zu lassen oder um Sie gegen skrupellose Konkurrenten auszutauschen. In dieser Angelegenheit sind unsere Interessen eng verflochten. Wenn ich gewinne, gewinnen auch Sie.«

»Vertrauen Sie mir«, antwortete der Reeder. »Niemand wird etwas davon erfahren, bis wir unsere Verträge unterzeichnet haben. Meine Erfahrungen haben mir schon oft gezeigt, dass bei so bedeutenden Geschäften die Geheimhaltung der Schlüssel zum Erfolg ist.«

Li Ying legte ihm freundschaftlich den Arm um die Schultern.

»König Georg wird Ihre Rolle würdigen, und auch der Kaiser von China persönlich wird wissen, welchen Preis Ihr Beitrag zum Verständnis unserer beiden Nationen wert ist, wenn es mir nach meiner Rückkehr gelingt, ihn zu überzeugen. Ich bin sicher, er wird Sie im Saal der Höchsten Harmonie, im Zentrum der Verbotenen Stadt, vor allen Mandarinen mit einem Adelstitel belohnen. Denn Sie werden doch zu mir nach Peking kommen, nicht wahr?«

Den Traum im Herzen der Eitelkeit wecken, gleich dem Duft im Herzen der Blume, so hatte ihm Qianlong geraten, um das Vertrauen derer zu gewinnen, die ihm helfen sollten. Li Ying sah, wie die Gier in Leightons Augen funkelte. Er hatte sich nicht geirrt. Die grenzenlose Eitelkeit des Engländers und sein Geschmack an Ehrungen waren seine Schwachpunkte, die besten Federn, an denen Li Ying drehen konnte, um ihn zu beeinflussen. Als sie nach dem Besuch der Königlichen Werften nach London zurückgekehrt waren, hatte er ihm Profit und Auszeichnungen ausgemalt, um diese Pläne zu erhalten. Und wie erwartet hatte sich Leighton förmlich zerrissen, um ihn zufrieden zu stellen. Eigentlich war es gar nicht so schwierig, sich die Geheimnisse der anderen zu besorgen. Man musste nur denjenigen finden, der den Schlüssel besaß, und dessen Schwächen erkennen, um ihn zu einem gefügigen Werkzeug zu machen.

Erfüllt von seinen Ruhmesträumen kehrte Leighton, der schon so lange einem Barontitel hinterherlief, nach Hause zurück. Kaum hatte Li Ying ihn verabschiedet, schloss er sich in seinem Zimmer ein, um die Pläne zu studieren und sie genau zu kopieren. Er durfte keine Minute verlieren. Zuerst reproduzierte er die Gesamtpläne, übertrug sorgfältig Kennziffern, Maße und Größenangaben des Schiffes. Das war viel komplizierter, als er erwartet hatte, aber nichts im Vergleich zu den Zeichnungen von Dutzenden Teilen, deren komplexe geometrische Formen für ihn keinerlei Bedeutung hatten. Ihre Namen waren ihm gänzlich unbekannt, und er hatte nicht die geringste Ahnung weder von ihrer Position noch von ihrer Funktion. Was mochten wohl »Spanten« bedeuten, zwei lange, gebogene Holzstücke, die an der Mittelbohle des Schiffs befestigt wurden? Er tat, was er konnte, schlief manchmal am Tisch ein oder befleckte das Blatt mit schwarzer Tinte. Achtersteven, Scharniere, Zurrringe am Schlitten, Holzteile, deren Aufgabe er kaum erraten konnte, die er jedoch kopierte, wobei er ihre Namen phonetisch übertrug. Er war nicht sicher, ob die Schiffsbauer in China in der Lage sein würden, den Sinn zu erkennen und den Nutzen zu verstehen, aber mit einiger Erfahrung würde es ihnen nach ein paar Jahren wohl gelingen.

Noch schwieriger war die Aufgabe mit Rahen und Tauwerk, Wanten, Taukloben und Stagen, die er genau beschreiben musste, und mit den Segeln, rechteckig oder dreieckig, große Rah, Fock, Bugsprietsegel und anderen, die er so exakt wie möglich abbildete. Dabei zweifelte er, dass die Admirale des Kaisers in absehbarer Zeit die Meisterschaft erwerben würden, die die europäischen Kapitäne besaßen, wovon er sich hatte überzeugen können, als er Wren die *Bristol* durch die Winde des Golfs von Biskaya lenken sah. Nach seiner Rückkehr würde er ihnen persönlich erklären müssen, wie das außerordentlich komplexe System funktionierte, das die Europäer entwickelt hatten, um auch die leiseste Brise auszunutzen. Würde es ihnen weiterhelfen? Nichts war ungewisser, denn seit Jahrhunderten waren die einzigen Chinesen, die sich auf das offene Meer wagten, Piraten gewesen.

Li Ying vollendete sein Werk am Abend des dritten Tages. Ganz mit seiner Aufgabe beschäftigt, hatte er sich nur ein paar Stunden Schlaf gegönnt. Da es ihm gelang, diese Pläne zu kopieren, erhielt seine Arbeit endlich einen echten Sinn.

Leighton würde sie abholen kommen, und Li Ying bat Shi Xiu, sie dem Reeder zu übergeben und seinen Herren für abwesend zu erklären. Dann ließ er sich auf sein Bett fallen und schlief mit der Frage ein, wo sich wohl sein erster Bericht zu dieser Stunde befinden mochte. Noch in Paris? An Bord eines Schiffs nach Kanton? Oder unwiederbringlich in den Tiefen des Ozeans verloren?

Neunundzwanzigstes Kapitel

Bei der ersten Sitzung des Jahres 1757 war das Unterhaus brechend voll. Auf beiden Seiten saßen die Abgeordneten in vier Reihen einander gegenüber. Die *whigs* hatten die Mehrheit der Sitze und ließen den *tories* nur wenig Platz. Ganze Völkerscharen waren herbeigeeilt und hatten auf den schmalen Galerien über den Abgeordnetenbänken Platz genommen. Ungeduldig erwarteten die Londoner die Rede von William Pitt. Sein Talent, seine Energie, seine Lyrik ließen in ihnen Träume von Größe erwachen, und jeder seiner Auftritte weckte allgemeine Begeisterung. Wie versprochen hatte der Staatssekretär Li Ying und Kimble trotz seines Verdachtes gegen den Chinesen eingeladen, ihm zuzuhören, und den beiden Freunden waren Plätze am Rand der überfüllten Tribünen zugewiesen worden.

Der Chinese war ungeduldig, aus der Nähe zu sehen, worin die Demokratie bestand. Der erste Eindruck war enttäuschend. Er hatte erwartet, einen prächtigen Saal zu betreten, der dem Respekt all jener entsprach, die lauthals die Verdienste des englischen Systems rühmten. Stattdessen war der Raum ziemlich eng und spärlich verziert. Die Abgeordneten saßen ebenso zusammengedrängt wie die Zuschauer. Die Hitze war erstickend, aber das schien eine Voraussetzung für die Debatte zu sein, denn niemand kam auf die Idee, eins der drei hohen Fenster an der Stirnwand des Saales zu öffnen. Vor den Fenstern befand sich eine Art Thron, auf dem ein

Mann in Perücke und Dreispitz saß. Zu seinen Füßen stand ein rechteckiger, samtbedeckter Tisch, auf dem sich ein goldener Gegenstand befand, den ein Kämmerer bei Eröffnung der Sitzung feierlich abgelegt hatte.

»Das ist der *Speaker*«, flüsterte Kimble.

»Was ist seine Aufgabe?«, fragte Li Ying.

»Er hat den Vorsitz bei der Versammlung. Die Abgeordneten wählen ihn, damit er ihre Arbeit leitet, und er ist der Einzige in diesem Raum, dem sie Gehorsam schulden. Er erteilt ihnen das Wort und entzieht es ihnen wenn nötig.«

»Das Wort?«

»In der Demokratie geht es immer um das Wort. Damit das Parlament wählen kann, legt jede Partei frei ihren Standpunkt dar. Unser System ist einfach. Das Kabinett entscheidet über die zu verfolgende Politik und legt sie in den Grundzügen den Abgeordneten vor. Meistens geht es um neue Steuern. Na ja … Die Rolle der Mehrheit besteht darin, das Vorgehen des Kabinetts zu unterstützen, die der gegnerischen Partei, zu widersprechen. Sie werden es gleich erleben.«

Der *Speaker* erteilte eben einem Abgeordneten der Opposition das Wort. Der ehrwürdige Parlamentarier stand auf, legte seinen Hut ab und begann mit eintöniger Stimme und ohne jede Überzeugung eine Rede herunterzubeten, in der er vor den Gefahren warnte, die dem Land durch das kriegerische Abenteurertum Pitts drohten. Die meisten *whigs* auf den gegenüberliegenden Bänken schenkten seinen Worten keine Aufmerksamkeit. Einige brüllten feindselig, andere lasen demonstrativ die Zeitung. Die Verächtlichsten schliefen mit über dem Bauch verschränkten Händen. Hin und wieder hörte man ihr lautes Schnarchen, und auf den Tribunen wurde gelacht.

»In China gibt es so etwas nicht, oder?«, fragte Kimble, der sich wie alle anderen entsetzlich langweilte.

»Nein. Der Kaiser entscheidet allein über die Politik, nachdem er die Empfehlungen seines Rates gehört hat. Alle

Macht liegt in seinen Händen. Eine Versammlung wie diese hier wäre bei uns undenkbar. Nimmt der König manchmal an den Debatten teil?«

Kimble streckte die Hände nach oben.

»Um Gottes willen, niemals. Das wäre schlimmer als ein Sakrileg. Er hat nicht das Recht dazu. Das Unterhaus ist souverän.«

»Unter diesen Umständen ersetzt Ihr System einfach nur eine absolute Macht durch eine andere. Ich sehe nicht, was es für ein Fortschritt ist, der darin bestünde, einer Gruppe zu gehorchen anstatt einem Einzigen, dem König.«

Kimble würdigte erneut das rhetorische Geschick seines Freundes.

»Sie haben Recht«, gab er zu. »Mit so einem System würde man eine Willkür durch eine andere ersetzen. Deshalb hat das Unterhaus auch nicht die gesamte Macht. Es teilt sie mit dem Oberhaus der Lords, in dem die großen Familien des Landes vertreten sind, die Peers des Königreichs. Ihre Rolle besteht darin, das Gleichgewicht wiederherzustellen, das die Grundlage des demokratischen Systems darstellt. Wenn eine Entscheidung des Unterhauses ihnen nicht gefällt, können die Lords ihr Veto einlegen.«

»Das ist sehr weise. Aber wie werden sie ausgewählt?«

»Die Lords werden vom König ernannt, die Abgeordneten des Unterhauses von denen gewählt, die genug Steuern zahlen. In Rom nannte man sie die *assidui*. Das ist der alte lateinische *census*, den Sie sicher kennen.«

Li Ying nickte.

»Das heißt also, dass wie in Rom die *proletarii* nicht wählen, ja?«, fragte er ironisch.

»Ah! Jetzt ist Pitt an der Reihe«, sagte Kimble, dankbar, dass ihm die Beantwortung dieser unangenehmen Frage durch den Auftritt des Vorsitzenden der *whigs* erspart blieb.

Nach der Rede seines Vorgängers war William Pitt aufgesprungen, als erwache er, nachdem er bisher vollkommene

Gleichgültigkeit für seine Umgebung an den Tag gelegt hatte. Eine Bewegung ging durch das Unterhaus, auf den Tribünen beugte man sich vor, um den Regierungschef zu sehen. Li Ying betrachtete ihn aufmerksam. Pitt ließ mit entschlossenem Gesicht einen autoritären Blick über die Versammlung schweifen, er wirkte noch erregter, als bei der ersten Begegnung mit Li Ying.

»Die Größe Englands ist Ausdruck des göttlichen Willens«, begann er. »Ich, William Pitt, bin das Instrument dieses Willens. Und mit der Hilfe Gottes werde ich England zum Herren über die Welt und die Ozeane machen. Heute ist unser Wohlstand von den Franzosen bedroht. Überall versuchen sie, unsere Stellung anzugreifen und uns jeden Handel zu untersagen. Der Wohlstand des Landes, also sein Überleben, steht auf dem Spiel. Ich habe beschlossen, sie zu bekämpfen, wie ihr alle wisst. Tun wir das nicht, werden wir untergehen! Aber wenn ich sage bekämpfen, dann nicht wie der Verräter Byng, durch den wir Menorca verloren haben und der nichts anderes verdient als den Tod! Ich meine kämpfen wie unsere ruhmreichen Vorfahren, Crécy, Azincourt, Hoechstaedt, die stets im entscheidenden Moment die Franzosen besiegt haben! Ihr beispielhafter Mut muss unser einziges Vorbild sein!«

Ein einstimmiges *yeah* der Begeisterung stieg aus den Reihen der *whigs* auf. Die von Pitts Worten geweckte Euphorie war geradezu greifbar, und Li Ying spürte die seltsame gegenseitige Faszination, die Redner und Publikum verband. Es war ein neues Phänomen für ihn, das ihn daran erinnerte, wie einstmals Ciceros Reden den römischen Senat entflammt hatten. In China gab es nichts Vergleichbares, dort wurden die Stimmen der Anführer, vom Kaiser bis zu den Provinzgouverneuren, nur erhoben, damit man ihnen gehorchte. War das gut so? War es denkbar, im Kaiserreich dasselbe System einzuführen wie hier? War es überhaupt wünschenswert bei mehr als hundert Millionen Einwohnern? Angesichts des

Verhaltens der Abgeordneten bei Pitts Rede zweifelte Li Ying daran.

»Im Bewusstsein der Gefahren, die uns bei fehlendem Mut drohen würden«, fuhr Pitt fort, »hat mir seine Majestät die Aufgabe anvertraut, die Nation auf den Weg des Ruhmes zu führen. Eine heilige Mission, für die ich weder Zeit noch Mühe scheuen werde.«

Plötzlich hörte Li Ying Pitts Rede nicht mehr. Der Gedanke an Caroline überfiel ihn. Er würde sie erst am nächsten Tag sehen können und überraschte sich dabei, Sehnsucht nach ihr zu empfinden. Das war ein sehr unerwartetes Gefühl, in dem sich das plötzliche Bewusstsein ihrer Abwesenheit mit der Ungeduld mischte, ihren Körper zu besitzen. Zum ersten Mal seit langer Zeit dachte er an etwas anderes als den gegenwärtigen Moment. War dies ein Zeichen dafür, dass er wahrhaft liebte? Wenn die Liebe dieses heftige Empfinden war, dass einem ohne den anderen die Luft zum Atmen fehlte, dass der Augenblick unvollkommen war, ja, dann liebte er. Wie weit würden sie gehen? Die Ovationen, die auf Pitts letzte Worte folgten, rissen ihn aus seinem Wachtraum. Er fiel in den allgemeinen Applaus ein.

»Ich mag ihn nicht besonders, aber ich muss zugeben, dass er zu reden versteht!«, rief Kimble mit bewundernder Miene. »*Homines id quod volunt credunt*, wie Cäsar sagte«, fügte er hinzu. »Die Menschen glauben, was sie glauben wollen, das hat Pitt seit langem verstanden.«

»Es ist das einzige Mittel, die verrücktesten Träume zum Leben zu erwecken«, kommentierte Li Ying, während er begeistert aufsprang. »Ich jedenfalls stimme für ihn!«

Und nun spendeten seine Nachbarn ihm Beifall.

Dreißigstes Kapitel

Durch die Fenster im Erdgeschoss von White Lodge sah man den goldenen Glanz des Parks von Richmond und der umliegenden Wälder. Georg II. liebte diesen Jagdpavillon, den er dreißig Jahre zuvor im Herzen des riesigen königlichen Jagdgebietes hatte errichten lassen. Anfang Juli war er mit seinem Hofstaat in das Schloss von Hampton am anderen Ufer der Themse gezogen. Den Tag verbrachte er gern in White Lodge, dessen wilder Charakter ihm besonders behagte. Alle denkbaren Grüntöne mischten sich und boten den prächtigen Anblick einer Natur, die nicht weniger üppig war als einst der Paradiesgarten. Die Frauen bewegten ihre chinesischen Fächer, und die Höflinge schwitzten unter ihren Perücken, aber alle drängten sich um den Whist-Tisch. Auf einer Seite saß Georg II. mit seiner Mätresse Lady Yarmouth zu seiner Rechten, auf der anderen Li Ying, dessen Ellbogen den von Caroline streifte.

»Ich bitte Sie, gehen Sie doch ein wenig auseinander, seine Majestät erstickt«, bat sie.

Man gehorchte ihr. Der König und seine Gäste spielten nicht Karten. Mit größter Aufmerksamkeit beobachteten sie den Prinzen, der in der rechten Hand ein Bündel dünner, auf gleiche Länge geschnittener Schafgarbehalme hielt.

»Wie viele sind es?«, fragte der König.

»Fünfzig, Majestät«, antwortete Li Ying. »Jetzt nehme ich einen weg und teile die übrigen neunundvierzig in zwei Bündel, ohne zu zählen. Dann muss man die Frage im Geist haben, auf die man eine Antwort des *Yi King* erwartet. Man nimmt das erste Bündel und entfernt nacheinander jeweils vier Halme. Am Ende müssen folgerichtig vier oder weniger als vier übrig bleiben. Eine gerade Zahl oder eine ungerade. Das Resultat wird notiert. Zwei kleine horizontale Striche für die gerade, ein dicker Strich für die ungerade Zahl. Nach sechs Ziehungen ergeben diese eine Figur, die den Schlüssel für Eure Frage enthält, wie Ihr sehen werdet.«

Er tat, was er zuvor erläutert hatte und zeichnete mit einem Doppelstrich das gerade Ergebnis des ersten Bündels. Dann tat er dasselbe mit dem zweiten Bündel und notierte das Ergebnis – diesmal war es ungerade – über dem ersten.

»Wie heißt dieses Spiel?«, fragte Lord Scarborough James Leighton halblaut.

»*Yi King*, glaube ich. Es ist kein Spiel, sondern eine chinesische Methode der Weissagung. Ich habe es schon einmal beobachtet, es ist erstaunlich. Sie werden sehen.«

»Hat er es für Sie gemacht?«

»Ja.«

»Und war es richtig?«

»Ja. Ganz erstaunlich, sage ich Ihnen.«

Li Ying wiederholte die ganze Prozedur noch zweimal und erhielt vier weitere gerade Zahlen als Ergebnis.

»Das Ganze ergibt sechs Striche, sehen Sie, Majestät?«, erklärte er. »Von unten ein Doppelstrich, ein dicker Strich, dann wieder vier Doppelstriche.«

»Jetzt haben wir es!«, rief der König, der Li Yings Tun mit größter Neugier gefolgt war.

»Wie amüsant!«, rief Lady Yarmouth.

Caroline setzte ihr schönstes Lächeln auf und dachte: »Gott, ist diese Frau dumm!«

»Welchen Namen gebt Ihr dieser Figur?«, fragte Georg II.

»*Shi*, die Armee.«

»Wie seltsam, Prinz Li Ying. Wir sind im Krieg und

Ihr zieht diese Figur. Was bedeutet sie? Ist es ein gutes Omen?«

Li Ying hatte nicht damit gerechnet, dass der König so großes Interesse zeigen würde. Er ließ sich darauf ein und gab ausführliche Erklärungen.

»Um Euch das zu sagen, muss ich Euch zunächst die Bedeutung der acht Figuren erklären, die die Grundlage dieses Spiels bilden«, antwortete er.

Er zeichnete die erste – drei dicke Striche übereinander, gefolgt von drei Doppelstrichen –, dann die zweite – zwei Doppelstriche getrennt durch einen dicken Strich und zwei dicke Striche getrennt durch einen Doppelstrich – und fuhr fort, bis er acht unterschiedliche Figuren vollendet hatte, die die acht Möglichkeiten darstellten, die doppelten und die dicken Striche zu mischen.

»Dies ist zunächst die Figur des Himmels«, kommentierte er, während er auf die erste wies, »und dies die Erde. Dann kommen Wasser, Feuer, Donner, Berg, See und Wind.«

Scarboroughs Stimme durchbrach die Stille: »Ich verstehe das nicht. Kein Bild zeigt Himmel oder Erde oder Wind.«

»Es sind Symbole. Sie zeigen nicht die Form, sondern die Qualität der Dinge, in diesem Fall die verschiedenen Elemente, die das *Yi King* bilden. Also unsere Vorstellung vom Universum. Was ist zum Beispiel die charakteristische Eigenschaft des Bergs?«

Niemand wusste etwas zu antworten.

»Die Unbeweglichkeit?«, schlug Caroline vor.

»Genau, Milady. Das entsprechende Symbol bedeutet also unter anderem Unbeweglichkeit. Beim Feuer ist es nicht die Wärme, wie man annehmen könnte, sondern die Unterstützung. Beim Himmel die Kraft, bei der Erde die Fügsamkeit. Die Figur *Shi*, die Armee, versinnbildlicht zunächst, dass eine begonnene Aktion wohlgeordnet und gut organisiert durchgeführt werden muss, Majestät. Dann werdet Ihr feststellen, dass in der Figur die Erde das Wasser überlagert, die Fügsamkeit das Undurchdringliche. Dies bedeutet, dass irgendetwas im Begriff ist, an die Oberfläche zu gelangen, etwas Wirres, das Ihr nicht kontrollieren könnt. Was für Euch eine nicht sehr angenehme Situation schafft. Deshalb müsst Ihr es aber nicht zurückstoßen, sondern Ihr solltet im Gegenteil Eure Unterstützung denen gewähren, die dafür verantwortlich sind und der Gefahr in Eurem Namen entgegentreten werden. Ihr werdet viel Kraft dadurch gewinnen, Majestät, denn die Situation, unter der Ihr vorübergehend leidet, birgt große Reichtümer, von denen bisher noch niemand etwas weiß.«

Georg II. schwieg einen Moment. Er ließ Li Ying nicht aus den Augen, als lasse er sich viel Zeit, um die Bedeutung dessen zu erfassen, was dieser ihm gerade enthüllt hatte. Schließlich erhob er sich mit der Langsamkeit, zu der ihn seine siebzig Jahre zwangen. Sein Körper hatte niemals die deutsche Unbeholfenheit abzulegen vermocht, die ihn als Monarchen eher bieder denn majestätisch wirken ließ.

»Prinz Li Ying, ich weiß nicht, ob Ihr ein Hellseher seid. Aber ich stelle fest, dass Eure Worte von einer Wahrheit erfüllt sind, die uns gewöhnlich verborgen bleibt. Sie gefallen mir, und ich sehe darin eine Ermutigung, die Schlachten zu unterstützen, in die das englische Volk ziehen will, auch wenn wir bisher die Verlierer sind.« Nach erneutem nachdenklichen Schweigen fuhr er fort: »Ich frage mich allerdings, ob die Menschen, selbst die mächtigsten, ein Interesse daran haben, die Zukunft zu kennen.«

»Sie haben zu allen Zeiten versucht, dieses Geheimnis zu ergründen, Majestät«, erklärte Li Ying. »Nur wenigen gelingt dies. Die anderen geben vor, daran zu glauben, nur um sich über die Angst hinwegzutrösten, die sie angesichts der Ungewissheiten des Schicksals empfinden.«

Seine Worte ließen alle Anwesenden in seligem Staunen versinken. Ein jeder schien sich selbst zu befragen und ahnte plötzlich einen Teil der Weisheit, die der Chinese ihnen brachte. Georg II. nickte zustimmend.

»Konsultiert der Kaiser von China das *Yi King*, ehe er eine wichtige Unternehmung beschließt?«, fragte er.

»Natürlich, Majestät.«

»Das bedeutet also, dass auch er die Angst kennt? Oder dass er zweifelt, was noch schlimmer ist.«

Diese unerwartete Schlussfolgerung brachte Li Ying aus der Fassung, und er wusste nicht, wie er antworten sollte.

»Ich bin nicht imstande, im Namen meines Herren zu sprechen, Majestät«, sagte er schließlich, um seine Verlegenheit zu verbergen.

Die Bemerkung des Königs von England stürzte ihn in einen Abgrund beunruhigender Fragen. Der Kaiser war kein Mensch wie die anderen. War es möglich, dass er Angst oder Zweifel kannte, wie der einfachste seiner Untertanen? Diese Frage hatte er sich nie gestellt, nun aber, da sie einmal unumwunden ausgesprochen war, erkannte er, dass er ihr nicht mehr entgehen würde.

»Letztendlich sind wir Könige nicht viel anders als unsere Landsleute, lieber Prinz«, philosophierte Georg II. »Ein Hofstaat, eine Krone, das ist alles. Ansonsten lenkt uns einfach die Vernunft, glaubt mir. Nicht der Aberglaube. Ich habe das Wissen immer dem Glauben vorgezogen und die *ratio* der Gläubigkeit. Aus diesem Grund habe ich in Göttingen eine Universität gegründet, in meinem Herkunftsland Hannover. Sie ist das Werk, auf das ich am meisten stolz bin.«

Li Ying fühlte sich angegriffen.

»Auch unser Handeln wird nicht allein durch Prophezeiungen gelenkt, Majestät. China hat ebenfalls hervorragende Schulen. Unser uraltes Wissen wird dort weitergegeben, von Generation zu Generation, seit zehn Jahrhunderten.«

»Aber Ihr befragt noch immer das Orakel Eurer kleinen Halme …«

Li Ying verstand, dass es zwecklos war, weiter zu diskutieren. Wie sollte er diesen Fremden, die allein nach ihrer Wissenschaft urteilten, die Feinheiten des *Yi King* verständlich machen? Er wollte dennoch das letzte Wort behalten.

»Sagen wir so: Wir sehen darin eine Bestärkung gegen die Zufälligkeiten des Daseins«, erklärte er. »In gewisser Weise eine Unterhaltung. Etwa so wie die Engländer mit ihren Spielkarten.«

»Dann spielen wir doch lieber damit«, versetzte der König und wandte sich zu einem anderen Salon, wohin ihm seine Mätresse und einige Gäste folgten.

Li Ying verneigte sich und war kurz darauf mit Leighton und Caroline allein.

»Ich fürchte, Sie haben Seine Majestät mit Ihrer Antwort verärgert«, rügte ihn der Reeder.

»Das ist doch unwichtig«, sagte Caroline und ließ ihn stehen, um ihren Geliebten in den Park zu ziehen. »Nach dem Interesse derer zu urteilen, die Ihnen zugesehen haben, möchte ich wetten, dass Ihr Spiel bald in den besten Salons von London Furore machen wird.«

Sie verließen White Lodge. Nun, da sie endlich wieder miteinander allein waren, gingen sie nebeneinander her und bogen bald aus der Allee auf die Wiese, um über das Gras zu laufen. Ihre Hände streiften einander, suchten einander, nervös, fiebernd. Mit einem Finger liebkoste Li Ying Carolines Handfläche hinauf zu ihrem bloßen Gelenk. Auf dem Hügel blieben sie stehen, um in der Ferne nach der Biegung des Themse-Tals zu schauen.

Stumm bewunderte Li Ying den Fluss, der unter ihnen seine Mäander mitten durch den Wald gegraben hatte. Lerchen flogen singend in den Himmel auf. Die Luft war brennend heiß. Er dachte plötzlich an die Tage lastender Hitze in seiner Kindheit, wenn er mit dem alten Zhao an den Teich ging, um etwas Frische zu finden. Betäubt vom unaufhörlichen Summen der Insekten beobachtete er dann den ruckartigen Flug der Libellen und die Karpfen, die um seine Angel kreisten, ohne sich fangen zu lassen. Am Horizont verschwammen die Gipfel des Blauen Gebirges der Mongolei im Nebel, der vom Boden aufstieg. Ein altes Gedicht fiel ihm ein, das er aus dem Stegreif für Caroline übersetzte: »Es steht im Süden des Flusses ein hoher, einsamer Berg / Und ein Kranich fliegt über die Meere. / Den Wolken der Dämmerung zugewandt / Sorge ich mich um das Land …«

»Wie schön«, sagte Caroline und küsste seine Hand. »Wer hat diese Verse geschrieben? Sind sie vielleicht von dir?«

»Dazu wäre ich kaum imstande. Sie sind von Bao Zhao, einem großen Dichter aus der Zeit der sechs Dynastien, im fünften Jahrhundert.«

»China fehlt dir, nicht wahr?«, fragte sie mit zärtlicher Stimme.

»Gerade wenn man es am wenigsten erwartet, zeigt uns das Gedächtnis Erinnerungen aus unserer Kindheit. Die schönsten, die uns in eine seit langem versunkene Welt eintauchen lassen, uns aber manchmal auch schmerzen. Diese Welt fehlt mir gelegentlich, mehr als China. Und dennoch …«

Caroline spürte, dass er im Begriff war, ihr ein Geheimnis anzuvertrauen, und sie wollte ihn unterbrechen. Seit ihrer dramatischen Begegnung mit William Pitt hütete sie sich davor, ihm allzu indiskrete Fragen zu stellen, aus Angst, ihn zu verärgern, wenn sie sich zu neugierig zeigte. Sie lebte in beständiger Sorge, war zerrissen zwischen der Befürchtung, Li Yings Misstrauen zu wecken, und der Angst, Pitts Forderungen nicht zu erfüllen und bei ihrem Gatten denunziert zu werden. Insgeheim lehnte sie sich gegen diese Situation auf, in die man sie gezwungen hatte. Aber Caroline liebte Li Ying und wusste nicht, wie sie der Falle entgehen sollte, die der Staatssekretär ihr gestellt hatte. Sie hatte zwar kurz darüber nachgedacht, mit ihrem Geliebten zu brechen, aber abgesehen davon, dass Pitt sie sehr gut hätte zwingen können, sich wieder zu versöhnen, hatte sie auch nicht das geringste Verlangen danach. Sie hätte auch zu ihrem Gemahl nach Amerika reisen können, aber die Aussicht, auf das Londoner Leben voller Vergnügungen zu verzichten, war ihr ebenso unerträglich. Auch fehlte ihr der Mut, Li Ying alles zu offenbaren, denn sie war überzeugt, ihn dann sogleich zu verlieren.

Ihre legendäre Lebensfreude war unmerklich geschwunden. Sorgenringe lagen unter ihren klaren Augen. Lady Harrington hatte sie mit hämischer Freude darauf aufmerksam gemacht und gefragt, ob es ihr Chinese sei, der sie so quäle. Caroline hatte sie keiner Antwort gewürdigt, fürchtete aber seitdem ihren Klatsch und misstraute ihren besten Freundinnen. Auch Li Ying hatte die Veränderung ihrer Stimmung bemerkt, führte sie jedoch auf die Melancholie zurück, die Frauen zuweilen ohne jeden Grund ergreift. Sie sah ihn an. Die Traurigkeit, die eben noch sein Gesicht hatte erstarren lassen, war verschwunden.

»Wie soll man sich nach seinem Land sehnen, wenn man eine Frau wie dich an seiner Seite hat! Komm!«, sagte er und zog sie unter das Baumdach.

Sie tat, als wolle sie sich wehren.

»Aber der König, seine Gäste ...«, protestierte sie.

»Sie werden ohne uns nach Hampton Court zurückkehren, weiter nichts.«

»Sie werden sich Sorgen machen.«

»Im Gegenteil, sie werden uns beneiden.«

Sie folgte ihm mit jenem heiseren Lachen, das ihm stets Gänsehaut machte. Als sie tiefer in den Wald eindrangen, fanden sie weit abgelegen eine winzige, sonnenüberflutete Lichtung. Die Luft war vom starken Geruch nach überhitzter Erde und schattigem Unterholz erfüllt. Er nahm sie in die Arme und begann ihre halb entblößte Brust zu küssen.

»Ich begehre dich«, murmelte er und küsste gierig ihren Mund.

Sie schloss die Augen und ließ sich sanft auf den Boden gleiten. Als er ihre Beine enthüllte und über den zarten Flaum an ihrem Bauch strich, raubte es ihm wieder den Atem. Mit zitternden Händen kniete er sich vor sie und presste seine

Lippen auf den geheimsten Ort ihres Körpers. Er trank nicht nur sie, sondern die Erde, die Sonne und den Himmel. Die ganze Welt hielt er in den Händen. Caroline begann zu stöhnen, stieß ihn dann jedoch mit einer jähen Bewegung zurück, schubste ihn um und setzte sich lachend auf ihn.

»Ich bin die Göttin Diana, du Sterblicher«, sagte sie, während sie ihn auf den Boden drückte. »Du hast es gewagt, mein Heiligtum zu stören, welche Strafe verdienst du?«

Das war ein Spiel. Er ließ sich darauf ein und flehte um Vergebung.

»Die sanfteste Strafe, mein geheimnisvoller Prinz«, hauchte sie als Antwort.

Sie hatte beschlossen, ihn in diesem Tanz zu führen, und er unterwarf sich mit einem Stöhnen der Lust. Ihr Körper einer blonden Amazone zeichnete sich über ihm vor dem blauen Himmel ab. Von dionysischen Gefühlen mitgerissen, wurden sie eins mit dieser vertrauten Natur, eins mit der Welt, teilten den geheimnisvollen Pulsschlag des Universums. Die Empfindung, im ureigenen Rhythmus des Lebens miteinander zu verschmelzen, packte sie im selben Augenblick.

Einunddreißigstes Kapitel

Hurtley überwachte die Umgebung, während sich Mitchell hastig an Bord des *packet boat* schwang. Wie er erwartet hatte, war niemand auf dem Schiff. Die Zeit, die Mitchell im Innern verbrachte, erschien ihm endlos. Der Alte hatte ihn einige Stunden zuvor informiert, dass der Chinese erneut ein Paket zu dem Kurierschiff gebracht hatte, das im Morgengrauen nach Frankreich aufbrechen würde. Dies war ihre letzte Chance. Seit Li Yings erster Sendung war viel Zeit vergangen. Offenbar widmete er sein Dasein nur noch der Liebe zu Lady Rochefort und endlosen Gesprächen mit Vergilius Kimble. Die beiden Freunde waren unzertrennlich geworden und wollten bald zu einer einwöchigen Reise durch das Land aufbrechen. Caroline wusste nichts zu berichten, was Pitts Verdacht bestärkt hätte. Zum großen Verdruss des Staatssekretärs, der sich fragte, ob sie nicht ein doppeltes Spiel trieb. Nach dem verheißungsvollen Anfang hatte Hurtley schließlich die Überzeugung gewonnen, dass der Chinese ein Reisender wie jeder andere und die Besessenheit seines Herren unbegründet war.

Sie hatten die ganze Nacht, um zu handeln. Hurtley hatte beschlossen, die Zeit zu nutzen, um die Korrespondenz zu stehlen und ein für alle Mal Klarheit zu erlangen. Schließlich gab es ja auch noch andere Spione – und zwar echte – zu überwachen. Kaum waren der Kapitän und die Mannschaft im Wirtshaus verschwunden, um zu essen, hatte Hurtley, der wieder als Pastor verkleidet war, sein Ruderboot lautlos zum Schiff gesteuert. Er hatte an der Galionsfigur festgemacht, bis Mitchell mit einer für sein Alter ungewöhnlichen Geschmeidigkeit hinaufgeklettert war.

Der Hauptmann machte sich schon ernsthafte Sorgen, als er die Gestalt des alten Seemanns endlich auf Deck auftauchen sah. Eine Minute später nahm Mitchell unversehrt seinen Platz im Boot wieder ein, und Hurtley ruderte zum Kai.

»Diesmal hat's geklappt, Reverend, ich hab's!«, flüsterte Mitchell.

»Wunderbar, mein Sohn. Sie werden angemessen belohnt. Geben Sie mir das Paket, nehmen Sie die Ruder, und setzen Sie mich unauffällig am Landesteg des Westminster ab. So spätabends ist dort nicht mehr viel los, keiner wird mich bemerken. Dann können Sie sich ausruhen, das haben Sie verdient. Morgen sind Sie wieder auf Ihrem Posten. Die Überwachung des Chinesen darf keineswegs nachlassen.«

»Bei allem Respekt, Sie sind wirklich ein seltsamer Geistlicher, Reverend«, erklärte Mitchell. »Ich möcht nicht indiskret sein, aber manchmal frag ich mich, was der Herrgott darüber denkt ...«

»Keine Sorge, Mitchell, er kommt schon auf seine Kosten. Es gibt tausend verschiedene Wege, ihm zu dienen. Ich weiß, dass er sich keine Fragen stellt. Also stellen Sie auch keine, das ist besser für alle Beteiligten.«

Kurz darauf stieg Hurtley die Treppe am Landungssteg hinauf, sprang in die kleine Kutsche, die ihn im Schatten erwartete, und betrat zehn Minuten später das Büro von William Pitt. Der Staatssekretär empfing ihn mit finsterer Miene. Hurtley wusste weshalb. Die Nachrichten vom Festland waren katastrophal. Die Armeen Englands und Hannovers unter dem Kommando des Herzogs von Cumberland, dem Sohn des Königs, waren von den Franzosen unter Marschall d'Estrées niedergemacht worden und Friedrich II., der einzige Verbündete Englands, war von allen Seiten umzingelt. Russen, Österreicher, Schweden und Franzosen waren im Begriff, sich auf ihn zu stürzen. Seine Kapitulation war der wahrscheinlichste Ausgang dieses ungleichen Kampfes. Friedrich hatte dem Londoner Kabinett bereits mitgeteilt, dass er nur noch mit dem Schwert in der Hand sterben könne.

Aus Kanada waren die Nachrichten ebenso schlecht, und Pitt, verrückt vor Sorge, hatte sich vor Hurtley, seinem einzigen Vertrauten, gefragt, ob seine Politik nicht im Begriff sei, kläglich zu scheitern. Der Hauptmann hatte ihn beruhigt und ihn daran erinnert, dass sie zum Teil schon erfolgreich war, seit Clive in Plassey den Nabob von Bengalen besiegt hatte, was London binnen kurzem die Einnahme von Französisch-Indien verhieß. Wie konnte sich Pitt inmitten all dieser Schwierigkeiten, die gar den Thron in Gefahr brachten, noch um die Umtriebe eines armen, in London gestrandeten Chinesen kümmern. Hurtley reichte ihm das Paket und hoffte, die Nachrichten, die es enthielt, würden den Staatssekretär ein wenig von seinen Sorgen ablenken.

»Bravo, Hurtley! Diesmal erhalten wir Klarheit«, erklärte William Pitt, während er Li Yings Umschlag von allen Seiten besah. »Sie werden ihn mit Ihrem gewohnten Geschick öffnen, nicht wahr, Hauptmann? Ich verlasse mich darauf, dass der Empfänger nichts bemerkt. Passen Sie auf, dass Sie vor allem kein Siegel zerbrechen, das ist das Wichtigste.«

Hurtley legte seinen Umhang ab und setzte sich an einen Tisch, auf dem Pinzetten, Rasierklingen, Paraffinöl, saubere Tücher, rotes Wachs, ein kleiner Alkoholbrenner, Garnknäuel verschiedener Stärke, feine Nadeln, Messer, Fläschchen mit Terpentinextrakt und andere Gegenstände aufgereiht waren, die es erlaubten, »ungestört die Post der anderen zu lesen, ohne ihnen über die Schulter sehen zu müssen«, wie er zu sagen pflegte.

Im Licht einer Kerze nahm er zunächst Abdrücke der Siegel, die das Paket verschlossen, um sie später nachahmen zu können, falls eines zerbrach. Dann notierte er die Form der Knoten, ehe er sie löste. Die meisten Menschen, die überprüfen wollten, ob ihre Post geöffnet worden sei, vereinbarten mit dem Empfänger ein kompliziertes Knotensystem. Ein Nicht-Eingeweihter war unfähig, es zu entschlüsseln, weniger noch es zu rekonstruieren, weshalb er seinen Eingriff verriet. Hurtley war schon lange kein Amateur mehr. Er war der beste Spion der Admiralität, und Pitt hatte ihn zu sich geholt, als er Generalzahlmeister der Armee geworden war. Der Hauptmann war unschlagbar, wenn es galt, einen Verdächtigen zu verfolgen, sich bei ausländischen Botschaftern einzuschleichen, deren Geheimkorrespondenz abzufangen, mit falscher Identität und in den unglaublichsten Verkleidungen zu reisen. Außerdem verfügte er über ein Netz von Agenten, die ihm mit Leib und Seele ergeben waren und mit denen er fast jede Mission zum Erfolg bringen konnte, die Pitt ihm anvertraute. Die Geheimcodes waren das einzige Gebiet, auf dem er sich nicht auskannte. Diese überließ er den Spezialisten der Kryptologie.

Ehe er das Papier öffnete, welches das Paket umhüllte, versicherte sich Hurtley ein letztes Mal, dass es keine Fallen mehr gab, und rief dann Pitt, damit dieser als Erster entdecken konnte, was es enthielt.

»Es ist an Monsieur Romanet adressiert, bei den Lazaristen in Paris. Sagt Ihnen das etwas, Hauptmann?«

»Nichts, Milord. Ich werde mich informieren, wenn Sie wollen.

»Tun Sie das. Ich will wissen, wer diese Leute sind. Schaun wir mal, was für Post unser Freund nach Frankreich schickt.«

Vorsichtig entfaltete Hurtley die Blätter und notierte, wie sie übereinander gelegen hatten, um, wenn alles erledigt war, das Paket wiederherstellen zu können, ohne Fehler zu machen. Die Züge der beiden Männer erstarrten in Ratlosigkeit. Die Seiten waren von oben bis unten mit chinesischen Zeichen bedeckt.

»Daran hätte ich denken müssen!«, schimpfte Pitt und trommelte wütend mit der Faust auf den Tisch. »Sie können natürlich nicht chinesisch lesen, Hauptmann?«

»Ich habe nicht die geringste Ahnung davon, Milord.«

»Sie sind weniger vollkommen, als ich dachte. Egal, wir werden schon irgendwen finden, der diese Schwäche wettmachen kann, für die Sie, das gebe ich zu, nichts können«, erklärte Pitt und schnupfte eine Prise Virginiatabak.

Das Schweigen der beiden Männer verriet ihre Enttäuschung. Um der Vollständigkeit willen machte sich Hurtley daran, auch die letzten Blätter aufzufalten, und rief plötzlich in höchster Erregung: »Sehen Sie, Milord!«

Pitt stürzte sich auf das Blatt und stieß einen Schrei aus. Unter seinen Augen entfalteten sich die Pläne einer Fregatte mit chinesischen Anmerkungen. Die Zeichnung verschiedener Segel mit ihren Befestigungen füllte zwei weitere Blätter.

»Oho! Das ist eine Entdeckung!«, kommentierte der Minister mit zufriedenem Lächeln. »Die unseren Verdacht bestätigt, wie es aussieht. Man möchte fast annehmen, dass unser Prinz aus Peking mit seiner geheimnisvollen Erscheinung unsere Werften ausspioniert.«

Er griff nach dem ersten Blatt und betrachtete es aufmerksam.

»Das ist ordentliche Arbeit.«

»Ich frage mich, welche Vorlage er hatte«, sagte Hurtley.

»Es ist Ihre Aufgabe, das herauszubekommen, mein Lieber, und zwar schnell. Und sehen Sie zu, dass Sie den Schuldigen finden. Wir sind im Krieg!«

Er legte das Blatt hin, warf einen Blick auf die anderen, dann begann er wieder im Zimmer herumzulaufen.

»Ich verstehe nicht, warum er diese Papiere nach Paris schickt«, sagte er. »Die Franzosen müssen doch schließlich nicht unsere Pläne kopieren um zu wissen, wie sie ihre Schiffe bauen sollen! Und auch noch mit chinesischen Anmerkungen!«

»Vielleicht hat der Prinz ein Geschäft mit jemandem abgeschlossen, der sie lesen kann.«

William Pitt klopfte ihm auf die Schulter.

»Nein, Hurtley. Es ist viel einfacher. Li Ying ist ein Spion des Kaisers von China. Ansonsten hätte das alles keinen Sinn. Zweifellos hat der Kaiser vor, eine Flotte zu bauen. Das ist doch eine interessante Hypothese, Hurtley. Die schon ausreichen würde, um ihn vor Gericht zu stellen.«

»Wir haben keinen Beweis für das, was Sie behaupten, Milord«, hielt ihm der Hauptmann vor, der paradoxerweise gerade durch die obskuren Praktiken seines Berufes besonders an den Prinzipien des Rechts hing.

»Wir haben seine Verbindung mit Frankreich, einem Land, mit dem wir im Krieg liegen.«

»Wollen Sie ihn wirklich verurteilen lassen?«, fragte Hurtley vorsichtig und sah zur Seite.

William Pitt blieb stehen und sah seinen Adjutanten mit ironischem Lächeln an.

»Wollen Sie mir vielleicht sagen, dass Sie etwas im Hinterkopf haben, Hauptmann?«

»Li Ying wird bestenfalls erschossen, schlimmstenfalls verurteilt, den Rest seiner Tage im Tower zu verbringen. Die Justiz kommt dabei auf ihre Rechnung, aber Sie und England? Einen Mann wie ihn steckt man weder ins Gefängnis noch erschießt man ihn, Milord. Ich würde ihn benutzen, indem ich die Zügel in die Hand nehme.«

»Gut überlegt, Hurtley. Wir könnten zuerst verlangen, dass er uns einen genauen Bericht über sein Land gibt, um zu erfahren, was uns von China noch unbekannt ist, und ihn dann zwingen, für uns zu arbeiten. Ich weiß noch nicht, in welcher Form, aber ich werde ihn nach Hause zurückschicken, nachdem ich mich mit ihm auf einen Handel geeinigt habe. Lassen Sie mich nachdenken. Erst einmal sehen wir, was er in den nächsten Wochen macht. Lady Rochefort sollte bald imstande sein, uns mehr zu sagen. Dann entscheiden wir.«

»Was machen wir mit dem Paket?«

William hielt das erste, mit Zeichen bedeckte Blatt in der Hand.

»Packen Sie den Rest sorgfältig wieder ein«, befahl er, »und bringen Sie es dahin, wo Sie es gefunden haben. Niemandem darf irgendetwas auffallen. Nur der Empfänger wird merken, dass dieses Blatt fehlt, das ich als Beweis behalte. Aber das ist unwichtig, denn inzwischen werden wir handeln.«

»Was wollen Sie damit machen?«

»Es übersetzen lassen. Von wem weiß ich noch nicht. Sie werden sich auf die Jagd machen müssen, Hauptmann. Es muss doch in diesem Land irgendwen geben, der uns sagen kann, was diese ganzen Krähenfüße zu bedeuten haben!«

Zweiunddreißigstes Kapitel

Sag mir, was das heißt«, bat Caroline und wies auf die chinesischen Zeichen des Gedichtes, das im Zimmer ihres Geliebten an der Wand hing.

Sie lag auf dem Bauch und ließ ihn ihren nackten Rücken liebkosen. Li Ying folgte mit der Hand dem Verlauf ihrer Wirbelsäule bis hinab zu ihrem vollendet geformten Hintern. Ohne die Augen von ihr zu lassen, antwortete er: »Das ist ein altes Sprichwort: ›Besser eine Hand voll Erde aus der Heimat in Ehren halten, als sich tausend *kin* Gold in der Fremde wünschen.‹ Als ich aus Peking floh, war dies eins der wenigen Dinge, die ich mitnehmen wollte, um daran zu denken, dass ich eines Tages nach China zurückkehren muss.«

»Wann kommt dieser Tag?«, fragte sie nach kurzem Schweigen.

»Ich weiß es nicht. Meine Neugier auf das Große Abendland ist noch lange nicht befriedigt.«

»Und deine Neugier auf mich?«, fragte sie und schmiegte sich in seine streichelnde Hand.

Als einzige Antwort legte er die Hände auf ihre Hüften und drückte die Lippen auf eins der beiden Grübchen in ihren Pobacken.

»Kann sie jemals befriedigt sein?«, murmelte er. »Deine auch nicht, nach den Fragen zu urteilen, die du mir unaufhörlich stellst.«

»Ich, Fragen?«, wunderte sie sich. »Das merke ich gar nicht.«

»Ich werfe es dir nicht vor. Es hat überhaupt nichts Ungewöhnliches, wenn du wissen willst, was ich tue und woher ich mein Geld bekomme. Das Gegenteil wäre beunruhigend. Frauen sind von Natur aus neugierig, das ist bekannt, ganz gleich wo, und vor dir habe ich keine Geheimnisse.«

Caroline biss sich auf die Lippen. War Li Ying aufrichtig oder hatte ihre Indiskretion schließlich doch seinen Verdacht geweckt? Sie hasste die Rolle, die William Pitt sie spielen ließ, und mehr noch das Gefühl, Gefangene seiner Umtriebe zu sein. Seit Monaten lebte sie mit dem Eindruck, Tag und Nacht von den Männern des Staatssekretärs ausspioniert zu werden oder, schlimmer noch, von Menschen aus ihrer engsten Umgebung. Womöglich hatte Pitt ihre Diener gedungen, die ihm jede Bewegung, jedes Wort von ihr zutrugen? Wie lange würde sie dieses Doppelspiel noch ertragen?

Jeden Tag fürchtete sie, ihren Geliebten zu verlieren. Li Ying war der faszinierendste und geheimnisvollste Mensch, dem sie je begegnet war. Wie konnte sie bei ihm wissen, woran sie war? Schon sein kleinster Stimmungsumschwung ließ sie erzittern. Da sie ihren Liebhabern bisher nicht mehr Aufmerksamkeit gewährt hatte, als man seinem Haustier gönnt, erkannte sie nun, dass sie nicht mehr ohne ihn sein konnte. Kein anderer hatte ihr so innige Lust geschenkt. Jede Umarmung war wie ein Wunder. Dennoch zeigte er ihr, abgesehen von seinen verliebten Aufmerksamkeiten, seine Zuneigung nur sehr dezent. Als lehne er es ab, sich gänzlich hinzugeben oder als besitze er ein Geheimnis, das er nicht mit ihr teilen wolle. Zwei- oder dreimal hatte sie eine kurze Abwesenheit von ihm ausgenutzt und die Türen seines Schrankes und die Fächer seines Schreibtisches geöffnet, um etwas zu entdecken, was den Appetit von William Pitt befriedigen könnte, Briefe oder Notizen. Aber sie hatte nichts gefunden.

Aus ihren Gesprächen hatte Caroline erfahren, dass er von einem wohlhabenden Onkel großgezogen worden war. Ihm verdankte er es, dass seine chinesische Erziehung durch europäische Bildung ergänzt wurde, die seine Lust weckte, den Westen zu entdecken. All das wusste Pitt bereits. Sie brachte nichts Neues, und wenn sie ihren Verbindungsmann traf – ein Butler, dessen kalter Blick ihr Angst machte –, musste sie ihre Unfähigkeit eingestehen, mehr zu erfahren. Nein, ihr fiel nichts Verdächtiges auf. Nein, der Prinz pflegte keinen ungewöhnlichen Umgang und führte ein sehr ruhiges Leben. Nein, er spielte nicht, er trank nicht. Ja, er aß regelmäßig bei James Leighton zu Abend oder bei Vergilius Kimble, wo er den Schriftsteller Horace Walpole kennen gelernt hatte. Ja, er kam zu den Festen, die sie selbst jede Woche veranstaltete, und wenn er zuweilen die Stadt verließ, so stets in ihrer Gesellschaft oder in der seiner Freunde.

»Warum bist du plötzlich so stumm?«, fragte Li Ying.

»Weil ich an den Tag denke, an dem du mich verlassen wirst, um nach Hause zurückzukehren«, sagte sie voller Traurigkeit.

»Würdest du mir gern folgen?«

»Warum nicht?«

»Das ist unmöglich. Wir wussten es von Anfang an.«

»Wissen ist nicht dasselbe wie Akzeptieren.«

»Du bist verheiratet …«

»Vielleicht ist er dann tot?«

Li Yings Gesicht verschloss sich.

»Es ist nicht richtig, den Tod eines Menschen zu wünschen«, sagte er mit ernster Stimme.

»Ich wünsche ihn nicht, ich nenne eine Möglichkeit.«

»Würde das ausreichen, um dir die Freiheit zu geben, mir bis nach China zu folgen?«

»Die Liebe ist die erste Freiheit.«

»Eure Philosophen behaupten, sie sei die erste Sklaverei.«

»Die Philosophen haben keine Ahnung davon, mein Prinz«, sagte sie und nahm ihn in die Arme. »Sie kümmern sich nur um Vernunft oder Moral. Die Liebe hat nichts mit der einen oder der anderen gemein. Sie besitzt ihre eigene, göttliche, menschliche und tierische Natur, die sich jedem Gesetz entzieht.«

»Außer einem«, unterbrach sie Li Ying.

»Welchem?«

»Der Fortpflanzung unserer Art.«

»Ich dachte nicht, dass du mich nur als Fortpflanzungsmaschine siehst.«

»Das wollte ich nicht sagen. Du interpretierst falsch …«

»Das Ergebnis ist dasselbe«, versetzte sie und sprang plötzlich aus dem Bett, um sich anzuziehen.

»Gehst du?«

»Das siehst du doch!«, fauchte sie und zog ihr Kleid an.

»Sei nicht böse wegen so einer Kleinigkeit. Bleib«, bat er mit sanfter Stimme.

»Willst du dich vielleicht fortpflanzen?«, fragte sie verkniffen.

Li Ying hatte noch nie die Boshaftigkeit einer Frau erlebt. Er wusste nicht, ob er lachen oder wütend werden sollte, packte Caroline und warf sie, ohne ihre Schreie zu beachten, mit dem Bauch auf das Bett. Mit dem Gesicht in den Laken, in ihren Unterröcken verfangen, konnte sie sich nicht wehren, als er sich mit seinem ganzen Gewicht auf sie legte und rücksichtslos ihre Beine auseinander drückte, um mit einem Stoß in sie einzudringen.

»Ja, ich will mich fortpflanzen«, sagte er ihr ins Ohr. »Genau das willst du doch auch, oder?«

Dreiunddreißigstes Kapitel

Hurtley brauchte lange, um den seltenen Vogel zu finden. Nachdem er alle Wirtshäuser Londons und die Reederbüros nach einem Chinesischkundigen durchsucht hatte, brachte ihn jemand auf die Spur eines alten Originals in Cambridge. Ein Mitarbeiter der Indiengesellschaft erinnerte sich daran, dass dort ein Mann seit Urzeiten über China forschte. Also musste er wohl auch die Sprache kennen. Wenn er nicht schon gestorben war. Pitt wurde bereits ungeduldig. Also eilte Hurtley nach Cambridge und grub dort schließlich in den Tiefen des Christ's College Nathan Longwood aus. Glücklicherweise war er noch am Leben.

Hurtley begrüßte ihn mit dem Gefühl, endlich dem Ziel näher zu kommen. Nathan Longwood war über achtzig Jahre alt, und seine pergamentartige Haut hatte die graue Farbe des von Büchern und Manuskripten überquellenden Arbeitstisches angenommen. Als der Hauptmann ihm den Umschlag reichte, der das Siegel des Staatssekretärs trug, fragte er sich, was ihm diese Ehre verschaffte. In seinem Alter hatte er keine Zeit mehr, sich um Politik zu kümmern, und er kannte kaum den Namen William Pitt. Die einzige Welt, die ihn begeisterte, China, war Tausende Meilen vom friedlichen Strom der Cam entfernt. China war so unerreichbar, dass Longwood sich schon lange damit abgefunden hatte, es in seiner winzigen Wohnung neu zu erschaffen, die er so selten wie möglich verließ. Trotz zahlreicher Anfragen bei Händlern, die Niederlassungen in Kanton besaßen, war es Longwood niemals gelungen, dieses Reich, das seit mehr als fünfzig Jahren all seine Zeit ausfüllte, anders als im Geist zu betreten. Heimlich beneidete er die Jesuiten, die in Peking lebten und deren *Erbauliche und merkwürdige Briefe* er mit Begeisterung gelesen hatte.

»Er ist wirklich an Sie gerichtet«, bestätigte Hurtley. »Machen Sie ihn auf.«

Nathan Longwood gehorchte beinahe widerwillig und las den Brief, mit dem Pitt ihn bat, seine Kenntnis der chinesischen Sprache in den Dienst des Vaterlandes zu stellen. Das mit Schriftzeichen bedeckte Blatt ins Englische zu übersetzen sei für ihn gewiss ein Kinderspiel. Er werde um absolute Geheimhaltung über das, was er darin finden werde, gebeten, und die Belohnung, die ihn erwarte, werde seinen Verdiensten entsprechen. Der Alte hob den Blick fragend zu seinem Besucher.

»Wer hat das geschrieben?«, fragte er.

»Ich weiß es nicht. Aber Mister Pitt hat darauf bestanden, dass Sie als Einziger es zu sehen bekommen.«

»Sehen wir uns näher an, worum es sich handelt«, sagte der Alte und setzte die Brille auf. »Diese Schriftzeichen sind winzig. Ich werde sie niemals entziffern können.«

»Nehmen Sie diese Lupe?«

»Ah ja! Warum muss man so klein schreiben, frage ich Sie? Sehr schön kalligraphiert, obwohl die Zeichen so klein sind. Ein fester, eleganter Strich.«

»Und was besagt diese Kalligraphie?«

»Etwas Geduld, junger Mann. Die chinesische Sprache lässt sich nicht so leicht verstehen, wie man eine Kammerzofe verführt. Man muss sie pflegen, mit Aufmerksamkeit umgeben, sie mit Demut lesen, ehe sie ihre Geheimnisse enthüllt.«

Er neigte sich mit größerer Aufmerksamkeit über die Spalten, die eng aneinander gepresst waren, und begann halblaut, sie zu entziffern.

»Donnerwetter!«, rief er nach ein paar Sekunden. »Weiß Mister Pitt, an wen dieser Brief gerichtet ist?«

»Ich fürchte, er hat nicht die geringste Ahnung.«

»An Zehntausend Jahre Leben, den Kaiser von China persönlich! Das ist wunderbar. Wie zum Teufel haben Sie sich diesen Brief besorgt? Er ist unschätzbar.«

Hauptmann Hurtley unterdrückte einen Triumphschrei.

»Darf ich Sie bitten, ihn unverzüglich zu übersetzen, ehe ich Ihnen antworte?«, fragte er ungeduldig.

»Natürlich, natürlich, aber ich brauche etwas Zeit.«

»Ich werde so lange warten, wie es nötig ist«, entgegnete der Hauptmann und machte es sich auf dem wackeligen Stuhl, den ihm Longwood bei seiner Ankunft angeboten hatte, so bequem wie möglich.

Drei Stunden lang hörte er nichts als die Gänsefeder, die über das Papier kratzte, leise Flüche des Alten, wenn er ein Zeichen nicht zu entziffern vermochte, das Knistern der Seiten in den Büchern, die er von den Stapeln vor sich nahm oder aus einem Bücherregal zog, das aussah, als wolle es jeden Moment zusammenbrechen. Ab und zu hob Nathan Longwood den Kopf und sah Hurtley an, als wundere er sich, ihn immer noch stoisch an derselben Stelle sitzen zu sehen. Manchmal schimpfte er auch auf sich selbst oder stieß Rufe des Erstaunens aus.

»Das ist ein sehr seltsamer Text. So etwas habe ich noch nie gelesen«, sagte er und seufzte vor Erschöpfung, als er sein Werk vollendet hatte.

»Was erzählt er?«, fragte der Hauptmann bewundernd.

»Es handelt sich um eine Art Zusammenfassung, einen Katalog, wenn Sie lieber wollen. Der Schreiber sagt, dass es ihm gut geht, dass er seine Arbeit fortsetzt und dass er dem Kaiser mehrere Texte über das politische System in England, die anglikanische Religion, eine Rede von Mister Pitt schickt, außerdem ein Memorandum mit Plänen und Zeichnungen darüber, wie man Schiffe baut. Darin ist nichts Chinesisches«, endete Longwood sichtbar enttäuscht. »Dieses Blatt sieht aus, als sei es das Erste eines längeren Textes. Haben Sie diesen auch?«

»Nein, aber das ist unwichtig.«

»Wenn Sie meinen. Wer ist der Autor dieser Seite? Ich habe verdient, es zu erfahren.«

Hurtley zögerte, ehe er antwortete. Er war nicht sicher, ob er es Longwood enthüllen sollte. Wenn er aber nichts sagte, würde der Alte Himmel und Erde in Bewegung setzen, um es zu erfahren, er würde seine Freunde und Kollegen alarmieren, bis die Geschichte in London bekannt würde. Am Ende würde sie unvermeidlich Li Ying zu Ohren kommen, der Angst kriegen und sich zur Flucht entschließen könnte.

»Ein Chinese namens Li Ying«, sagte er widerwillig.

»Und wo befindet er sich?«

»In London.«

»Ein Chinese in London? Und ich wusste nichts davon! Gott im Himmel, es ist ein Wunder! Nun, da ich nur noch so kurz zu leben habe und nicht nach China reisen kann, kommt China zu mir! Ich muss ihn unbedingt treffen!«

»Das ist leider unmöglich.«

»Und warum?«

Hurtley entschloss sich, alles zu erklären, um Longwoods Begeisterung zu bremsen.

»Mister Pitt wird sich widersetzen. Er verdächtigt Li Ying, ein Spion im Sold des Kaisers von China zu sein. Ihre Übersetzung bringt uns den Beweis dafür.«

»Was soll er denn ausspionieren? Sie scherzen! Die Chinesen brauchen uns nicht, um ihre eigenen Schiffe zu bauen, ihr Land zu regieren und an ihren Gott zu glauben.«

»Ich fürchte, Mister Pitt denkt das Gegenteil.«

»Mister Pitt hat keine Ahnung! Was hat er mit diesem Li Ying vor?«

»Es steht mir nicht zu, es Ihnen zu sagen.«

»Könnte er mir wenigstens die Gunst gewähren, ihn kennen zu lernen? Er sprach doch von einer Belohnung. Ich verzichte darauf, wenn ich ihn nur treffen darf. Ich möchte so gern mit ihm sprechen, in dem Chinesisch, das ich seit so langer Zeit lerne, aber das niemand hier kennt. Ich könnte so viele Worte überprüfen, so viele Fehler korrigieren, ihn nach dem fragen, was ich nicht verstehe, nach seiner Erziehung, seinem Herrn! All die Dinge, die uns in unserem Wissen um China einen Riesensatz nach vorn bringen würden, mein junger Freund, was unendlich viel wichtiger ist als das andere. Wir brauchen das Wissen dieses Mannes! Setzen Sie sich dafür bei Mister Pitt ein, ich flehe Sie an!«

»Ich werde ihm Ihren Wunsch übermitteln. Darf ich fragen, woher Sie Ihr Wissen haben?«

»Das ist eine sehr lange Geschichte, Hauptmann, aber ich ahne, dass ich sie Ihnen erzählen muss, wenn ich erreichen will, dass Sie sich bei dem guten Pitt wirklich für mich einsetzen. Irre ich mich?«

Hurtley erlaubte sich ein Lächeln. Er hatte Recht.

»Im September 1684«, begann der alte Longwood, »kehrte ein französischer Jesuit, Pater Couplet, nach Paris zurück, in Begleitung eines Chinesen, der sich Shen Fo Tsung nannte. Er war ein Gelehrter, den der Jesuit während seines Aufenthaltes in Peking bekehrt hatte. Shen Fo Tsung war seit Rabban Çauma im 14. Jahrhundert der erste Chinese, der europäischen Boden betrat. Die Geschichte dieses Mönches kennen Sie natürlich?«

»Ich fürchte nicht«, antwortete Hurtley verlegen.

»Çauma war ein Nestorianer, der aus Peking stammte und den der Mongole Arghun als Gesandten nach Europa geschickt hatte. Er wurde vom König von Frankreich, Philipp dem Schönen, empfangen, schlug ihm vergeblich eine Allianz gegen die Mamelucken in Syrien vor und reiste dann nach Bordeaux, um dem englischen König Edward I. das gleiche Abkommen anzubieten. Ohne mehr Erfolg zu haben. Seltsamerweise erlebte Shen Fo Tsung, der den Vornamen Michel angenommen hatte, drei Jahrhunderte später genau das Gleiche, denn auch er traf die Könige von Frankreich und England. Als er nach Paris kam, sorgte er für großes Aufsehen, besuchte Versailles und wurde Ludwig XIV. vorgestellt, der ihn dazu beglückwünschte, den christlichen Glauben angenommen zu haben. Dann reiste er nach London, wo ihn König Jakob II. empfing, der gerade zum Katholizismus übergetreten war. Michel Shen Fo Tsung war ein Gelehrter. Sein Platz war weniger bei Hofe als unter seinesgleichen. Er kam nach Oxford, wo er mit dem Bibliothekar der Bodleian Bibliothek zusammenarbeitete, meinem hochverehrten Lehrer Thomas Hyde, einem anerkannten Orientalisten, der von China begeistert war. Shen Fo Tsung machte es sich zur Aufgabe, den Engländern die Geheimnisse seiner Muttersprache zugänglich zu machen, und fand in mir, so wage ich zu behaupten, einen außerordentlich eifrigen Schüler. Als er beschloss, in sein Reich heimzukehren, konnte er stolz behaupten, einen Mann zurückzulassen, der halbwegs Chinesisch sprach, und mehr als tausend Zeichen lesen und schreiben konnte. Durch die Lektüre der *Description de la Chine* von Pater du Halde, der *Histoire générale de la Chine* von Joseph Mailla sowie der Briefe, die in Frankreich von Entrecolles, Fouquet und anderen herausgegeben wurden, konnte ich meine Kenntnisse noch vertiefen. Aber das Hauptwerk war das lateinisch-chinesische Wörterbuch von Pater Parennin, der mehr als vierzig Jahre in China gelebt hatte und dessen Porträt einen Saal der Verbotenen Stadt zierte. Ich versuche seit Ewigkeiten, etwas Entsprechendes für unsere Sprache zu erstellen. Werden Sie jetzt verstehen, warum es geradezu lebenswichtig für mich ist, diesen Li Ying zu treffen? China birgt ein unendliches Geheimnis, junger Mann. Wenn man es zu verstehen meint, legt es sogleich eine neue Maske an und stellt uns vor neue Fragen. Gewiss, damit wir uns mit unseren Vorstellungen noch fester an dieses Land binden.«

Vierunddreißigstes Kapitel

Nicht William Pitt führte die Begegnung zwischen Nathan Longwood und Li Ying herbei. Während er noch zwischen der notwendigen Geheimhaltung und dem Wunsch schwankte, mehr zu erfahren, und zögerte, dem Ansinnen des alten Mannes seine Zustimmung zu geben, stellte Horace Walpole an einem Novembertag dem Prinzen den Mann vor, der seit so langer Zeit von China träumte. Walpole kannte Li Ying durch seinen Freund Vergilius, der sie einige Monate zuvor in seinem Schloss in Strawberry Hill miteinander bekannt gemacht hatte. Von Longwood, dessen Arbeiten er mit Interesse verfolgte, hatte Walpole zwei Bücher publiziert.

Vor den fassungslosen Gesichtern ihres Gastgebers und Kimbles begannen der junge Han-Prinz und der alte Engländer sogleich in Mandarin miteinander zu plaudern, als würden sie einander seit Ewigkeiten kennen.

»Oh, mein Herr!«, rief Longwood, »Ihnen danke ich es, dass ich endlich reden kann. Als fände ich das Wort nach jahrzehntelangem Schweigen wieder.«

Vor lauter Glück hatte er vergessen, dass der Chinese der Spionage verdächtigt wurde. Er nahm Li Ying vertraulich beim Arm und erzählte ihm die Geschichte seines Lebens, das ganz und gar einem Land geweiht war, das er niemals kennen lernen würde. Dann bombardierte er ihn mit Fragen nach Worten und Zeichen, die er nicht kannte, nach Grammatikregeln, die ihm undurchschaubar schienen. Als sie zum Essen gerufen wurden, befragte er ihn noch immer und notierte die Antworten mit kleinen Freudenschreien. Der Chinese ließ sich gern ausfragen und freute sich, dem Gelehrten aus dem Abendland die Aufklärung geben zu können, nach der jener schon so lange begehrte. Longwoods jugendliche Begeisterung und die Stichhaltigkeit seiner Fragen gefielen ihm sehr, mehr noch berührte ihn jedoch die grenzenlose Liebe, die dieser seiner Heimat entgegenbrachte. Wer in China interessierte sich schon so sehr für England oder Frankreich? Niemand. Li Ying sagte sich, dass die wahre Überlegenheit des Westens genau darin bestand, in Menschen wie Nathan oder den Missionaren, die sich bemühten, sein Land zu verstehen. Außer Qianlong kannte niemand diese Neugier. China meinte sich selbst zu genügen, aber das war ein Irrtum. Diese Gleichgültigkeit versagte ihm die Chance, die Nationen kennen zu lernen, die die Welt eroberten und seinen Grenzen gefährlich nahe kamen. Vor diesem lächelnden Greis, dem ständig die Augengläser auf die Nase rutschten, erschien Li Ying die Notwendigkeit, seine Mission zu erfüllen, dringlicher denn je. Ein Ausruf von Horace Walpole riss ihn aus seinen Gedanken.

»Sechzigtausend Mann besiegt von zwanzigtausend? Das ist keine Niederlage mehr, das ist ein Zusammenbruch!«

Vergilius Kimble hatte ihm gerade erzählt, wie Friedrich II. Franzosen und Österreicher einige Tage zuvor in Rossbach, an der Grenze Sachsens, geschlagen hatte. Die Zeitungen, die er aus London mitgebracht hatte, ergötzten sich an der heillosen Flucht der Franzosen. Alle rühmten das strategische Talent des Königs von Preußen und machten sich über die Feigheit der Truppen des Prinzen de Soubise lustig, der das Kommando bekanntermaßen weniger seinen militärischen Qualitäten als den Forderungen von Madame de Pompadour verdankte. Rossbach rächte die Engländer für die Niederlage von Cumberland und rettete sie vor dem Abgrund, in den sie zu stürzen drohten. Der Seufzer der Erleichterung war allenthalben vernehmbar.

»Das ist wahrlich eine göttliche Überraschung, sofern man überhaupt an Gott glaubt«, fuhr Walpole fort. »Waren wir doch unbestreitbar im Begriff zu verlieren. Ich nehme an, dass der gute Pitt sich vor seinen Freunden der City in Positur werfen und beim Parlament neue Kredite durchsetzen wird. Wie teuer Kriege sind! Ist es bei Ihnen ebenso, Mister Li Ying?«, fragte er.

»Sprechen Sie von Geld oder von Blut?«, fragte dieser zurück. »Ich dachte immer, Geld kann man herstellen, also kann man so viel ausgeben wie nötig ist, wenn es sein muss. Hingegen das Blut der Männer …«

»Auch das erneuert sich, mein Lieber, Sie wissen doch wie?«, spottete Walpole.

»Seltsamerweise argumentieren Sie wie ein Chinese«, antwortete Li Ying. »Für Sie zählt allein die Menge. Für mich ist das Individuum wichtiger. Diese Sicht verdanke ich ohne Zweifel meiner europäischen Bildung. Jedes Mal, wenn Blut fließt, ist das für die Menschheit ein Schritt zurück.«

Nathan Longwood nickte zustimmend.

»Was für eine pessimistische Sicht auf die Dinge!«, meinte Walpole.

»Wer weiß, ob die Welt nicht ein Genie verliert, wenn ein Mann auf dem Schlachtfeld stirbt?«, fragte Nathan mit seiner zittrigen Stimme.

»Dann nehmen andere seinen Platz ein!«, entgegnete der Schriftsteller.

»Was würden Sie sagen, wenn man Sie in die Schlacht schickte und aufforderte, sich ohne Bedenken töten zu lassen, weil gewiss andere Genies Sie ersetzen würden?«, fragte Li Ying.

Horace Walpole lachte.

»Sie sind unbezahlbar, mein Lieber! Ich kapituliere. Das ist eine Argumentation, die meinen verstorbenen Vater gewiss begeistert hätte.«

»Robert Walpole, Horaces Vater, war einer unserer besten

Minister«, erklärte Kimble. »Er hat die englische Politik bis 1742 mit viel Umsicht und Sorgfalt gelenkt und zog Frieden und Verständigung mit unseren Nachbarn stets dem Kampf vor. Er liebte Rubens, Rembrandt und Poussin zu sehr, um kriegslüstern zu sein. Genau das Gegenteil von Pitt, wie Sie wissen, der keine Ahnung von Kunst hat und so sehr von sich eingenommen ist, dass er sich allein in der grenzenlosen Verherrlichung der Nation Luft machen kann. Der Erfolg seiner Reden ist verständlich: Die meisten Engländer sind ungebildet und haben nicht den geringsten Sinn für Ästhetik.«

»Sieh an!«, sagte Walpole. »Was für eine Schlussfolgerung! Sind Sie sicher, dass sich dieses entschiedene Urteil nicht auf Ihre schottischen Wurzeln zurückführen lässt, mein Lieber?«

»Mit den Engländern kann man niemals entschieden genug sein«, versetzte Kimble. »Das alltägliche Erlebnis ihrer Selbstgefälligkeit, ihres unangreifbar guten Gewissens, selbst bei den größten Schandtaten, und ihrer Unwissenheit in Fragen des wahrhaft guten Geschmacks, ich meine des italienischen oder französischen, sind zu trostlos, als dass sich nicht die entsprechenden Schlussfolgerungen aufdrängen würden.«

»Solche Schlussfolgerungen von Ihnen, der Sie gewöhnlich so tolerant sind – ich glaube zu träumen! Sprechen Sie sie aus, ich bitte Sie!«

»Unter einem Lack von Zivilisation bleiben wir ebensolche groben Rohlinge wie die Preußen.«

Wie Nathan, der ihm einen verschmitzten Blick zuwarf, folgte auch Li Ying amüsiert diesem Dialog mit stumpfem Florett. Die Freiheit im Umgang der beiden Männer begeisterte ihn. Sie war nur zwischen zwei sehr engen Freunden vorstellbar. Kimble, ein desillusionierter Beobachter der menschlichen Leidenschaften, bemühte sich, die Vernunft stets über alles andere zu stellen, Walpole hingegen war verwinkelt und exzentrisch wie sein gotischen Schloss.

»Letztendlich weicht meine Meinung womöglich gar nicht so sehr von Ihrer ab«, gab Walpole zu. »Kommen Sie mit, ich werde Ihnen zeigen weshalb.«

Sie verließen die Tafel und folgten ihm in die Druckerei, die er eingerichtet hatte, um seine Bücher und die seiner Freunde zu drucken. Als sie die Werkstatt betraten, zeigte Walpole ihnen das Werk, das gerade unter der Presse lag. Vom ersten Heft gab es schon den Probedruck. Li Ying las die Titelseite – *Horace Walpole, Brief von Xu Ho, chinesischer Philosoph in London, an seinen Freund Liu Chi in Peking* – und brach in Lachen aus: »China ist wahrlich sehr in Mode!«, rief er.

»Beklagen Sie sich darüber?«

»Natürlich nicht. Aber ich verstehe nicht, warum die Engländer für ein Reich schwärmen, von dem sie, abgesehen von Nathan, fast gar nichts wissen.«

»Meine Landsleute interessieren sich nur für Ihren Schund und Ihre Gärten«, beklagte der alte Longwood. »Den Rest überlassen sie einem alten Mann wie mir.«

»China ist nur ein Vorwand«, erklärte Walpole. »Tatsächlich ist der Philosoph Xu Ho mein Alter Ego, das mit ironischem Blick und ohne Nachsicht unsere Zeitgenossen beobachtet. Ich amüsiere mich damit, mit dem Finger auf die Schwächen unserer Gesellschaft zu zeigen. Was nun Ihren Schund angeht, wie Nathan sagt, Seide, Lackdosen, Porzellan, so lieben wir sie vor allem, weil es etwas Neues ist! Die Schwäche von uns im Westen ist die Neuheit. Wir werden schnell überdrüssig. Wir brauchen ständig neue Gesichter, neue Gegenstände, neue Vergnügungen.«

»Das ist auch unsere Stärke«, korrigierte Kimble. »Diese ständige Neigung zum Neuen zwingt uns, uns ständig zu erneuern, zu erfinden, voranzugehen. Können Sie sich die Wirkung vorstellen, die die *Briefe* der französischen Jesuiten in Europa hatten? Ihnen verdanken wir die gegenwärtige China-Mode.«

»Die Briefe, die ich gelesen habe, sind weit davon entfernt, die Wirklichkeit des Landes wiederzugeben«, sagte Li Ying. »Mit einigen Ausnahmen, deren Erinnerung fortbesteht, wie Parennin, Castiglione oder Pedrini, spielten die Christen am Kaiserhof keineswegs die Rolle, die sie sich zusprachen. Der Kaiser zeigte ihnen nur, was er ihnen zeigen wollte, und das war sehr wenig. Während er ihnen natürlich das Gegenteil vorspiegelte. Sodass die Jesuiten meinten, die Geheimnisse Chinas zu durchdringen, während sie kaum die Oberfläche wahrnahmen. Da sie vieles aus ihrem religiösen Blickwinkel betrachteten, verstanden sie nicht immer die grundlegende Dualität unseres Geistes, für den jedes Ding und sein Gegenteil sich ausgleichen müssen, um zu existieren.«

»Das ist durchaus verständlich«, sagte Walpole. »Ich kann mir weder von unserem guten König Georg, Zweiter seines Namens, noch von Mister Pitt vorstellen, dass er einem Ausländer, Ihnen zum Beispiel, die Geheimnisse des Königreiches anvertraut. Ebenso wie China hat auch England einiges, was es für sich behalten möchte, auch wenn man Sie sehr gern mag, was alle Gerüchte bestätigen.«

»Der König und William Pitt erweisen mir in der Tat die große Ehre ihrer Freundschaft«, antwortete Li Ying. »Und was die Geheimnisse Englands angeht, die interessieren mich nicht. Das Einzige, was mich beschäftigt, ist das Geheimnis der Freiheit: die Freiheit zu schreiben, zu sagen und zu tun, die Freiheit zu kommen und zu gehen, Handel zu treiben, zu denken. All die Dinge, die in einem so großen und so bevölkerungsreichen Land wie unserem nicht denkbar sind. Aber was ist eigentlich das gerechtere System in einem Staat? Wenn niemand wählt oder nur eine Minderheit, die Reichsten und die Vornehmsten?«

Walpole und Kimble sahen einander zutiefst erstaunt an. Beide waren beeindruckt von der radikalen Kritik, die der Chinese gegen das politische System in England vorbrachte. Longwood klatschte ihm Beifall.

»Das nenne ich klug gesprochen, mein Freund. Ich bin weder reich noch vornehm, dennoch hätte ich mich gefreut, wenn man mich nach meiner Meinung gefragt hätte. Das ist alles nur Fassade. Die Macht gehört immer denselben. Niemals Leuten wie uns. Aber der Tag wird kommen … Und vorher besuchen Sie mich in Cambridge, versprechen Sie mir das! Ich habe Ihnen noch tausend Fragen zu stellen.«

Li Ying versprach es, und sie kehrten Arm in Arm in die Salons von Strawberry Hill zurück und rezitierten Gedichte aus der Tang-Epoche.

Fünfunddreißigstes Kapitel

Es schneite immer stärker. Li Ying glaubte sich nach Peking zurückversetzt, wenn Winterstürme die Stadt im Schnee versinken ließen. Die Straßen Londons hatten sich in Schlammlöcher verwandelt, und die Träger rutschten bei jedem Schritt. Er schaukelte in seiner mit grauem Samt gepolsterten Kutsche in alle Richtungen und klammerte sich am Türknauf fest, um nicht das Gleichgewicht zu verlieren. Das Abendessen bei James Leighton war tödlich langweilig gewesen. Vor einem Publikum aus reichen Händlern hatte er auf unzählige Fragen darüber antworten müssen, wie man ein so riesiges Land wie China lenken könne. Das Mandarin-System barg für sie keine Geheimnisse mehr. Einige erklärten gar, es sei das beste Mittel, einen Staat zu führen. Leighton hatte ihm einen Artikel aus dem *Gentleman's Magazine* vom Januar 1757 vorgelesen, in dem behauptet wurde, die Chinesen seien Meister in der Regierungskunst.

»Bei Ihnen werden die Titel wenigstens nicht vererbt wie hier!«, hatte er erklärt. »Der Wettbewerb für die Einstellung der Mandarine ist ein Vorbild. Man muss nur anständig schreiben können. Wir sollten uns davon inspirieren lassen, um unsere Verwaltung fähigen Männern anzuvertrauen.«

»Ist ein Funktionär fähig und ehrlich, nur weil er einen Wettbewerb gewonnen hat?«, hatte Kimble hinterlistig gefragt.

»Sie werden jedes Jahr von einem Inspektor überprüft, der

vom Hof oder von den örtlichen Regierungsorganen bezahlt wird. Bekommen sie eine schlechte Bewertung, entlässt der Kaiser sie einfach«, hatte Li Ying geantwortet.

»Aber wer bewertet die Zensoren?«, hatte Kimble nachgehakt.

Li Ying hatte über diese erneute Manifestation eines scharfen Geistes gelacht und sich seinerseits damit amüsiert, die Begeisterung der Engländer für ein fremdes System lächerlich zu machen. Offenbar seien sie mit ihrem eigenen nicht sehr zufrieden, wenn sie nach dem der Chinesen strebten! Seiner Bemerkung war ein langes, verlegenes Schweigen gefolgt. Schließlich hatte Leighton geantwortet, sie fühlten sich ihrer Regierung trotz aller Unvollkommenheit sehr verbunden, und das Mandarinat sei ohnehin nicht auf England zu übertragen, weil die, welche ordentlich schreiben könnten, hier allzu selten seien. Alle Gäste hatten schallend über diesen Scherz gelacht, mit dem sie das Gesicht wahren konnten.

Li Ying lachte noch bei der Erinnerung, als er mit einem Mal heftig zur Seite geschleudert wurde. Er stieß sich schmerzhaft an der Wand der Kutsche, und das Innenlicht erlosch. Sie fuhren durch eine der kleinen Gassen, die noch keine Straßenbeleuchtung hatten. Er wollte aussteigen, als er dumpfe Schläge und erstickte Schreie hörte. Jemand riss die Tür auf, er wurde an beiden Händen gepackt und hinausgezogen. Er schrie und versuchte sich loszumachen, erhielt jedoch einen Fausthieb gegen das Kinn, der ihn betäubte.

»Wir haben ihn«, sagte jemand.

Er fand sich am Boden, im Schlamm wieder und begann sich zu wehren. Aber es waren zu viele.

»Halt ihn fest und fessle ihn«, sagte einer. »Wir dürfen ihn nicht verletzen.«

Der Mann, der ihn aus der Kutsche gezogen hatte, beugte sich zu ihm herab. Li Ying ließ ihn herankommen, packte ihn dann unverhofft am Jackenkragen, streckte das Bein aus und schleuderte ihn gegen eine Mauer. Er sprang auf und stellte sich in Verteidigungsposition, wie sein *Tai-Chi*-Meister es ihn gelehrt hatte. Nach kurzem Zögern stürzten sich zwei andere auf ihn. Er täuschte, packte den Arm des Ersten, brachte ihn aus dem Gleichgewicht, warf ihn zu Boden und machte ihn mit einem Nackenschlag unschädlich. Im gleichen Moment schlug ihn der zweite Mann in die Seite, aber die durchnässte Kleidung milderte den Schlag. Er griff erneut an. Li Ying wich ihm aus, aber sein erster Gegner kam von hinten und versetzte ihm einen Stockhieb, der ihn bewusstlos zu Boden sinken ließ.

Als Li Ying seine Sinne wiederfand, saß er in einer Kutsche, die über das Pflaster schaukelte. Sein Schädel tat ihm entsetzlich weh, und er sah nichts. Ein Band bedeckte seine Augen, und seine Hände waren hinter dem Rücken gefesselt. Wohin brachte man ihn? Wessen Gefangener war er? Er hatte keine Feinde in London. Im Gegenteil. Seit er hier lebte, war er zur Berühmtheit geworden. Niemand hatte Grund, ihm Böses zu wollen. Hatte man ihn entführt, um ein Lösegeld zu verlangen? Sein Erfolg hatte womöglich die Fantasie entzündet, und seine Entführer stellten sich vor, dass er Säcke voller Gold, Edelsteine und anderer Schätze besaß.

Es gab noch eine andere Möglichkeit, die ihm kalte Schauer über den Rücken trieb. Man verdächtigte ihn, nicht der zu sein, als der er sich ausgab, und hatte ihn entführt, um ihn zu verhören. Aber wer? Während die Kutsche durch die Nacht rollte, überlegte Li Ying verzweifelt. Das ergab alles keinen Sinn. Er versuchte ruhig zu bleiben, konnte jedoch nicht verhindern, dass unkontrollierbare Angst in ihm aufstieg. Die Anweisungen seiner Meister nützten nichts. »Vergiss niemals, der Weise lacht über alles, wie immer auch die Umstände sein mögen«, hatte der alte Cho ihm unaufhörlich wiederholt. Wie sollte er über die Umstände lachen, in denen er sich befand? Pater Gallois hatte Recht: Die Ungewissheit war die schlimmste aller Foltern.

Endlich hielt die Kutsche an. Man ließ ihn vorsichtig aussteigen und befahl ihm, den Kopf zu senken. Jemand nahm ihn beim Arm, er machte sich steif und stellte ungeschickt den Fuß auf den Boden.

»Wohin bringen Sie mich?«, fragte er mit einer Stimme, die sicher klingen sollte.

»Das werden Sie bald erfahren. Gehen Sie.«

Er spürte, dass sie London verlassen hatten. Die Luft war nicht mehr von dem betäubenden Geruch nach verbrannter Kohle erfüllt, der manchmal gar das Atmen erschwerte. Er ging weiter, auf beiden Seiten von seinen Entführern geleitet, und bemühte sich, auf dem verschneiten Weg nicht auszurutschen. Er hörte eine Tür quietschen und merkte, dass sie ein Haus betraten, das von einem warmen Duft nach Bohnerwachs und Zimt durchzogen wurde. Noch ein paar unsichere Schritte, die Wärme eines Feuers, das er in einem Kamin knistern hörte, dann hieß man ihn hinsetzen. Jemand befreite seine geschwollenen Hände und entfernte das Band von seinen Augen. Er rieb sich die Handgelenke, um das Blut in seinen Adern zum Fließen zu bringen, und blinzelte.

»Willkommen, mein Herr«, erklang die scharfe Stimme von William Pitt.

Der Staatssekretär saß ihm gegenüber in einem breiten Ledersessel, neigte sich etwas nach vorn und lächelte ihn liebenswürdig an. Li Ying sprang auf.

»Was bedeutet diese Maskerade?«, fragte er außer sich.

»Setzen Sie sich, mein Lieber, ich bitte Sie. Und verzeihen Sie mir diese kleine Inszenierung. Was ich Ihnen zu sagen habe, verlangte gewisse Vorsichtsmaßnahmen.«

Pitts Handlanger zogen sich zurück und blieben im Hintergrund stehen.

»So sehr, dass mich Ihre Büttel niederschlagen? Sie scherzen!«

»Keineswegs. Man kann nicht ernster sein.«

»In diesem Fall erwarte ich Ihre Erklärungen, Mister Pitt.

Ich wusste nicht, dass es in England üblich ist, jemanden zu entführen, wenn man ihm etwas zu sagen hat!«

»Das ist nicht üblich, Sie haben Recht. Nur bei jenen, die die Gesetze der Gastfreundschaft nicht einhalten und sich uns gegenüber nicht so verhalten, wie sie es tun sollten«, antwortete Pitt.

Jedes Lächeln war verschwunden, sein Gesicht war plötzlich sehr hart. Li Ying fühlte sein Blut erstarren. Nichts anmerken lassen! Was er gefürchtet hatte, war eingetreten. Er verstand nicht wie. Er musste ihm begegnen, durfte sich nicht beeindrucken lassen.

»Meinen Sie damit, dass ich mich nicht verhalten habe, wie ich es hätte tun sollen?«, fragte er mit fester Stimme.

»Genau das«, bestätigte Pitt.

›Er lügt, lass ihn kommen, schweig‹, sagte sich Li Ying, um Zeit zu gewinnen. Sein Schweigen reizte William Pitt aufs Äußerste.

»Sind Sie nicht neugierig, wie ich das herausbekommen habe?«, fragte er säuerlich.

»Ich bin von Natur nicht neugierig.«

»Sie nicht neugierig! Sie sind wirklich frech! Wie würden Sie sonst den Spion bezeichnen, den Sie abgeben?«, schrie Pitt und richtete sich voller Wut auf.

Li Ying lachte laut und musterte seinen Gegner herausfordernd.

»Ich ein Spion? Ihr kranker Geist spielt Ihnen einen Streich! Sie sollten besser bei den Franzosen suchen, um Spione zu finden. Nicht bei mir. Ich bin nicht im Krieg mit Ihnen, soviel ich weiß. Und China auch nicht.«

»Lassen Sie die Franzosen raus! Man muss nicht im Krieg sein, um einen Gegner auszuspionieren.«

»England ist nicht unser Gegner.«

Pitt wollte seine Karten nicht als Erster aufdecken. Plötzlich wechselte er die Taktik.

»Vielleicht möchten Sie etwas trinken?«, bot er mit süßlichem Lächeln an. »Edward, bringen Sie uns Tee und eine Flasche von dem köstlichen Gin«, befahl er einem der Männer, die noch immer reglos im Schatten hinter Li Ying standen.

Der Chinese sah sich um. Das Zimmer war mittelgroß, und die Wände waren voller Bücherregale. Vor einem Fenster stand ein großer Schreibtisch, der mit Papierstapeln bedeckt war, über einem hohen gemauerten Kamin hing das Porträt eines Mannes mit hochmütigem Gesicht und lockiger Perücke.

»Einer Ihrer Vorfahren, nehme ich an?«

»Mein Großvater, früherer Gouverneur des Fort Saint-Georges in Madras«, erklärte Pitt voller Stolz.

»Ich habe gehört, er hat eine nette Karriere als Freibeuter gemacht.«

»Man soll nicht auf Gerüchte hören.«

»Aber Sie stützen sich auf Gerüchte, um mich der Spionage anzuklagen.«

Pitt nahm sich die Zeit, zwei Tassen Tee einzugießen, ehe er antwortete: »Etwas Milch? Wirklich nicht? Sie täuschen sich, mein Lieber«, fuhr er dann fort und führte die Tasse an die Lippen. »Ich habe mich niemals auf irgendein Gerücht verlassen, um meine Politik zu führen, sondern allein auf Berechnung und Überlegung. Davon werde ich nicht abweichen, auch nicht bei Ihnen.«

Li Yings Sondierungsversuche hatten nichts ergeben. Er fragte sich erneut, wie Pitt herausbekommen hatte, dass er ein Spion war. Die Neugier war stärker als die Taktik.

»Und worauf begründen Sie Ihre Anschuldigung?«

Ein kaum wahrnehmbares Lächeln zog die schmalen Lippen des Staatssekretärs auseinander.

»Darauf«, sagte er und zog ein Blatt aus der Tasche. »Sie erkennen es wieder, nicht wahr? Sagen Sie ja, dann sparen wir Zeit.«

»Nein«, log Li Ying, der voller Entsetzen seine Handschrift erkannte.

»Nun, dann werde ich Sie aufklären!«, fuhr Pitt fort. »Es

ist die erste Seite Ihres Berichts an, ich zitiere, ›Zehntausend Jahre Leben, seine Majestät Qianlong, Kaiser von China‹. Darin erklären Sie, dass Sie ihm verschiedene Informationen politischer Natur übersenden, sowie die Pläne eines englischen Schiffs, die Sie kopiert haben.«

Li Ying erbleichte. Wie hatte Pitt seinen Umschlag abfangen können?

»Sie sagen nichts? Aber Sie haben doch diese Zeichen geschrieben?«, bedrängte ihn Pitt und hielt ihm das Blatt unter die Nase.

»Nein.«

»Es ist dumm, weiter zu leugnen. Niemand in England ist imstande, so chinesisch zu schreiben. Das können nur Sie sein. Ich könnte hinzufügen, dass meine Männer gesehen haben, wie Sie dem Kapitän eines Schiffs nach Frankreich das Paket übergeben haben, aus dem diese Seite stammt. Also versteifen Sie sich nicht auf diese groteske Verteidigungsstrategie. Meine Nachforschungen haben auch ergeben, wer Ihnen die Pläne für die Fregatte geliefert hat. Der ehrwürdige James Leighton persönlich. Sie werden verstehen, dass er teuer für die Folgen seines Leichtsinns bezahlen wird, wenn Sie so weitermachen.«

Diese Drohung berührte Li Ying nicht. Leighton war nur ein Instrument gewesen. Er versuchte Zeit zu gewinnen, um das Beste aus der Situation zu machen. Da er keine Möglichkeit zu entkommen sah, ließ er Pitt glauben, er füge sich in seine Niederlage und liefere sich ihm aus. In einer jener Metamorphosen, zu denen sein Gesicht fähig war, zeigte er plötzlich eine verzweifelte Miene.

»Was erwarten Sie von mir?«, fragte er seufzend.

Ein Siegeslächeln erstrahlte in den Zügen des Engländers.

»Endlich werden Sie vernünftig! Ich erwarte von Ihnen, dass Sie mir sagen, weshalb Sie nach England gekommen sind, welche Informationen Sie bereits nach China geschickt haben und welches Verbindungsnetz Sie dazu nutzen.«

»Und wenn ich mich weigere?«

»Stecke ich Sie auf unbegrenzte Zeit ins Gefängnis. Man wird sich anfänglich ein wenig um Ihr Schicksal sorgen, Ihr Diener, Ihre Freunde und vor allem die charmante Lady Rochefort, dann wird man Sie vergessen. Ihr Kaiser wird annehmen, dass Sie irgendwo im fernen Europa verschwunden sind, und er wird Sie ebenfalls vergessen. Sie werden aus den Erinnerungen ausgelöscht sein, und da ich sicher vor Ihnen sterbe, werden Sie nicht einmal die Hoffnung haben, dass man Sie eines Tages aus dem Gefängnis holt, in dem Sie eingesperrt sind. So einfach ist das.«

»Reizende Aussicht. Ich dachte allerdings, Ihre berühmte *habeas corpus* garantiere jedem Bürger das Recht, nicht ungestraft eingesperrt zu werden.«

»Sie sind kein englischer Staatsbürger, soviel ich weiß … Also?«

»Ich werde Ihnen sagen, was Sie wissen wollen. Ist das alles?«

»Nein, natürlich nicht. Sie werden sehen, wie großzügig ich bin. Ich bin bereit, die Augen vor dem zu verschließen, was Sie getan haben, und Ihnen die Freiheit wiederzugeben, aber unter einer einzigen Bedingung.«

›Endlich ein Geschäft‹, dachte Li Ying.

»Darf ich erfahren welche?«, fragte er mit resigniertem Lächeln.

»Sie kehren zu Ihrem Kaiser zurück, zusammen mit den Vertretern der Ostindiengesellschaft, und Sie setzen sich zum einen dafür ein, dass er England ein Monopol für den Handel mit China gewährt, unter Ausschluss jeder anderen Nation, und zum anderen, dass er unsere Produkte in großen Mengen auf Ihrem Markt zulässt.«

Li Ying bewunderte die Hartnäckigkeit seines Gegners. Pitt dachte ausschließlich in Geschäftskategorien.

»Unsere Länder sollten friedliche Beziehungen zu beiderseitigem Vorteil unterhalten«, fuhr Pitt fort. »Beteiligen Sie sich mit mir an einem großen Werk, das das Gesicht der Menschheit verändern könnte. Sie werden es nicht bedauern.«

Li Ying wollte noch mehr erfahren.

»Angenommen, ich lehne ab«, sagte er. »Würde das bedeuten, dass Sie nicht nur mich bis ans Ende meiner Tage in den Kerker werfen, sondern auch, dass Sie China angreifen würden, wie Sie es mit Frankreich, Indien, Kanada getan haben?«

»Das ist in der Tat vorstellbar. Wir sind dabei, Indien zu erobern. Geographisch liegt es ziemlich nah bei China. Clive, unser bester General, hat mir geschrieben, dass er bereit ist, sich mit seinen Truppen an die Eroberung Ihres Landes zu wagen. Ich möchte lieber nicht zu diesem letzten Mittel greifen, aber wenn es nötig ist, werde ich nicht zögern.«

Li Ying brach in Lachen aus.

»Weder Clive noch Sie haben eine Vorstellung, was Sie erwartet! Wenn es ihm gelingt, das Gebirge des Tibet zu überwinden, woran ich sehr zweifle, wird Clive nur noch eine Hand voll Soldaten haben, um in unser Reich einzudringen. Es wird uns ein Leichtes sein, sie zu vernichten. Unsere Westarmeen haben jeweils mehrere hunderttausend Soldaten. Was können Sie gegen eine solche Masse ausrichten? Wenn Sie nicht allen Gewinn aus der Eroberung Indiens verlieren wollen, sollten Sie auf diesen lächerlichen Plan verzichten. Heute und für immer.«

William Pitt überlegte schnell. Der Chinese hatte Recht. Clives Vorschlag war reiner Wahnsinn.

»Ich teile Ihre Analyse nicht, aber das ist unwichtig«, log er. »Was ist Ihre Antwort? Nehmen Sie mein Angebot an?«

Li Ying tat, als zögere er ein letztes Mal, dann nickte er.

»Ich nehme es an, aber ich gebe Ihnen keine Garantie, dass ich beim Kaiser erreichen kann, was Sie von mir erwarten.«

Pitt zog seinen letzten Trumpf aus dem Ärmel: »Die Tatsache, dass der Ruf von Lady Rochefort allein von meinem

Wohlwollen abhängt, wird Sie ganz gewiss ermutigen, Ihre Kräfte nicht zu schonen, um zum Erfolg zu gelangen!«, sagte er mit selbstzufriedener Miene. »Ich wage zu hoffen, dass Sie ein vernünftiger Mensch sind und nicht Anlass für das Unglück Ihrer Mätresse sein wollen.«

»Ihr Zynismus macht England keine Ehre, Mister Pitt!«

»Staatsangelegenheiten zu regeln ist keine Frage der Moral, das sollten Sie wissen. Was die Ehre angeht, so überlasse ich sie den Franzosen. Sie sind unnachahmlich, sich darauf zu berufen, wenn sie durch ihre Dummheit verlieren, was sie hätten behalten können. Was zählt, ist die Wirkung, also der Pragmatismus. Ich habe mir das Ziel gesetzt, England zur ersten Macht in Europa, also in der Welt zu machen. Ob Sie wollen oder nicht, ich werde Sie benutzen, um dieses Ziel zu erreichen. Gott gewährt mir die Gnade, Sie meinen Weg kreuzen zu lassen. Es wäre ein Fehler, das nicht auszunutzen. Ein Fehler, den ich gewiss nicht begehen werde. Pech für Sie, Sie hätten sich nicht erwischen lassen dürfen. Soweit das Wesentliche. Um die Einzelheiten kümmern wir uns später. Ich muss Ihnen wohl nicht sagen, dass Sie strengstens überwacht werden. Ich möchte nicht, dass Sie irgendeine Dummheit anstellen. Sie oder Lady Rochefort könnten es bedauern, Sie verstehen. Trinken wir auf unsere Einigung«, sagte er und goss zwei Gläser Gin ein.

»Ich glaube nicht, dass ich große Lust dazu habe.«

»Das ist kein Vorschlag, sondern ein Befehl, Mister.«

Sechsunddreißigstes Kapitel

Frankreich ist wahrlich bestraft!«, rief Ange Goudar. »Es zahlt für seine unerträgliche Leichtfertigkeit, die Zaghaftigkeit von Ludwig XV. und die Inkonsequenz der Pompadour!«

Li Ying, Caroline Rochefort, Vergilius Kimble und seine Frau Elizabeth erstarrten. Horace Walpole hatte sie zu einem Dinner eingeladen zu Ehren des französischen Schriftstellers, der gerade in London angekommen war und dessen widersprüchlicher Ruf ihn amüsierte. Der Mann roch nach Schwefel. Man hieß ihn einen Atheisten, Republikaner und professionellen Betrüger. Die Nachricht von der Einnahme Quebecs durch die Engländer am 13. September 1759 war gerade eingetroffen, und die Tageszeitungen hörten nicht auf, diese militärische Eroberung zu rühmen. Allein der heldenhafte Tod des Siegers, General Wolfe, warf einen Schatten über diesen unerwarteten Sieg. Mit der Einnahme von Louisburg steigerte sich die allgemeine Begeisterung ins Unermessliche. Ganz London sprach nur noch von dem Triumph. Bald würde auch Montreal fallen und ganz Französisch-Kanada in den Händen Englands sein. Eine Woche lang lösten Bälle und Militärparaden einander ab. Auch auf See waren die englischen Erfolge berauschend, denn die französische Flotte Toulons war vor Lagos von Boscawen versenkt worden.

»Nie zuvor hat England in so kurzer Zeit so viele Siege davongetragen«, seufzte Vergilius Kimble.

»Man möchte meinen, Sie bedauern es«, wunderte sich Ange Goudar, während er mit einem Zug sein Glas Bordeaux leerte.

Seine etwas ungehobelten Manieren erstaunten alle. Sie entsprachen dem regen und scharfen Geist, den er während der gesamten Mahlzeit bei den verschiedensten Themen bewiesen hatte.

Seine bissigsten Bemerkungen galten Frankreich, was die Engländer sehr verblüffte, durfte doch für sie eine Kritik am Vaterland, so berechtigt sie auch sein mochte, niemals vor einem Ausländer ausgesprochen werden. Drei Jahre zuvor hatte Ange Goudar in Amsterdam eine strenge Analyse der Wirtschaft seines Landes veröffentlicht, *Die falsch verstandenen Interessen Frankreichs*, dazu geeignete Maßnahmen, um ihr wieder aufzuhelfen, sowie eine *Geschichte der Griechen*, die, anders als der Titel vermuten ließ, die Kunst beschrieb, beim Kartenspiel zu betrügen, ohne sich erwischen zu lassen. Sein Talent auf diesem Gebiet hatte ihm auch die Ausweisung aus Paris und später aus Avignon eingebracht, von wo er entflohen war, um in London Aufnahme zu finden.

»Ich könnte mich darüber freuen, wenn England imstande wäre, diese Eroberungen zu verdauen«, antwortete Kimble. »Aber unsere Kassen sind leer. Ich bewundere die Taktik von Mister Pitt, aber ich fürchte, sie führt uns direkt in den Ruin. Was nützen unsere Erfolge, wenn der Krieg auf dem Festland weitergeht? Friedrich verliert wieder.«

»Weil die Franzosen auf dem Festland beschäftigt sind, sind sie dort, wo Sie sie angreifen, nicht zahlreich genug. Das ist doch das Wesentliche. In Deutschland gewinnen Sie Amerika«, sagte Li Ying. »Das ist schon ein paar Opfer wert.«

»Amerika wird in Deutschland gewonnen ... eine nette Formulierung«, lobte Goudar.

»Sie ist von William Pitt selbst«, erklärte Li Ying. »Wie erklären Sie sich, da Sie aus Paris kommen, dass sich Ihr Land, das doch so mächtig ist, all seine Kolonien wegnehmen lässt?«

»Der Grund ist sehr einfach, Herr Chinese«, entgegnete Goudar. »Die französische Regierung wird zum Teil von einer Frau gelenkt, der Mätresse des Königs, was nichts anderes bedeutet, als dass man sich hinter Weiberröcken verkriecht. Bei Hofe sieht man in Kanada nur ein paar schneebedeckte Hänge, anstatt zu begreifen, dass dort die Grundlagen unseres künftigen Reichtums liegen. Monsieur de Choiseul, unser Staatssekretär für Auslandsangelegenheiten, soll gar behauptet haben, Korsika sei für Frankreich wichtiger als Quebec! Ich wette, dass ihm diese Insel schon bald mehr Ärger als Freude machen wird. Auf der einen Seite riesige Länder mit verheißungsvollen Schätzen, auf der anderen eine Insel ohne Rohstoffe und ohne jeden kommerziellen Nutzen. Was hätten Sie gewählt? Man setzt auf das Mittelmeer, während man den Ozean anvisieren sollte. Dies nur, um Ihnen den Geisteszustand unserer Minister zu verdeutlichen. Eine kleine Anekdote nebenbei, die Sie sicher amüsieren wird, Monsieur Li Ying. Wissen Sie, dass man zur Zeit Champlains, des Vaters von Neu-Frankreich, im Westen einen Fluss zu finden hoffte, der zu dem Gewässer führte, das man damals das Karminrote Meer oder die Cortes-See nannte, und von dort aus nach China? Von diesem Traum ist nur ein kleines Dorf am Sankt-Lorenz-Strom übrig geblieben, nicht weit von Montreal entfernt, das *La Chine* heißt. Leider wird all das bald in die Hände der Engländer fallen«, seufzte er.

»Also auch *La Chine*!«, lachte Kimble.

»Vielleicht sollten Sie sich vorher mit Ihrem Freund Li Ying darüber einigen«, scherzte Ange Goudar. »Früher war Frankreich ein blühendes Land, jetzt hat es seine Eroberungen verloren, seine Marine ist vernichtet und der Handel am Boden. Ein Volk erlebt einen solchen Niedergang nicht einfach so, ohne innere Krankheit. Und diese Krankheit liegt immer in seiner Verwaltung, denn die Nationen selbst werden nicht krank. Ihr Aufstieg oder ihr Untergang hängt von denen ab, die sie lenken. Wie erklären Sie sich, da doch Ihr Kaiser ein Weiser ist, dass der Hof in Frankreich Männer an die Spitze der Geschäfte setzt, die nichts davon verstehen?«

»Ich würde es mit der Nachlässigkeit des Königs begründen«, antwortete Li Ying.

»Der König jagt, Monsieur. Und überlässt die Sorge um den Staat seiner Mätresse, die in der Marine, bei den Finanzen und für die auswärtigen Angelegenheiten Männer einsetzen lässt, die ihr gefallen.«

»Sie zweifeln also daran, dass eine Frau ebenso geeignet ist zu regieren wie ein Mann?«, fragte Caroline, die noch kein Wort gesagt hatte.

»Die Zarin Elisabeth Petrowna und Maria-Theresia, die Kaiserin von Österreich, haben mich schon lange vom Gegenteil überzeugt, Madame. In Versailles ist es nur eine Favoritin. Ihr Geist hat ihr nur dazu gedient, den König zu verführen und seitdem seine Freundschaft zu bewahren. Ihm fehlen die Fähigkeiten, sich um die Auswahl der Minister oder Generäle zu kümmern. Wollen Sie ein Beispiel? Stellen Sie sich vor, der Verlierer von Rossbach, Soubise, der zu ihrem Clan gehört, wurde zum Marschall ernannt. Hier berühren wir die lächerlichste Seite Frankreichs, wo unfähige Schwachköpfe belohnt und jene entlassen werden, die große Verdienste haben.«

»Wir sind pragmatischer«, spottete Walpole. »Unser Admiral Byng, der Menorca verloren hat, wurde einfach gehängt.«

»Voilà! Das ist wenigstens eine klare Sache.«

»Wie kann man einen Mann umbringen, nur weil er im Krieg gescheitert ist?«, empörte sich Elizabeth Kimble. »Das ist Barbarei.«

»Die Fürsten, die uns regieren, haben schon immer gern Exempel statuiert, meine Liebe«, antwortete Walpole.

»Wenn diese Fürsten wie in England Vertreter des Volkes sind, wird das besonders bedauerlich«, wandte Vergilius ein.

»Hatten Sie Schwierigkeiten, über den Kanal zu kommen?«, erkundigte sich Li Ying bei Ange Goudar.

»Gar keine. Der Vorteil des Krieges zwischen zivilisierten Nationen ist, dass er niemanden daran hindert, zu kommen und zu gehen, wie man Lust hat. Ich habe auch Engländer getroffen, die sich ungehindert in Frankreich bewegten. Offenbar waren sie sehr zufrieden.«

»Vielleicht waren es Spione?«, vermutete Caroline.

»Daran hatte ich nicht gedacht, aber das ist gut möglich. Dann hatten sie nichts zu befürchten. In dieser Hinsicht sind meine Landsleute ebenso sorglos wie naiv.«

»Warum?«

»Sie sind so zufrieden mit sich, dass sie das Böse nicht bemerken, das man ihnen antut.«

Der scharfe Verstand des Franzosen begeisterte Li Ying. Trotz seiner beißenden Urteile über den König von Frankreich und dessen Regierung bestätigten seine Aussagen, dass das Land auf der anderen Seite des Kanals den einzigen Ausweg für ihn bot. Er spürte, dass der Moment zur Flucht gekommen war. Seit einiger Zeit hatte Li Ying nichts mehr von William Pitt gehört. Der Staatssekretär war zu sehr damit beschäftigt, Krieg zu führen und seine Politik zu verteidigen, er schien sich nicht mehr für ihn zu interessieren. Aber Li Ying machte sich keine Illusionen. Er wusste, dass dies nur ein Aufschub war und dass er früher oder später mit Pitts furchtbarem Willen konfrontiert sein würde. In der Zwischenzeit hatte er weiter England studiert, Informationen gesammelt und alles notiert, was ihm in den Ausgaben von *Craftsman*, *London Magazine* und anderen Zeitungen, die er eifrig las, des Interesses wert schien. Mit Vergilius hatte er sich mit dem System der Wegegelder auf den Straßen des Landes befasst, er hatte das Modell der großen Postkutschen kopiert, die sechs Personen und deren Gepäck aufnehmen konnten, und die Schmieden von Wilkinson besichtigt, die eine neue Technik der Stahlverarbeitung entwickelten. Die Berichte, die er verfasste, wurden immer informativer, aber er war nicht das Risiko eingegangen, sie abzusenden. Er bewahrte sie in einem Versteck auf, das er im Dielenboden seines Zimmers angelegt hatte. Leighton, der nichts ahnte, lud ihn regelmäßig zur Rebhuhnjagd ein, wo Li Ying die Anwesenden mit seiner Treffsicherheit erstaunte. Die meiste Zeit hatte er Caroline vorbehalten, mit der er ins Theater oder Konzert ging und an Whist- oder Würfelpartien teilnahm, die bis zum Morgengrauen dauerten. Für sie war er so englisch geworden, wie es nur möglich war.

Die Bestätigung, dass Frankreich leicht zugänglich sei, war sehr wichtig. Am schwierigsten würde es natürlich sein, ein Schiff zu besteigen und seine Bewacher abzuschütteln, die ihm noch immer an den Fersen klebten. Auch dabei würde ihm Vergilius helfen können. Er hatte beschlossen, dem Freund seine Pläne zu offenbaren, ohne die Gründe zu erklären. Der Grad an Vertrautheit und Offenheit, den sie erreicht hatten, erlaubte es ihm, und er konnte sich nicht vorstellen, London zu verlassen, ohne sich von ihm zu verabschieden.

Am schmerzhaftesten würde die Trennung von Caroline sein. Wenn sie nicht bereit war, mit ihm zu gehen. Er sah sie über den Tisch hinweg an. Sie war strahlend schön in ihrem Kleid mit dem eckigen Dekolleté, das ihren langen Hals und die funkelnde Kette aus Saphiren und Diamanten hervorhob. Plötzlich begegnete er Vergilius' fragendem Blick. Der Freund sah ihn prüfend an, und Li Ying hatte das seltsame Gefühl, er könne in seinen Gedanken lesen.

Siebenunddreißigstes Kapitel

Als Louis de Magnac wie jeden Morgen zur gleichen Stunde das kleine Haus verließ, das er seit zehn Jahren in der Old Compton Street in Soho bewohnte, war das Erste, was er bemerkte, das doppelte Kreuz, das mit Kreide auf das Haus gegenüber gezeichnet war. Überrascht setzte er seinen Weg fort, ohne innezuhalten, kaufte seine Zeitung wie immer und kehrte nach Hause zurück, lediglich etwas eiliger als gewöhnlich.

Eine Stunde später kam er wieder heraus, wandte sich zur Oxford Street und ging langsam nach Osten über die Drury Lane bis zum Garrick-Theater hinab, wobei er ab und zu vor den Auslagen der Geschäfte stehen blieb. Dann nahm er einen Tragestuhl und ließ sich zur St-Paul's-Cathedral bringen, die er einmal umkreiste, ehe er sie betrat. Er nahm sich die Zeit, sie zu besichtigen, ehe er hinaus und durch die Aldersgate Street nach Norden ging. In Höhe von St Bartholomew bog er nach links, stieg in eine Kutsche, die ihn zum *Strand* brachte, ließ sich vor dem St-James-Park absetzen und betrat, als er sicher war, nicht verfolgt zu werden, die Westminsterabtei, den festgelegten Ort für außerordentliche Treffen mit demjenigen, der das Kreuz gezeichnet hatte. Es war genau Mittag, die für solche Begegnungen verabredete Zeit. Er fragte sich, was sein Agent ihm wohl Wichtiges zu sagen hatte, dass er auf ihr Dringlichkeitsverfahren zurückgriff. Gewöhnlich sah er ihn einmal im Monat in einem vorher festgelegten Wirtshaus in Greenwich, Hampstead oder Twickenham. Jedes Mal reisten beide auf unterschiedlichen Wegen an, um mögliche Verfolger zu erkennen und sie gegebenenfalls abzuschütteln.

Müde von seinem langen Spaziergang lehnte sich der Franzose unauffällig gegen das eisige Grab von Maria Stuart in der Kapelle Heinrichs VII. Er zog seine Uhr hervor, überprüfte die Zeit und hoffte, dass sein Agent in der nächsten Viertelstunde eintreffen würde. Anderenfalls war etwas Unerwartetes geschehen, und er musste sich zu ihrem Nottreffpunkt begeben, vier Stunden später, an einem anderen unauffälligen Ort, nach einem erneuten langen Spaziergang durch die Stadt, um mögliche Verfolger abzuhängen. Keine sehr erfreuliche Aussicht bei der Kälte, die London gefangen hielt. Er ging ein wenig hin und her, um sich in der einsamen Kapelle aufzuwärmen und wurde allmählich unruhig, als er Schritte hörte. Es war sein Mann, eingehüllt in einen dicken Mantel, noch atemlos vom raschen Lauf.

»Guten Tag, Louis«, sagte er mit erstickter Stimme. »Beinahe wäre ich zu spät gekommen.«

»Das macht nichts«, antwortete Magnac und nahm den Arm seines Gefährten. »Was ist los? Sind Sie in Gefahr? Ich bin in Sorge.«

Sie begannen wie zwei alte Freunde langsam durch die Abtei zu gehen, um vor indiskreten Ohren geschützt miteinander zu reden.

»Nein, beruhigen Sie sich. Niemand hat entdeckt, dass ich für Sie arbeite. Ich wollte Sie so dringend sehen, weil etwas vor sich geht, das Sie interessieren könnte. Sie haben natürlich schon von dem Chinesen gehört, Prinz Li Ying, der sich in London niedergelassen hat?«

»Natürlich. Es vergeht kein Monat, ohne dass eine Zeitung ein Porträt von ihm zeichnet oder ihn nach seiner Meinung zu den Ereignissen befragt. Warum? Kennen Sie ihn?«

»Ja. Sie schätzen mich hoffentlich hoch genug ein, um

meinen Spürsinn nicht in Zweifel zu ziehen. Ich habe schon bewiesen, dass er gar nicht schlecht ist. In diesem Fall bin ich sicher, dass dieser Mann einer von uns ist.«

»Wie? Sie meinen, er gehört zum *Dienst*?«

»Nein, natürlich nicht. Aber er ist ein Spion, dafür würde ich die Hand ins Feuer legen.«

»Für wen denn?«

»Für den Kaiser von China, Donnerwetter!«

»Ich verstehe nicht, welches Interesse er hätte, einen Spion nach England zu schicken. Und angenommen, Sie hätten Recht, inwiefern betrifft uns das?«

Sie hatten das südliche Querschiff erreicht und wandten sich dem alten normannischen Kloster und dem Kapitelsaal zu, dessen elegante Mittelsäulen der Franzose als Kunstkenner besonders schätzte.

»Der Prinz heckt irgendetwas aus. Er hat mich wissen lassen, dass er London verlassen möchte.«

»Sie erfinden einen ganzen Roman, mein Freund. Ihre Fantasie spielt Ihnen einen Streich.«

»Im Gegenteil. Bei unseren letzten Begegnungen war er besorgt, irgendwie ängstlich. Dazu hatte er überhaupt keinen Grund, aber mein Gefühl täuscht mich gewiss nicht. Ich habe gehört, dass Pitts Kabinett Untersuchungen wegen eines Diebstahls in der Werft von Chatham angestellt hat. Ich frage mich, ob nicht er hinter dieser Geschichte steckt.«

»Was verleitet Sie zu der Annahme?«, fragte Louis de Magnac misstrauisch.

»Mein Instinkt, mehr nicht.«

»Das ist nicht viel.«

»Zugegeben.«

»Was schlagen Sie vor?«

»Ihm zu helfen, nach Frankreich zu kommen.«

»Wozu?«

»Um ihn vor Pitt in Sicherheit zu bringen. Er wird Ihnen so dankbar sein, dass Sie ihn für lange Zeit an sich binden können. Und er wird natürlich verpflichtet sein, Ihnen zu erzählen, weshalb er tatsächlich nach Europa gekommen ist. Was riskieren wir denn? Nichts. Wenn ich mich getäuscht habe, haben wir schlimmstenfalls einen chinesischen Prinzen gewonnen, der uns in Zukunft bestimmt nützen kann.«

Der Franzose überlegte schweigend. Bisher hatte sich sein Agent noch nie getäuscht. Er schien einen sechsten Sinn zu haben, um zu entdecken, was sich hinter den Masken der Wohlanständigkeit verbarg, die schwachen Stellen zu finden, die Lügen, die kleinen Geheimnisse, die er raffiniert ausnutzte, um seine Opfer zu ergiebigen Informanten zu machen. Das war einer der Gründe für seine Anwerbung vor vielen Jahren gewesen. Der andere bestand in dem geheimen Hass, den er gegen England hegte, trotz seiner hervorragenden Stellung im Herzen der Gesellschaft, des Umgangs, den er mit aller Welt, mit Ministern und wichtigen Mitgliedern des Unter- oder Oberhauses pflegte. Dank seiner hatte Magnac seine Vorgesetzten in Versailles schon ein Jahr, ehe William Pitt an die Macht kam, über dessen kriegerische Absichten informieren können. Er hatte ihnen dessen Ziel erklärt, die Besitzungen Frankreichs in Übersee. Vergeblich. Der König, Gefangener seines Klüngels und seiner Kriegsverweigerung, hatte die reale Bedrohung nicht glauben wollen. Er hatte Ausflüchte gebraucht und die Allianz mit Österreich gesucht, um schließlich in die Falle zu tappen, die ihm die Engländer gestellt hatten, indem er den wahren Schauplatz des Geschehens in Kanada und Indien vernachlässigte. Jetzt war die Sache entschieden, und wenn nicht ein Wunder geschah, würde Frankreich den Krieg verlieren. Was konnte inmitten dieser Katastrophe schon die Rettung eines Chinesen bedeuten, auch wenn er ein Prinz war, der sich nach London verirrt hatte. Es war absurd. Aber wer weiß? Waren nicht gerade diese Offenbarung des Zufalls, dieses Augenzwinkern der Vorsehung bei Geheimaffären oft so hilfreich und konnten alles umstürzen?

»Warum eigentlich nicht?«, sagte er halblaut. »Mir ist zwar nicht klar, inwiefern uns dieser Chinese nützlich sein könnte, aber wenn es darum geht, ihn Pitt aus den Krallen zu reißen, dann kann man ihm ruhig die Hilfe gewähren, die er braucht, und sei es nur um des Vergnügens willen. Ich brauche zwei Wochen, um seine Flucht zu organisieren und meine Leute vorzubereiten. Versailles informiere ich erst, wenn er in Frankreich ist. Überwachen Sie ihn bis dahin genau, aber offenbaren Sie sich auf keinen Fall. Wenn alles bereit ist, gebe ich Ihnen das übliche Zeichen, dann müssen Sie zusehen, wie Sie ihn mit Sack und Pack zu dem Ort bringen, den ich Ihnen mitteilen werde. Erfinden Sie den Vorwand einer Reise nach Bath oder nach Schottland, um ihn zum Treffpunkt zu bringen, da vertraue ich Ihnen.«

»Das ist klar. In zwei Wochen gehört er Ihnen.«

Sie waren zum hohen Mittelschiff zurückgekehrt, das durch seine Enge, im Vergleich mit den französischen Kathedralen, noch länger wirkte. Magnac blieb stehen, sah seinem Agenten in die Augen und drückte leicht seinen Arm.

»Ich weiß nicht, was dabei herauskommt, aber ich glaube, es kann nie schaden, das Leben eines Mannes zu retten oder zumindest seine Freiheit«, sagte er. »Wir trennen uns jetzt. Gehen Sie zuerst durch den Westausgang, ich gehe in zwei Minuten durch das Nordportal. Seien Sie vorsichtig, lieber Freund, möge Gott Sie schützen.«

Louis de Magnac sah seinen Agenten durch das Haupttor verschwinden. Wer hätte beim Anblick dieses schwerfälligen Mannes, den nichts Sichtbares auszeichnete, ahnen können, dass er der beste Informant des *Dienstes* in England war? Er empfand für ihn eine Mischung aus Freundschaft und Bewunderung und bedauerte wieder einmal, ihm dieses Gefühl allein durch diskrete Aufmerksamkeit und die Sorge um seine Sicherheit zeigen zu können. Später vielleicht, wenn sie beide alt sein und auf ihren Landgütern leben würden, könnte er ihm gestehen, wie gern er mit ihm in diesem feindlichen

Land zusammengearbeitet hatte, wo die geringste Nachlässigkeit sie beide vernichten konnte. Vielleicht könnte er ihn sogar bei sich empfangen, in seinem Schloss nahe Cahors, um das Engländer und Franzosen während des Hundertjährigen Krieges so erbittert gekämpft hatten. Wenn nicht der Tod sie überraschte, ehe sie Zeit hätten, ihre Freundschaft zu genießen, und ihre geheime Verbindung für immer mit sich nahm. Was bedeutete das schon? Wenn man beschlossen hatte, im Geheimen und für das Geheimnis zu leben, durfte man nicht erwarten, einen Platz in der Geschichte zu erhalten. Er betete für ihn, empfahl ihn stumm der Gnade Gottes und ging ebenfalls hinaus in die Kälte.

Eine Woche später stieß Vergilius Kimble ruhig das Gitter des kleinen Friedhofs von Hampstead auf. Er hatte den ganzen Vormittag gebraucht, um hierher zu gelangen und sicherzugehen, dass niemand ihm folgte. Am Vortag hatte er das Zeichen gesehen – ein weißes Taschentuch am Balkon von Louis de Magnac –, dass ihn eine Nachricht im üblichen Versteck erwartete. Am Morgen hatte er sich auf den Weg gemacht, hatte zweimal die Träger gewechselt, unzählige Umwege in den Straßen Londons unternommen und unverhofft in St Martin's in the Field und im St-James-Park Halt gemacht, ehe er in die Kutsche nach Hampstead sprang. Unter dem mürrischen Blick einer Matrone, die die Hälfte der gegenüberliegenden Bank besetzte, hatte er nach Atem gerungen und sich zum ersten Mal bewusst gemacht, dass er nicht mehr ganz das Alter für derartige Spaziergänge hatte. Nach seiner Ankunft war er in ein Wirtshaus gegangen, um ein ordentliches Fischgericht zu verspeisen, dann hatte er seine Pfeife angezündet und war wie ein ehrbarer Bürger zur Kirche spaziert.

Der gepflegte Friedhof war menschenleer. Die meisten Gräber waren mit frischen Blumen geschmückt. Er wandte sich zur Nordallee, blieb vor dem Grabstein von Roger Dundee, 1657–1719, stehen und kniete nieder. Er kam gern hierher, um für die Ruhe dieses Mannes zu beten, den er niemals kennen gelernt hatte, der jedoch unfreiwillig seine letzte Ruhestätte für die verschlüsselten Botschaften hergab, die Kimble mit Louis de Magnac austauschte. Mit der Hand schob er einen Stein unter der Grabplatte beiseite und ertastete ein gefaltetes Blatt Papier. Er zog es unauffällig hervor und rückte den Stein wieder zurecht, wobei er den Zettel in der Handfläche behielt, bis er aufgestanden war. Er öffnete ihn erst, als er wieder vor einer Pinte Bier saß und auf die Abendkutsche wartete. »Seien Sie Sonntag Früh um neun Uhr mit unserem Freund am Eingang der Gärten von Ranelagh in Chelsea. Möge Gott Sie beschützen.«

Das ließ ihm nur wenige Tage, um Li Ying zu überreden, den Sonntag auf dem Land in Yorkshire zu verbringen, ohne Caroline mitzunehmen.

Achtunddreißigstes Kapitel

Täusche ich mich, oder interessiert dich nicht, was ich erzähle?«, fragte Caroline, als sie das Dutch House verließen. »Ich sagte gerade, dass die Prinzessin wirklich einen wunderbaren Geschmack hat.«

Trotz der Kälte hatte sie Li Ying in die chinesischen Gärten geführt, die Augusta, Erbprinzessin von Wales, in Kew gestalten ließ. Sie waren an künstlichen Hügeln, Wasserfällen zwischen Felsen und dem kleinen Teich mit Seerosen vorbeigelaufen, aber Li Ying wirkte abwesend. Er wandte sich ihr zu.

»Ich habe zugehört«, antwortete er und lächelte sie an. »Wirklich wunderbar.«

Er konnte ihr nicht gestehen, dass seine Gedanken gänzlich von der Flucht aus London erfüllt waren, weshalb er ihr nur mit halbem Ohr zugehört hatte. Ihn quälte die Aussicht, Caroline verlassen zu müssen. Wie sollte er auf sie verzichten? Die Nähe der Gefahr und die Notwendigkeit, eine Entscheidung zu treffen, vor der er sich fürchtete, machten ihm die Geliebte noch teurer. Seit er beschlossen hatte, England zu verlassen, war ihm bewusst, dass er Caroline viel inniger liebte, als er zugeben mochte. Er konnte sich nicht vorstellen, ohne sie fortzugehen, und fragte sich, ob er ihr nicht alles offenbaren sollte.

Allerdings war er sich ganz oder zumindest beinahe sicher, dass sie es ablehnen würde, ihn zu begleiten. War sie ein

Mensch, der alles aufgab, um einem Ausländer ohne Vermögen nach Frankreich zu folgen? Aber wenn er sich irrte? Wenn sie ja sagte, aus Liebe? Seine Spionagemission an ihrer Seite fortzusetzen, wäre ein Kinderspiel. Mit ihrer Schönheit würde sie Wunder vollbringen. Später, wenn er beschloss, heimzukehren, wäre immer noch Zeit sich zu fragen, ob sie mit ihm nach Peking reisen würde.

Ohne dass er damit gerechnet hatte, hatte ihn die Begegnung mit der Erbprinzessin von Wales gleichsam nach China zurückversetzt. Die liebenswürdige Witwe des 1751 nach einem Paumespiel plötzlich verstorbenen Sohn Georgs II., Frederick, hatte darauf bestanden, dass er sie mit Caroline besuchte. Sie wollte ihm die Pläne eines jungen Architekten zeigen, um den man sich in London förmlich prügelte, William Chambers. Chambers hatte als Angestellter der Ostindiengesellschaft in Kanton gelebt und war fasziniert vom Orient. Nachdem er monatelang die Kunst Chinas studiert hatte, war er voller neuer Ideen nach England zurückgekehrt. Dort hatte er die Prinzessin überzeugen können, in dem chinesischen Garten, den er für sie entwarf, eine Pagode zu bauen. Als Chambers die Zeichnungen ausrollte, stieß Li Ying einen Ruf der Bewunderung aus. Die Pagode, auf einem achteckigen Sockel errichtet, dessen Ziegeldach auf schlanken Säulen ruhte, war ein Backsteinbau in zehn Stufen. Goldene Drachen an den Ecken jedes Daches bildeten eine stumme, nutzlose Wache.

»Was halten Sie davon?«, fragte Chambers.

»Das ist ein Wunder«, antwortete Li Ying. »Sie könnte in Peking stehen. Niemand würde ahnen, dass sie von einem Ausländer gebaut wurde.«

»Dieses Kompliment werde ich rasch verbreiten«, erklärte Augusta und zog das Seidentuch über ihren Schultern zusammen.

Chambers errötete ein wenig.

»Da meine Arbeit Ihnen nicht zu missfallen scheint, erlaube ich mir, Ihnen ein Werk zu schenken, das ich gerade veröffentlicht habe«, sagte er und reichte ihm ein Buch mit Drucken.

Das Buch hieß *Designs of Chinese Buildings, Furniture, Dresses, Machines and Utensiles.* Stiche von außerordentlicher Feinheit zeigten die Architektur der chinesischen Häuser. Andere enthüllten das Innere, das der begabte Chambers bis ins kleinste Detail wiedergab. Nichts fehlte darin. Jeder Gegenstand, jedes Möbelstück war genau dargestellt: viereckige Hocker, Tische und Konsolen, Duftlampen, Vasen und hohe runde Tischchen mit gebogenen Füßen, Papierlaternen und Seidenbänder, auf die Schriftzeichen alter philosophischer Weisheiten gemalt waren.

Li Ying war schockiert. Plötzlich fand er sich in das vertraute Umfeld seines früheren Lebens zurückversetzt. Durch den Zauber der Zeichnung gab ihm ein Engländer, den er eine Stunde zuvor noch nicht gekannt hatte, in Schwarzweiß das Bild eines China zurück, das sich mit jedem Tag weiter von ihm entfernte. Mit zitternder Hand blätterte er die Seiten um und entdeckte Kleidungsstücke, Gegenstände des Alltagslebens, hydraulische Maschinen, erstaunlich in ihrem Realismus und ihrer Schönheit, Maschinen, die er kannte, weil er sie selbst einst benutzt hatte. Wie hatte ein Europäer in so kurzer Zeit den chinesischen Geschmack erfassen können, den ihm zugrunde liegenden Stil, der Rokoko und Geometrie verband, wie Chambers sagte? Das blieb ein Geheimnis. Niemals würde ein Chinese ein solches Meisterwerk schaffen, wenn er sich daran machte, Paläste, Möbel und Kleidung des Abendlandes zu zeichnen.

»Du wirkst sehr abwesend, mein Lieber«, sagte Caroline. »Allmählich werde ich ärgerlich. Darf ich fragen, woran du denkst?«

Li Ying blieb mitten auf dem Weg stehen und nahm sie bei den Schultern. Er beschloss, alles auf eine Karte zu setzen.

»Caroline«, begann er nach kurzem Zögern, »ich liebe dich.«

»Mein Gott, es ist das erste Mal, dass du mir das sagst«, entgegnete sie zutiefst verwirrt.

Sie warf sich in seine Arme, schmiegte sich so zart, so vertrauensvoll an ihn, dass er einen Moment zögerte, dieses flüchtige Glück zu zerstören, indem er ihr offenbarte, wer er war und warum er fliehen musste.

»Sieh mich an«, befahl er. »Teilst du meine Gefühle?«

»Wie kannst du daran zweifeln, wo ich mich doch jeden Tag der Gefahr aussetze, als Ehebrecherin angeklagt zu werden.«

»Dann hör zu, was ich dir zu sagen habe. Und versprich mir, mich nicht zu verurteilen.«

Sie nickte und nahm seinen Arm, um ihren Spaziergang fortzusetzen.

»Ich muss abreisen«, sagte er mit ernster Stimme. »Frag nicht weshalb. Beantworte mir nur eine Frage. Bist du bereit, mir zu folgen?«

Caroline blieb plötzlich stehen. Sie verstand und erbleichte.

»Musst du abreisen oder fliehen?«

»Warum sollte ich fliehen?«

»Wegen William Pitt …«, stieß sie hervor.

Li Ying erstarrte.

»Was hat Pitt damit zu tun?«, fragte er mit tonloser Stimme.

Caroline sah ihn mit all der Zärtlichkeit an, zu der sie imstande war. Der gefürchtete Moment war gekommen. Sie zitterte ein wenig.

»Versprich auch du mir, mich nicht zu verurteilen«, antwortete sie. »Ich weiß alles. Pitt hat mich eines Tages zu sich bestellt, um mir zu sagen, dass du ein Spion des Kaisers bist. Nie zuvor hat ein Mensch mich so erniedrigt. Er hat mich gezwungen, für ihn zu arbeiten.«

Li Ying starrte sie verständnislos an.

»Wie? Du hast Pitt mit Informationen versorgt?«, fragte er schließlich.

»Ich musste dich überwachen und ihm berichten, was du tatest, wen du trafest, wohin du gingst.«

»Und du hast dich darauf eingelassen?«

»Er hat mir keine Wahl gelassen! Er drohte, alles meinem Mann zu offenbaren. Seitdem lebe ich wie in einem Alptraum. Du durftest nichts merken, und ich hatte das Gefühl, dich jeden Tag aufs Neue zu verraten. Warum hast du mir nichts gesagt?«, warf sie ihm mit zitternder Stimme vor und presste seine Hand zwischen ihre Hände.

»Ich hatte nicht das Recht dazu.«

»Wenn man eine Frau liebt, hat man jedes Recht.«

»Nicht, wenn man sich in meiner Situation befindet.«

»Ist es Spionen denn verboten zu lieben?«

»Ja.«

»Weil sie immer bereit sein müssen, ihre Liebe für ihren Herren zu opfern, nicht wahr?«

»Nicht ihrem Herren. Ihrem Land.«

Sie ließ seine Hand los.

»Das ist noch schlimmer. Ihr Herr existiert wenigstens, aber das Land ist nur eine Abstraktion, die nach Blut und Tränen verlangt, um weiterhin glauben zu machen, sie existiere.«

»Wie kannst du das sagen? Der Erde unserer Ahnen verdanken wir alles.«

»Wir verdanken ihr nichts. Man redet euch Männern das Gegenteil ein, um besser euer Leben verlangen und das Unglück verbreiten zu können. Wie idiotisch!«

Li Ying spürte, wie sich in seinem Innern ein Riss auftat.

»Ich habe niemals Blut vergossen, das weißt du genau.«

»Ich weiß gar nichts mehr. Ich zweifle an allem. Wie könnte ich dir glauben? Ich habe dich nur verraten, weil du mich belogen hast. Wegen dir habe ich die schlimmste Erniedrigung ertragen.«

»Ich habe dich niemals belogen. Ich habe dir nur nicht alles gesagt.«

»Das ist noch schlimmer!«

»Wie entscheidest du dich? Kommst du mit mir?«

»Ich stelle dir dieselbe Frage. Was wählst du? Meine Liebe oder deinen Herren?«

Li Ying sah das Gesicht von Qianlong in der *Kammer der drei Kostbarkeiten* vor sich.

»Meinen Kaiser«, antwortete er ohne nachzudenken.

»Ich auch«, sagte sie und wich einen Schritt zurück.

Sie ließen einander nicht aus den Augen. Das nicht Wiedergutzumachende geschah, jetzt, und er hatte das Gefühl, es nicht verhindern zu können. Er war verzweifelt, wusste nicht, was er tun sollte, um das Rad des Schicksals anzuhalten, das sich so plötzlich in die falsche Richtung zu drehen begann. Er wollte ihre Hand nehmen. Sie stieß ihn heftig zurück.

»Geh jetzt! Du hast hier nichts mehr zu suchen! Geh, hörst du!«, schrie sie.

Li Ying kehrte wie ein Schatten nach Hause zurück. Die Entdeckung von Carolines Doppelspiel hatte ihn zerbrochen. Man hatte ihn früher auf alle Situationen vorbereitet, nicht jedoch auf diese. Gegen diesen Verlust hatte er kein Heilmittel. Obwohl er auf diese Möglichkeit vorbereitet war, hatte ihn das wütende Gesicht Carolines, die schrie, er solle verschwinden, zerstört. Er hatte auf dem Absatz kehrtgemacht und nicht gewagt sich umzudrehen, um sie ein letztes Mal zu sehen. Die undurchdringliche Maske, die er sich in jahrelanger Übung geschaffen hatte, begann zu schmelzen. Auf der Rückfahrt von Kew hatte er seinen Entschluss gefasst. Er konnte nicht mehr zurück. Die Flucht war der einzige Ausweg.

»Shi Xiu, wo bist du?«, rief er mit müder Stimme. »Komm her, ich habe mit dir zu reden.«

Brummend kam der Diener aus seiner Küche.

»Ich bin da, *Daren*. Ich bin gerade dabei, den Teig für die *baozi* zuzubereiten, die Ihr für das Essen morgen Abend bestellt habt.«

»Es wird nicht stattfinden.«

»Wie? Das könnt Ihr mir nicht antun, Herr! Alles ist fertig. Ich muss nur noch das Geflügel rupfen!«

»Das wirst du nicht tun. Wir müssen fort, Shi Xiu. Und zwar unverzüglich.«

Das Gesicht des alten Dieners erstrahlte.

»Wir kehren nach Hause zurück? Endlich! Meine Gebete wurden erhört«, sagte er, faltete die Hände und verneigte sich vor dem kleinen Buddha.

»Heb dir deine Gebete für später auf. Wir fahren nicht nach China, sondern nach Frankreich. Wenn alles gut geht.«

»Nach Frankreich? Weshalb?«

»Weil ich dieses Land verlassen muss, um uns beide zu retten. Ich erkläre es dir später.«

Shi Xiu erbleichte und seine Hand begann zu zittern.

»Was hast du?«, fragte Li Ying.

»Nichts, Herr«, antwortete der Diener und presste nervös seine Finger aneinander. »Nur die Angst, diese Teufel von Engländer könnten über Euch herfallen. Und bei der Gelegenheit auch über mich. Wenn Euch etwas zustößt, was wird dann aus mir?«

»Du hast nichts zu fürchten. Wir fahren am Sonntag. Ich habe alles geplant.«

»Aber unser Gepäck?«

»Wir sind mit zwei Truhen gekommen und reisen mit zwei Truhen ab.«

»Aber das englische Service, das Silberbesteck, das Ihr gekauft habt, die Kristallkaraffen? Das können wir nicht hier lassen!«

»Doch! Ich werde Vergilius sagen, er soll es abholen. Elizabeth wird sich sehr darüber freuen. Das Gleiche gilt für unsere Kleidung. Wir nehmen nur das Notwendigste mit. Sieh zu, dass alles in die Truhen passt. Ich nehme meine Papiere und mein Siegel an mich.«

»Wie fahren wir?«

»Getrennt, um nicht aufzufallen. Ich verlasse das Haus als Erster, und treffe mich mit Vergilius, der mich am Sonntag um neun Uhr in den Ranelagh-Gärten erwartet.«

»Und ich?«, fragte Shi Xiu besorgt.

»Der Kutscher, dessen Wagen ich oft gemietet habe, wird dich um zehn Uhr mit unserem Gepäck abholen. Dann musst du bereit sein. Er bringt dich zum Ausgang des Parks, wo ich dich erwarte. Vergilius wird mit mir einsteigen, damit wir keinen Verdacht erwecken, dann fahren wir nach Brighton, wo wir am Abend eintreffen werden. Gerade rechtzeitig, um ein Schiff zu nehmen, das uns nach Dieppe bringen wird.«

»Warum nehmen wir nicht gleich eins auf der Themse?«

»Weil die Engländer mich überwachen. Sie werden nicht vermuten, dass wir ihnen entwischen, indem wir den längsten Weg wählen. Es ist ein Risiko, aber wir müssen es eingehen.«

»Und Missis Kendall, die Vermieterin? Sie wird sehen, dass ich mit Euren Truhen abreise.«

»Du sagst ihr, dass wir ein paar Tage bei Mister Walpole auf dem Land verbringen werden. Das wird ihr genügen. Die Miete ist im Voraus bezahlt, und sie hat keinen Grund, irgendetwas zu vermuten. Wenn sie es begreift, sind wir schon weit weg. Los, an die Arbeit!«

Neununddreißigstes Kapitel

Hurtley stellte sich unauffällig hinter Mitchell. Seit einigen Tagen misstraute er dem Chinesen, deshalb wollte er den Alten bei seiner Beschattung begleiten. Anscheinend waren seine Zweifel unbegründet. Mitchell überwachte Li Ying jeden Tag und meldete weder verdächtige Treffen noch Abreisevorbereitungen. Das Leben im Haus am Lincoln's Inn Field folgte seinem normalen Gang. Shi Xius magere Gestalt bewegte sich wie gewohnt durch das Viertel und von Händler zu Händler. Die Nachbarschaft hatte sich seit langem an ihn gewöhnt, und niemand dachte mehr daran, sich über das Kauderwelsch seines spärlichen Englischvokabulars zu amüsieren. Missis Kendall, unter einem banalen Vorwand unauffällig befragt, hatte bestätigt, dass die Miete wie jeden Monat im Voraus bezahlt worden war. Das war das Wichtigste. Hurtley hatte gewisse Zweifel gehabt, als Li Ying Ange Goudar kennen lernte, den er ebenfalls seit seiner Ankunft überwachen ließ. Er hatte sich sogar gefragt, ob der französische Abenteurer nicht vielleicht ein Komplize des Chinesen war, aber nichts hatte diese Hypothese bestätigt. Goudar verbrachte zu viel Zeit mit Freudenmädchen in Wirtshäusern, um ein Geheimagent zu sein.

Alles war allzu normal. Und paradoxerweise bedeutete vielleicht gerade diese Tatsache, dass etwas in Vorbereitung war. Hurtley spürte es irgendwie. Sein Jagdinstinkt täuschte ihn in solchen Augenblicken nur selten. Die Erfahrung hatte ihn gelehrt, dass ein Mann in der Situation von Li Ying immer irgendwann zu fliehen versuchte. Meistens musste man nur die Leine, die die Beute festhielt, straffer ziehen, um sie davon abzubringen, sich davonzumachen. Aber der Chinese war kein gewöhnlicher Gegner. Er konnte eine Ausnahme sein und unvorhersehbare Reaktionen zeigen.

Li Ying lief ein paar Dutzend Yard vor ihm ohne zu ahnen, dass er verfolgt wurde. Er wandte sich zum Tor von Ranelagh, das gerade geöffnet wurde. Morgendliche Spaziergänger genossen die reine Luft, ehe sie sich zum Sonntagsgottesdienst begaben. Hurtley fragte sich, was der Chinese dort so früh wollte, wo er doch sonst lieber nach Wauxhall fuhr. Er sah ihn auf einen kleinen, dicklichen Mann zugehen, den er sofort erkannte. Vergilius Kimble! Hurtley war erleichtert. Das war nichts als ein ganz gewöhnliches Treffen von zwei Freunden zu einem ihrer endlosen Spaziergänge, die sie beide liebten. Er bemerkte zwei Reiter mit Marschausrüstung, die neben einer riesigen Eiche miteinander redeten. Da Regen drohte, schienen sie zu zögern, ob sie den Park betreten sollten.

Mit einem leisen Pfiff befahl Hurtley Mitchell stehen zu bleiben. Li Ying und Kimble hatten einander herzlich begrüßt und begannen sich zu unterhalten, während sie vor dem Tor auf und ab gingen. Der Engländer wollte warten, bis sie den Park betreten hatten, ehe er weiterging. Aber die beiden schienen es keineswegs eilig zu haben.

»Worauf warten sie zum Teufel!«, fluchte er nach ein paar Minuten.

Obwohl er an endloses Warten gewöhnt war, das sein Beruf verlangte, wenn er manchmal nächtelang darauf lauerte, dass die von ihm überwachten Personen auftauchten, ertrug es Hurtley nur schwer, untätig zu bleiben. Er fragte sich, ob die Plauderei der beiden Männer etwas Besonderes verbarg, widerstand jedoch der Versuchung, sich ihnen zu nähern. Zu gefährlich. Selbst in seiner Verkleidung als Pastor konnten sie ihn erkennen und sich Fragen stellen. Nach den Handbewegungen zu urteilen, war Kimble dabei, etwas zu erklären. Li Ying schüttelte ablehnend den Kopf. Ratlos wartete Hurtley weiter. Warum mussten die beiden Männer unbedingt vor dem Tor stehen bleiben? Das taten sie sonst nicht. Er beschloss nun doch, sich die Situation von nahem zu betrachten und ging langsam heran, um zu hören, was sie sagten. Er lief den Weg hinauf, kam an Mitchell vorbei und bedeutete ihm, nachzukommen.

»Ich habe eine böse Vorahnung«, murmelte er, als er auf seiner Höhe war.

Li Ying wandte ihnen den Rücken zu. Hurtley schlenderte auf ihn zu. Dann ging alles sehr schnell. Die beiden Reiter, die er schon zuvor bemerkt hatte, gaben ihren Pferden die Sporen und warfen sich zwischen Li Ying und ihn. Einer von ihnen hatte ein gesatteltes Pferd am Zügel.

»Steigen Sie auf!«, rief er dem Chinesen auf Französisch zu.

Mit angespanntem Gesicht lehnte Li Ying ab.

»Steigen Sie auf!«, drängte der Reiter. »Sonst sind Sie tot.«

Dann überstürzte sich das Geschehen. Hurtley begriff, dass der Prinz ihm entwischen würde. Er rief Mitchell zu Hilfe und rannte los. Die Pferde bildeten eine unüberwindbare Barriere. Bleich vor Wut gelangte er am ersten vorbei, wich einem Pferdehuf aus und sah Li Ying in den Sattel springen, die Zügel schon in der Hand. Es blieb nur eine Lösung. Er zog die lange, bereits geladene Pistole hervor, ohne die er niemals ausging, und legte sie an die Wange.

»Achtung!«, rief Kimble.

Li Ying drehte sich um, sah die auf ihn gerichtete Waffe, warf einen verzweifelten Blick auf den Freund, gab dem Pferd die Sporen und rief ein letztes Lebewohl. Einer der Reiter begleitete ihn, während der andere versuchte, Hurtley am Schießen zu hindern. Der Hauptmann stieß ihn beiseite, spannte den Hahn und zielte. Die Umstehenden begannen zu schreien, man hörte einen Schuss, einen Schmerzensschrei. Hurtley brach in einer Rauchwolke zusammen, die Hand auf der Brust, sein Herz durchbohrt vom Degen des Franzosen. Im Fallen hatte er aus einem Reflex heraus geschossen. Das harte Gesicht seines Mörders war das eines Soldaten, der daran gewöhnt war, zu töten ohne Fragen zu stellen. Mit einem Sporenhieb ließ er sein Pferd wenden und verschwand in wildem Galopp, um die beiden Flüchtigen einzuholen.

»Sagen Sie mir endlich, wer Sie sind!«, rief Li Ying über den Lärm der Hufe hinweg.

Seit Stunden ritten sie durch die englische Landschaft. Die Franzosen blieben stumm, und selbst beim Pferdewechsel hatte er ihnen kein einziges Wort entlocken können.

»Später!«, antwortete derjenige, der dicht neben ihm ritt, ein stämmiger Mann, dessen Augen so grau waren wie der Ozean.

»Und mein Diener? Was wird aus ihm? Ihretwegen habe ich ihn verloren.«

»Hätten Sie lieber das Leben verloren?«, versetzte Louis de Magnac.

Sie ritten in westliche Richtung, über Wege, die sie hervorragend zu kennen schienen. Der Mann an der Spitze, ein Riese mit langer brauner Mähne, dessen verschiedenfarbige Augen Li Ying Angst einflößten, wenn er seinen Blick kreuzte, zögerte vor keiner Abzweigung, als hätte er diesen Weg schon mehrmals zurückgelegt. Wer waren diese Männer, die die Kühnheit besessen hatten, ihn direkt vor Hauptmann Hurtleys Nase zu entführen, den er voller Erstaunen unter dem Gewand eines Geistlichen erkannt hatte, und die sich durch das Gelände des Feindes bewegten, als seien sie hier zu Hause? Es fehlte ihnen nicht an Mut. Nach den frischen Pferden zu urteilen, die sie an unauffälligen Plätzen erwarteten, waren sie hervorragend organisiert.

Li Ying dachte wieder an Shi Xiu. Er war halb tot vor Sorge. Wie hatte sein Diener reagiert, als er um zehn Uhr vor dem Tor von Ranelagh ankam und seinen Herren nicht fand. Wie lange hatte er gewartet? War er verzweifelt zum Lincoln's Inn Field zurückgekehrt oder besaß er genug Verstand, um den Weg bis nach Brighton fortzusetzen? Aber wie sollte er dort ein Schiff nach Frankreich finden? Die Häfen wurden jetzt sicher überwacht, und man würde ihn verhaften. Er litt entsetzlich bei der Vorstellung, dass sein treuer Diener dazu verurteilt war, Tausende *li* von der Heimat entfernt ungekannt und vergessen zu sterben. Niemals würde er es sich verzeihen, wenn sein Leben bestenfalls im Londoner Tower, schlimmstenfalls an einem Strick enden sollte, nachdem sein Schicksal durch die Laune eines Kaisers einen so unverhofften Verlauf genommen und er sich in einem unbekannten Land wiedergefunden hatte, in dem allein Regen und Nebel herrschten.

Die Nacht brach herein. Sie wichen dem kleinen Hafen Gravesend im Themsedelta aus und gelangten, nachdem sie durch einen Wald geritten waren, in eine verlassene Bucht, wo ein kleiner Schoner ankerte, der kaum zu sehen war. Ein Mann erwartete sie am Strand. Magnac wechselte ein paar Worte mit ihm. Der Mann sah Li Ying an und nickte ihm zu. Dann betätigte er ein Feuerzeug und zündete eine Laterne an, vor der er dreimal die Hand schwenkte. Auf dem Schoner antwortete man ihm mit dem gleichen Signal. Einige Minuten später landete geräuschlos ein kleines Boot.

»Steigen Sie ein«, befahl der Franzose.

Li Ying zögerte einen Augenblick. Zum ersten Mal, seit er China verlassen hatte, war er nicht mehr Herr seiner Bewegungen. Diesem Befehl zu gehorchen war womöglich völliger Wahnsinn. Wenn sie sich auch größter Gefahr ausgesetzt hatten, um ihm zu helfen, wusste er doch nicht, wohin ihn diese Männer bringen wollten. Er spielte mit dem Gedanken abzulehnen, erkannte, wie absurd das war, und stieg ein.

Seine Begleiter folgten ihm. Der Mann am Strand sah ihnen wortlos hinterher und verschwand gleich darauf mit den Pferden, die sie zurückgelassen hatten, in der Dunkelheit, ein Rädchen im Getriebe einer anonymen Organisation, der Li Ying es verdankte, Pitt entkommen zu sein. Er hatte das Gefühl, endgültig auf die andere Seite des Spiegels zu treten, in jenen geheimen Teil der Welt, wo Dinge geschahen, von denen gewöhnliche Sterbliche keine Ahnung hatten und wo jene, die darin lebten, sich nur auf ihre eigenen Kräfte verlassen konnten.

Da er gänzlich der Gnade seiner Retter ausgeliefert war, ahnte er wohl, dass er am Ende der Flucht, die sie für ihn organisiert hatten, den Preis dafür würde zahlen müssen. Aber in welcher Form? Und wie teuer würde es werden? Er hatte keine Ahnung. Wenngleich er seit frühester Kindheit an das Geheimnis, seine Ansprüche und Riten gewöhnt war, stellte er nun fest, dass die Franzosen auf diesem Gebiet besonders begabt waren und sich mit größter Sicherheit in der Welt des Schweigens bewegten, wie der Kaiser es einst genannt hatte, dem Bereich, der den Männern mit Brokatärmeln vorbehalten war. Was war die Rolle von Vergilius bei seiner Flucht? Hatte er etwas mit diesen Männern zu tun? Und was hatte Hurtley dort zu suchen gehabt? Der Gedanke, Caroline könnte ihn verraten haben, blitzte in ihm auf. Aus Enttäuschung, Rache oder ganz einfach, weil sie immer auf der Seite von Pitt gestanden hatte und nicht auf seiner.

Alles war möglich.

Sie gingen an Bord des Schoners. Das Deck war bedeckt mit Fischkisten und sorgfältig zusammengelegten Netzen. Die Mannschaft, etwa ein Dutzend Männer, stieg wortlos in die Wanten, um die Segel herunterzulassen. Li Ying und Magnac standen nebeneinander und beobachteten, wie die Matrosen ihre Manöver rasch und geschickt ausführten. Der Chinese bewahrte von seiner Reise mit Kapitän Wren die Erinnerung an ein weitaus lebhafteres Auslaufen. Jedes Mal, wenn die *Bristol* in See gestochen war, hatte es Geschrei gegeben, gebrüllte Befehle von einem Ende des Decks zum anderen, läutende Glocken, Kanonenschüsse zum Gruß an den Hafenkapitän des Ortes, den sie verließen. Hier vernahm er nichts dergleichen. Alles ging in vollkommener Stille und absoluter Dunkelheit vonstatten. Man hörte kaum die Schritte der Männer, die über das Deck rannten. Sie schienen unsichtbaren Befehlen zu gehorchen. Der Anker wurde gehoben, und Li Ying spürte, wie sich das Schiff unter seinen Füßen in Bewegung setzte. Der Wind verfing sich sogleich in den Segeln und schob das Schiff langsam aufs offene Meer.

Bald war die englische Küste nur noch eine Erinnerung.

Li Ying erschauerte und schob die Hände in die Taschen seines Mantels. Jetzt erst erfasste er, dass er das Land verließ, in dem er so glücklich gewesen war, dass er Shi Xiu zurückließ und den einzigen Freund, den er je gehabt hatte. Dann sah er wieder Carolines verzweifeltes Gesicht im St-James-Park vor sich und wusste, dass er bis an das Ende seiner Tage um sie trauern würde. Ein Windstoß spritzte ihm Wassertropfen ins Gesicht. Sie wuschen seine Träumerei weg. Der Franzose stand noch immer neben ihm. Li Ying wandte sich ihm zu.

»Werden Sie mir nun, da wir England verlassen haben, endlich sagen, wer Sie sind?«, fragte er schroff.

Der andere, nur eine massive Silhouette in der Dunkelheit, nahm sich die Zeit, eine Prise Tabak in beide Nasenlöcher zu schnupfen, ehe er antwortete.

»Denken Sie nicht, dass wir der Gefahr schon entkommen sind. Wir haben vielleicht England verlassen, nicht aber die Engländer. Auf See sind sie noch gefährlicher als zu Land, glauben Sie mir. Ihre Kriegsschiffe kreuzen ständig auf dem Ärmelkanal. Ansonsten kann ich nun Ihre Neugier befriedigen. Mein Name ist Louis de Magnac. Ich bin Franzose, wie Sie bereits verstanden haben.«

»Und dürfte ich erfahren, warum sich die Franzosen erlaubt haben, mich zu entführen?«

»Um Sie zu schützen, Monsieur. Wie Sie bemerkt haben, wünschte Hauptmann Hurtley nicht, dass Sie sein reizendes Land verließen, und er war bereit, Sie zu töten, um Sie daran zu hindern.«

»Wie zum Teufel wissen Sie, dass das Hurtley war?«, fragte Li Ying höchst erstaunt.

Er verstand nicht, wie dieser Mann, von dem er nicht einmal gewusst hatte, dass es ihn gab, den Hauptmann kennen konnte.

»Es ist mein Beruf, zu wissen«, antwortete Magnac. »Und zu wissen bedeutet meist, nachzusehen, was sich hinter dem Vorhang abspielt. Darin werden Sie mir nicht widersprechen.«

»Was wollen Sie damit sagen?«

»Wir sind sozusagen unter uns. Ich weiß, dass Sie nicht nur derjenige sind, der Sie zu sein vorgeben. Anderenfalls hätte ich Ihnen nicht geholfen.«

Magnac lächelte amüsiert.

»Wir haben denselben Beruf, Monsieur«, fuhr er fort. »Den gefährlichsten, den aufregendsten, den ehrenhaftesten Beruf der Welt. Wir spionieren, wir erkunden Geheimnisse, wir stehlen, wir töten, und manchmal lügen wir sogar. Sie für den Kaiser von China, ich für den König von Frankreich.«

Li Ying trat noch näher an Magnac heran, berührte ihn beinahe. Sie waren etwa gleich groß. Er sah den Franzosen an ohne zu blinzeln. Dann begann er leise zu lachen.

»Es ist Kimble, nicht wahr?«, fragte er.

»Vor Ihnen kann man nichts verbergen. Aber reden Sie um Himmels willen nicht so laut! Auf dem Meer trägt eine Stimme meilenweit.«

Li Ying konnte es nicht fassen. Vergilius machte gemeinsame Sache mit den Franzosen! Vergilius auch ein Spion! Das war einfach zu komisch. Wie hatte der Freund nur erraten, dass er selbst einer war?

»Kimble arbeitet also für den König von Frankreich?«, wollte er wissen.

»Seien Sie nicht zu neugierig, Sie würden mich zwingen, Sie zu belügen, und das hasse ich.«

»Sind Sie sein Vorgesetzter?«

»Fragen Sie nicht weiter. Nur weil wir denselben Beruf haben, werde ich Ihnen nicht all meine Geheimnisse verraten. Warten Sie, bis wir in Frankreich sind, dann erfahren Sie mehr. Wenn man dort zustimmt natürlich.«

»Wer ist ›man‹?«

»Sie werden es bald erfahren.«

Li Ying sah ein, dass er ihm nicht mehr entlocken würde. Um sie herum war es vollkommen dunkel. Keine einzige Positionslaterne brannte an Bord und nur ein kleines, nach drei Seiten verschlossenes Licht erlaubte dem Steuermann, die Richtung zu halten. Sie durchquerten den Ärmelkanal in tiefster Nacht, und alle schwiegen. In dieser erdrückenden Stille hörte man allein das Knarren des Rumpfes bei jedem Wellenschlag. Ab und zu knallten die Segel, wenn der Wind unverhofft die Richtung wechselte.

Es lag etwas Geheimnisvolles darin, so die Dunkelheit zu durchschneiden, um jenes Frankreich zu erreichen, von dem er seit seiner Abreise aus Peking träumte. Irgendwo dort lag es, auf der anderen Seite der Nacht, und plötzlich genoss er die Freude zu wissen, dass man ihn dort erwartete. Der Schoner war keineswegs ein normales Fischereischiff, sondern als Schnellboot ausgelegt. Er flog förmlich über das Wasser, und Li Ying ließ sich von dem berauschenden Gefühl mitreißen, dem Unbekannten entgegenzusegeln. Er bemerkte erst jetzt, seltsamer Zufall, dass seine Flucht in der Nacht des 1. Januar 1760 erfolgte. Sollte er darin ein Zeichen sehen, die lächelnde Manifestation eines neuen Zyklus, der in seinem Leben begann? Er vertraute den Sternen, die hoch oben am Himmel funkelten und die mehr als die Menschen, mochten diese sich auch für die Herren der Welt halten, über sein Schicksal bestimmten. Die Kälte wurde schärfer. Die Feuchtigkeit drang durch seine Kleidung. Er kreuzte die Arme über der Brust, um sich aufzuwärmen.

»Es gibt Kabinen unter Deck, wenn Sie wollen?«, schlug Magnac vor. »Das Meer wird unruhiger. Wir werden ordentlich Wasser abbekommen.«

»Ich bleibe lieber an der frischen Luft. Man kann nie wissen.«

»Fürchten Sie, das uns etwas zustoßen könnte? Verlassen Sie sich auf meine Mannschaft. Es ist nicht das erste Mal, dass sie bei Nacht diese Überfahrt macht. Wenn der Wind nicht nachlässt, landen wir morgen früh in Dunkerque.«

Einer der Männer trat leise zu ihnen.

»Schiffe in Sicht, Monsieur le Comte«, sagte er halblaut und wies nach Süden.

Louis de Magnac starrte in die Richtung, die ihm der Wachhabende gewiesen hatte und durchsuchte mit seinem Fernrohr die Dunkelheit.

»Engländer. Zwei Fregatten«, flüsterte er. »Sie treiben sich immer in dieser Gegend rum. Sprechen Sie nicht mehr, Monsieur.«

Er reichte Li Ying sein Fernrohr. Dieser brauchte einen Moment, ehe er die Positionslichter von zwei großen Schiffen erkannte, die sich in ihre Richtung bewegten.

»Sie kommen auf uns zu«, zischte er beunruhigt.

»Ich habe es gesehen. Kurs Süd-Süd-West«, flüsterte Magnac dem jungen Oberleutnant zu, der seine Befehle erwartete.

Li Ying spürte, wie ihr Schoner nach Steuerbord drehte, starke Schlagseite bekam und in allen Balken krachte. Das Quietschen der Wanten und des Tauwerks, das sich gleichzeitig spannte, kam ihm so betäubend vor, wie ein Donnerschlag, und er fürchtete einen Moment, es würde den Engländern ihre Anwesenheit verraten. Niemand sprach auf Deck. Er bewunderte die Kaltblütigkeit und die Geschicklichkeit der Mannschaft, die schweigend ihre Aufgaben ausführte. Ob diese Männer vielleicht gar jene Korsaren aus Saint-Malo waren, die die Engländer nach Leightons Angaben über alles fürchteten?

»Machen Sie sich keine Sorgen«, sagte der Franzose kaum hörbar. »Aus dieser Entfernung können sie uns nicht sehen. Außerdem sind wir schneller als sie.«

Li Ying machte es sich so gut wie möglich auf einem Haufen Taue bequem und wartete, bis der Alarm vorbei war. Erneut dachte er an Shi Xiu. Er ärgerte sich noch immer sehr, ihn seinem Schicksal überlassen zu haben und bedauerte es zutiefst, ihm nicht von Anfang an die Gründe für ihren Aufenthalt in Europa enthüllt zu haben. Er hätte einen Verbündeten gehabt, dem er sich hätte anvertrauen können, einen Gefährten in diesem Abenteuer. Trotz der Erziehung, die Qianlong ihm hatte angedeihen lassen, hatte er eines vergessen: Ein Mann, den man ans andere Ende der Welt schickte, konnte die ihm zugewiesene Rolle allein nicht lange ertragen. Er brauchte Unterstützung. Im Nachhinein wurde Li Ying bewusst, wie sehr sich sein Diener bemüht hatte, sich an das englische Leben zu gewöhnen, ohne jemals die Sehnsucht nach der Heimat erkennen zu lassen, und er erwies ihm mit schweigendem Gedenken die Ehre. Jetzt war er sicher in den Händen von William Pitt. Falls nicht Kimble etwas für ihn hatte tun können.

Erschöpft kauerte sich Li Ying zusammen und schlief schließlich ein.

Vierzigstes Kapitel

Willkommen in Frankreich«, sagte der Unbekannte, der sich vor Li Ying verneigte. »Es ist mir eine Ehre, Sie in Paris zu begrüßen. Monsieur de Magnac hat Sie hoffentlich nicht allzu sehr leiden lassen? Sein rauer Charakter lässt ihn zuweilen nicht gerade als Philantropen erscheinen.«

»Ich hatte mich nicht zu beklagen«, antwortete Li Ying. »Höchstens über seine übermäßige Diskretion. Er hat meiner Neugier eine Stummheit entgegengesetzt, die nur von seiner Höflichkeit übertroffen wurde. Deshalb weiß ich nicht, wem ich das Abenteuer verdanke, das ich gerade erlebt habe, und ich möchte nicht gern noch länger in Unwissenheit gehalten werden.«

Li Ying, halb erschöpft, halb überreizt nach diesen zwei Tagen und zwei Nächten der Reise, konnte nicht mehr warten. Sie waren am Vormittag in Paris angekommen, und so nahm Li Ying die ersten Eindrücke der Stadt nur im Halbschlaf auf.

»Unser Beruf erlegt uns Schweigen auf.«

Der Mann ihm gegenüber war etwa sechzig Jahre alt. Er trug vornehme Kleider und hatte das scharfe, aber wohlwollende Gesicht eines Mannes, der viel arbeitete und zahlreiche delikate Affären löste. Seine Augen, unter denen tiefe Ringe lagen, strahlten Intelligenz aus. Er gefiel dem Chinesen von Anfang an.

»Dass Louis de Magnac nichts von seiner Identität, seiner

Funktion oder über mich enthüllen wollte, geschah, um Sie zu schützen. Je weniger Sie wussten, umso größer war Ihre Sicherheit, ebenso wie unsere. Nun, da Sie außer Gefahr sind, kann ich Ihnen erklären, warum Frankreich beschlossen hat … wie soll ich sagen … Ihre Abreise aus England zu erleichtern und Sie aufzunehmen.«

»Selbst wenn ich keine Lust dazu hatte?«

»Ein Flüchtling muss doch irgendwohin …«

Magnac warf einen Seitenblick auf Li Ying. Seit London war eine stillschweigende Verbundenheit zwischen ihnen entstanden, durch den wilden Ritt bis ans Meer, die Augenblicke der Besorgnis, die sie beim Überqueren des Ärmelkanals geteilt hatten, die Fahrt durch Nordfrankreich, von Dunkerque nach Paris, in einer Postkutsche, die eigens für sie bereitgestellt worden war. Nach ihrer Ankunft hatten sie sofort das Viertel Saint-Roch im Herzen der Stadt angesteuert. Die Kutsche war in einem Innenhof stehen geblieben. Sie hatten ein Haus betreten, waren eine Etage hinaufgestiegen, und ein von Rheuma gebeugter Diener hatte sie in einen großen Salon geführt, dessen Wände mit Damast bespannt waren. Li Ying bewunderte den wunderbaren Savonnerieteppich, der das Geräusch ihrer Schritte erstickte, und das elegante Kanapee, die Spieltische und die Sessel mit vergoldetem Holz.

»Ich bin Jean-Pierre Tercier, Monsieur. Seit dreißig Jahren im Dienste des Königs. Bis vor kurzem erster Beamter für Auslandsangelegenheiten und sozusagen der Organisator des *Dienstes*. Genauer gesagt des Geheimdienstes von Ludwig XV. Ich werde mit offenen Karten spielen, denn Louis de Magnac hat mich überzeugt, Ihnen zu vertrauen. Ich werde Ihnen Informationen geben, für die viele ein Vermögen zahlen würden.«

Li Ying neigte zum Zeichen des Dankes den Kopf.

»Was verschafft mir dieses Privileg, Monsieur Tercier?«, fragte er. »Und was erwarten Sie im Austausch dafür von mir?«

Tercier lachte kurz.

»Sie machen unserem Berufszweig alle Ehre. Lassen Sie mich zunächst erklären, weshalb Sie hier sind. Der König von Frankreich verfügt über einen Beraterstab, der seine Geheimdiplomatie an den großen Höfen Europas umsetzt. Nach dem Vorbild seiner Vorgänger auf dem Thron wünscht Ludwig XV. die Interessen unseres Landes zu fördern und gleichzeitig denen unserer Feinde zu schaden. Mit dieser Aufgabe ist der Beraterstab betraut. Der König will auch wissen, wie es um seine Feinde und deren Finanzen bestellt ist, wie sich die öffentliche Meinung, die Moral und die Ausstattung ihrer Armeen entwickelt. Und er lässt geheime Aktionen durchführen. Das alles ist unsere Aufgabe. Um ihn zufrieden zu stellen, lesen wir Briefe, unterstützen jene, die uns nützlich sind, finanzieren die Parteien, die uns gewogen sind, bestechen, wenn es nötig ist. Da wir in England unseren ärgsten Feind haben, sollten wir dort unsere besten Kräfte einsetzen. Dem ist allerdings nicht so. Wir verausgaben uns unnütz für Chimären, den Thron von Polen oder die Freundschaft der Habsburger.«

»Verzeihen Sie, aber ich verstehe kaum etwas von dem, was Sie sagen. In England kümmerte ich mich nur wenig um die Angelegenheiten auf dem Festland.«

»Unwichtig. Ich bin es, der all diese Operationen lenkt und regelt. Der Beraterstab vereint die besten Männer des Königreiches, Soldaten, Diplomaten, Financiers, ja sogar Philosophen. Einige sind bekannt, andere nicht, wie dieser hervorragende Louis de Magnac, der Sie zu uns gebracht hat. Er ist unser Agent in London, ein Geheimagent, der keinen Kontakt mit unserer Botschaft unterhält. Er ist wahrhaft unersetzlich. Unser Freund ist englischer als die Engländer, hat einen sehr britischen Namen angenommen und lebt in der Londoner Gesellschaft wie ein Fisch im Wasser. Das bietet viele Vorteile, denn die Botschaft wird ständig von Pitts Leuten bewacht. Ich verdächtige sie sogar, sich in der Verkleidung von Dienstboten oder Zimmermädchen bis ins Innere geschlichen zu haben. Man kann es ihnen nicht übel nehmen. Wir handeln bei ihrer Botschaft in Paris ebenso, das ist sozusagen das Gesetz. Magnac ist unseren Vertretern in London also völlig unbekannt, und in den zehn Jahren, die er nun schon dort lebt, ist es ihm gelungen, ein außergewöhnliches Netz von Informanten und Agenten aufzubauen. Durch ihn wissen wir, was im Kabinett der Minister beschlossen wird oder welcher Stimmung König Georg II. ist. Noch wichtiger ist, dass wir die Befehle für die Truppe oder die *Navy* kennen, sobald sie ausgesprochen wurden.«

»Offenbar nützen Ihnen diese Großtaten nicht viel, nach Ihren militärischen Niederlagen zu urteilen«, kommentierte Li Ying.

Betretenes Schweigen folgte. Als er die konsternierten Gesichter seiner Gastgeber sah, bedauerte Li Ying sogleich, zu chinesisch reagiert zu haben, indem er unvermittelt eine so brutale Wahrheit aussprach. Jean-Pierre Tercier hüstelte.

»Ich kann Ihnen nicht widersprechen«, sagte Magnac, »auch wenn Sie genau abwägen sollten, was Sie unter Niederlage verstehen. Diese Befehle sind kodiert. Wir brauchen Zeit, um sie zu entschlüsseln. Manchmal ist es zu spät. Das ist natürlich keine Entschuldigung. Nur das Ergebnis zählt, nicht wahr? Und unseres ist offenbar nicht immer berühmt. Das liegt auch an der Nutzung unserer Informationen. Wenn wir sie übermittelt haben, gehören sie uns nicht mehr. Der König eignet sie sich an und macht damit, was er für gut hält. Manchmal schenkt er ihnen nicht genug Glauben. Zu Unrecht. Man sollte immer auf seinen Geheimdienst hören, denn der hat überhaupt kein Interesse daran, seinen Auftraggeber zu täuschen. Im Unterschied zu den verschiedenen Cliquen, die sich in die Politik einmischen und meinen, sie hätten ein Wörtchen mitzureden. Ihre Vertreter im Hofrat teilen unsere Ansichten über Frankreich nicht und helfen dem König nicht immer, angemessen zu urteilen. Ich sage es in aller Offenheit. Ein Teil unserer Niederlagen auf dem Festland wie in Amerika oder Indien wurde durch falsche Beurteilungen und einen entsetzlichen Mangel an richtigen Entscheidungen verursacht.«

»Frankreich hat nicht rechtzeitig verstanden, dass England es in den Kämpfen auf dem Festland ermüden wollte, die nichts mit dem zu tun hatten, was tatsächlich auf dem Spiel stand, dem Überseehandel«, unterbrach ihn Li Ying.

Tercier richtete sich verärgert auf seinem Stuhl auf.

»Der *Dienst* hat es sehr wohl verstanden, und zwar von Anfang an, Monsieur«, erklärte er. »Aber bei Hof herrscht kein so entschlossener Geist wie William Pitt. Uns ist es nicht wie ihm gelungen, alle Mittel dem einzigen Ziel unterzuordnen, das er sich gesetzt hatte, um jeden Preis. Frankreich hat sich in seine Allianzen verstrickt, ohne zu erkennen, dass die echten Entscheidungen woanders fielen, und hat den Krieg nur widerwillig geführt. Zwecklos, länger zu jammern. Um auf Sie zurückzukommen: Durch einen Informanten hat Magnac von Ihren Schwierigkeiten mit dem englischen Kabinett erfahren. Diese Information deckte sich mit dem, was er von einem Ihrer Londoner Freunde über Sie wusste, der auch einer seiner Kontaktleute ist.«

»Vergilius Kimble?«

»Genau. Magnac hat mich überredet, Ihnen zu helfen. Ich habe meine Zustimmung gegeben, und er hat den Plan ausgearbeitet für Ihre … Evakuierung. Er ist recht begabt darin, nicht wahr?«

»Er ist ein Meister seines Faches. Jetzt sagen Sie mir, was Sie im Austausch von mir erwarten.«

»Darüber reden wir demnächst. Das Wichtigste ist, dass Sie heil angekommen sind.«

»Meine Dankbarkeit ist Ihnen gewiss, Monsieur Tercier, aber ich bestehe darauf, es zu erfahren, denn unter den gegenwärtigen Umständen wüsste ich nicht, wie ich meine Schuld bezahlen sollte.«

»Das sehen wir später, wie gesagt. Machen Sie sich darum keine Sorgen. Ich nehme an, Sie sind ohne Geld, nicht wahr?«

Li Ying hielt es nicht für sinnvoll, das abzustreiten. Seine Edelsteine und die letzten Goldbarren waren im Futter seines Mantels versteckt. Der kleine Buddha von Pater Gallois steckte in seiner Tasche.

»Magnac wird Ihnen etwas Geld geben. Ansonsten gehen all Ihre Ausgaben auf unsere Kosten. Ich werde bald eine Pension für Sie erhalten, damit Sie versorgt sind. Lassen Sie sich Zeit, sich in den Gemächern einzurichten, die wir reserviert haben.«

»Hier in Paris?«

»Nein, in Versailles. Dort, wo alles entschieden wird und wo sich alles abspielt. Dann werde ich Sie dem obersten Chef des *Dienstes* vorstellen. Er wartet ungeduldig darauf, Sie kennen zu lernen. Bitte entschuldigen Sie mich jetzt, aber in meinem Arbeitszimmer warten zahlreiche Depeschen darauf, von mir entschlüsselt zu werden. Monsieur de Magnac wird Sie begleiten und darüber wachen, dass es Ihnen in Ihrem neuen Zuhause an nichts fehlt. Dort sind Sie völlig sicher.«

Die von zwei schwarzen Pferden gezogene Kalesche durchquerte Paris so schnell, wie die verstopften Straßen es erlaubten. Anders als in London waren die Kutscher nicht sehr diszipliniert. An einer Ecke standen sie zu dritt inmitten von Trägern, Marktweibern und Trödlern und verweigerten den anderen die Durchfahrt. Bald entstand daraus ein unentwirrbares Knäuel von Karren, Kutschen und allen möglichen anderen Gespannen, hinter dem sie eine Weile festgehalten wurden. Selbst die Sänften hatten Mühe, sich einen Weg durch die verstopfte Straße zu bahnen, auf der Wasserträger, Gemüsehändlerinnen und Fischverkäuferinnen einander überschrien, um die Kunden anzulocken. Amüsiert beobachtete Li Ying, wie die Kutscher einander beschimpften und prügelten, bis sich wie durch ein Wunder alles auflöste. Der schlauste Kutscher meinte, seine Überlegenheit lange genug bewiesen zu haben, und machte mit zwei geschickten Manövern die Straße frei. Kurz darauf fuhren sie auf dem Pont Neuf über die Seine. Auf beiden Seiten gab es kleine Stände, vor denen sich Spaziergänger und Gaffer drängten. Li Ying erblickte die majestätische Fassade des Louvre und bewunderte ein von Gittern umgebenes Reiterdenkmal in der Mitte der Brücke.

»Wer ist dieser bedeutende Mann?«, fragte er Magnac.

»Heinrich IV., einer unserer Könige.«

»Der Ihren Religionskriegen ein Ende setzte, nicht wahr? Mein Französischlehrer bewunderte ihn sehr und sprach oft von ihm. Und was ist das dort für ein Gebäude?«

»Das von Mazarin gegründete Collège der vier Nationen.«

»Was tut man dort?«

»Man studiert«, antwortete der Herzog unverändert lakonisch.

Im Vergleich mit der Themse wirkte die Seine eher schmal. Dennoch herrschte hektisches Treiben auf dem Fluss. Hier sah man keine Hochseeschiffe. Dafür gab es das gleiche unaufhörliche Hin und Her der mit Holz, Weizensäcken oder Weinfässern beladenen Kähne und der Wasserkutschen, die ihre Fahrgäste nach Westen ans andere Ende der Stadt brachten. Li Ying bewunderte die Brücken, die sich zahlreicher als in London aneinander reihten.

Hinter der Eglise Saint-Germain nahmen sie die lange Rue de Sèvres, passierten den Schlagbaum von Vaugirard und gewannen, als sie die Straße nach Versailles erreicht hatten, endlich an Geschwindigkeit. Nach dreistündiger Fahrt durch Wälder und kleine Dörfer hielten sie vor einem Haus in der Rue Médéric im neuen Viertel des Parc-aux-Cerfs.

»Dies ist das Haus, das der *Dienst* Ihnen zur Verfügung stellt«, erklärte Magnac und stieg aus. »Ich hoffe, es wird Ihnen gefallen.«

Li Yings neues Zuhause war zwei Etagen hoch, die durch einen schmalen Kranzsims getrennt waren, es hatte eine elegante Fassade aus behauenem Stein mit hohen Fenstern unter griechischen Frontgiebeln. Auf beiden Seiten der Tür beherbergten Nischen in der Wand zwei kleine Statuen, eine Diana als Jägerin und einen Apoll mit dem Schwert in der Hand. Die Tür öffnete sich weit, und ein Diener in blau-goldener Livree mit einem Leuchter in der Hand erschien.

»Willkommen, mein Herr«, sagte er und neigte den Kopf. »Ich heiße Baptiste. Es ist mir eine Ehre, Ihnen zu Diensten zu sein.«

Li Ying dankte ihm mit einem Lächeln und betrat, gefolgt von Magnac, die Eingangshalle. Rechts öffnete sich ein Salon, links ein Esszimmer, beide wunderbar möbliert. Sie gingen die Treppe hinauf. Baptiste zeigte ihnen die beiden Schlafzimmer, das Bad und den kleinen Arbeitsraum.

»Dieses Haus wird Ihnen gewiss bescheiden vorkommen«, entschuldigte sich Magnac. »Der *Dienst* ist nicht so reich, wie er es sich wünscht. Außer Baptiste ist noch ein Koch im Haus, und morgen wird ein Schneider kommen und Ihre Maße nehmen, damit Sie Ihre Garderobe auffüllen können.«

»Ich danke Ihnen für die Fürsorge, mit der Sie mich umgeben, mein lieber Louis. Die Gastfreundschaft Frankreichs berührt mich zutiefst. Wie lange darf ich hier bleiben?«

»Solange Sie es wünschen.«

»Ich möchte niemandem zur Last fallen.«

»Wir haben weitaus schwerere Lasten zu tragen. Die einzige Einschränkung für Sie besteht darin, sich in den nächsten Wochen nicht allzu sehr in der Öffentlichkeit zu zeigen. Vor allem bei Hofe. Dort würde man Sie sogleich bemerken. In Versailles wimmelt es von Spionen im Sold der Engländer. Sie könnten versuchen, Sie zurückzuholen. Seien Sie also vorsichtig. Nachdem Sie den Chef des *Dienstes* getroffen haben, wird es einfacher sein. Inzwischen kann Baptiste Ihnen Paris zeigen. Mit einer Perücke und etwas Schminke wird er

Sie in einen anständigen Edelmann verwandeln. Sie werden nicht auffallen. Vertrauen Sie ihm, er ist ein Meister in der Kunst des Schminkens. Bitten Sie ihn um alles, was Sie brauchen, er wird es Ihnen besorgen. Ich glaube, jetzt erwartet Sie das Abendessen.«

»Würden Sie es mit mir teilen?«, schlug Li Ying vor.

»Nein, so Leid es mir tut. Ich kehre morgen nach London zurück und muss vorher noch verschiedene Berichte verfassen. Sie haben doch Verständnis dafür?«

Li Ying drängte ihn nicht weiter.

»Könnten Sie versuchen, die Spur von Shi Xiu zu finden, wie ich Sie gebeten habe?«

»Sie haben mein Wort. Wenn er noch in England ist, finde ich ihn, auch wenn er in einer Zelle des Tower schmachtet.«

Die beiden Männer verabschiedeten sich voneinander, und Li Ying war plötzlich allein, noch betäubt von den Ereignissen, die sein Leben in kaum achtundvierzig Stunden völlig auf den Kopf gestellt hatten. Er besaß nichts mehr außer den versteckten Wertgegenständen, seinem Siegel und dem kleinen Buddha, den er sogleich in seinem Schlafzimmer auf die Kommode aus Rosenholz vor seinem Bett platzierte. *Nichts in den Händen, nichts in den Taschen, Schlauheit der schlechten Tage*, sagten die *Sechsunddreißig Listen*. Auch wenn er nichts mehr besaß, konnte der Spion noch kämpfen, überlegte er. Im Grunde blieb er ein Vagabund, dessen Neugier niemals nachließ. Sobald ihn das helle Licht traf, ihn, den nur der Schatten schützte, musste er fliehen, verschwinden, sich auflösen, ohne Spuren zu hinterlassen.

Plötzlich bedauerte er, Caroline nicht an seiner Seite zu haben. Was tat sie gerade? Bereitete sie sich auch auf das Abendessen vor? Und mit wem? Sein Magen verkrampfte sich. Caroline musste einfach glänzen, ausgehen, geliebt werden. Vielleicht suchte sie bereits einen Nachfolger für ihn. Eifersucht zerfraß sein Inneres. Mit schwerem Schritt ging er die Treppe hinunter und setzte sich an den Tisch. Etwas französischer Wein würde ihn auf andere Gedanken bringen. Die Weine, die er bei Horace Walpole getrunken hatte, waren ihm in angenehmer Erinnerung. Sie waren parfümiert, reich, samtig und hatten ihm eine anregende und berauschende Welt offenbart, von der er nichts gewusst hatte und die wie die Liebe all seine Sinne schwingen ließ.

Baptiste umsorgte ihn. Eine Speise war köstlicher als die nächste. Pasteten, Geflügel mit Trüffeln, Süßspeisen, alles war ein Geschenk für den zartesten Gaumen. ›Wenigstens das habe ich gewonnen‹, sagte er sich mit einem Lachen. ›In England isst man wirklich allzu schlecht.‹ Baptiste legte ihm reichlich auf und achtete auf all seine Wünsche. Als Li Ying ihn in die Küche gehen sah, bemerkte er zum ersten Mal seine Statur. Sie war eines Jahrmarktkämpfers würdig, wie er sie in England gesehen hatte. Er begriff, dass er nicht nur unter dem gastfreundlichen Schutz des *Dienstes* stand, sondern zugleich dessen Gefangener war. Baptiste war weniger dazu da, ihn zu beschützen – vor wem auch? –, als um seinem Verlangen zuvorzukommen, die Gastgeber sitzen zu lassen.

Einundvierzigstes Kapitel

Gibt es keine Wachen?«, wunderte sich Li Ying.

»Nein, das Schloss steht jedem offen, der Einlass begehrt«, antwortete Tercier. »Jeder Untergebene des Königs kann hier nach Belieben ein- und ausgehen. Das ist eine französische Tradition.«

»Auch die einfachen Leute?«

»Natürlich. Sofern sie anständig gekleidet sind und die Männer Hut und Degen tragen. Sehen Sie die Soldaten vor dem Tor? Das sind die Schweizer, die königliche Garde, wenn Sie wollen. Sie verleihen Hut und Degen an die Bauernlümmel, die das Schloss besichtigen wollen.«

Nachdem sie den Königshof durchquert hatte, gelangte ihre Kutsche in den Marmorhof des Schlosses von Versailles. Der höchste Chef des *Dienstes* gewährte ihnen die erbetene Audienz. Li Ying trug eine Hose aus gelber Seide, ein Spitzenhemd und einen Mantel aus himmelblauem Samt, auf der Perücke saß ein Dreispitz. Damit hatte Li Ying alles, was einen Aristokraten aus der Provinz auszeichnete. Seine schmalen Augen fielen kaum auf.

»Sie sind nicht wiederzuerkennen«, hatte Tercier festgestellt, als er ihn in die Kutsche steigen sah. »Niemand wird vermuten, dass Sie Chinese sind. Sie werden schnell verstehen, warum es besser so ist. Die Höflinge lauern auf jede Neuigkeit. Sie wären eine und keine geringe. An dem Tag, da man erfährt, dass ein Mann wie Sie hier ist, wird es vorbei sein mit der Ruhe. Sie werden Ihnen keine Atempause mehr lassen. Alle werden Sie einladen, jeder wird Sie an seinem Tisch empfangen wollen, man wird Ihnen alle denkbaren Tugenden andichten, und Sie werden Gegenstand größter Begehrlichkeit sein. Die Damen sind alle nicht unangenehm, das versteht sich, aber dieser Ruhm könnte Sie berauschen. Lassen Sie sich nicht davon täuschen. Wie alles hier auf Erden, währt auch er nur eine gewisse Zeit. Zwei Wochen später werden Sie von einer anderen Neuigkeit verjagt und vergessen sein. Dann wird man Ihnen den Rücken zukehren.«

Als sie vor dem rechten Flügel angelangt waren, eilten sie so rasch aus der Kutsche ins Innere des Palastes, dass Li Ying nicht einmal Zeit hatte, einen Blick auf die Fassade zu werfen. Eine Marmortreppe führte sie in die erste Etage. Zwei Dienerinnen kamen tuschelnd aus einem Zimmer, ein Höfling nahm mit vornehmer Geste den Hut ab, um sie zu grüßen. Sie taten es ihm gleich. Ein Schwarm junger Mädchen drang lachend in einen Salon ein, aus dem man die leichten Klänge von Cembalo, Flöte und Violine vernahm.

»Das ist der Musiksalon von Mademoiselle Adélaïde, der Lieblingstochter des Königs«, erklärte Tercier halblaut.

Er nahm Li Ying beim Arm und öffnete hastig eine andere Tür, betrat ein leeres, kaum möbliertes Zimmer, wandte sich nach links und schlug fünfmal rasch hintereinander mit der Hand an eine Wand. Eine in der Wandverkleidung verborgene Tür öffnete sich von innen. Ein Mann bat sie in ein kleines, quadratisches Zimmer. Das schwache Tageslicht aus einem Innenhof wurde durch das strahlende Weiß der mit goldenen Blättern verzierten Wände aufgehellt. Ein hoher Spiegel zeigte ihnen ihr Bild, und Tercier nutzte die Gelegenheit, um seine Perücke zurechtzurücken. Darüber war in einem entzückenden Medaillon eine hübsche Jagdszene abgebildet. Auf beiden Seiten der Tür hingen Gemälde, ein Schiff, das im Abendlicht in den Hafen einläuft, und eine Schäferszene. Das Zimmer war mit einem Schreibtisch und drei Sesseln sparsam möbliert. Ein dicker Teppich mit Blumenmotiven bedeckte das raffiniert gelegte Parkett. Der Diener ließ sie allein und ging durch eine andere Tür hinaus.

»Wo sind wir?«, fragte Li Ying verwirrt.

»Im Arbeitszimmer unseres Chefs.«

»Alles, was Ihr *Dienst* leistet, wird also in diesem kleinen Zimmer ersonnen?«

»Es ist ausreichend dafür. Ah, da ist er schon!«

Man hörte Schritte hinter der Zwischenwand. Ein Mann trat herein. Er war außerordentlich schön. Die Vornehmheit seiner hohen Gestalt litt ein wenig unter dem rundlichen Bauch, der sich weder durch den Umhang noch durch die Seidenweste verbergen ließ. Sein Gesicht war ernst, aber Li Ying war beeindruckt von der samtigen Weichheit seiner von langen Wimpern gesäumten Augen und dem sinnlichen Mund. Er hatte ein energisches Kinn, die schlaffen Wangen standen im Gegensatz zur Festigkeit von Stirn und Nase. Tercier verneigte sich tief.

»Majestät, ich stelle Euch Prinz Li Ying vor, der aus China kommt und den Eure Agenten vor dem Engländer gerettet haben«, sagte er.

Li Ying verbeugte sich ebenso tief wie sein Führer und errötete vor Verwirrung. Die Überraschung war gelungen. Tercier hatte von einer Begegnung mit dem Chef des *Dienstes* gesprochen, nun stellte er fest, dass der König selbst damit gemeint war.

»Majestät«, sagte er, »ich bin Euer ergebener Diener.«

Ludwig XV. schien ebenso erstaunt wie er.

»Ihr habt mir nicht gesagt, dass der Prinz unsere Sprache beherrscht, Tercier«, bemerkte er vorwurfsvoll.

Seine etwas heisere Stimme verriet Erstaunen, keinesfalls jedoch Ärger.

»Habt Ihr etwa in Peking Französisch gelernt?«, fragte der König, dessen Augen vor Neugier funkelten.

»Ich hatte die Ehre, Majestät. Einer Eurer Untertanen, ein

Missionar namens Gallois, dessen ich jeden Tag voller Verehrung gedenke, hat mich alle Geheimnisse Ihrer Sprache mit größter Sorgfalt gelehrt.«

»Ihm sei gedankt. Es ist ein seltenes Vergnügen, einen Mann, der aus solcher Ferne kommt, unsere Sprache mit solcher Leichtigkeit sprechen zu hören. Seid mir willkommen, Monsieur. Ihr seid hier in meinem geheimsten Gemach, dem Depeschenkabinett. Ich zog es vor, Euch aus Gründen der Vertraulichkeit hier zu empfangen. Es wäre zu früh, Euch öffentlich zu begrüßen, wie es an unserem Hof üblich ist, oder auch nur in meinem Arbeitszimmer. Euer Besuch wäre nicht unbemerkt geblieben, und man hätte sich gewundert, dass ich einem Unbekannten Audienz gewähre. Aber wir brauchen Diskretion, nicht wahr?«

»Ich bin Eurer Majestät zu großem Dank verpflichtet, dass Ihr mir die Gunst gewährt, mich zu empfangen«, sagte Li Ying mit einer erneuten Verneigung.

Beeindruckt von der Schlichtheit der Begegnung, fragte er sich, was ihm die Ehre verschaffte, so vom König von Frankreich willkommen geheißen zu werden. Aber Ludwig XV. setzte sich bereits hinter seinen Schreibtisch und bat seine Gäste, auf den Sesseln ihm gegenüber Platz zu nehmen.

»Ihr kommt also aus London?«

»Dank der Hilfe von Monsieur Tercier und Monsieur de Magnac.«

»Ah, Magnac!«, rief Ludwig XV. »Unser bester Agent, nicht wahr Tercier?«

»Gewiss, Majestät. Ihm allein kommt das Verdienst dafür zu, dass wir Monsieur Li Ying bei uns in Frankreich haben.«

»Gut. Kommen wir jetzt zu dem, was Ihr in Eurer letzten Nachricht erwähntet, Tercier. Worin kann der Prinz uns nützlich sein?«

Endlich kamen sie zur Sache, wie Li Ying erleichtert feststellte. Er würde den Preis erfahren, der den Franzosen zu zahlen war.

»Eure Majestät haben gewiss das Memorandum gelesen, das Graf Charles de Broglie kürzlich an Euch gerichtet hat«, begann Tercier. »Darin führt er die Operationen auf, die geeignet wären, den Verlauf des Krieges zu verändern, der zwischen Euch und Georg II. herrscht.«

»Es gibt keinen Krieg mit dem König von England, sondern mit William Pitt!«, empörte sich der König. »Dieser Mann ist nichts als ein Pirat der übelsten Sorte, auch wenn er sich Minister nennt. Noch nie habe ich ein schurkischeres Benehmen bei der Klärung eines Konfliktes zwischen unseren beiden Königreichen erlebt. Niemals werde ich ihm verzeihen, ohne vorherige Kriegserklärung unsere Handelsschiffe gekapert zu haben. Dazu kommt es, wenn eine Monarchie die Händler im Tempel Politik machen lässt! Sie verliert jeden Anstand und jedes Gefühl der Ehre. Fahrt fort, Tercier.«

»Der Kern dieser Operation würde, wenn Majestät dem zustimmen, darin bestehen, direkt im Herzen unseres Gegners, in London zuzuschlagen.«

»Ja, ich habe es gelesen. Von Boulogne aus ein Expeditionscorps auszusenden scheint mir recht gewagt. Nach den Katastrophen in Lagos und auf den Îles Cardinaux im November haben wir fast dreißig Linienschiffe und fünfunddreißig Fregatten verloren! Unsere Marine hat noch längst nicht ihre Kräfte wiedergewonnen, und der größte Teil unserer Truppen steht hinter dem Rhein. Warum wollt Ihr darauf zurückkommen, Tercier? Ich habe diese Hypothese bereits mit dem Grafen besprochen. Im Moment erscheint sie mir unrealistisch.«

»Seine Majestät mögen mir verzeihen, aber wir haben eine Variante ausgearbeitet, die Eure Aufmerksamkeit verdient. Eine Geheimaktion, die Charles de Broglie erdacht hat und die mir größte Erfolgschancen zu haben scheint. Ein Manöver, das, wie im Theater, die Zuschauer glauben macht, das Geschehen spiele sich auf der Bühne ab, während es tatsächlich hinter den Kulissen stattfindet. Die vollkommene Illusion, Majestät, die Quintessenz unseres Berufes.«

Li Ying folgte dem Gespräch mit größter Anteilnahme. Niemals hätte er angenommen, dass ein Herrscher sich so ungezwungen vor einem Untertan äußern könnte, selbst wenn es ein Vertrauter war, erst recht nicht vor einem Unbekannten wie ihm. Wie konnte man sich vorstellen, dass in der Verbotenen Stadt ein Mandarin, selbst von höchstem Rang, so frei mit dem Sohn des Himmels sprach? Nach dem Hof in London schien nun auch der in Versailles mehr von Schlichtheit als vom Protokoll beherrscht zu werden. Unvorstellbar in Peking. Er fragte sich plötzlich, ob die Überlegenheit, die er den Europäern zusprach, nicht gerade aus diesem scheinbaren Fehlen von großem Zeremoniell im Umgang zwischen den Monarchen und ihren Untertanen herrührte.

»Teufel noch mal, erzählt endlich, Tercier! Lasst uns nicht warten.«

»Nach der Vorstellung des Grafen geht es darum, den Feind dort zu treffen, wo er es nicht erwartet, und es Monsieur Pitt mit gleicher Münze heimzuzahlen.«

»Und was heißt das?«, fragte der König mit plötzlich erwachtem Interesse.

»Ihn zu täuschen, ihn an Gespenster glauben zu lassen, ihn in ein Labyrinth zu führen, das wir einzig für ihn erfinden werden.«

Ludwig XV. wurde ungeduldig und lief im Zimmer hin und her.

»Zum Kern, Tercier, zum Kern!«

Tercier hüstelte und fühlte sich sichtlich unwohl.

»Ich muss mir zunächst noch eine Abschweifung erlauben. William Pitt hat einigen Grund, dem Prinzen Li Ying zu zürnen. Er verdächtigt ihn, sein Land für den Kaiser von China auszuspionieren.«

»Ist das wahr, Monsieur?«, fragte der König trocken.

»Es wäre nicht anständig, das Gegenteil zu behaupten«, gestand Li Ying.

»Ich werde Euch nicht weiter ausfragen und Euch deshalb nicht verurteilen. Solche Dinge sind üblich. Das Entscheidende ist, sich nicht erwischen zu lassen. Ihr könnt mir irgendwann einmal erklären, warum sich Euer Kaiser so sehr für unsere Nachbarn interessiert, dass er ihnen einen Spion schickt. Ich bin sehr gespannt darauf. Fahrt fort, Tercier.«

»Nehmen wir an, der Prinz kehrt in ein paar Monaten nach London zurück, und erbittet ein Treffen mit William Pitt, um ihm zu sagen, dass er öffentlich Abbitte leisten will und Informationen von höchster Wichtigkeit mitbringt …«

»Welche?«

»Eine unmittelbar bevorstehende Landung der Franzosen in der Gegend von Hastings. Pitt würde sich gewiss nicht weigern, ihn zu empfangen. Und wenn der Prinz ihm die Beweise vorlegt, dass dieses Manöver an der Küste vor Boulogne vorbereitet wird, würde Pitt nicht seine Flotte im Kanal zusammenziehen, um dem zuvorzukommen?«

»Worauf wollt Ihr hinaus, Tercier?«

»Wir werden natürlich im Hafen von Boulogne Vorbereitungen treffen, Majestät, aber sie werden nur ein Köder sein. Zweitausend Mann, falsche Trockendocks, Schiffe aus Pappe, wie im Theater, reichen dazu aus. Die wahren Vorbereitungen finden in Cherbourg statt, wo der Comte de Broglie unter größter Geheimhaltung in einem Jahr dreißigtausend Männer versammeln wird und alles, was uns an Hochsee- und Transportschiffen bleibt. Sie werden nicht in Hastings landen, sondern weiter westlich, ganz überraschend, an der Küste von Portsmouth. Der Einsatz von Prinz Li Ying wird entscheidend sein, damit wir den Feind täuschen können. Er wird, damit er noch überzeugender wirkt, hinzufügen, dass französische Agenten im Norden schon damit beschäftigt seien, die Schotten aufzuhetzen, die nach der Niederlage von Culloden nur noch daran denken, sich zu rächen.«

»Lügen ist nicht sehr anständig«, sagte Ludwig XV. voller Widerwillen.

»Wir haben Krieg, Majestät.«

»Auch der Krieg erlaubt nicht alles.«

»Unsere Feinde haben sich nie zurückgehalten. Wenn Ihr uns Eure Zustimmung für die Ausführung dieses Plans gebt, Majestät, wird ganz Europa Eure Kühnheit rühmen. Die Ankündigung unserer Landung wird in der City und im Parlament für Panik sorgen, Pitts Partei wird in der Minderheit sein. Das ist das Wichtigste. Dann habt Ihr die Wahl. Entweder mit den *tories* zu verhandeln, die einer Verständigung mit Frankreich immer wohlwollend gegenüberstanden. Oder Euren Vorteil noch auszubauen und, wenn Ihr wollt, den Thron von England zu besteigen.«

»Und ganz Europa gegen mich zu haben!«

»Insgeheim warten alle auf den Sturz von Pitt, dessen Arroganz unerträglich ist. Alle Monarchen werden Euch beglückwünschen, sie von einem Mann befreit zu haben, dessen gemeiner Charakter und grobe Manieren nur Krieg und Tod über den Kontinent gebracht haben.«

»Die englische Nation wird sich erheben, um uns zurückzutreiben«, wandte der König ein.

»Womit? Ihre Truppen sind in der ganzen Welt verstreut. Sie hat nichts mehr, um sich zu verteidigen. Deshalb muss man jetzt handeln. Die englische Öffentlichkeit ist der Schlachten müde, und das Volk wird uns mit Dankbarkeit empfangen, wenn wir ihm den Frieden bringen. Und vergesst nicht, Sire, dass die Engländer kaum zehn Millionen sind, wir hingegen mehr als das Doppelte.«

»Ihr habt nichts aus der Geschichte gelernt, Tercier. Wie viele Männer hatte Alexander, als er das Persische Reich eroberte? Es reicht nicht, ein größeres Volk zu haben, um einen Gegner zu besiegen. Die größere Entschlossenheit bringt die Entscheidung.«

»Mangelt es uns daran?«

»Wie soll ich Eure Bemerkung verstehen?«, fragte der König steif.

Tercier sank in seinem Sessel zusammen. Ludwig XV. setzte sich wieder und begann schweigend nachzudenken. Auch Li Ying dachte über das nach, was er da gerade gehört hatte. Zu erfahren, dass er nach England zurückkehren sollte, um dort ein doppeltes Spiel zu spielen, wenn der König den Plan von Broglie annahm, begeisterte ihn keineswegs. Zwar würde er Caroline wiedersehen, aber auch Pitt. Noch weniger freute er sich darüber, der erzwungene Held eines Manövers zu sein, das die Chinesen die Taktik des »umgedrehten Spions« nannten, eine uralte List, die einst von den Herren einander bekämpfender Reiche angewandt wurde. Kriegslisten waren offenbar universell und folgten immer demselben Prinzip, den Feind zu täuschen, um ihn zu überraschen und zu schlagen. Er bewunderte die Geschicklichkeit, mit der Tercier ihn in die Falle gelockt hatte. Wie konnte er sich in seiner Position und vor dem König, dem er seine Freiheit verdankte, weigern, diese Operation zu unterstützen.

Tatsächlich war er nichts anderes als ein Gefangener der Franzosen. Er, der so naiv gewesen war zu glauben, sie hätten ihm geholfen, um ihn zu retten, erkannte mit einem Mal, dass er nur in Versailles war, weil sie beschlossen hatten, ihm einen zentralen Platz in ihrem Schachspiel zuzuweisen, um aus ihm ihren besten Trumpf zu machen. Er glaubte, sein Leben einem glücklichen Zusammentreffen der Umstände zu verdanken, während in Wirklichkeit alles genau berechnet worden war. Man hatte über ihn verfügt, ohne dass er es gemerkt hätte. Sehr gekonnt. Man hatte ihn zwar gerettet, aber nur, um ihn besser zu benutzen und ihm eine Rolle in einem Plan zuzuweisen, der für ihn zu groß war.

Als hätte der König seine Gedanken erraten, wandte er sich ihm zu: »Was haltet Ihr von dieser Idee, Monsieur?«

Was sollte er antworten, wenn sich eine so perfekte Falle

über ihm schloss? Er beschloss, sich auf das Spiel einzulassen, da ihm nichts anderes übrig blieb. Später würde er handeln können.

»Ich habe noch nie etwas so Raffiniertes gehört, Majestät. Was die Ausführung angeht, so vergesse ich nicht, was ich Frankreich verdanke, und werde ihm den Dienst erweisen, den man von mir erwartet, um meine Schulden zu begleichen.«

»Was den Plan angeht, teile ich Eure Meinung. Ich erkenne darin deutlich den Stempel des fruchtbaren Geistes unseres Comte de Broglie. Ich stimme ihm zu. Wir werden also alles dafür vorbereiten, Tercier. Im Übrigen vertraue ich Euch, Monsieur Li Ying, dass Ihr die Hoffnungen nicht enttäuscht, die ich in Euch setze. Wir alle brauchen einander, nicht wahr?«

»Um der Gestalt des Prinzen, wie wir sie von nun an entwickeln werden, etwas Substanz zu verleihen, schlage ich vor, dass er in nächster Zeit offiziell in der Spiegelgalerie eingeführt wird«, meinte Tercier. »Inzwischen werde ich für die englischen Spione, die sich am Hof herumtreiben, ein paar schmeichlerische Gerüchte über ihn verbreiten, um die Geister zu seinen Gunsten aufzuheizen.«

»Hervorragende Idee. Jetzt trennen wir uns, meine Herren. Es ist wohl unnötig, Euch größte Vorsicht ans Herz zu legen.«

Der König stand auf. Sie grüßten ihn ehrerbietig und gingen schweigend durch die Tür hinaus, durch die sie gekommen waren.

Plötzlich hatte Li Ying den Eindruck, dass die Szene, die er soeben erlebt hatte, eine Maskerade war, in der alle Rollen, auch die des Königs, vorher eingeübt worden waren. Nur die seine nicht.

Zweiundvierzigstes Kapitel

Spiegelgalerie, vier Uhr.« Mit dieser sibyllinischen Botschaft hatte Tercier Li Ying informiert, dass der König ihn offiziell im Beratungssaal empfangen würde. Er empfahl ihm außerdem, früh genug dort zu sein, um sich den Höflingen zu zeigen, die an Audienztagen ihrer Lieblingsbeschäftigung nachgingen, der erbarmungslosen Prüfung jedes Neuankömmlings am Hof. Der Empfang durch den König war protokollarisch geregelt, und Li Ying musste damit rechnen, einem strengeren Ludwig XV. zu begegnen als dem, den er vertraulich getroffen hatte. An diesem Morgen legte Li Ying die chinesische Kleidung an, die ihm der Schneider nach seinen Anweisungen aus glänzender Seide aus Kanton angefertigt hatte – ein nachtblaues, mit geometrischen Motiven besticktes Gewand, das ihm bis zu den Füßen reichte, und einen gerade geschnittenen Umhang von derselben Farbe, jedoch durch eine goldene Borte hervorgehoben. Er bedauerte, das Mandaringewand verloren zu haben, das seine Gastgeber sicher stärker beeindruckt hätte, ebenso seine Kette und die Kappe mit der Pfauenfeder. Was zählte, beruhigte ihn Tercier, war die Wirkung, die seine Erscheinung bei den Stammgästen der Spiegelgalerie hervorrufen würde.

Er war seit Aloys Kao und Étienne Yang der erste Chinese, den man in Versailles zu sehen bekam. Diese beiden waren zehn Jahre zuvor von Michel Benoist aus Peking entsandt worden und ins *Collège La Fleche* eingetreten, um dort zu studieren und zu Priestern geweiht zu werden. China war in Frankreich noch stärker in Mode als in England, und seine Ankunft würde gewiss mit Begeisterung begrüßt werden.

Da Li Ying seit seiner Begegnung mit Ludwig XV. mehr oder weniger in seinem Haus eingesperrt gewesen war, hatte er diese Audienz ungeduldig erwartet. Begleitet von Baptiste, das Schwert an der Seite, begab er sich frühzeitig in das Schloss und konnte endlich die großartige Architektur bewundern, von der man bis nach Peking voller Begeisterung sprach. Er bewunderte die ruhige Größe, die geometrische Anordnung und die elegante Strenge der Fassade, lief am Wasser entlang, das von Bronzestatuen der Flüsse Frankreichs gesäumt war, stieg die große Treppe hinab und blieb vor dem Latonebecken stehen, um die herrliche Aussicht auf Gärten, Bäume und Statuen zu bewundern, die bis zum Großen Kanal reichte. Er blieb nicht lange allein. Andere Spaziergänger erschienen, um die ersten Sonnenstrahlen zu genießen. Er begegnete ihnen mit abwesender Miene. Man beobachtete ihn unauffällig, flüsterte, wenn er vorbeiging, aber niemand wagte ihn anzusprechen.

Später führte ihn Baptiste die monumentale Treppe der Königin hinauf. Sie durchquerten ohne anzuhalten eine Reihe von Sälen, einer prächtiger als der andere, bis zum Friedenssalon, und erreichten den Spiegelsaal. Der in seiner Klarheit, dem Funkeln und dem Marmor beeindruckende Saal tat sich überraschend vor ihm auf. Nichts bereitete den Besucher auf diese Pracht von Kristall und Licht vor. Über dem glänzenden Parkett verstärkten vergoldete Leuchter die Höhe des Raums. Li Ying verschlug es den Atem. Die Spiegelwände vervielfachten das Dekor. Selbst der Saal der Höchsten Harmonie in der Verbotenen Stadt konnte damit nicht konkurrieren. Der Palast des Königs von England bot erst recht nichts derart Einzigartiges, und er erschien Li Ying mit einem Mal sehr bescheiden.

Kleine Gruppen von Höflingen plauderten liebenswürdig

miteinander, andere liefen langsam umher und bewunderten ihr Spiegelbild. Die Männer sahen ihn an, einige voller Hochmut, andere sehr freundlich. Alle fragten sich, was dieser Chinese hier zu suchen hatte. Er war sicher nicht einer der ausländischen Gesandten, denen der König jeden Mittwoch traditionell Audienz gewährte. Er wirkte nicht prächtig genug, um diesen Titel zu verdienen. Die Damen musterten ihn diskret von oben bis unten, die meisten waren sehr beeindruckt, die kühnsten unter ihnen verbargen ihr Interesse nicht. Er blieb ungerührt und vermied es, ihr Lächeln zu erwidern, wenngleich ihm durchaus der Sinn danach stand. Wie Tercier empfohlen hatte, konnte es gewiss nicht schaden, dem Geheimnis noch etwas Geheimnisvolles hinzuzufügen.

Ludwig XV. war ein pünktlicher Mensch. Um vier Uhr erschien er, tauchte wie durch Zauber aus der Spiegelwand auf und machte einige Schritte auf Li Ying zu. Das war ein beinahe unvorstellbares Privileg. Begleitet vom Rauschen ihrer Kleider und dem Klappern der Absätze auf dem Parkett traten Grafen, Marquisen und Äbte näher heran, um ebenfalls diese königliche Gunst zu genießen. Li Ying grüßte den König mit der gebotenen Ehrerbietung.

»Prinz Li Ying«, sagte Ludwig XV. laut genug, um gehört zu werden, »es ist mir eine große Freude, einen so hervorragenden Untertan des Kaisers von China zu empfangen. Nach dem, was mir die Missionare übermittelt haben, die der Kaiser an seinem Hof beschäftigt, ist dieser Prinz unserer Bewunderung und Freundschaft würdig.«

Alle ringsum waren wie gelähmt. Der König sprach! Er, der gewöhnlich wie von Stummheit geschlagen schien, wenn man ihm öffentlich einen Unbekannten vorstellte! Sogleich erkannte man dem Chinesen die Macht zu, Ludwig XV. beredter zu machen, als er es sonst war.

»Sire, es ist eine Ehre für jeden Menschen auf dieser Erde, vom größten Herrscher, der auf ihr lebt, empfangen zu werden, dem König von Frankreich, Ludwig der Vielgeliebte.«

Ludwig XV. lächelte ob dieser Ehrung. Später würden einige gar behaupten, sie hätten ihn erröten sehen. Erstauntes Raunen ging durch die Reihen: Durch welches Wunder sprach dieser Chinese Französisch? War auch in Peking das Französische die Sprache, in der die Großen sich ausdrückten, wie in Berlin, Moskau, Stockholm? Und wo hatte dieser Prinz, der gleichsam vom Himmel gefallen war, es gelernt, so gekonnt Komplimente zu drechseln?

Mehr erfuhr man nicht, denn Ludwig XV. bat seinen Gast in den Beratungssaal, ein großes Zimmer, das in Weiß und Gold erstrahlte, und in dem ein Tisch stand, dessen blaue Damastdecke mit goldenen Lilien bestickt war. Um den Tisch herum waren Stühle gruppiert. Neben dem mit raffinierten Motiven aus vergoldeter Bronze verzierten Kamin aus rosa Marmor stand ein Mann. Seine geringe Größe, der runde Bauch und die Gutmütigkeit in seinem dicklichen Gesicht verliehen ihm das Aussehen eines lächelnden Buddhas.

»Ich stelle Euch meinen Finanzminister vor, Henri Bertin. Er ist nicht nur der hervorragende Staatssekretär oder Ökonom, auf den Frankreich in diesen schweren Stunden nicht verzichten könnte, er ist nicht nur mein Freund, er ist auch ein großer Liebhaber.«

Li Ying suchte mit hochgezogenen Brauen nach einer Erklärung, und der König, sichtbar erfreut über diese Wirkung, fuhr fort: »Ein großer Liebhaber seiner Frau natürlich, aber auch ein Liebhaber Chinas, lieber Prinz! Deshalb wollte ich ihn nicht länger von Euch fern halten.«

»Monsieur«, begann Bertin, »ich will Ihnen das Vergnügen nicht verbergen, das ich empfinde, dem Vertreter eines so weisen und mächtigen Reiches zu begegnen.«

»Ich bin nur ein bescheidener Reisender und erhebe keineswegs den Anspruch, es zu vertreten«, antwortete Li Ying. »Und ich weiß auch nicht, ob es so weise ist, wie Sie vermuten.«

Ludwig XV., der ein paar Schritte zum Fenster auf den Innenhof gegangen war, drehte sich erstaunt zu seinem Gast um.

»Sieh an! Monsieur Bertin ist dessen so sicher, dass er mir zuweilen empfiehlt, die Regierung Chinas nachzuahmen, um Frankreich zu lenken. Was haltet Ihr davon?«

Li Ying war erstaunt. Was hatten all diese Europäer nur, unbedingt das Kaisersystem imitieren zu wollen? Waren sie ihres eigenen wahrhaft so überdrüssig? Seine Antwort ließ nicht auf sich warten: »Ich denke, das wäre ein Fehler, Sire.«

»Das nenne ich rasch und klar gesprochen. Aber weshalb?«

»Das Wettbewerbssystem, an das Monsieur Bertin zweifellos denkt, hat in der Tat den Vorteil, die Staatsangelegenheiten in die Hände sehr kompetenter Männer zu legen. Es birgt jedoch die große Gefahr in sich, eine Kaste zu schaffen, die sich schließlich des Räderwerks des Staates bemächtigt und ihn kontrolliert. Und was in bestimmten Breitengraden gut erscheint, muss in anderen nicht unbedingt ebenso sein. Was der Geist und die Geschichte eines Volkes erschaffen haben, lässt sich nur selten auf ein Volk anwenden, dessen Geist und Geschichte ganz anders sind.«

»Wenn ich Ihr Argument umdrehe, schließe ich daraus, dass Sie auch für unnötig erachten, was die christlichen Missionare nach China tragen«, sagte Bertin.

Der Minister war ein schlauer Rhetoriker.

»Was den Glauben betrifft, ist das möglich«, antwortete Li Ying vorsichtig.

»Und bei den Wissenschaften?« fragte der König.

Li Ying wusste nicht, was er antworten sollte. Er war ja hier, weil Qianlong bewusst geworden war, wie weit sein Reich in allen Bereichen des Wissens zurück lag und weil er die Überlegenheit des Westens in dieser Hinsicht anerkannte. Er selbst hatte in London gesehen, wie weit die Europäer ihnen voraus waren, und es schien unmöglich, sie einzuholen.

»Man muss anerkennen, dass seit der Ankunft von Matteo

Ricci in unserem Reich die Wissenschaften des Abendlandes von unseren Kaisern stets mit großer Gunst empfangen wurden. Qianlong weiß sehr wohl, was China Euren Mathematikern für die Reform seines Kalenders, Euren Geographen für die Korrektur seiner Karten und Euren Astronomen für die Kenntnis des Universums verdankt.«

»Seht Ihr!«, rief Ludwig XV., begeistert, einen Erfolg zu verbuchen. »Die Wissenschaft ist die Mutter des menschlichen Fortschritts.«

»Sie ist auch die Mutter des Sakrilegs. In den Tiefen der Natur zu schnüffeln ist ein solches Sakrileg. In Europa stellt die Religion keine Grenze für die Neugier Eurer Wissenschaftler mehr dar. Das ist gut. Aber in China empfinden wir großen Respekt vor dem, was ein für alle Mal erschaffen wurde. Wir wollen nicht weiter gehen. ›Der Weise versucht nicht, den Himmel kennen zu lernen‹, sagte Xunzi. Der Versuch, das Geheimnis der Dinge zu ergründen, ist für den Menschen der Anfang des Wahnsinns, ein Wettlauf ohne Ende, auf den wir Chinesen verzichtet haben. Ich persönlich bedaure das.«

»Die Wissenschaft ist kein Fluch«, sagte der König. »Sie ist eine Wohltat. Dank ihrer wird die Vernunft über den Aberglauben triumphieren, werden wir eines Tages die Krankheiten besiegen, die unser Volk dezimieren, reisen wir schneller, entdecken wir die Geheimnisse des unendlich Großen wie des unendlich Kleinen, werden uns die Kräfte der Natur Stück für Stück enthüllt. Habt Ihr schon von der Elektrizität gehört?«

»Noch nie, Majestät.«

»Das ist eine Art unsichtbare Flüssigkeit, die dazu führt, dass die Körper einander anziehen oder abstoßen. Ein faszinierendes Phänomen. Abbé Nollet, Lehrer für Physik der *Enfants de France*, hat zahlreiche Experimente durchgeführt, um dieses Phänomen zu messen. Es ist ihm sogar gelungen, sie künstlich zu erzeugen. Wenn seine Elektrizität Euch berührt, schüttelt es Euch. Das ist erstaunlich. Ich unterstütze seine Forschungen, so gut ich kann. Ihr werdet in den nächsten Tagen einmal seinen Vorführungen beiwohnen.«

»Mit dem größten Vergnügen, Majestät«, antwortete Li Ying, der sich freute, wie geschickt der König ihm den Vorwand für eine weitere Begegnung geboten hatte.

Das Verständnis, das er in den Sätzen von Ludwig XV. wahrnahm, tröstete ihn. Vielleicht würde sich das Doppelspiel, zu dem ihn Tercier zwang, doch noch als amüsant erweisen, und inzwischen bescherte es ihm eine Art Vertraulichkeit mit dem König, dessen feiner Verstand ein Vergnügen war. Er mochte zögerlich und unentschlossen sein, wie Ange Goudar gesagt hatte, aber zumindest war er intelligent, offen und neugierig.

»Bitte lasst mich jetzt allein«, sagte der König. »Wann immer meine Pflichten es mir erlauben, wird es mir eine Freude sein, Euch wiederzusehen, Monsieur. Bis dahin wird mein guter Bertin dafür sorgen, Euch den Aufenthalt angenehm zu gestalten. Aber hütet Euch vor seiner unerschöpflichen Neugier! Er wäre imstande, Euch über Euer Land auszufragen, ohne auf die Zeit zu achten.«

Li Ying stand auf, grüßte den König, der so liebenswürdig war, mit einer respektvollen Neigung des Oberkörpers und verließ mit Bertin rückwärts den Saal. Kaum war er draußen, stürzte man herbei, um den Mann von nahem zu sehen, der das Privileg einer so langen Audienz beim König genossen hatte. Er beantwortete mehrere Einladungen mit einem Lächeln, drückte Hände, dann gelang es ihm zu entkommen. Baptiste folgte ihm wie ein Schatten.

Dreiundvierzigstes Kapitel

Wer ist dieser Chinese, den der König in seinem Arbeitszimmer empfangen hat?«, fragte die Marquise de Pompadour.

Sie hatte ein paar enge Freunde eingeladen, um sich nach einem verdrießlichen Tag mit Husten und Schwächeanfällen etwas abzulenken. An ihrer außerordentlichen Blässe konnte jeder ablesen, wie sehr die Krankheit voranschritt, die sie frühzeitig altern ließ. Sie saß an der Längsseite der Tafel zwischen La Rivière und Dufort de Cheverny und versuchte sich nichts anmerken zu lassen. Ihre Gäste verbargen die Sorge über ihren Zustand hinter fröhlichen Reden, einer außergewöhnlichen Freiheit im Ton und beständiger Aufmerksamkeit.

»Man trifft ihn jetzt überall«, erzählte Paul-Pierre de la Rivière. »In den Wäldern im Park, beim Abendessen von Finanzminister Bertin. Offenbar hat ihn seine Majestät sogar am Dienstag in seine Loge im Theater eingeladen.«

»Was? Es gibt einen Chinesen am Hof, und niemand hat mir davon erzählt!«, bemerkte Choiseul empört.

»Keiner weiß, wo dieser Mann herkommt«, erklärte Dufort de Cheverny. »Es wird behauptet, er sei ein Prinz.«

»Ein chinesischer Prinz!«, rief die Prinzessin de Robecq. »Das wäre etwas für Voltaire.«

»Sie sind allzu grausam, meine Liebe«, sagte Choiseul und nahm die Hand seiner Mätresse, um sie zu küssen. »Der wäre imstande, ein so entsetzliches Stück wie seinen *Orphelin de la Chine* daraus zu machen. Nein danke! Voltaire hat uns schon genug chinesiert!«

Alles lachte. Die Entgegnungen des Ministers, seine Aphorismen und seine Frechheit waren ebenso berühmt wie gefürchtet. Dem Mann mit der spitzen Nase, den vor Intelligenz und Ironie funkelnden Augen und dem übermäßig sinnlichen, ständig lächelnden Mund bot alles einen Vorwand für ein Wortspiel oder eine freigeistige Bemerkung. Alles außer seiner Macht, über die er so eifersüchtig wachte, dass selbst der König ihm manchmal nachgeben musste.

»So viel Gerede um einen elenden Chinesen!«, sagte die Marquise de Solanes. »Wirklich, wie kann man nur Chinese sein? Was haben Sie nur alle, dass Sie vor diesen Barbaren erstarren? Was haben diese Leute denn, das Sie so neugierig macht, so begeistert und so nachsichtig?«

»Sie haben Porzellan, Paravents und Seide, die wir nicht haben und die unseren Damen ganz schrecklich gefallen. Das haben sie«, entgegnete La Rivière.

»Wenn Ihre Damen diese Ziererereien lieben, dann haben sie wohl keinen besseren Geschmack als Sie, der sie so schlecht auswählt!«, versetzte Béatrice de Solanes.

»Wunderbar!«, rief Choiseul, der dem Dialog voller Begeisterung gefolgt war. »Jetzt hat sie es Ihnen aber gegeben, mein Lieber.«

Choiseul empfand besondere Zuneigung für die Marquise de Solanes. Ihre Jugend und ihre Schönheit waren nur ein Grund dafür. Der zweite lag darin, dass er bei ihr den lebhaften und scharfen Geist wiederfand, der ihn selbst auszeichnete. Eigentlich mochte er sie vor allem, weil sie die Stirn gehabt hatte, sich ihm mit einem mörderischen Satz zu verweigern, von dem er sich niemals wirklich erholt hatte. In dieser Hinsicht erging es ihm wie Ludwig XV., dem sie ebenfalls das Vergnügen verweigert hatte, mit ihr zu schlafen. Es hieß, der König habe es ihr nicht übel genommen und nur verlangt, dass sie ihn ab und zu besuchen komme, damit er ihre Schönheit bewundern könne. Weiter nichts. Béatrice hatte nicht nur Charakter. Sie besaß auch Güte und Nachsicht gegen andere, was in diesen Kreisen sehr selten war und ihr die Freundschaft von Madame de Pompadour eingetragen hatte. Die Marquise war oft erschöpft von ihren Hustenanfällen, immer häufiger spuckte sie Blut. Sie schätzte die Gesellschaft der jungen Frau und bat sie oft, ihr mit ihrer sanften, singenden Stimme vorzulesen, um Ruhe zu finden.

»Sie sind sehr ungerecht, Béatrice«, fuhr Choiseul fort. »Wenn China nicht wäre, womit würden sich dann der kleine Minister Bertin und unser hervorragender Herzog de Chaulmes beschäftigen? Sie verbringen ihre Zeit damit, alles zu sammeln, was ihnen Amiot und seine Jesuiten schicken. Und was machen wir mit unseren Philosophen? Wie könnten sie ohne die Hilfe Chinas philosophieren, über die Menschen nachdenken und über die, die über sie herrschen, frage ich Sie? Ganz zu schweigen von den bewunderungswürdigen Missionaren, die sich abplagen, um uns mit immer erbaulicheren Briefen zu überschwemmen, uns die Vorteile der kaiserlichen Verwaltung zu rühmen und uns in einen so schillernden Exotismus zu stürzen, dass sie inzwischen schon der Hälfte aller Franzosen den Kopf verdreht haben, die sich wünschen, die andere Hälfte möge chinesisch werden. Wenn ich nicht bremsen würde, hätte Bertin bereits den Wettbewerb der Mandarine für die ganze Verwaltung eingeführt und den Verdienstvollsten Pfauenfedern überreicht.«

Alle lachten. La Rivière wollte das letzte Wort behalten: »Einige würden sich vielleicht freuen, sie sich an den Hintern zu stecken!«, rief er.

»Versailles, Februar 1760. Majestät, der König von Frankreich ist der unglücklichste Mensch«, schrieb Li Ying in seinem neuen Bericht an Qianlong, »denn er ist am wenigsten frei. Er gehört, so hat man mir erklärt, all seinen Untertanen.

Die Tradition verlangt, dass der König mitten unter ihnen lebt oder sich zumindest den Anschein gibt. Und dass alle Zugang zu ihm haben. Der König steht seinem Volk gegenüber in der Pflicht. Diese Sitte, die auf die Gründung der französischen Monarchie zurückgeht, bringt zahlreiche Unannehmlichkeiten mit sich. So muss der König einmal in der Woche seine Mahlzeit vor zahlreichen Zuschauern einnehmen, und sein Palast steht dem Publikum offen. Jeder kann hinein, wann immer er will. In den Fluren von Versailles begegnet man Adligen aus den entferntesten Provinzen, die sich für eine persönliche Angelegenheit einsetzen oder eine Pension verlangen, Neugierigen, die darauf warten, ihren Herrscher zu sehen, und, was noch überraschender ist, Bettlern, die jedem, der vorbeikommt, die Hand entgegenstrecken. Die Höflinge beklagen sich ständig darüber, aber der König will nicht mit den Traditionen brechen. Auch in den Gärten seines Palastes, die ganz anders aussehen als Eure und deren Schöpfer ebenso Geometer sind wie Gärtner, wimmelt es von Menschen, die an allen Tagen der Woche spazieren gehen, herumtoben oder Schlimmeres. Diese Nähe ist nicht ungefährlich. Man hat mir erzählt, dass der König vor drei Jahren von einem armen Irren namens Damiens mit dem Dolch angegriffen wurde. Dank seiner stabilen Konstitution hat er den Tod jedoch mühelos zurückgewiesen.

Bei der Lenkung der Staatsangelegenheiten folgt man hier der natürlichen Ordnung der Dinge. Anders als in England entscheidet der König mit seinen Beratern über die Politik des Landes. Nicht das Parlament, das ursprünglich ein Gerichtshof war, sich aber immer stärker der Macht des Königs und der Kirche widersetzt. Die öffentliche Meinung steht hinter diesem Parlament, und man kann vermuten, dass es eines Tages wie in England genug Autorität an sich ziehen wird, um die Monarchie zu zwingen, die Macht mit ihm zu teilen. Das englische Vorbild wird hier von den größten Häuptern bejubelt. China ist in Frankreich noch mehr als in

London Gegenstand einer wahren Anbetung. Der wichtigste Minister des Königreiches, Monsieur Bertin, empfindet für unser Land eine solche Leidenschaft, dass er eine Sammlung wunderschöner Zeichnungen angelegt hat. Ein französischer Jesuit, Monsieur Amiot, schickt sie ihm aus Peking. Aber das ist nichts im Vergleich mit der Sammlung eines anderen Liebhabers unseres Landes, des Herzogs de Chaulmes, der in seinem Schloss Kleidung, Porzellan, Möbel und Waffen aus China zusammengetragen hat. Er besitzt sogar eine Dschunke. Ich sehe in diesem Interesse eine beachtliche Chance. Wir nutzen sie nicht hinreichend, und ich werde mir erlauben, Euch demnächst Vorschläge diesbezüglich zu unterbreiten.«

Li Ying richtete sich auf und legte die Feder beiseite. Er überlegte kurz, ob er seinen Handel mit den Franzosen erwähnen sollte, verzichtete jedoch darauf. Zunächst wollte er sehen, wie sich die Angelegenheit entwickelte. Das Schreiben tat ihm gut, obwohl es sehr schwierig war, die Zeichen mit einem anderen Gerät als dem Pinsel zu kalligraphieren. Ohne einen Menschen, dem er sich öffnen und mit dem er seine innersten Gefühle teilen konnte, hatte er das Bedürfnis empfunden, sich an den einzigen Vertrauten zu wenden, den er hatte, den Kaiser selbst. Der Einzige, dem er mit einem angedeuteten Satz seine Sehnsucht nach China, von dem er in Europa nur einen blassen Widerschein sah, und die Ungewissheit über die Zukunft verständlich machen konnte. Sein Text glich eher dem Brief, den man einem seit allzu langer Zeit abwesenden Freund sendet, als dem geheimen Bericht, den Qianlong von ihm erwartete. Drei Stunden schrieb er so, erklärte, wie er endlich nach Versailles, dem ursprünglichen Ziel seiner Reise, gekommen war und mischte in seine ersten Eindrücke vom französischen Königshof persönliche Betrachtungen, von denen er nie gedacht hatte, er könnte sie seinem Mentor anvertrauen.

Er hatte sich in das Arbeitszimmer im Obergeschoss eingeschlossen und hörte den Wind in den Bäumen des Gartens rauschen. Vor dem Fenster sah er dichte Wolken am Vollmond vorbeiziehen und fantastische Formen bilden. Sie glichen denen, die in seiner Kindheit an Unwettertagen über den Himmel von Peking gezogen waren. Er sah sich selbst, ein kleiner Junge, verurteilt zur Einsamkeit, wie er ihnen verzweifelt aus seinem abgeschlossenen Garten zurief, damit sie ihn aus seinem Gefängnis hinaustrugen, ans Ende der Welt. Aber sie verschwanden wie große, ferne, gleichgültige Tiere, und die Verzweiflung quälte ihn mehr denn je.

Diese Erinnerung belebte den geheimen Schmerz, den auch die Jahre nicht geheilt hatten. Wie damals war er einsam, diesmal aber ganz auf sich selbst gestellt, ohne jede Unterstützung. Shi Xiu und sein freundliches Lächeln fehlten ihm. Er hätte ihn gern um sich gehabt, ein leiser, aufmerksamer Schatten, der stoisch seine Sehnsucht nach der Heimat teilte. Nichts vom Schicksal seines Dieners zu wissen, belastete sein Gewissen jeden Tag aufs Neue. Jeder Tag verstärkte seine Schuldgefühle, keine Notlösung für ihn vorgesehen zu haben. Tercier und Magnac hatten zwar versprochen, alles zu tun, um ihn wiederzufinden, aber je mehr Zeit verging, desto weniger glaubte er daran. Nun begann auch das Bild von Caroline und ihrem bezaubernden Lächeln ihn heimzusuchen. Das Verlangen nach ihrem warmen Körper quälte ihn sogleich. Ihre Liebkosungen fehlten ihm. Voller Bitterkeit fragte er sich, ob sie ihn schon ersetzt hatte, um ihn zu vergessen. Was bedeutete das schon? Er würde sie nie wiedersehen.

Zum ersten Mal seit langer Zeit brachte ihm der kleine Buddha, an den er ein stummes Gebet richtete, keine Hilfe. Er seufzte, blickte ein letztes Mal zum wolkenverhangenen Himmel, bedauerte, nicht mehr das tröstliche Licht des Mondes zu sehen, tauchte seine Feder in das große Tintenfass aus Porzellan und setzte seinen Bericht fort.

Vierundvierzigstes Kapitel

Jean-Pierre Tercier achtete darauf, seinen Schützling nicht allzu lange allein zu lassen, und besuchte ihn wie an jedem Wochenende, glücklich, seiner aufreibenden Arbeit zu entfliehen. Aus ganz Europa empfing er die Berichte und Depeschen der Agenten des *Dienstes*, die er entschlüsseln musste, um sie dem König vorzulegen. Auch war er der Einzige, der die königlichen Anweisungen an den Chevalier d'Éon in Sankt Petersburg, an Vergennes in Istanbul oder an Chrétien in Stockholm kodierte. Tercier erfüllte diese Aufgaben mit einer unfehlbaren Treue und Zuverlässigkeit, die ihn zu Seele und Nervenzentrum dieses Geheimnetzes machten. Ehe er in das Depeschenkabinett ging, verbrachte er einige Stunden in der Rue Médéric, um Li Ying über die Landungspläne für die englische Küste zu informieren und sich zu vergewissern, dass dieser seine Haltung gegenüber Frankreich nicht geändert hatte. »Wenn er die Engländer ausspioniert hat, wüsste ich nicht, was ihn davon abhalten sollte, hier dasselbe zu tun«, hatte er eines Tages zu Ludwig XV. gesagt. »Aber der Schaden, den er uns damit zufügen würde, ist nichts im Vergleich zu den Diensten, die er uns erweisen kann.« Der König hatte zustimmend genickt und sich in die Lektüre des letzten Berichtes von Vergennes vertieft.

Li Ying bedauerte sehr, auf den Hof beschränkt zu sein und nicht wie in London ungehindert kommen und gehen zu können. Das war der Preis, den er zahlen musste, um weiterhin die Gunst der Franzosen zu genießen und das Terrain für seine künftigen Taten zu bereiten. Das Leben am Königshof und die Intrigen, die dort gesponnen wurden, boten ihm glücklicherweise genug Stoff zum Nachdenken. Ausführlich füllte er damit die Seiten, die er an den Kaiser richtete, um ihn über die Besonderheiten der französischen Monarchie zu informieren.

»Wer ist die Marquise de Pompadour?«, fragte er eines Tages Tercier. »Sie hat mich gebeten, sie am kommenden Sonnabend in ihren Gemächern zu besuchen.«

»Das ist die Favoritin des Königs«, antwortete Tercier. »Oder seine Freundin, wenn Sie lieber wollen. Obwohl er sich schon lange anderen Vergnügungen zugewandt hat, bleibt er ihr doch sehr verbunden. Und es wäre untertrieben zu behaupten, sie bewahre einen starken Einfluss auf ihn und seine Minister. Es ist für niemanden ein Geheimnis, dass der Herzog de Choiseul ihr die Ernennung zum Staatssekretär für Auslandsangelegenheiten verdankt. Sie ist eine sehr intelligente Frau, weniger verhängnisvoll, als die einen sagen, und mehr zu fürchten, als die anderen meinen. Seien Sie also vorsichtig und diskret, hüten Sie vor allem Ihre Zunge. Wie die meisten Frauen stirbt auch die Marquise vor Neugier auf alles, was sie nicht weiß, und sie erträgt es nicht, wenn der König und seine Berater etwas tun, ohne es ihr zu sagen. Sie weiß nichts von der Existenz des *Dienstes,* und sie darf auf keinen Fall davon erfahren. Ansonsten würde sie uns in ihre Intrigen hineinziehen und zerstören, selbst wenn sie es nicht wollte. Auf jeden Fall hat Madame de Pompadour genügend Macht, um über Gnade oder Ungnade zu entscheiden, und mehr als ein Höfling fand sich auf seine Ländereien verbannt, weil er ihr missfallen hatte. Sehen Sie zu, dass Sie ihr niemals etwas zu verdanken haben, dann haben Sie Ihre Ruhe.«

Pater Romanet kehrte eben in seine bescheidene Wohnung zurück, nachdem er die Morgenmesse zelebriert hatte, als der

Bruder Pförtner ihm einen versiegelten, an ihn adressierten Umschlag brachte. Er erklärte, der Edelmann, der ihn abgegeben habe, warte am Eingang des Hauses der Bruderschaft in der Rue du Faubourg-Saint-Denis. Überrascht fragte sich Romanet, wer ihm wohl schreiben mochte, und öffnete voller Neugier den Umschlag. »Verehrter Monsieur Romanet«, las er, »ich bin derjenige, der Ihnen unlängst die Botschaften für China übersandte. Da ich jetzt in Paris bin, möchte ich Sie so schnell wie möglich kennen lernen. Könnten Sie mich empfangen, sobald Sie dies gelesen haben?«

Romanet las die kurze Nachricht noch einmal, um sicherzugehen, dass er sich nicht getäuscht hatte. Sie war nicht unterschrieben. Es war das erste Mal, dass er eine direkte Mitteilung von dem geheimnisvollen Mann erhielt, der ihm zweimal einen Umschlag übermittelt hatte, adressiert an einen französischen Händler in Kanton, dessen Namen er vergessen hatte. Er wusste weder, wer der Absender, noch wer der Empfänger war, hatte jedoch den Anweisungen gehorcht, die man ihm gegeben hatte, und die Umschläge nach China reisenden Missionaren anvertraut. Seit einiger Zeit hatte er nichts mehr erhalten und war schon etwas besorgt. Gewiss würde ihm sein Besucher Antwort auf seine Fragen geben. Romanet beschloss, dass das Memorandum über die Finanzen der Bruderschaft, an dem er gerade arbeitete, warten könne, und ging zum Eingang. In der Vorhalle ging ein Mann mit dem Hut in der Hand ruhigen Schritts auf und ab und eilte ihm entgegen, sobald er ihn kommen sah.

»Monsieur Romanet?«, fragte er.

Der Priester nahm sich Zeit, seinen Besucher anzuschauen. Die groß gewachsene Gestalt in einem Gehrock aus braunem Samt und einer Hose aus Grègeseide hatte alles von einem Edelmann. Auch die Weste mit Perlmuttknöpfen und das Spitzenhemd fehlten nicht. Sein Gesicht jedoch überraschte ihn. Unter der Perücke erkannte er die Züge eines Chinesen, wie man sie auf den Porträts sah, die die Missionare aus Peking schickten.

»Das bin ich. Mit wem habe ich die Ehre?«

»Mein Name ist Li Ying«, antwortete der Chinese. »Ich bin der Briefpartner von Monsieur Antoine Desmarais, Händler in Kanton, für den ich Ihnen mehrmals Post zukommen ließ.«

»Daran erinnere ich mich sehr gut.«

»Könnten Sie mir ein paar Minuten für ein vertrauliches Gespräch gewähren?«

Da Romanet gern wissen wollte, wer dieser Mann war, bat er den Gast, ihm bis in seine bescheidenen Privaträume im Obergeschoss der Bruderschaft zu folgen, und wartete, bis er auf einem der beiden Holzstühle Platz genommen hatte, ehe er zu sprechen begann.

»Ich hatte erwartet, weitere Pakete gleicher Art von Ihnen zu erhalten«, begann er.

«Leider haben unglückliche Umstände und Verzögerungen jeder Art mich daran gehindert.«

Pater Romanet sah ihn mit wohlwollendem Lächeln an.

»Was verschafft mir das Vergnügen Ihres Besuches?«

Li Ying zog einen dicken Stapel Papier hervor, den er unter seiner Weste verborgen hatte, und reichte ihn dem Mönch. Die Blätter wurden durch ein gelbes Band mit einem Wachssiegel zusammengehalten.

»Ich würde Ihre Dienste gern noch einmal in Anspruch nehmen«, sagte er. »Könnten Sie dies auf dem gleichen Weg Monsieur Desmarais zukommen lassen?«

»Ich denke, das ist möglich. Die Post an unsere Brüder in China geht im nächsten Monat von Bordeaux ab. Ich werde Ihren Brief dazulegen.«

»Vielen Dank, Monsieur Romanet.«

»Verzeihen Sie meine Neugier, Monsieur Li, aber kommen Sie selbst nicht auch aus China?«

»Ich bin tatsächlich Chinese. Aber ich habe beschlossen,

für einige Zeit in Frankreich zu leben. Ich wollte gern besser verstehen, was uns trennt und was uns vereint.«

»Und haben Sie es herausgefunden?«

»Es ist zu früh, um das zu sagen, Monsieur Romanet, aber wie Sie feststellen können, nehme ich diese Prüfung so ernst, dass ich mich sogar bemühe, äußerlich einem Franzosen zu gleichen!«

»Das gelingt Ihnen wunderbar. Ich hätte so gern dasselbe wie Sie getan. Nach China reisen und ein wenig Chinese werden! Zu meinem größten Leidwesen bin ich jetzt zu alt für diese Reise. Man hatte kurze Zeit daran gedacht, mir die Nachfolge von Bruder Pedrini anzuvertrauen, dem Musiker Ihres Kaisers, der 1746 in Peking starb. Aber ich hatte nicht sein Talent, und die Christen wurden verfolgt. Die Jahre vergingen, und ich blieb hier. Sie sind in gewisser Weise die letzte Verbindung mit diesem einstigen Traum. Würden Sie mir die Freude machen, mich erneut mit Ihrem Besuch zu beehren?«

»Ich werde es gewiss nicht versäumen. Und ich werde Ihnen auch einen neuen Umschlag zu übergeben haben«, erklärte Li Ying und wandte sich zur Tür. »Darf ich Ihnen noch eine Frage stellen, Monsieur Romanet? Wissen Sie, ob Pater Gallois noch auf dieser Welt ist? Ich habe ihn als Kind in Peking gut gekannt. Ist er noch am Hof von Qianlong, oder ist er nach Frankreich zurückgekehrt?«

»Sie haben Michel Gallois gekannt? Was für ein wunderbarer Mensch, nicht wahr?«

»Er war mein Lehrer, ihm verdanke ich die Kenntnis Ihrer Sprache.«

»Ich erinnere mich weder daran, gehört zu haben, dass er nach Paris zurückgekehrt wäre«, sagte Romanet, »noch, dass der Herr ihn zu sich gerufen hätte. Aber unsere Bruderschaft ist groß. Man weiß nicht immer alles über die Brüder, die wir in die Ferne schicken. Wenn Sie es wünschen, werde ich mich bei älteren Brüdern erkundigen.«

»Ich wäre Ihnen sehr dankbar«, sagte Li Ying.

Die Hoffnung, Nachricht von seinem einstigen Lehrer zu erhalten, wärmte ihm das Herz. Vielleicht war er noch am Leben, dort, in Peking, und konnte ihm schreiben?

Li Ying verabschiedete sich erleichtert. Die Verbindung mit China war noch nicht abgerissen, und er konnte das Netz reaktivieren, um mit Qianlong zu kommunizieren. Draußen wartete Baptiste geduldig vor der Kutsche. Er hatte keine Überraschung gezeigt, als der Chinese ihn bat, zu den Lazaristen zu fahren, ehe sie Tercier aufsuchten. Um keinen Verdacht zu wecken, hatte Li Ying nicht einmal lügen müssen. Er hatte nur erklärt, dass er die Spuren seines früheren Lehrers wiederfinden wolle.

»Haben Sie gefunden, was Sie suchten?«, fragte Baptiste.

»Ich bin auf dem richtigen Weg. Wir werden wiederkommen, um neue Informationen zu erhalten«, antwortete Li Ying mit einem freundlichen Lächeln.

Fünfundvierzigstes Kapitel

Nicolas de Révillon konnte es nicht fassen, dass William Pitt persönlich ihn zum Abendessen eingeladen hatte. Der Botschafter Frankreichs war für Konsultationen nach Versailles zurückgerufen worden, und Révillon war der einzige offizielle Vertreter seines Landes in London. Seine Rolle bestand im Wesentlichen darin, zwischen den Kabinetten von Pitt und Choiseul zu vermitteln, wenn sie die Notwendigkeit sahen, sich auszutauschen. Alle wussten, dass man früher oder später Frieden schließen musste. Aber eine Einladung zum Essen mit dem Minister zu erhalten, das war doch etwas ganz anderes!

Révillon fragte sich, ob Pitt womöglich ganz diskret Friedensverhandlungen eröffnen wollte. Trotz der Erfolge der englischen Truppen – den letzten hatte Admiral Hawke auf den Îles Cardinaux über die Flotte von Brest davongetragen – waren die Engländer immer weniger imstande, die neuen Kriegssteuern zu bezahlen, das war allgemein bekannt. Das Land begann sich aufzulehnen, hier und da verlangte man bereits das Ende der Feindseligkeiten. Wenn der englische Minister tatsächlich an Versailles herantreten wollte, um den Sturz seiner Regierung zu verhindern, würde das für Nicolas de Révillon sehr viel mehr bedeuten, als die Rückkehr zum Frieden. Dann würde ihm das Verdienst zukommen, die ersten Schritte eingeleitet zu haben.

Je weiter die Mahlzeit voranschritt, desto größer wurde

seine Ungeduld. Pitt konnte sich nicht entschließen, irgendeine politische Frage anzusprechen, äußerte nur Allgemeinheiten und beteuerte seine Freundschaft mit Frankreich. Er erklärte, er habe diesen Krieg nicht gewollt, für den in Wahrheit allein Friedrich II. verantwortlich sei. Ganz Europa kenne das kriegerische Wesen des Preußenkönigs, aber er, Pitt, habe nichts gegen das französische Volk, das er respektiere, oder gegen seinen König, der ein friedliebender Mensch sei. Der junge Baron de Révillon bemühte sich, in gleichem Ton zu antworten, und fragte sich, worauf Pitt hinauswollte. Erst als sie in den Salon gingen, um ein Glas weißen Porto zu trinken, kam der Engländer zum Thema.

»Man hat mir berichtet, dass ein Ausländer am Hof in Versailles aufgetaucht sei«, begann er. »Wissen Sie davon?«

»Ich habe noch nichts Derartiges gehört«, versicherte Révillon, der keine Berichte der englischen Agenten am französischen Königshof erhielt und nicht informiert wurde, was dort vor sich ging. »Könnten Sie etwas genauer werden? Es gibt, glaube ich, nicht wenige Ausländer in Versailles.«

»Es soll sich um einen gewissen Li Ying handeln, einen Chinesen, der vorgibt, ein Prinz und aus Peking geflohen zu sein, um die Welt zu entdecken.«

»Ein Chinese in Versailles? Wenn dem so wäre, müsste wohl selbst ich davon erfahren haben.«

»Ich kann Ihnen versichern, dass es stimmt, mein junger Freund. Fragen Sie mich nicht, wie mir diese Information zu Ohren gekommen ist, aber dieser Li Ying wurde sogar vor mehr als einem Monat von Ihrem König in seinem Beratungszimmer empfangen.«

Révillon dachte schweigend über die Organisation der Engländer nach, die es ihnen erlaubte, von den kleinsten Vorkommnissen am französischen Hof zu erfahren. Ob Ludwig XV. und seine Regierung davon wussten? Hatten sie auch so ein System? Er zweifelte daran und stieß unter Pitts anteilnehmendem Blick einen tiefen Seufzer aus.

»Und inwiefern interessiert Sie dieser Pseudoprinz, Mister Pitt?«, fragte er.

»Er interessiert nicht mich, sondern die englische Justiz, Herr Baron!«

»Aber weshalb?«, fragte der Franzose höchst erstaunt.

»Er ist ein Krimineller. Einige Wochen vor seinem Auftritt in Versailles hat er einen anständigen Bürger Seiner Majestät ermordet. Wir wollen ihn hier verurteilen. Er ist ein Abenteurer der schlimmsten Sorte. Ich weiß nicht, wie ihm die Flucht nach Frankreich gelungen ist, aber er verdient es nicht, Ihre Gastfreundschaft zu genießen. Noch weniger, sich am Königshof zu spreizen!«

»Sind Sie sicher, dass er der Mörder ist?«, fragte Révillon umso zurückhaltender, als er von der Wendung des Gespräches sehr enttäuscht war.

»Die Zeugenaussagen sind eindeutig. Er ist es. Ich bitte darum, dass die französische Regierung ihn ergreift und uns mit ordentlicher Bewachung zurückschickt, damit er verurteilt wird und seine verdiente Strafe erhält. Könnten Sie dieses Ansinnen an den Herzog de Choiseul übermitteln?«

»Gewiss, Herr Minister.«

»Sollte Frankreich, wie ich es hoffe, diesen Kriminellen ausliefern, wird Seine Majestät Georg II. darin natürlich ein Zeichen des guten Willens sehen, das die Verhandlungen zwischen unseren Ländern beschleunigen könnte, um einen ehrenhaften Frieden zu erreichen.«

Révillon bewunderte die Geschicklichkeit seines Gesprächspartners. Pitt war zweifellos der größte Minister, den England jemals besessen hatte, und der junge Mann stellte fest, dass er gerade eine Lektion in Diplomatie erhielt. Sein Ernst, ja sein Eifer trieben ihn jedoch dazu, eine delikate Frage anzusprechen.

»Ich würde die Aufmerksamkeit Ihrer Exzellenz gern auf folgenden Punkt lenken«, sagte er. »Herzog de Choiseul wird mich gewiss bitten, ihm genauer mitzuteilen, unter welchen Umständen Ihr Chinese sein Verbrechen begangen hat. Könnten Sie mir mehr darüber erzählen?«

Pitt wurde ungeduldig und zappelte in seinem Sessel.

»Ich kenne auch nicht alle Einzelheiten dieser Geschichte, Monsieur de Révillon, das müssen Sie verstehen«, sagte er mit einer Stimme, die durch den Ärger schrill wurde. »Ich weiß, dass er fliehen wollte und den Mann, der ihn daran zu hindern versuchte, mit dem Degen durchbohrt hat.«

»Was hatte er getan, dass er fliehen musste?«, insistierte Révillon, dem die Sache Spaß zu machen begann.

»Ich habe keine Ahnung!«, log Pitt, der keine Angaben machen wollte, die die Aufmerksamkeit der Franzosen auf sein Geheimkabinett gelenkt hätten.

»Das ist ärgerlich. Es wäre sicher besser, Exzellenz, wenn Sie mehr darüber in Erfahrung bringen könnten, damit ich alle Informationen weitergeben kann, die Versailles benötigt, ehe die von Ihnen gewünschte Entscheidung getroffen werden kann. Seine Majestät ist sehr genau in der Frage des Asyls, das sein Königreich jedem Ausländer gewährt, selbst wenn er als Krimineller angesehen wird.«

»Der Platz eines Mörders ist vor seinen Richtern, nicht an einem Königshof! Gott und die Menschen, vor allem die Witwe des Opfers, verlangen Gerechtigkeit. Frankreich kann sich dem nicht widersetzen und sich seinen Pflichten entziehen.«

»Zweifellos. Aber man müsste genau wissen, ob dieser Chinese ein Mörder ist.«

»Sollten Sie es wagen, mein Wort in Zweifel zu ziehen, junger Mann? In Ihrer Situation und in der Lage Frankreichs glaube ich kaum, dass Sie das tun können!«

Révillon sah in Pitts Augen abstoßenden Hass aufleuchten. Er verstand, dass alle Reden, die er über seine vermeintliche Freundschaft für das Königreich der Lilien gehalten hatte, reine Lüge waren, dass er es in Wahrheit aus ganzem Herzen verabscheute. Die Bewunderung, die er eben noch für diesen Mann empfunden hatte, wurde durch Misstrauen verdrängt.

»Gerade, wenn man sich in derartigen Situationen befindet, ist man verpflichtet, im Umgang mit der Wahrheit besonders unnachgiebig zu sein. Erlauben Sie mir, mich zu verabschieden. Ich werde gleich morgen eine Depesche an das Kabinett senden, um es über Ihr Begehren zu informieren.«

Sechsundvierzigstes Kapitel

Monsieur«, sagte Choiseul und hob sein Glas, »China hätte keinen hervorragenderen Vertreter als Sie nach Versailles schicken können!«

Li Ying dankte mit einem Kopfnicken. Die Brustkrankheit, an der die Marquise de Pompadour litt, ließ ihre Schönheit noch zarter erscheinen. Der eckige Ausschnitt ihres weißen Taftkleides, das mit goldenen Palmen und creme- und korallfarbenen Rosen broschiert war, entblößte milchweiße Haut und die Andeutung kleiner, aber vollendet geformter Brüste. Aus dem zarten Oval ihres ständig lächelnden Gesichtes, das durch einen Hauch Rouge belebt wurde, traf jeden Einzelnen ein Blick von unergründlichem Charme. Sie war die Anmut selbst. Li Ying erlag ihrem Zauber. Selbst wenn sie nicht mehr die Favoritin des Königs war, bewahrte sie doch eine Macht, von der keine Konkubine der Verbotenen Stadt je hätte träumen können.

Er saß rechts neben der Marquise, ihm gegenüber Choiseul zwischen Madame de Robecq, Marquis de Renel und Marquise de Solanes. Seine Nachbarin, Madame d'Esparbès, presste in vermeintlicher Unachtsamkeit ihr Bein gegen seines und beugte sich vor, um ihn ihre Formen bewundern zu lassen.

»China und Frankreich sind die ältesten Reiche der Erde«, fuhr Choiseul fort. »Sie haben eine eigene lange Geschichte und können die Führung der Angelegenheiten dieser Welt für sich beanspruchen. Niemand sonst.«

»Was ist mir Russland, England, Preußen?«, fragte Li Ying und zog seinen Schenkel von dem seiner Nachbarin zurück.

»Nur Emporkömmlinge auf der Bühne dieser Welt. Sie haben keinen Respekt für die Sitten und bedienen sich der gemeinsten Mittel, um uns zu bestehlen, zu vernichten, zu schlagen. Wir müssen uns wehren!«

»Wir?«

»Das Reich der Mitte und die französische Monarchie«, rief Choiseul, mitgerissen von seiner eigenen Begeisterung. »Ansonsten werden die primitiven Völker, Russen, Preußen, Engländer, uns überfallen, unsere Zivilisationen zerstören, uns ihre Moden aufzwingen, ihre Sitten, ja ihre Nahrung! Können Sie sich einen schlimmeren Alptraum ausdenken? Stellen Sie sich vor, in China würde man russisch essen! In Frankreich englisch! Das wäre ein Verbrechen gegen den Geschmack, gegen den gesunden Menschenverstand.«

Die Tischgesellschaft erschauerte. Man glaubte sich nicht mehr im Salon der Marquise, sondern in einem Theater, und alle hielten den Atem an. Mit welcher Pointe würde Choiseul seine Rede beenden?

»Ja, Monsieur, wir müssen unsere Kräfte vereinen, um unseren Feinden entgegenzutreten und die Menschheit vor der Dekadenz zu retten!«

Die Marquise de Pompadour applaudierte als erste. Alle folgten ihr, und Choiseul war so beglückt darüber, dass er plötzlich weniger hässlich aussah. Li Ying konnte kaum fassen, dass sich der mächtigste Minister Frankreichs von einem Klüngel bejubeln ließ, der von Politik nur eine sehr vage Ahnung hatte und sich an Worten berauschte. Dennoch war sein Angebot nicht uninteressant, und Li Ying fragte sich, ob es nicht eine diplomatische Ouvertüre darstellte, die alle Welt überraschen könnte.

»Monsieur le Duc«, antwortete er vorsichtig, während er sich in seinem Sessel zurücklehnte, »ich bin nur ein einfacher

Reisender, kein Diplomat, und mein Blick auf diese Dinge ist gewiss nicht so scharf wie der Ihre.«

»Sie sind zu bescheiden, Monsieur«, unterbrach ihn Béatrice de Solanes. »Hätten Sie nicht den lebhaften Geist, den Sie sich absprechen, wären Sie nicht hier bei uns, um die Welt zu verändern.«

»Wo wäre ich dann?«, fragte er überrascht.

»Drei Fuß unter der Erde, in einer jener wilden Gegenden, die Sie durchqueren mussten, um hierher zu gelangen. Es gibt nur wenige einfache Reisende, die so viele Wüsten, von Räubern heimgesuchte Länder und Binnenmeere mit gefährlichen Stürmen überwunden hätten, um unverletzt an den Hof des Königs von Frankreich zu gelangen!«

»Ich hatte Glück, Marquise«, antwortete er amüsiert.

»Das Glück interessiert sich nur für Dummköpfe, wenn es sie an die göttliche Vorsehung glauben lassen möchte. Erlauben Sie uns, Sie als einen halb offiziellen Botschafter anzusehen. Diese Funktion passt besser zu Ihnen.«

Wer war diese Frau, die ihn so klar durchschaute? Li Ying schaute sie erstaunt an.

»Wenn es Ihnen Spaß macht, warum nicht?«, sagte er mit einem Lächeln. »Ich wollte Monsieur de Choiseul nur sagen, dass ich hier niemanden vertrete, auch wenn er freundlicherweise eine so hohe Meinung von mir hat. Meine Worte verpflichten allein den Untertan des Reiches, der ich bin, nicht aber dieses Reich. Ich teile Ihre Meinung über die Gefahren, die darin liegen könnten, dass weniger zivilisierte Nationen uns ihre Gesetze diktieren würden. Während die Franzosen den Engländern misstrauen, misstrauen die Chinesen den Russen. Sie sind voller Hochmut und Arroganz, obwohl sie doch gerade erst aus ihren Wäldern hervorkommen. Vergessen wir nicht, dass es der ganzen diplomatischen Kunst französischer Jesuiten bedurfte, um mit diesem Land ein Abkommen über die Grenzen im Norden abzuschließen. Deshalb aber eine Allianz mit Frankreich zu bilden … Wir sind sehr weit voneinander entfernt, und was in Europa geschieht, betrifft uns ebenso wenig, wie Sie vom Geschehen in Asien berührt werden.«

»Täuschen Sie sich nicht!«, rief Choiseul. »Nichts von dem, was auf Ihrem Teil der Welt geschieht, ist uns gleichgültig. Es berührt unsere ureigensten Interessen.«

»Schon möglich, aber wie soll man sich vorstellen, dass unsere Armeen einander eines Tages zu Hilfe kommen könnten? Die riesige Entfernung lässt jeden derartigen Plan zur Illusion werden.«

»Aber der Gedanke einer Allianz kommt Ihnen dennoch nicht allzu absurd vor, Monsieur. Das ist das Wichtigste. Nach meiner Vorstellung geht es auch weniger darum, einander Hilfe zu bringen, als damit zu drohen. Wenn Frankreich und China eine Allianz schließen würden, wäre die ganze Welt sehr überrascht. Die Freundschaftserklärung zweier Mächte wie den unseren hätte überall auf der Welt beachtliche Auswirkungen. Das Echo würde dem gleichen, das einst das von Franz I. und Suleiman II. unterzeichnete Abkommen auslöste. Das würde unseren Gegnern zu denken geben, wenn sie einen Krieg gegen uns anzetteln oder den begonnenen fortsetzen sollten. Man muss weit vorausschauen. Die ganze Welt ist zum Schauplatz der Auseinandersetzungen zwischen Monarchen geworden. Deshalb müssen wir in Zukunft auch unsere Bündnispartner in der ganzen Welt suchen. Dann könnten wir gemeinsam handeln, wo wir einander näher sind, in Indien zum Beispiel, wo die Engländer den Besitz unserer Ostindiengesellschaft angreifen. Wir haben neue Truppen entsandt, aber werden sie ausreichen, um die Situation umzukehren? Ist es unrealistisch sich vorzustellen, dass eine Armee aus China uns Unterstützung bringt?«

»Ein Blick auf die Geographie gibt eine erste Antwort. Indien ist vom Norden und Osten sehr schwer zugänglich. Alles würde überdies davon abhängen, was Frankreich als Gegenleistung anzubieten hätte.«

Béatrice de Solanes war gefesselt von dieser Diskussion. Sie saß auf dem Rand ihres Sessels, neigte den Oberkörper nach vorn und ließ Li Ying nicht aus den Augen. Ihre verschränkten Hände verrieten die Intensität ihrer Aufmerksamkeit. Sie war wunderbar. Ihre schwarzen Augen, die kleine gerade Nase und der entzückend geformte Mund bildeten das schönste Gesicht, das man sich vorstellen konnte. Li Ying war beeindruckt von der hohen Stirn, die eine Frau mit Geist offenbarte, und von dem willensstarken Kinn, das die Frau der Tat verriet. Plötzlich empfand er ein noch unklares Begehren. Die Marquise hatte trotz ihrer Jugend – sie mochte Anfang zwanzig sein – gewiss schon vielen Männern den Kopf verdreht, aber ein gewisses Etwas, ein hieratischer Zug in ihrem Verhalten ließ ahnen, dass sie ihre Gunst gewiss nicht jedem schenkte. Wessen Freundin war sie, wessen Mätresse? Eine solche Schönheit konnte in einer Welt, in der ein Beschützer lebensnotwendig war, nicht allein bleiben.

Die junge Frau bemerkte, dass sie angeschaut wurde, richtete sich auf und warf ihm einen verärgerten Blick zu.

»Was würden Sie davon halten, dieses Gespräch demnächst in meinem Arbeitszimmer fortzusetzen?«, schlug Choiseul vor.

»Stören die Frauen wieder mal?«, empörte sich Béatrice.

»Keineswegs, liebste Marquise«, antwortete Choiseul. »Aber Seine Majestät ruft mich zu sich, damit wir über Polen sprechen, und ich muss mich verabschieden.«

»Wenn Sie uns verlassen, fahren wir an Ihrer Stelle fort«, schlug Madame de Pompadour vor. »Natürlich nur, wenn Prinz Li Ying einverstanden ist. Wenn Sie zurückkehren, ist bereits alles beschlossen, Sie müssen dann nur noch unterzeichnen!«

»Ich bin nicht ermächtigt!«, protestierte Li Ying amüsiert.

»Was hindert Sie daran, es zu werden?«, fragte Béatrice.

»Sie hat Recht«, sagte Choiseul im Gehen. »Was würden Sie dazu sagen, offiziell vom König von Frankreich entsandt zu werden, um mit Ihrem Kaiser über unsere Allianz zu verhandeln? Sie wären dazu imstande, daran zweifle ich nicht.«

»Vielleicht, aber ich hatte eigentlich nicht vor, in den nächsten Jahren nach Hause zurückzukehren.«

»Aha!«, sagte Choiseul enttäuscht und ging, ohne noch ein Wort zu sagen, gefolgt von Madame de Robecq und Renel.

»Sie wollen also noch bei uns bleiben?«, fragte Madame d'Esparbès mit einem interessierten Leuchten in ihrem Blick.

»Wenn man mich hier will, auf jeden Fall.«

»Wie könnte man Sie nicht hier wollen?«, rief sie in gespielter Naivität.

Das ist wenigstens ehrlich, amüsierte sich Li Ying. Er lächelte ihr zu, bemerkte jedoch sogleich den erzürnten Blick der Marquise de Solanes, die offenbar eine etwas höhere Vorstellung von weiblichem Schamgefühl hatte. Sie stand mit steifen Bewegungen auf und wandte sich ebenfalls dem Ausgang zu.

»Wenn Sie die Galanterie den Staatsaffären vorziehen, kehre ich lieber zu weniger frivolen Beschäftigungen zurück«, sagte sie mit trockener Stimme und wandte sich an die Marquise de Pompadour. »Mit Ihrer Erlaubnis, Madame.«

»Ich fühle mich etwas erschöpft …«, sagte die Marquise.

In wenigen Sekunden verschwand Béatrice, die Gastgeberin zog sich in ihr Zimmer zurück, und Li Ying war plötzlich allein mit Marguerite d'Esparbès. Sie war klein, aber wohlproportioniert, mit einem festen Körper, den sie ihm eine Stunde lang immer wieder präsentiert hatte, und auch ihr Gesicht war höchst ansehnlich. Ihre fleischigen Lippen verhießen höchste Glückseligkeit. Die junge Frau bot sich ihm mit so offensichtlichem Vergnügen an, dass er Lust bekam, sie dort, auf der Stelle, im Vorzimmer der Madame de Pompadour zu umarmen. Die seit London auferlegte Abstinenz begann ihn zu belasten, und er wäre dumm eine solche Gelegenheit zurückzuweisen.

Marguerite d'Esparbès spürte es, ein gieriges Leuchten trat in ihre Augen, und sie presste sich an ihn. Mit einer Hand zog sie seinen Kopf zu sich, während die andere seinen Schenkel hinaufstrich, um sich zu vergewissern, dass er nicht unempfänglich für ihre Avancen war. Ihr Kuss raubte ihm den Atem, und er beugte den Kopf nach hinten. Die Lust, sogleich wieder anzufangen, war stärker als die Vorsicht. Er küsste sie mit unverhohlener Inbrunst. Es war wie eine Befreiung. Die ganze Spannung, die ganze Bitterkeit, die sich in ihm angesammelt hatte, seitdem er Caroline verlassen, seine Freunde und seinen treuen Shi Xiu verloren hatte, lösten sich mit einem Mal. Gewandt hob er den Rock der jungen Frau, strich mit der Hand ihre Schenkel hinauf und suchte fieberhaft nach ihrem Bauch.

»Mein Prinz, Sie gehen aber ran«, murmelte sie mit einem leisen Lachen.

Keine Leibwäsche störte seine Liebkosungen. Die Vorstellung, dass sie unter der Seide ihres Kleides gänzlich nackt war, verstärkte sein Begehren. Er drehte sie gegen die Wand, sie krümmte sich, um ihm ihren vorgewölbten Hintern darzubieten, und er nahm sie voller Ungeduld. Die Gefahr, ertappt zu werden, verstärkte sein Vergnügen. Das Stöhnen, das Marguerite zu unterdrücken suchte, indem sie sich in die Hand biss, ihre ungewöhnliche Stellung, die brennenden Empfindungen, die ihm dieses köstliche Fleisch schenkte, rissen ihn weit schneller mit sich, als er es sich gewünscht hätte.

Als er jedoch den Höhepunkt der Lust erreichte, stand ihm das Gesicht von Béatrice de Solanes vor Augen.

Siebenundvierzigstes Kapitel

Monsieur hat aber einen Appetit heute Abend!«, rief der Diener. »Es ist eine wahre Freude. Ich begann mich schon zu fragen, warum Ihnen die französische Luft nicht besser bekommt.«

»Sie bekommt mir, Baptiste, sie bekommt mir!«, antwortete Li Ying und schwenkte seine Gabel. »Besser, als ich angenommen hatte. Frankreich ist ein schönes Land. Seine Leichtigkeit und Sorglosigkeit, die Freiheit im Ton und die Schlichtheit der Sitten sind die besten Heilmittel gegen die Melancholie. Sie können Ihrem Herrn, Monsieur Tercier, sagen, dass ich frisch und munter bin.«

»Das werde ich mir nicht erlauben, Monsieur!«

»Doch, doch, Sie werden es sich erlauben. Ich weiß doch, dass er Sie an meine Seite gestellt hat, um mich zu beschützen und gleichermaßen zu überwachen.«

Baptiste wurde puterrot. Sein heiteres Gascognergesicht verfärbte sich.

»Monsieur, glauben Sie mir, ich …«, stammelte er.

»Seien Sie nicht kindisch, mein Freund, wir sind unter uns. Das ist auch völlig unwichtig. So sind eben die Spielregeln. Beleidigen Sie mich nicht, indem Sie annehmen, ich würde sie nicht kennen.«

Als Li Ying seine Mahlzeit beendet hatte, gab er plötzliche Müdigkeit vor, um sich zurückzuziehen, und wartete geduldig, bis im Haus Stille herrschte. Dann setzte er sich vor seinen Arbeitstisch. Tatsächlich platzte er beinahe vor Energie. Sein kurzes Liebesspiel mit Marguerite d'Esparbès hatte ihn aufgeheitert. Amüsiert dachte er an die Begeisterung der kleinen Französin. Kaum hatte sie ihre Toilette wieder halbwegs in Ordnung gebracht, wollte Marguerite ihn mit zu sich nach Hause nehmen, um dort eine Aktivität fortzusetzen, für die er bestens geeignet schien, wie sie ihm kichernd zuflüsterte. Li Ying, der kein großes Verlangen nach einer Liaison verspürte, die so ungehörig begonnen hatte, hatte eine Verabredung zum Vorwand genommen, um zu fliehen, und im Fortgehen versichert, er werde ihr eine Nachricht schicken. Jetzt schrieb er allerdings nicht ihr, sondern Qianlong.

»Versailles, 28. März 1760. Majestät, der Minister des Königs hat mir gerade heute eine Allianz zwischen unserem Reich und Frankreich angeboten! Das mag fantastisch klingen, trifft sich jedoch mit einem Gedanken, der mir kam, als ich die Kräfteverhältnisse zwischen den europäischen Mächten studierte. Ich bin zu der Schlussfolgerung gelangt, dass eine von ihnen die Vorhand über die anderen gewinnen wird, wenn man nicht aufpasst. In naher oder fernerer Zukunft wird diese vorherrschende Macht zweifellos den Blick auf das Reich der Mitte richten, Majestät, und es unterwerfen wollen. Es scheint sich immer deutlicher abzuzeichnen, dass diese Macht England sein wird. Die Engländer allein besitzen die Vision für die Weite, weshalb sie die fernen Ländereien, die ihnen Reichtum bringen, den Kriegen auf dem europäischen Kontinent vorziehen. In Amerika nehmen sie Frankreich Kanada weg, und sie werden auch die spanischen Besitztümer angreifen. Sie strecken die Hand nach Indien aus. Die Entfernung schreckt sie nicht, sie besitzen offensichtlich die beste Marine, sie denken allein an den Handel und an ihre Größe. Wenn wir ihnen nicht Einhalt gebieten, werden sie morgen unser gefährlichster Feind sein. William Pitt hat mich ungewollt davon überzeugt, als er von mir verlangte, ich solle bei Euch das Handelsmonopol für sein Land durchsetzen und das Recht, ungehindert ihre Waren in das Kaiserreich einzuführen. Heute bittet er höflich darum, aber morgen wird er es verlangen, und die Engländer werden die Mittel haben, uns dazu zu zwingen.

Deshalb müssen wir jetzt handeln, also dieser Falle entgehen, die sich über uns schließt, ohne dass wir es bemerken. Was tun? Es gibt nur Eines, Majestät: die einzige Macht zu unterstützen, die imstande ist, sich den englischen Machenschaften zu widersetzen. Diese Macht ist Frankreich. Hier herrscht eine aufgeklärte Monarchie, die älteste Europas, eine Wissenschaft, die England gewiss in nichts nachsteht, soweit ich es sehen konnte, eine viel größere Bevölkerung und eine trotz einiger Niederlagen mächtige Armee. Dazu kommt ein Lebensstil, gegen den die englischen Sitten provinziell wirken. Ich glaube, Majestät, dass Frankreich die einzige Nation ist, die ein Gegengewicht zu der zunehmenden Macht Englands darstellen kann. Wenn Eure Majestät nichts unternimmt, um der Entwicklung Einhalt zu gebieten, werdet Ihr schneller mit den Engländern rechnen müssen, als Ihr glaubt. Und wer wird dann im Vorteil sein? Die zahlenmäßige Überlegenheit oder die technische? Würden wir Frankreich direkt oder indirekt unterstützen, hätten wir größere Sicherheit für die Zukunft unseres Reiches.

Ich flehe Euch an, mir Eure Anweisungen zukommen zu lassen, sobald Ihr diesen Bericht gelesen habt. Inzwischen setze ich die Mission fort, die Ihr mir anvertraut habt. Ich werde mich bemühen, Euch alle Informationen zu senden, die unserer Nation helfen können, ihren technischen Rückstand aufzuholen. Meine Aufgabe wird vielleicht durch die Freundschaft erleichtert, die man mir hier schenkt. Die Franzosen sind so froh, mich den Engländern weggenommen zu haben, dass sie sich nicht vorstellen können, ich würde sie ausspionieren.«

Ebenso wenig wie in seinem letzten Bericht hielt Li Ying die Ergänzung für nötig, dass ebendiese Franzosen ihn in ihrem Geheimkrieg gegen England einsetzen wollten. Gleich am nächsten Tag würde er wieder zu Pater Romanet gehen und ihm den Umschlag übergeben, wobei er hoffte, dass es noch nicht zu spät war, ihn der Postsendung hinzuzufügen. Er drückte sein Siegel auf, verschloss den Brief, dann schrieb er den Namen Desmarais' darauf und legte sich mit dem Gefühl der erfüllten Pflicht zu Bett. Seltsamerweise war das letzte Bild, das er wahrnahm, ehe er einschlief, das entzückende Gesicht von Béatrice, die ihm zulächelte.

Achtundvierzigstes Kapitel

Es war ein Wunder, dass der Brief ihn erreichte. Auf dem Umschlag stand lediglich: »An Seine Exzellenz Prinz Li Ying, Versailles.« Baptiste brachte ihn eines Abends, sichtbar überrascht, dass die Königliche Post so tüchtig war.

»Hier ist eine Nachricht für Sie aus England«, sagte er.

Ehe Li Ying herauszufinden suchte, wer den Brief geschrieben hatte, fragte er sich, ob jemand den Umschlag geöffnet hatte. Er drehte ihn in alle Richtungen, aber das Siegel schien unberührt. Beruhigt wandte er seine Aufmerksamkeit nun der Schrift zu. Sie war ihm völlig unbekannt. Vorsichtig öffnete er den Umschlag und schaute zunächst nach der Unterschrift. Es war die von Horace Walpole. Eilig überflog er die beiden Seiten, die mit einer kleinen, feinen und regelmäßigen Schrift bedeckt waren.

»Ihr Verschwinden, mein Freund, geschah ebenso plötzlich und rätselhaft wie Ihr Erscheinen auf unserer Insel. So wie Sie damals vom Himmel gefallen sind, haben Sie es wohl für richtig gehalten, dorthin zurückzukehren, ohne uns zu warnen. Dies hat mich verärgert. Wie eine Gestalt aus Ihren Märchen verschwanden Sie aus unserem Leben, ohne andere Spuren zu hinterlassen, als die Erinnerung. Warum eine solche Enttäuschung für die, die Sie Ihre Freunde nannten und die sich freuten, sich als solche anzusehen? Dringende Angelegenheiten, heißt es hier, hätten Sie unter geradezu akrobatischen Umständen dazu gezwungen. Man beschuldigt Sie gar des Mordes an einem Mann. Da ich Sie kenne, vermag ich es nicht zu glauben. Man fügt hinzu, Sie seien ein geheimer Emissär des Kaisers von China gewesen, zu uns gekommen, um die Geheimnisse unseres Staates zu erkunden. Solchen Einflüsterungen zu glauben, erscheint mir eines Gentlemans unwürdig. Aber ich habe viele Fragen. Man spricht von den Plänen einer Fregatte, die James Leighton Ihnen besorgt haben soll. Pitt soll ihn für seine Naivität mit einem Bußgeld bestraft haben, mit dem man ein großes Schiff ausrüsten könnte. Der arme Mann ist das Gespött der ganzen Stadt. Ich bedaure ihn nicht. Sollte ich also, ohne es zu wissen, mit einem Spion Umgang gehabt haben? Das ist merkwürdig aufregend! Ich frage Sie nicht, ob an diesen Gerüchten etwas Wahres ist, denn ich ahne, wenn dem so wäre, würden Sie doch das Gegenteil behaupten. Wissen Sie, dass Ange Goudar begonnen hat, ein Buch mit dem Titel *Der chinesische Spion* zu schreiben, das sich an Ihr Schicksal anlehnt? Aber es geht mich nichts an, was Sie tun, und Sie können erkunden, was immer Sie wollen, wenn Sie mir nur Ihre Freundschaft bewahren. Ihre unerträgliche Abwesenheit lässt mir diese noch wertvoller erscheinen als zu den Zeiten, da Sie noch in Strawberry Hill verkehrten. Der Gedanke an Sie hat mich zu einer kleinen Geschichte im chinesischen Stil inspiriert, die ich Ihnen schicken werde, sobald sie vollendet ist. Sie erzählt von einem Prinzen, der Ihnen ähnelt, Mi-Li, der bis nach England gereist ist, um die Frau zu finden, die er nach der Prophezeiung seiner Patin, der guten Fee Hih, heiraten soll, um endlich das Glück zu finden. Sie heißt Caroline … Ich hoffe, dieser Vorname lässt Sie nicht gleichgültig. Ihrer jedenfalls erfüllt die Frau, in der Sie so viel Liebe geweckt haben, noch immer mit Wehmut. Lady Rochefort leidet unter Ihrer Abwesenheit und sehnt sich nach Ihnen. Sie ist wie eine zu früh erblühte Blume, die durch ein böses Unwetter plötzlich verblüht. Ihre Freunde sind traurig, denn nichts kann sie von dem Schmerz heilen, Sie verloren zu haben.

Die Gerüchte sagen, Sie seien in Versailles, bei unseren unnachgiebigen Feinden. Da es heißt, solche Gerüchte würden nie aus dem Nichts entstehen, entscheide ich mich, sie zu glauben und Ihnen zu schreiben, wobei ich den Herrn *Shangdi* bitte, dieser Umschlag möge Sie erreichen. Da ich nicht weiß, wie es Ihnen geht und ob Sie Hilfe brauchen, empfehle ich Ihnen meine liebe Freundin Madame du Deffand, der ich mit derselben Post schreibe, um sie zu bitten, Sie gut zu empfangen. Sie müssen die Dame unverzüglich besuchen. Sie hat den schärfsten Geist in ganz Paris, und bei ihr versammelt sich die beste Gesellschaft, um ihre Bonmots, ihren Witz und die Kühnheit ihrer Ansichten zu genießen. Sie werden dort Monsieur d'Alembert treffen, einen Mathematiker, den sie wie eine Mutter zu lieben vorgibt, Marmontel, einen mittelmäßigen, aber liebenswürdigen Poeten, vielleicht Voltaire, wenn Sie Glück haben, und einige Dutzend anderer, derer Sie gewiss nicht müde werden. Man hat mir auch von ein paar jungen Mädchen erzählt, die Ihnen das Exil weniger einsam machen könnten. Wenn der Krieg vorbei ist, werde ich Madame du Deffand besuchen kommen, mit der ich zu meinem größten Vergnügen korrespondiere. Ich hoffe von ganzem Herzen, Sie dort zu treffen. Wenn Sie nicht inzwischen in Ihr geheimnisvolles Land zurückkehren und man nie mehr etwas von Ihnen hört … Inzwischen wage ich zu glauben, dass Sie meinem Ratschlag folgen und mich einer Antwort würdigen werden, um mir zu versichern, dass Sie am Leben sind und froh, es zu sein, woran ich nicht zweifle, weil die Franzosen sich besser als alle anderen darauf verstehen, dem Leben Geschmack zu verleihen. Möge Gott Sie beschützen, oder Konfuzius, wenn es Ihnen lieber ist, Ihr treuer Freund Horace Walpole.«

Niedergeschlagen saß Li Ying auf seinem Stuhl, den Brief in der Hand, die Augen ins Leere gerichtet. Die Erinnerungen an die wunderbaren Stunden, die er mit Vergilius und Horace verbracht hatte, und an die Nächte mit Caroline wurden wieder lebendig, so klar und kostbar, als habe er England erst am Vortag verlassen. Baptiste hüstelte diskret. Li Ying hatte gar nicht bemerkt, dass der Diener hinter ihm stehen geblieben war. Hatte er über seine Schulter hinweg mitgelesen? Sicherlich. Aber war das nicht völlig egal?

»Wünschen Monsieur etwas?«, fragte Baptiste zuvorkommend.

Seine Anwesenheit störte ihn plötzlich noch mehr als sonst. Er drehte sich um und maß ihn mit kaltem Blick.

»Ich will nichts, nur allein sein«, antwortete er entschlossen. »Und bekommen Sie heraus, wo Madame du Deffand wohnt. Wir werden sie bald besuchen.«

Neunundvierzigstes Kapitel

»Lange Finger, eine große Handfläche, trockene Haut, fest und zart«, kommentierte die Marquise du Deffand, »das ist die Hand eines anständigen Menschen. So gefällt es mir. Sie sind wahrhaft der, als der man Sie uns beschrieben hat. Aufrecht, mit ungebundenem Geist und schön wie ein orientalisches Geheimnis. Hände lügen nicht, Monsieur. Genauer als die Augen, die auch immer ein wenig von uns offenbaren, sind die Hände das Abbild unserer Seele und unseres Wesens. Ihre gefallen mir.«

Die Finger der Marquise hatten sich um Li Yings Hand geschlossen.

»Ich kann Sie nicht sehen, Monsieur«, sagte sie und wandte ihm ihr blindes Gesicht von zarter Blässe zu. »Was mir von Ihnen erzählt wurde, reicht für die Vorstellung, dass Sie meine Augen gewiss erfreut hätten, wenn ich noch jünger wäre. Aber durch Ihre Hand kenne ich Sie trotzdem sehr gut.«

Marie du Deffand saß lächelnd in einem seltsamen, tonnenförmigen Sessel, über ihrem weißen Haar lag ein Spitzentuch. Li Ying war verwirrt und wusste nicht, was er antworten sollte.

»Raubt es Ihnen etwa die Sprache, einer alten Dame wie mir Ihre Hand anzuvertrauen? Da haben Sie sie zurück!«, sagte sie fröhlich. »Setzen Sie sich neben mich. Julie wird uns bald etwas Tee bringen, nach dem wir geradezu süchtig sind.

Sie schickt der Himmel, mein lieber Prinz. Ohne Sie würde ich einen langweiligen Abend verbringen.«

»Ich freue mich, Ihr Gast zu sein, Madame«, begann er.

»Wenn man so alt und so blind ist wie ich, denkt man nur noch daran, sich zu amüsieren. Erzählen Sie mir alles, öffnen Sie Ihr Herz. Nichts gefällt mir besser. Aber zunächst einmal, wie geht es China?«

Überrascht begann Li Ying zu lachen.

»Warum lachen Sie?«

»Weil China so groß ist, Madame, und es mir anmaßend erscheint, Ihnen den gegenwärtigen Zustand darstellen zu wollen.«

»Aber der Kaiser, der Hof, die Regierung? Sind sie so, wie Voltaire sagt?«

»Was sagt Voltaire?«

»Dass China die weiseste und zivilisierteste Gesellschaft des Universums ist. Dass man dort weder Bettler noch Armut kennt.«

»Donnerwetter!«

»Dass es unter der Menschheit keine bessere Regierung, keinen besseren Fürsten für das Volk gibt, als Ihren Kaiser, der auch der erste Philosoph des Landes ist. Kurz, dass der Geist der chinesischen Nation, wie er sagt, das älteste Monument der Vernunft auf Erden ist. Es gibt keinen glühenderen Bewunderer Ihres Landes als Voltaire. Kennen Sie sein Stück *L'orphelin de la Chine*?«

»Leider nicht.«

»Sie müssen es unbedingt lesen. Es beruht auf einer Ihrer Legenden.«

Li Yings Züge verfinsterten sich. Auch er war ein Waisenjunge aus China, aber das wusste in diesem Teil der Welt niemand.

»Das muss das *Tao-che kou-eul* sein, *Der Waisenjunge von Tchao*«, sagte er. »Eine schreckliche Geschichte, die auf die Epoche des Frühlings und des Herbstes zurückgeht.«

»Was für ein schöner Name! Wann war denn diese Epoche des Frühlings und des Herbstes?«

»Lange vor der Geburt Ihres Christus. Etwa sechs Jahrhunderte davor, unter den Tsin. *Der Waisenjunge* erzählt die Geschichte des Adligen Tchao, des letzten Überlebenden einer zu Unrecht verurteilten Familie. Zwanzig Jahre nach deren Ermordung gelingt es ihm, seinen Vater zu rächen, wobei er einen alten Getreuen seiner Dynastie opfert. Einer unserer größten Dramatiker, Ji Junxiang, hat ein Stück geschrieben, das noch immer mit viel Erfolg gespielt wird. Ich frage mich, wie Voltaire davon erfahren hat.«

»Ich glaube mich zu erinnern, dass er sich auf eine Übersetzung bezieht, die von dem Jesuiten du Halde in seiner *Description de la Chine* veröffentlicht wurde. Aber Sie haben mir nicht geantwortet. Was denken Sie über Voltaires Meinung von Ihrem Reich?«

Julie de Lespinasse, die ein Tablett mit Tassen und eine Porzellankanne hereinbrachte, befreite Li Ying kurzzeitig von der Notwendigkeit einer Antwort. Er blickte auf die Gemälde an den mit goldgelbem Moiré bespannten Wänden, vornehme Porträts und idyllische Landschaften, und suchte nach Argumenten.

»Sie antworten nicht?«, fragte Madame du Deffand ungeduldig. »Sie sind offenbar sehr schüchtern.«

Li Ying zögerte nicht länger. Die Marquise war eine Frau, die ohne Probleme die Wahrheit ertragen konnte.

»Ich stimme zu, dass China zivilisiert ist«, begann er. »Aber das kommt einzig daher, dass seine Aufstände grausam sind. Um sie zu verhindern, muss Ordnung herrschen. Dazu benutzt man den Knüppel. Sicher zu viel. Jeder eigene Gedanke ist ausgeschlossen, alles folgt den uralten Traditionen. Seit Jahrhunderten hat sich dort nichts bewegt.«

»Das ist eine Stärke.«

»Es ist auch eine Schwäche. Die Entschlossenheit, nicht von dem strengen Kanon abzuweichen, auf den sich unsere

Gesellschaft gründet, hat das Land mit einem erstickenden Halseisen umschlossen, das uns letztendlich von jedem Fortschritt abschneidet. Unsere Gesellschaft ist zwar stabil, aber gleichzeitig entwickelt sie sich nur, um die Befriedigung ihrer unmittelbaren Bedürfnisse zu sichern. Da man jede Bewegung unterdrücken will, unterdrückt man tatsächlich auch jede Erneuerung. Der Kaiser ist nicht wie Ihr König. Er lebt abseits von allem, in einer verbotenen Welt, abgeschnitten vom Leben. Zurückgezogen in seinen riesigen Gütern, die er nur für religiöse Zeremonien verlässt. Wenn ich mir Ihre Gesellschaft ansehe, die sehr viel unruhiger ist, aber auch unendlich viel freier, schließe ich daraus, dass eine gewisse Unordnung keineswegs ein Feind des öffentlichen Wohles ist.«

»Das nenne ich schlau gedacht!«, rief die Marquise. »Julie, merken Sie sich diese Worte. Sie stellen vieles infrage. Ohne Sie würde ich weiter glauben, dass es ein Paradies auf Erden gibt, dessen Hauptstadt Peking heißt. Ihre Gedanken werden Voltaire nicht erfreuen, und ich werde sie ihm gleich morgen übermitteln, um seine Gewissheiten ein wenig durcheinander zu bringen.«

»Ist das die Mühe wert? Voltaire kennt China zweifellos besser als ich.«

»Und auch noch ein Spötter! Junger Mann, Sie gefallen mir. Ich werde unserem lieben Walpole schreiben, dass es eine gute Idee von ihm war, Sie zu mir zu schicken. Kennen Sie die Herren d'Alembert und Diderot?«

»Sollte ich?«

»Unbedingt. Sie verfassen eine Enzyklopädie, die schon viele Bände umfasst. Ich erinnere mich nicht mehr genau, was in ihrem Artikel über China steht, aber es wäre nicht unnütz, wenn Sie ihn lesen würden, um gewisse Korrekturen zu empfehlen, wenn er sich gar zu weit von der Wirklichkeit entfernt.«

»Eine Enzyklopädie?«, fragte Li Ying. »Was ist das?«

»Ein großes Lexikon in mehreren Bänden, das das gesamte Wissen unserer Zeit aus Wissenschaft, Philosophie und Geschichte enthalten soll. Ein kolossales Unternehmen, sehr stark von der berühmten *Cyclopaedia* von Chambers inspiriert, das muss ich zugeben. Haben Sie derartige Werke auch in China?«

»Es gibt ein großes Lexikon, das zu Zeiten von Kangxi verfasst wurde, und andere Werke, die ebenfalls alles über unsere Kunst und Wissenschaft enthalten«, antwortete er. »Diese Enzyklopädie interessiert mich sehr. Wie kann ich sie mir besorgen?«

Li Ying erkannte, dass er hier vielleicht die Erfüllung seiner Mission vor sich hatte. Er musste unbedingt ein Exemplar davon an den Kaiser schicken und es übersetzen.

»Der Buchhändler Le Breton, der Urheber dieses Unternehmens, wird Ihnen ein Exemplar für etwas weniger als tausend Livres überlassen können«, erklärte Madame du Deffand. »Aber die *Encyclopédie* ist noch nicht abgeschlossen. Etwa zehn Bände werden noch erscheinen. Man verspricht uns auch ganze Bände mit Kupferstichen, die verschiedene Techniken, wissenschaftliche Instrumente, den menschlichen Körper und die Maschinen erklären. Alles, ich sage es Ihnen, alles ist darin.«

»Ich werde gleich morgen zu Le Breton gehen, um sie zu kaufen!«, rief Li Ying.

»Was für eine Begeisterung!«

»Sie interessieren sich sehr für China, Madame? Dann werden Sie mein großes Interesse für Frankreich verstehen und meine Eile, das Werk zu sehen, das alles Wissen darüber enthält.«

Die Nacht war bereits weit fortgeschritten, als Li Ying die Marquise verließ. Ihr durch die anregenden Bemerkungen von Julie de Lespinasse belebtes Gespräch hätte bis zum Morgengrauen weitergehen können. Li Ying verließ das Kloster Saint-Joseph, in dem Madame du Deffand wohnte, glitt wie ein Schatten die verlassene Rue Saint-Dominique entlang und fand mühelos die Kutsche wieder. Pfeifend stieg er ein und schüttelte Baptiste wach, dessen Träume gewiss nichts von einem Buch ahnten, das alle Geheimnisse des Abendlandes enthielt.

Fünfzigstes Kapitel

Niemals hätte Li Ying geglaubt, dass es ihm ein solches Vergnügen bereiten könnte, die Seiten eines Buches umzublättern. Baptiste hatte ihm die bereits erschienenen Bände der *Encyclopédie* besorgt, und er überflog die Artikel wie im Fieber, begeistert von diesen Tausenden Seiten Wissen, die ihm nun zur Verfügung standen. Die Marquise du Deffand hatte ihn nicht getäuscht. Es war ein Schatz. Allein durch die Lektüre dieser Bände würde er sich das Wissen des Westens aneignen können, es besser verstehen, als Qianlong erhoffen durfte. Später, nach seiner Heimkehr, würde er wohl den Rest seines Lebens damit verbringen müssen, es zu übersetzen.

Aber würde er irgendwann heimkehren?

Zum ersten Mal und ganz unvorbereitet drängte sich ihm diese Frage auf. Er hatte seine ganze Jugend eingesperrt verbracht, um sich, ohne es zu wissen, auf seine Mission vorzubereiten. Wenn diese nun beendet wäre, würde er erneut ein Gefangener sein, um für den Rest seiner Tage dieses Werk zu übersetzen. War seine Mission dieses Opfer wert? »China retten«, hatte der Kaiser gesagt. Er hatte ihm diese Mission eingeschärft, aber existierte sie überhaupt? Li Ying wagte nicht, daran zu zweifeln, aus Furcht, eine schwarze Tür zu öffnen, die er niemals mehr würde schließen können.

Baptiste unterbrach sein Grübeln. Es war Zeit, nach Paris aufzubrechen, wo man ihn erwartete.

Herzog Charles de Broglie lief so ungeduldig in Terciers Salon auf und ab, dass ihm die gelockte Perücke vom Schädel rutschte.

»Mein Gott! Wann kommt Ihr Chinese endlich?«, fragte er schroff.

Tercier regte sich nicht darüber auf. Sein Vorgesetzter und Freund war ein leidenschaftlicher Diener des Königs und mit Leib und Seele dem *Dienst* ergeben, dessen militärischer Leiter er war. Er kompensierte seine geringe Größe mit übermäßiger Aktivität und einem oft etwas maßlosen Charakter. Als Erbe des Temperaments der piemontesischen Broglia, deren Stammbaum bis ins 13. Jahrhundert zurückreichte und deren Abkömmlinge sich zur Zeit Mazarins in Frankreich niedergelassen hatten, war Charles de Broglie der lebhafteste Mann des Königreiches. Er war auch der hartnäckigste und besorgteste. Tercier war an seine kriegerischen Aufwallungen gewöhnt und beantwortete sie mit unerschütterlichem Stoizismus. Er amüsierte sich nur, den Chef des *Dienstes* von »seinem« Chinesen reden zu hören, obwohl er, Broglie, die Idee gehabt hatte, ihn zu den Engländern zurückzuschicken, um sie mit falschen Informationen zu täuschen.

»Er müsste schon da sein«, antwortete er. »Sicher gibt es Probleme mit dem Verkehr.«

»Das kalkuliert man ein, Tercier, das kalkuliert man ein, um solche Unannehmlichkeiten zu vermeiden! Können Sie sich vorstellen, dass ich mit Verspätung nach Versailles komme, wenn mich Seine Majestät am 18. Mai zum Generalleutnant seiner Truppen jenseits des Rheins ernennt? Ich werde Vorsichtsmaßnahmen ergreifen, glauben Sie mir.«

»Soweit ist Prinz Li Ying noch nicht!«

Herzog de Broglie zuckte die Schultern.

»Er hat doch Baptiste«, nörgelte er. »Was erzählt der eigentlich? Hat er etwas Ungewöhnliches bemerkt?«

»Nichts, bis auf einen erneuten Besuch unseres Freundes bei den Lazaristen in der Rue du Faubourg-Saint-Denis.«

»Und weshalb? Will unser Pekinese Abt werden?«

Tercier lachte.

»Das wäre exotisch«, sagte er. »Baptiste hat mir erzählt, dass er versucht, einen Missionar zu finden, den er früher am Hof von Qianlong gekannt hat. Es gibt keinen Grund, daran zu zweifeln. Ich schenke Li Ying vollstes Vertrauen.«

»Ich auch, aber wir müssen vorsichtig bleiben. Vor allem, seit er mit Choiseul gegessen hat. Er und die Marquise de Pompadour sind allein schon gefährlicher als alle Agenten unserer Feinde zusammen. Er, weil er unsere Pläne zu ahnen beginnt, sie, weil sie sich in alles einmischt und es nicht erträgt, wenn unsere Aktion vor ihr geheim gehalten wird.«

Tercier war das wohl bekannt, und er bemühte sich, den *Dienst* vor den Intrigen der Marquise wie auch vor den Manövern des Ministers zu schützen. Er hörte, dass man einen Besucher empfing, und gleich darauf trat Li Ying herein.

»Ah! Da Sind Sie ja!«, rief de Broglie und stürzte auf ihn zu, um nach seiner Hand zu greifen. »Welch eine Freude, Sie kennen zu lernen!«

»Herzog de Broglie, vermute ich«, sagte Li Ying, etwas überrascht von dieser stürmischen Begrüßung. »Monsieur Tercier sagte mir, ich verdanke es Ihnen, in Frankreich zu sein.«

»Es ist eine Pflicht für Frankreich, jene zu retten, die England verfolgt. Aber lassen wir das. Jean-Pierre Tercier hat Ihnen erklärt, was der König von Ihnen erwartet. Natürlich nur, wenn Sie bereit sind, uns diesen Dienst zu erweisen.«

»Ich glaube, ich habe keine Wahl.«

»Da täuschen Sie sich. Sie können ablehnen. Niemals werden wir uns so weit erniedrigen, Sie zu zwingen, für uns zu arbeiten. Wir sind keine Engländer. Nun, da Sie beim *Dienst* eingeführt wurden, könnte die Angelegenheit allerdings etwas schwieriger werden. Wir hoffen einfach, dass Ihnen der Sinn danach steht, unseren gemeinsamen Feinden ein paar Hiebe zu versetzen.«

»Und meine Schulden zu begleichen?«, fragte Li Ying mit einem Lächeln.

»Man kann es auch so sehen«, gab der Herzog zu. »Wie dem auch sei, ich möchte Sie über unsere Vorbereitungen informieren. Schließlich betreffen sie Ihre Person. Alles läuft wie geplant. Unter größter Geheimhaltung haben wir Truppen auf der Halbinsel Cotentin zusammengezogen. Wenn ein englischer Agent sie dort sehen würde, könnten Schwierigkeiten mit der aufrührerischen Bauernschaft erklären, warum sie in der Region Quartier beziehen. Was die Marine angeht, so sind unsere Werften unermüdlich im Einsatz, um uns wieder eine Flotte zu geben, die imstande ist, die Tausende von Männern überzusetzen, die für die Eroberung notwendig sind. Am entscheidenden Tag werden die Seestreitkräfte angreifen, während die Schwadron von Brest aus an der Küste von Dunkerque das Ablenkungsmanöver durchführt, um Ihre Aussagen zu bestätigen. So, wie es jetzt läuft, werden wir den vorgesehenen Termin halten können, so dass die Operation im Herbst stattfinden kann.«

»Inzwischen sind Sie am Hof ebenso bekannt wie in der Stadt«, fuhr Tercier fort. »Das unterstützt die Geschichte zusätzlich, die Sie Pitt servieren werden, wenn Sie nach London zurückkehren.«

»Während wir die Vorbereitungen abschließen«, erklärte Broglie, »werden Sie Tercier weiterhin alles mitteilen, was uns für unsere Landung in England von Nutzen sein könnte. Sagen Sie uns alles, was Sie wissen. Ihre Kenntnisse über England, besonders über die Werft in Chatham, von denen mir Tercier berichtet hat, sind sehr kostbar für uns. Sie könnten uns viele Opfer ersparen und die Erfolgschancen unseres Unternehmens zusätzlich erhöhen.«

»Auch meine Meinung über den Charakter von König Georg und William Pitt interessiert Sie vermutlich? Die erzähle ich Ihnen gern. Es kann niemals schaden, das Temperament seiner Feinde zu kennen.«

»Hervorragende Idee!«, rief Broglie. »Wissen ist Macht.«

Tercier stand auf und legte Li Ying die Hand auf die Schulter.

»Ihre Unterstützung ist uns außerordentlich wichtig. Erlauben Sie mir, Ihnen zu sagen, wie sehr ich unsere Zusammenarbeit seit fünf Monaten schätze. Um Ihnen unsere Dankbarkeit zu bekunden, möchte ich Ihnen ein kleines Geschenk übergeben. Ich hoffe, es trifft Ihren Geschmack.«

Er läutete mit einer Kupferglocke. Verwirrt lauschte Li Ying auf Schritte und Tuscheln im Flur, dann öffnete sich die Tür vor einer kleinen, im Halbschatten des Vorraums kaum erkennbaren Gestalt.

Einundfünfzigstes Kapitel

Ich verstehe wirklich nicht, was unsere Philosophen und Minister an diesen Chinesen finden«, sagte Béatrice de Solanes.

»Sie geben ihnen Gelegenheit, über unsere Mängel und die Fehler unserer Staaten herzuziehen«, antwortete die Herzogin de Lussan.

Die Freundinnen saßen nach ihrem Spaziergang in dem duftenden Wäldchen im Schatten der Kolonnade. Sie trafen sich gern an der von Hardouin-Mansart entworfenen steinernen Rotunde mit Marmorsäulen, um in Ruhe und ungestört zu plaudern. Für die Marquise de Solanes war Madame de Lussan wie eine Mutter. Sie war eine Vertraute der Marquise de Pompadour und hatte Béatrice in den engsten Kreis der Favoritin eingeführt. Sie half ihr auch, die schwierigen Verhältnisse zwischen den verschiedenen Cliquen zu durchschauen, die sich um ihre Gunst stritten, lehrte sie, die Spiele der einen zu entlarven, den anderen zu misstrauen und vor allem ihre Freiheit zu bewahren, ohne in die Fallen zu treten, die Freigeister oder Eifersüchtige für sie aufstellten.

»Ich glaube, dass China sie vor allem fasziniert, weil es so fern ist«, fuhr Madame de Lussan fort. »Es lässt sie träumen. Diese Nation am anderen Ende der Welt hat etwas mit den mythischen Zeiten der Vergangenheit gemein: So wie es ein goldenes Zeitalter gab, ist China ein ideales Land für alle, die der Gegenwart vorwerfen, so zu sein, wie sie ist. Aber seien wir nachsichtig: Ich möchte wetten, wenn unsere Philosophen Chinesen wären, würden sie auch viel Gutes an Frankreich finden und die Mängel ihres Reiches herausstreichen!«

Béatrice de Solanes begann zu lachen.

»Um so mehr, als sie von China nur das kennen, was ihnen die Jesuiten berichtet haben«, sagte sie. »Man kennt doch ihre Art, die Wirklichkeit auszuschmücken, damit sie denen, die sie bekehren wollen, verlockender erscheint. Ich habe ihre Bücher gelesen. Auf jeder Seite habe ich mich gefragt, was daran wahr und was Propaganda ist.«

»Viele sind darauf hereingefallen, fürchte ich. Nur Diderot scheint mir inmitten dieser Lobgesänge noch die Vernunft zu bewahren.«

»Und was sagt er?«

»Eben, dass China ein Mythos ist, den die Jesuiten geschaffen haben, dass es in Wirklichkeit korrupt ist und von einem mehr oder weniger verderbten Despoten gelenkt wird, dass es dort weder Wissenschaft noch Fortschritt gibt. Dass dort Aberglauben und die Anbetung von Idolen die Religion ersetzen.«

»Wie seltsam ...«

»Warum?«, fragte Madame de Lussan erstaunt.

»Hat Ihnen unsere Marquise noch nicht diesen Prinzen aus Peking vorgestellt, der in diesem Winter nach Versailles gekommen ist?«, wunderte sich Béatrice.

»Nein. Ich komme ja kaum einmal von unseren Ländereien in der Provence hierher. Was hat er mit Diderot zu tun?«

»Der Prinz denkt anscheinend wie er. Als wollte er die Begeisterung dämpfen, mit der sein Land uns erfüllt.«

Sie gingen zum Apollonbecken und schützten sich dabei mit einem Schirm aus gelber Seide vor der Sonne.

»Und wie ist dieser Chinese?«, fragte Madame de Lussan.

»Auf jeden Fall intelligent und geistreich, aber nicht schnippisch, ernsthafte Ansichten, überlegt, voller Logik, was mir nicht schlecht gefällt …«

»Ich meinte äußerlich. Sieht er gut aus?«

Béatrice de Solanes errötete.

»Schlimmer als das. Er ist wunderbar.«

»Ich merke, dass er Ihnen nicht gleichgültig ist.«

»Glauben Sie das nicht!«, verteidigte sich die junge Frau. »Er interessiert mich nicht. Unter seinem großen Gehabe ist er wie alle Männer auf der Suche nach dem schnellen Abenteuer. Marguerite d'Esparbès, diese Gans, hat ihn schamlos an ihre Trophäenwand genagelt.«

Die Herzogin de Lussan lächelte. Sie war früher oft genug verliebt gewesen, um zu wissen, dass Béatrices Reaktion nicht von Empörung bestimmt wurde, sondern von Enttäuschung und einem Gefühl, das sie zum Schweigen bringen wollte. Das gefiel ihr, und sie beschloss, dem Schicksal ein wenig nachzuhelfen.

Zweiundfünfzigstes Kapitel

Shi Xiu?«, fragte Li Ying, der seinen Augen nicht traute. »Bist du es wirklich?«

»Ja, *Daren*, ich bin es«, sagte der alte Diener und warf sich seinem Herrn vor die Füße.

Er zitterte vor Rührung und sah mit tränennassen Augen zu Li Ying auf. Li Ying nahm ihn liebevoll bei den Schultern und hob ihn auf.

»Wie ist das möglich? Woher kommst du? Was machst du hier?«

Die Fragen überstürzten sich. Sie fielen einander in die Arme.

»Ich dachte, ich würde Euch nie mehr wiedersehen, *Daren.*«

»Ich auch, mein Freund. Du hast mir so gefehlt! Jeden Tag habe ich an dich gedacht, Shi Xiu, und nicht nur wegen deines Kochtalents. Wie haben Sie es geschafft, ihn wiederzufinden?«, fragte er auf Französisch Tercier, der ihre Reaktionen mit wohlwollendem Lächeln beobachtete.

»Sogleich nach Ihrer Ankunft alarmierte ich unsere Verbindungsleute in den Häfen der Normandie und der Bretagne. Magnac tat das Gleiche in England. Ein Chinese aus England konnte kaum unbemerkt hier landen. Aber es war vergeblich. Dann beschloss ich, die Information an all unsere Agenten in Europa weiterzuleiten. Einer von ihnen hat ihn schließlich aufgespürt.«

»Aber was hast du die ganze Zeit gemacht?«

»Das ist eine lange Geschichte, *Daren.*«

»Sie können sich später austauschen«, mischte sich Herzog de Broglie ungeduldig ein. »Ich muss einige dringende Angelegenheiten mit Monsieur Tercier besprechen und bitte Sie, uns allein zu lassen.«

In der Freude, seinen Diener wiedergefunden zu haben, störte sich Li Ying nicht an dieser Schroffheit. Schließlich war man ja unter Männern, die dem schwierigsten Beruf der Welt nachgingen.

»Danke, Monsieur, für alles, was Sie und Monsieur Tercier für uns getan haben«, sagte Li Ying. »Ich werde Ihnen ewig dankbar sein.«

»Verlassen Sie sich auf mich, Monsieur, Sie werden nicht auf die Ewigkeit warten müssen!«, rief Broglie.

Tercier begleitete sie hinaus.

»Zeigen Sie sich weiter am Hof«, empfahl er, »aber misstrauen Sie dem Choiseul-Clan. Diese Leute mögen uns nicht. Seien Sie vorsichtig.«

»Erzähl mir alles«, verlangte Li Ying und schob Shi Xiu auf die Sitzbank aus rotem Samt.

»Ihr erinnert Euch, dass Ihr mich um zehn Uhr zum Tor von Ranelagh bestellt hattet, nicht wahr?«, begann der Diener. »Als ich mit der Kutsche ankam, die Sie für mich gemietet hatten, war dort eine große Menschenansammlung, Soldaten und Schaulustige. Aber Euch habe ich nicht gesehen. Beunruhigt bat ich den Kutscher, eine Runde zu fahren und wiederzukommen, damit Ihr Zeit hättet, einzutreffen, wenn Ihr zu spät wäret. Aber Ihr seid nicht gekommen. Ich habe gewartet, so lange ich konnte und dachte, etwas Wichtiges habe Euch am Kommen gehindert. Schließlich beschloss ich nach Brighton zu fahren. Ich sagte mir, dort würde ich Euch sicher treffen.

Zunächst habe ich ein Zimmer in einer kleinen Herberge

am Hafen genommen, dann habe ich mich auf die Suche nach Schiffen gemacht, die über den Kanal fuhren, um zu sehen, ob Ihr mich vielleicht an Bord erwartetet. Kein Kapitän hatte je von Euch gehört. Ich wusste nicht, was ich tun sollte. Sollte ich auf Euch warten, aber wie lange? Nach London zurückkehren? Nach Frankreich fahren, weil Ihr doch beschlossen hattet, dorthin zu reisen? Ich wählte die letzte Lösung. Aus Vorsicht bezahlte ich einem englischen Kapitän im Voraus die Überfahrt und vertraute ihm unsere beiden Kisten an. Dann habe ich am Kai auf Euch gewartet. Vergeblich. Am nächsten Tag war ich erneut am Kai, als eine Kompanie Soldaten ankam. Sie durchsuchten alle Schiffe. Ich hörte, dass sie einen chinesischen Spion verfolgten, von großer Gestalt und mit englischer Kleidung. Nie zuvor habe ich dem Himmel mehr gedankt, mich so klein gemacht zu haben. Ich zog mir den Hut über das Gesicht, und niemand achtete auf mich. Nachts bin ich an Bord gegangen, und im Morgengrauen stachen wir in See.«

»Und du hast so lange gebraucht, um den Kanal zu überqueren?«

»An diesem Tag waren die Götter nicht bei mir, *Daren*. Ein schreckliches Unwetter erhob sich, als wir den halben Weg zurückgelegt hatten. Ich hörte andere Passagiere verlangen, man solle umkehren, aber der Kapitän weigerte sich und erklärte, er habe schon ganz andere Stürme erlebt. Dann wurde es immer schlimmer. Die Segel zerrissen, der Mast brach, und das Schiff ließ sich nicht mehr lenken. Eine riesige Welle ging über Deck nieder und warf das Boot um. Es sank in wenigen Minuten. Ich konnte mich an ein Stück Holz klammern, so ging ich nicht unter. Es gab noch einen zweiten Überlebenden. Stundenlang waren wir ein Spielball der riesigen Wellen und wären zehnmal fast ertrunken. Dann beruhigte sich der Ozean schließlich, aber mein Gefährte gab auf. Ich war erstarrt vor Kälte und Erschöpfung und wollte mich auch versinken lassen, als ich in der Ferne ein Schiff bemerkte. Ich brüllte, so laut ich konnte. Ich weiß nicht, wie sie mich gehört haben, und erinnere mich nur, dass ich plötzlich auf dem Deck eines Dreimasters lag, umgeben von Männern, die in einer seltsamen Sprache zu mir sprachen, die ich nicht verstand.«

»Und wo haben sie dich abgesetzt?«

»Oben, im Norden, in einer Stadt, die Göteborg heißt.«

»Wo ist das?

»In Schweden, Herr.«

»Du warst in Schweden? Das ist unglaublich! Du bist der erste Chinese, der den Boden dieses Landes betreten hat. Das werde ich dem Kaiser berichten. Du wirst die größten Ehrungen erhalten.«

In seiner Begeisterung über diese Aussicht war Shi Xiu nicht mehr zu bremsen. Er erzählte, wie ihn die Cousine des Kapitäns aufgenommen hatte, und wie deren Gatte, ein riesiger Fischer mit gelbem Haar, ihn lehrte, die größten Fische zu fangen, die er je gesehen hatte. Er erzählte von den Tagen, die er auf See verbracht hatte, von den Abenden im Holzhaus, von der seltsamen Nahrung, die er zu sich nehmen musste, und dem Feuerwasser, das er am letzten Abend der Woche mit seinen Kameraden trank, von der Sehnsucht nach seinem Herren und der Verzweiflung, für immer in diesem Hafen am Ende der Welt zu bleiben, ohne jede Möglichkeit, Frankreich zu erreichen oder gar nach China zurückzukehren. Er erzählte, dass er überzeugt war, seine Tage in diesem Reich des Schnees, des Windes und des Ozeans beenden zu müssen, wo Kälte, Blizzard und Trauer die einzigen Aussichten waren, und dass er trotz der Güte seiner Gastgeber daran gedacht hatte, sich den Tod zu geben.

Eines Tages grübelte er in einem Wirtshaus am Hafen über seinem Kummer, als ein eleganter Mann ihn ansprach. Es war ein Franzose namens Chrétien, der gerade gelandet war und auf seinen Posten als Sekretär an der Botschaft Frankreichs in Stockholm zurückkehrte. »Sind Sie vielleicht Herr Shi Xiu?«, hatte er gefragt und sich an seinen Tisch gesetzt. Es verschlug dem Chinesen glattweg den Atem, in dieser verrauchten Schenke seinen Namen zu hören, und er antwortete mit den wenigen englischen Worten, die er kannte. Der Mann erzählte, dass man ihn überall in Europa suche, dass er glücklich sei, ihn gefunden zu haben und dass er ihn zu seinem Herren zurückschicken werde. Shi Xiu traute seinen Ohren nicht und dachte in den folgenden Tagen, er habe geträumt. Aber zwei Wochen später brachte ihm ein Bote einen gültigen Pass, mit dem er in Europa reisen konnte, ohne Probleme zu bekommen. Shi Xiu verabschiedete sich von seinen Gastgebern und fuhr nach Frankreich. Ein Boot brachte ihn bis an die Spitze Dänemarks. Dann gelangte er mit Postkutschen und anderen Gefährten über Hamburg, Bremen, Nimwegen und Brüssel bis nach Paris, wo Jean-Pierre Tercier ihn in Empfang nahm.

»Ich muss dein Abenteuer bis ins Kleinste dem Kaiser berichten!«, erklärte Li Ying. »Du wirst als Held angesehen werden! Hast du bei dem Schiffbruch irgendetwas retten können?«

»Nichts, Herr.«

»Außer meinem Siegel und dem kleinen Buddha haben wir also nichts mehr, was uns mit unserer Heimat verbindet, mein armer Shi Xiu. Sind wir überhaupt noch Chinesen? Manchmal frage ich mich das.«

»China ist in unseren Herzen, *Daren*. Nichts kann es uns nehmen. Nicht einmal das Leben.«

Dreiundfünfzigstes Kapitel

Man macht sich über Frankreich lustig!«
Bleich vor zurückgehaltener Wut schwenkte Choiseul ein Blatt Papier vor dem Hofrat.

»Diese Depesche habe ich soeben von unserem Vertreter, Baron de Révillon erhalten. Sie kam gestern aus London. Und was erfahren wir daraus, Majestät? Dass der Mann, den Ihr mit größten Ehren empfangen habt, ein Krimineller ist! Ja, Sire, Prinz Li Ying wird von William Pitt persönlich angeklagt, einen anständigen englischen Bürger ermordet zu haben! Die Londoner Justiz verlangt, dass wir ihn unverzüglich ausliefern.«

Der König erblasste. Er war der Einzige an diesem Tisch, der die Gründe für Li Yings Flucht kannte und wusste, dass es dabei einen Toten gegeben hatte. Aber er konnte unmöglich die Unschuld des Chinesen erklären, ohne zu enthüllen, dass der *Dienst* darin verwickelt war. Das wäre eine allzu gute Gelegenheit für Choiseul, einen Skandal zu provozieren und mit seinem Rücktritt zu drohen. Der Krieg in Übersee und in Frankreich selbst verlief zu schlecht, als dass er ein solches Risiko eingehen konnte. Er senkte den Blick und tat, als lese er in einem Bericht, während er darauf wartete, dass Choiseul sein Plädoyer fortsetzte.

»Mit der Übermittlung von Pitts Ansinnen informiert uns Révillon auch, dass eine entsprechende Reaktion von Eurer Seite von König Georg als Zeichen der Versöhnung angesehen würde und dass das englische Volk darin eine Ermutigung finden würde, den Krieg zu beenden.«

»Wie denn, Choiseul, solltet Ihr auf einmal glauben, was Pitt sagt?«, fragte Ludwig XV., dessen Stimme noch heiserer klang als gewöhnlich.

Der Minister antwortete unverzüglich.

»Weniger denn je, Sire. Aber ich denke, wenn er sich die Mühe macht, uns dieses Ersuchen bezüglich des chinesischen Prinzen zu übermitteln, dann hat Euch dieser Prinz nicht die ganze Wahrheit gesagt. Wie könnte er überhaupt eines in England begangenen Verbrechens angeklagt sein, wenn er doch behauptet, direkt aus China zu kommen? Einer von beiden lügt, Sire, und ich frage mich, welches Interesse Pitt daran hätte, es zu tun. Deshalb stelle ich eine Frage: Wer ist Prinz Li Ying? Und was hat er getan, um die Ehre zu verdienen, in Privataudienz vom König empfangen zu werden?«

Ludwig XV. spürte wohl, dass Choiseul Verbindungen vermutete, die man ihm verschwieg.

»Herr Minister, Ihr werdet zugeben, dass ich empfangen kann, wen ich will.«

»Niemand würde sich erlauben, Euch dieses Recht zu versagen, Majestät. Aber Ihr werdet ebenso zugeben, dass ich Eure Außenpolitik nicht lenken kann, ohne sie in all ihren Einzelheiten zu kennen.«

»Herr Li Ying hat nichts mit unserer Außenpolitik zu tun, Choiseul.«

»Ich hätte gern Gewissheit darüber, Sire.«

Bleierne Stille legte sich über die Mitglieder des Hofrates. Sie waren dem mit zurückgehaltener Heftigkeit geführten Wortgefecht entsetzt gefolgt und wagten nicht, den Mund aufzumachen. Niemals war Choiseul so weit gegangen, und jeder fürchtete den endgültigen Bruch zwischen dem König und seinem Minister. Ludwig XV. richtete sich auf und sah Choiseul voller Kälte an.

»Ich selbst hätte gern diese Gewissheit«, erklärte er mit eisiger Stimme. »Habt nicht Ihr die Initiative ergriffen und ihm eine Allianz zwischen Frankreich und China vorgeschlagen, ohne es für angebracht zu halten, vorher mit mir darüber zu reden?«

Nun war es an Choiseul, den Blick zu senken.

»Missfällt diese Idee Eurer Majestät so sehr?«, fragte er schließlich.

»Das ist unwichtig. Ihr habt Eure Rechte überschritten. Wer sagt Euch, dass der *Sehr Christliche König* sich mit dem Sohn des Himmels zu verbünden wünscht? Ansonsten weigere ich mich, den Behauptungen des Engländers auch nur den geringsten Glauben zu schenken, denn dahinter verbirgt sich nichts als eine grobe Falle. Auf jeden Fall befindet sich Prinz Li Ying auf unserem Boden, und er wird hier bleiben, so lange er es wünscht. So habe ich entschieden. Um herauszubekommen, wer er ist, da Ihr Euch darum zu sorgen scheint, Choiseul, empfehle ich Euch, ihn selbst zu fragen. Vielleicht erhaltet Ihr so Gewissheit.«

Vierundfünfzigstes Kapitel

Während des ganzen Abendessens haben Sie nichts anderes getan, als mir zu widersprechen«, sagte Li Ying. »Muss ich daraus schließen, wie sehr ich Ihnen missfalle?«

Béatrice de Solanes blieb mitten auf der Allée des Marmousets stehen, die sie mit langsamen Schritten entlang liefen. Der Tagesausklang war leuchtend hell, fast strahlend, im Westen kündigten schmale gelbe Streifen die nahe Dämmerung an. In ihrem Kleid aus türkisblauem Satin schien sich die junge Frau in völligem Einklang mit dieser rauschenden und duftenden Natur zu befinden, die bald mit der Nacht verschmelzen würde.

»Sie sollen eher daraus schließen, dass China mich rasend macht!«, antwortete sie. »Seit ich in Paris bin, höre ich überall nur von Ihrem Porzellan, Ihren Lackdosen, Ihren Paravents, Ihrer Philosophie! Sie selbst müssen nur hier auftauchen, um sogleich der Liebling von ganz Versailles zu werden.«

Das Essen, das die Herzogin de Lusson zu Ehren von Li Ying gegeben hatte, war auf große Begeisterung gestoßen. Viele wollten eingeladen werden, aber die Herzogin hatte sorgfältig etwa zwanzig Gäste ausgewählt, die die Ehre haben sollten, sich dem Chinesen von Versailles zu nähern. Madame de Pompadour, Choiseul, Dufort de Cheverny, La Rivière und Madame de Luxembourg waren geladen, ebenso Béatrice, die nicht ahnte, dass die Herzogin dieses Fest allein für sie veranstaltete.

»Keiner von diesen Leuten interessiert mich«, versicherte Li Ying. »Sie hingegen, Marquise …«

»Sie machten eher den Eindruck, Madame d'Esparbès vorzuziehen. Sie hat sich dessen zu laut gerühmt, als dass Sie es leugnen könnten.«

»Das werde ich nicht wagen. Es war eine Laune, eine sehr angenehme übrigens, aber nichts weiter. Bei Ihnen denke ich an nichts dergleichen. Zumindest im Moment.«

»Monsieur, das verbiete ich Ihnen!«

»So etwas befiehlt man nicht. Sie sind hoffentlich nicht so naiv, das zu glauben.«

»Ich habe nicht eingewilligt, ein paar Schritte im Park mit Ihnen zu machen, um mich belehren zu lassen.«

Sie gingen am Nymphenbad und der Pyramidenfontäne vorbei, dann die wenigen Stufen zur Terrasse und zu den Wasserbecken hinauf. Im Vorbeigehen strich Li Ying unauffällig über die vollen Hüften der sittsamen Venus, aber Béatrice überraschte ihn dabei und lächelte hinter ihrem Fächer.

Er war wie benommen von der Präsenz dieser Schönheit, die ihn anzog wie ein Magnet, und wusste nicht, wie er es ihr sagen sollte. Er, der sonst nur die Hand auszustrecken brauchte, um zu nehmen, fühlte sich von diesem unberechenbaren Mädchen seltsamerweise eingeschüchtert. Nicht einmal vor Qianlong hatte er sich so ungeschickt und linkisch gefühlt. Er fürchtete insgeheim, sie werde ihn auslachen, wenn er ihr sein Begehren offenbarte, und sich widersetzen, wenn er ihr zu nahe käme. Aber wie konnte er die Verliebtheit unterdrücken, die ihn zu ihr trieb?

»Was macht ein Mann in Frankreich, wenn er einer Frau sagen will, dass sie ihm gefällt?«, fragte er.

Sie lachte leise.

»Dasselbe wie überall sonst, nehme ich an.«

»Und zwar?«

»Er vermeidet, es ihr allzu deutlich zu sagen. Es gibt tausend andere, sehr viel raffiniertere Möglichkeiten, ihr seine Leidenschaft zu gestehen.«

»Sie helfen mir nicht.«

»Das ist nicht meine Absicht. List, Großzügigkeit, Gleichgültigkeit, schöne Worte, berauschende Präliminarien sind sehr gebräuchliche Verfahren, um eine Frau zu erobern.«

»Danke, dass Sie mir die Wahl lassen«, sagte Li Ying ratlos.

»Glauben Sie um Gottes willen nicht, Sie müssten sich dieser Hilfsmittel bedienen. Ehrlich gesagt kommen mir diese Methoden oft kindisch vor.«

Diese Frau war wirklich unbegreiflich. Es schien ihr ein boshaftes Vergnügen zu bereiten, ihn zu verwirren. Er ließ sich nicht abweisen.

»Was würden Sie dem vorziehen?«

»Wenn ich es Ihnen gestünde, würden Sie das sogleich ausnutzen. Ich möchte lieber, dass Sie es erraten.«

Er fluchte innerlich.

»Béatrice, Sie quälen mich!«, protestierte er verärgert.

»Aber nein, mein Freund, das ist nur Ihre Lehrzeit. Sie glauben, dass Sie mich lieben, aber Sie lieben nur die Vorstellung, die Sie sich von mir und meinem Äußeren machen. Wäre ich unter diesen Kleidern, die dazu geschaffen sind, hervorzuheben, was besser verborgen bliebe, unförmig und hässlich, würden Sie mich dann auch lieben?«

»Gewiss!«

»Aber nicht doch!«, sagte sie und lachte fröhlich. »Wissen Sie, wenn Sie so schlecht lügen, werden Sie mich gewiss nicht rühren können.«

Li Ying wusste nicht mehr, was er denken sollte. Er hatte fast ungewollt erkannt, dass er in Béatrice verliebt war, als er sich dabei überraschte, von ihr zu träumen, ihre Anwesenheit bei Gesellschaften zu erhoffen, zu bedauern, wenn er sie nicht antraf. Eines Morgens trat ihm das Offensichtliche vor Augen, klar wie ein Sonnenstrahl nach dem Gewitter. Er liebte die Marquise de Solanes. Zum ersten Mal musste er das

Herz einer Frau erobern, und er verzweifelte daran, dass es ihm nicht gelang.

Sie gelangten zu den Sphinxen, die den Eingang der Südterrassen säumten.

»Sie haben die Wahl, Monsieur«, sagte sie mit plötzlich ernster Stimme. »Sehen Sie sich die beiden Engelchen an, die auf den Tieren mit Frauengesichtern reiten. Sie besitzen den Schlüssel um mich zu verführen. Jeder weist Ihnen einen Weg. Sie müssen erraten, welcher der richtige ist. Wenn es Ihnen gelingt, gehöre ich Ihnen. Ansonsten können Sie flehen, soviel Sie wollen, ich werde es nicht hören. Adieu, Monsieur! Ich überlasse Sie Ihren Gedanken.«

Sie ließ seinen Arm los, verneigte sich kurz, machte eine Pirouette und verschwand wie eine Elfe in der hereinbrechenden Nacht. Eine Kutsche erwartete sie in einer nahen Allee. Sie stieg ein, gespalten zwischen dem Bedauern, dieses Spiel nicht fortsetzen zu können, und dem Amüsement, ihn sich bis in die Nacht durch die Anlagen irrend vorzustellen. Aber Béatrice wurde erwartet, und um nichts in der Welt hätte sie diese Verabredung verpasst.

»Gehen Sie nicht!«, rief er verzweifelt.

Nur ihr Lachen antwortete ihm. Für diese Frau war die Liebe ein Spiel. Er durfte sie nicht verdienen, sondern musste sie gewinnen. Wenn er eine Chance haben wollte, ihr zu gefallen, blieb ihm nur, ebenfalls zu spielen. Mehrere Paare spazierten durch den Park, um nach diesem glühend heißen Tag etwas Frische zu genießen. Er ging auf die rätselhaften Sphinxen zu, Wächterinnen am Eingang zur Eichenallee, die zur Hundertstufentreppe führte, und betrachtete nacheinander die beiden Engelchen, die auf ihnen saßen. Das Erste schien ihm mit einer Armbewegung davon abzuraten, dort vorbeizugehen. Links wies das zweite mit dem Finger in eine andere Richtung, zu der Treppe, die zum Latonebecken hinabführte. Welcher war der Bessere? In der Dunkelheit war er nicht sicher, ob er richtig interpretierte, was ihm Béatrice als Botschaft mitteilte.

Er beschloss den Mittelweg zwischen den Südterrassen zu nehmen, ging die Hundertstufentreppe hinab und gelangte zur Orangerie, fand sich inmitten der Palmen- und Orangenbaumtöpfe wieder, lief bis zu einem steinernen Paar auf einem Sockel. Er sah fast gar nichts mehr und lief um den Sockel herum ohne zu wissen, wo er entlanggehen sollte.

»Venus und Adonis«, sagte eine Stimme hinter ihm.

Li Ying drehte sich um. Ein alter, über seinen Stock gebeugter Mann sah ihn an.

»Danke, Monsieur«, antwortete er.

»Keine Ursache. Ich kenne alle Statuen im Park.«

»Hat diese hier eine Bedeutung?«, fragte Li Ying voller Ungeduld, zu erfahren, wohin Béatrice ihn führen wollte.

»Vielleicht. Kennen Sie die Geschichte von Venus und Adonis? Nein? Eine Liebe, die schlecht endet. Wie immer. Adonis stirbt, von einem Eber getötet. Vielleicht war es derselbe, der ihm geholfen hatte, aus dem Bauch seiner Mutter Myrrha zu kommen, die in einen Strauch verwandelt war. Die Sache ist klar, nicht wahr? Was die Liebe erblühen lässt, ist auch das, was sie zerstört.«

Enttäuscht lief Li Ying noch einmal um den Sockel herum. War es das, was Béatrice ihm hatte sagen wollen: Seine Liebe war ohne Hoffnung, und er musste darauf verzichten? Unmöglich. Es war nur eine Warnung, ein Anreiz, weiter zu gehen, die Erscheinungen zu überwinden, um den richtigen Weg zu finden, wie das Tao ihn einst gelehrt hatte.

»Und was ist die Kraft, die gibt und wieder nimmt?«, fragte er den Alten.

»Hier endet mein Wissen, Monsieur. Ich habe nur eine Frau geliebt und nie verstanden, weshalb sie mich abgewiesen hat. Vielleicht findet sich die Antwort dort drin«, sagte er und wies auf das Wäldchen aus Buchen und Eichen hinter sich.

»In diesem Wäldchen?«

»Wenn Sie es nicht kennen, werde ich Ihnen nichts darüber sagen. Nur, dass es ein Abbild der Liebe ist. Aber ich rate Ihnen, bis morgen zu warten, um hineinzugehen. Es ist zehn Uhr. Gleich schließen die Tore. Guten Abend, Monsieur.«

Da seine Neugier aufs höchste erregt war, zögerte Li Ying einen Moment, ob er das von der Marquise de Solanes vorgeschlagene Spiel fortsetzen sollte. Er war zwar zu allem bereit, um sie zu besitzen, aber er war nicht sicher, ob er Lust hatte, die Nacht im Freien zu verbringen, um ihre Fantasien zu befriedigen.

Er ging lieber nach Hause.

Fünfundfünfzigstes Kapitel

Am Morgen kehrte er zur Statue von Venus und Adonis zurück. Er war allein. Vor ihm öffnete sich zwischen zwei mannshoch gestutzten Taxussträuchern ein diagonal verlaufender schmaler Weg. Er ging hinein und fragte sich, was er wohl finden würde. Nachdem er nach links abgebogen war, folgte er dem geraden Pfad, der zu einer Wand exakt geschnittener Sträucher führte. Am Ende musste er im rechten Winkel abbiegen, und nach wenigen Schritten gelangte er in eine Sackgasse. Ratlos ging er zurück, nahm einen anderen Weg, gelangte auf eine Kreuzung, die mit einer kleinen Bronzefontäne verziert war, der Darstellung eines Kindes und eines Wolfs, bog wieder ab und fand erneut den Durchgang versperrt. Nun verstand er, dass er sich durch ein Pflanzenlabyrinth bewegte. In diesem grünen Irrgarten gefangen lachte er vor sich hin. Musste er nur den Ausgang finden, um die Marquise zu verdienen? Warum nicht? Das war lustig. Sofern sie ihm nicht zu verstehen geben wollte, dass die Liebe, wie der Alte es ihm gesagt hatte, eine Folge von Sackgassen, Umschwüngen, Enttäuschungen war, deren Logik man entschlüsseln musste, um nicht hereingelegt zu werden.

Plötzlich erkannte er die Wahrheit. Dieser Weg führte nirgendwohin. Er war keine Antwort, sondern eine Falle. Dabei hatte ihn der Engel gewarnt. Er hätte nicht in diese Richtung gehen dürfen. Was zeigte ihm der andere, auf der zweiten Sphinx? Li Ying ging schneller, um den Ausgang zu finden, und nach zwei fruchtlosen Versuchen gelangte er schließlich wieder zur Hundertstufentreppe. Vier Stufen auf einmal nehmend eilte er hinauf, rannte über die Terrasse und sah das andere Flügelkind. Es wies in Richtung der Mittelachse, zu den Stufen, die bis zum Latonebecken hinabführten. Er folgte ihm und lachte über sich selbst, wie er hier durch den ganzen Park rannte, um eine Frau zu verführen. Er kam sich vor wie einer jener Irren, denen die Liebe zu einem Menschen, einem Gott oder einer Idee den Verstand geraubt hatte und denen er oft auf den endlosen Straßen des Kaiserreiches begegnet war.

Eine ganze Schar von Statuen säumte das Latonebecken. Er fragte sich, ob Béatrice von ihm erwartete, dass er deren Sinn entschlüssele. In der strahlenden Stille des Morgens schienen sie von einem geheimen Beben erfüllt, Komplizen des Spiels, zu dem ihn die Marquise zwang.

Er nahm den rechten Weg, um sie von nahem zu sehen, blieb vor einer Figur stehen, die einen Mann darstellte, der gleichgültig ein geöffnetes Buch in der Hand hielt, entdeckte weiter hinten einen Faun, einen Bacchus, einen Herkules. Noch ein paar Schritte, ein weiterer Faun, dann Diogenes, der Philosoph. Wohin führte ihn das alles?

Er ging zur anderen Seite, erkannte Merkur, Platon, Apoll, kehrte auf der Südseite zurück und war nicht imstande, den Figuren, die sie säumten, einen Namen zu geben. Was konnte die Bedeutung dieser zu Stein erstarrten Götter, Helden, Philosophen sein, die ihr Geheimnis bewahrten und ihm keine Botschaft verkündeten? Was musste er tun um zu verstehen? All das führte zu nichts. Es war ein Labyrinth anderer Art, aber ebenso wie das erste führte es nirgendwohin. Er geriet auf Abwege. War es das, was Béatrice wollte, ihn auf Abwege bringen? Das war allzu grausam. Die Erkenntnis überraschte ihn. Blind vor Verlangen war er ihren Anweisungen wie ein Kind gefolgt, hatte wörtlich genommen, was sie ihm gesagt hatte, wollte um jeden Preis einen Sinn finden, wo es keinen gab. Es war nur ein Spiel, eine Illusion, die sie ihm hingeworfen hatte, um sich über ihn zu amüsieren. Wütend auf sich selbst und auf das Mädchen, das sich über ihn lustig machte, ging er zurück. Als er dem Marquis de Renel und seiner Gattin begegnete, grüßte er sie kaum.

»Ihr verbringt Eure Tage mit Lesen, Herr«, schimpfte Shi Xiu, als er ihm seinen Tee brachte. »Das ist nicht gut. Das Leben ist draußen, nicht in den Büchern.«

Li Ying hob den Kopf. Er war dabei, den Artikel »Demokratie« in der *Encyclopédie* zu überfliegen. Jede Nacht träumte er von der Marquise mit den hochmütigen Worten und der zarten Brust. Bei der Lektüre der *Encyclopédie* boten ihm die Worte der größten Gelehrten Ablenkung und Vergessen. Das Werk war tatsächlich voller Schätze und lieferte ihm das einfachste Werkzeug, die Gesellschaft der größten Monarchie Europas zu verstehen. Die Artikel »Autorität«, »Christentum«, »Regierung« hatten ihn begeistert. »Kanone« hingegen hatte ihn enttäuscht. Er hatte gehofft, darin wertvolle Informationen über die Herstellung der französischen Kanonen zu finden, von denen es hieß, sie seien die besten der Welt, und las statt dessen einen Text, der erklärte, welche Kirchenbücher als von Gott inspiriert galten und welche Meinung man darüber haben konnte.

»Ich lese um zu lernen, Shi Xiu. Und lernen ist der einzige Weg, um zu wissen. Ich kann nicht leben, ohne zu wissen. Du tätest gut daran, es ebenso zu halten.«

»Ich würde gern, *Daren*, aber ich kann Französisch nicht lesen und noch weniger sprechen.«

»Langweilst du dich?«

Shi Xiu senkte den Kopf, als müsse er ein Vergehen gestehen.

»Der Koch lässt mich nicht an den Herd, Baptiste schaut mir ständig auf die Finger, ich weiß nicht, was ich tun soll, um mich zu beschäftigen.«

»Ich werde Baptiste bitten, dir Paris zu zeigen. Diese Stadt ist ganz anders als London. Sie wird dir gefallen. Dann musst du endlich anfangen, den Bericht über deine Reise in die Nordländer zu verfassen. Ich werde dafür sorgen, dass der Kaiser ihn liest, wenn wir zurückgekehrt sind.«

»Kehren wir eines Tages zurück, Herr? Manchmal beginne ich daran zu zweifeln«, sagte Shi Xiu im Hinausgehen.

Zurückkehren. Li Ying dachte immer öfter daran. Seine Neugier auf den Westen war noch lange nicht befriedigt, und er fühlte sich hier viel freier, als er es in China jemals gewesen war. Aber an manchen Abenden schnürte ihm die Sehnsucht nach einer Landschaft, die erstaunlich lebendige Erinnerung an die Haut von Du Wei, die schrille Musik des *qin* oder eine seltene Speise förmlich die Kehle zu. Sein Scheitern bei Béatrice – er hatte nicht versucht sie wiederzusehen, worunter er noch mehr litt – verstärkte noch diese Anfälle von Wehmut. Er konnte sich nicht vorstellen zu leben, ohne diese Bilder, diese Gerüche, dieses geheimnisvolle Licht am frühen Morgen im Yuanming-Garten wiederzufinden. Wie lange würde er noch brauchen, um alles Wissen zu sammeln, was er nach China bringen wollte? Nach den Fristen zu urteilen, die für die Veröffentlichung der Bände der *Encyclopédie* angekündigt waren, würde er noch mehrere Jahre in Frankreich bleiben müssen, wenn er mit ihr heimkehren wollte. Falls nicht Romanet sich bereit erklärte, jeden Band bei Erscheinen nach Kanton zu schicken. Keine schlechte Idee. Es klopfte. Offenbar hatte Shi Xiu beschlossen, ihn nicht in Frieden arbeiten zu lassen.

»Was willst du noch?«, fragte er ohne sich umzudrehen.

»Steht man nicht mehr auf, um seinen besten Freund zu begrüßen?«, fragte eine Stimme, die er unter Tausenden erkannt hätte.

Li Ying sprang so schwungvoll auf, dass sein Stuhl umstürzte.

»Vergilius!«

Die beiden Männer fielen einander in die Arme und begrüßten sich voller Freude.

»Sind Sie es wirklich?«, fragte Li Ying. »Ich kann es gar nicht glauben. Was zum Teufel machen Sie hier?«

»Mich vergewissern, dass es Ihnen so gut geht, wie man mir gesagt hat.«

»Magnac?«

»Natürlich.«

»Sie haben also meine Flucht organisiert?«

»Ich konnte Ihnen nichts erzählen.«

»Wie lange arbeiten Sie schon für die Franzosen? Ich habe nicht das Geringste geahnt!«

»Ein Glück! Ich wäre ein sehr mäßiger Agent, wenn Sie irgendetwas bemerkt hätten. Ich kenne den Herzog de Magnac seit dem Schottlandkrieg. Er war der beste Agent, den die Franzosen nach Edinburgh gesandt hatten, um die Landung des letzten Stuart, Karl-Eduard, Bonnie Prinz Charlie, vorzubereiten und das Volk gegen die Dynastie der Hannoveraner aufzuwiegeln. Das war 1740. Damals war ich ein zwanzigjähriger Schwachkopf und wollte gern mein Blut vergießen, um mein Land zu befreien. Magnac überzeugte mich, dass es bessere Wege gebe, gegen die Engländer zu kämpfen. Im Kampf zu sterben ist ehrenvoll, aber unnütz. Es gab sichtbare Schlachten und weniger sichtbare. Diese waren manchmal entscheidender als jene, um den Sieg zu erlangen. An diesem Tag hat er mir das Leben gerettet.«

»Warum?«

»Ohne ihn hätte ich mich mit all den anderen massakrieren lassen.«

»Was haben Sie statt dessen gemacht?«

»Ich bin nach London gegangen, wo ich die Rolle eines wilden Gegners der schottischen Freiheit spielte, der sich unbedingt in den Dienst der Krone stellen wollte, damit England triumphierte. Tatsächlich bestand meine Aufgabe darin, in das Kabinett von Robert Walpole, dem Vater unseres guten Horace, einzudringen, um Magnac über dessen Entscheidungen zu informieren und meine Landsleute vor den Feldzügen zu warnen, die gegen sie vorbereitet wurden. Um diese Mission zu erfüllen, wurde ich Professor in Oxford. Gegen Gelehrte hegt man niemals Misstrauen.«

»Aber Schottland hat verloren, nicht wahr?«

»Das ist das Drama unseres Berufes. Wir informieren unsere Herren vorher über die Ereignisse, die stattfinden werden, aber man muss fast annehmen, dass sie unsere Informationen entweder bei ihren Plänen nicht berücksichtigen oder gar nicht wissen, was sie damit anfangen sollen. Als ich erfuhr, dass der Herzog von Cumberland eine beeindruckende Armee ausgehoben hatte, um gegen Stuart ins Feld zu ziehen, der London mit seinen Schotten gefährlich nahe kam, teilte ich dies sofort Magnac mit. Stuarts Generäle sollten die notwendigen Maßnahmen ergreifen, und der französische König sollte Verstärkung schicken. Was geschah dann am Hof von Edinburgh und in Versailles? Ich habe keine Ahnung. Meine Informationen haben nichts genutzt, und die schottischen Truppen haben sich 1746 in Culloden hinschlachten lassen. Der Sieg, der in Reichweite war, wurde zu einer entsetzlichen Niederlage. Es gibt nichts Schmerzlicheres auf der Welt. Das Schlimmste war, dass ich mich begeistert über unsere Niederlage zeigen musste wie auch über die Massaker, die darauf folgten, während ich doch insgeheim zerbrochen war vor Verzweiflung. Ich stand ganz kurz vor einer selbstmörderischen Aktion, um mich von dieser Last zu befreien. Ich hätte Magnac dafür hassen müssen, mich in eine solche Situation gebracht zu haben. Er aber fand wieder einmal die richtigen Worte, um meine Auflehnung zu beruhigen und mich zu überzeugen, die Arbeit für ihn fortzusetzen. Man musste die Rache vorbereiten. Also blieb ich im Dienste Frankreichs, um dabei zu helfen, England zu besiegen.«

»Leider glaube ich nicht, dass Ludwig XV. dazu imstande sein wird«, sagte Li Ying mit zweifelnder Miene.

»Sie haben wieder einmal nicht auf uns gehört«, antwortete Vergilius mit einem tiefen Seufzer. »Die Informationen, die ich über die geplanten Übersee-Eroberungen von Pitts Kabinett weitergeleitet hatte, wurden offenbar nicht verstanden. Wenn sie nicht sogar der Politik der Europäischen Allianzen entgegenkamen, die Versailles verfolgt. Weder Magnac noch Tercier wollten mir mehr darüber sagen.«

»Eine Enttäuschung mehr ...«

»Die letzte.

»Was wollen Sie damit sagen?«

Vergilius Kimble senkte den Kopf und strich sich über den kahlen Schädel.

»Ich höre auf, mein Freund. Ich verlasse den *Dienst.* Ich gehe weit fort von all dem Elend. Mein Einsatz kommt mir jetzt völlig unnütz vor. Hier ist nichts mehr zu hoffen. Pitt hat Recht. Die Zukunft findet woanders statt.«

»In Amerika?«

»Ja. Deshalb bin ich nach Paris gekommen. Um mich zu empfehlen und um Sie ein letztes Mal zu sehen. Denn nach meiner Abreise sind die Chancen, dass wir uns noch einmal wiedertreffen, höchst gering. Ehe unsere Wege sich trennen, wollte ich Ihnen unbedingt sagen, welch unschätzbares Vergnügen es ist, Ihr Freund zu sein. Sie haben mir die lebendigste, tiefste Freundschaft angeboten, die ein Mensch auf dieser Welt erhoffen kann, Li Ying.«

In einer Regung tiefster Vertrautheit nahm der Chinese Vergilius bei der Schulter.

»Und Sie sind mein einziger Freund«, sagte er mit von Erregung heiserer Stimme. »Sie werden es immer bleiben. Niemals werde ich vergessen, was Sie für mich getan haben. Durch Sie habe ich so viele Seiten des Großen Abendlandes verstanden. Ohne es zu wissen haben Sie dazu beigetragen, unsere beiden Welten einander näher zu bringen. Sie bleiben schrecklich ungleich, aber wenn sie einander eines Tages verstehen, so wird es auch dank Ihnen und Ihrer

Aufklärung geschehen. Was werden Sie in Amerika machen?«

»Mir mit Elizabeth in Philadelphia ein neues Leben aufbauen. Wahrscheinlich an der Universität lehren. Mein Wissen an eine neue Generation weitergeben. Das ist doch das Beste, was ich tun kann, nicht wahr? Darf ich Ihnen im Namen unserer Freundschaft eine Frage stellen, die seit langem an mir nagt? Wie wird man in China Spion?«

»So wie überall, nehme ich an. Oft für Geld, seltener aus Liebe zur Heimat, aber manchmal auch, weil man dazu gezwungen ist. So war es bei mir. Seit meiner Kindheit wurde ich einzig mit dem Ziel erzogen, eines Tages nach Europa entsandt zu werden, um zu berichten, was uns fehlt, um Sie einzuholen. Ich habe nicht wie Sie eine Idee zu verteidigen. Ich versuche nur, unsere Zukunft zu retten.«

»Haben Sie nicht genug davon?«, fragte Vergilius.

»Wollen Sie mich überzeugen, dass ich Ihnen folgen soll?«

»Warum nicht? In Amerika wären Sie weder Prinz noch Spion. Sie wären nicht einmal mehr Chinese, sondern frei, nur noch Sie selbst zu sein. Es ist eine neue Welt, die dort entsteht. Sie könnten mit mir an ihrem Aufbau mitwirken.«

Li Ying lächelte skeptisch.

»Was zwingt Sie denn, nach China zurückzukehren?«, bedrängte ihn der Freund. »Hat man Ihnen einen Harem oder ein Vermögen versprochen, damit Sie zurückkehren?«

»Nichts dergleichen. Meine Treue zu unserem Kaiser reicht aus.«

»Was verdanken Sie ihm, dass Sie ihm so treu sind?«

»Zum Beispiel Sie kennen gelernt zu haben. Das wäre schon ein hinreichender Grund. Sagen wir, ich verdanke ihm zu sein, was ich bin. Ein Mann, der zu zwei Welten gehört und der sich damit wohl fühlt.«

Während des Abendessens erzählte ihm Li Ying von seinem Leben in Versailles, von der Hilfe, die er Tercier versprochen hatte, von seinen Begegnungen mit dem König, Choiseul, der Pompadour.

»Sie haben mich gar nicht nach Lady Rochefort gefragt«, stellte Kimble fest. »Ich nehme an, Sie hatten keine Schwierigkeiten, sie zu ersetzen.«

Li Yings Lachen klang unecht.

»Ehrlich gesagt ist es eine Katastrophe«, antwortete er mit belegter Stimme. »Ich habe mich in eine Frau verliebt, die nichts von mir wissen will. Im Grunde bin ich der unglücklichste Mensch der Welt.«

Sechsundfünfzigstes Kapitel

Haben Sie ihr wenigstens Ihre Leidenschaft offenbart?«, fragte Madame du Deffand, während sie die Kaffeetasse abstellte.

»Ich habe es ihr auf eine Art gesagt, die kein Missverständnis erlaubte«, antwortete Li Ying. »Sie hat sich darüber lustig gemacht.«

Die alte Marquise nickte.

»Genau da liegt Ihr Fehler, mein Freund. In der Liebe herrscht die Zweideutigkeit. Das ist das Spiel. Wenn sie eine Frau mit Charakter und Geist ist, was mich Ihre Beschreibung vermuten lässt, wäre es besser gewesen, sie Ihre Gefühle eher ahnen zu lassen, als sie ihr ins Gesicht zu schleudern. Eine Frau ist kein Schiff, das man mit Gewalt entert, wie ein Pirat! Sie ist eine Festung, die Sie geduldig belagern müssen. Man muss es sich etwas kosten lassen, sie mit Aufmerksamkeiten überschütten, mit tausend Bemühungen der Annäherung, wie die Sappeure, wenn sie die Mauern des Gegners zu überwinden suchen.«

»Ich wusste nicht, dass Sie diese Wissenschaft beherrschen.«

»Mein Lieber, die Liebe ist nichts anderes als eine Belagerung. Ihre Gesetze stehen schon fest, wenn wir gerade ihre ersten Stiche verspüren. Einzige Ausnahme ist die beiderseitige Liebe auf den ersten Blick. In diesem Fall kann niemand mehr etwas für Sie tun. Selbst die Götter werden sich dann nicht einmischen!«

Die Lebhaftigkeit der alten Dame begeisterte ihn. Sie hatte verlangt, er möge sie besuchen, und warf ihm vor, er ziehe den Prunk von Versailles ihrem bescheidenen Salon in Paris vor. Er war mit Kimble in die Hauptstadt gekommen, hatte diesen für ein letztes Gespräch bei Tercier abgesetzt und war in die Rue Saint-Dominique weitergefahren.

»Ehrlich gesagt fürchte ich, dass sie vor allem daran denkt, sich über mich lustig zu machen und dass sie für mich nur eine mit Gleichgültigkeit gefärbte Neugier empfindet.«

»Ihr Männer seid doch alle gleich! Ob ihr in Paris oder Peking geboren seid, ihr verlangt, dass man euch für das liebt, was ihr zu sein glaubt. Ihr wollt, dass man euch bewundert, dass man bei eurem kleinsten Auftritt die Sinne verliert, dass man angesichts eurer Qualitäten vor Bewunderung erstarrt. Was für eine Selbstgefälligkeit!«

Li Ying war erstaunt. »Wenn sich die Frauen nicht in uns verlieben, in wen dann?«

»In sich selbst natürlich! Die Frauen lieben sich nicht, das ist das Geheimnis, bis auf ein paar Abenteurerinnen, die sich vor nichts fürchten. Deswegen sind sie ihrer niemals so sicher, wie wenn ein Mann ihnen den Hof macht. Nur er beweist ihnen, dass sie nicht so beliebig sind, wie sie befürchten. Allein auf diese Gewissheit sind sie so versessen, denn diese bringt sie weit besser zur Geltung als die schönsten Kleider. Deshalb müssen die Männer so beharrlich sein. Frauen fühlen sich sicher, wenn sie begehrt werden. Und es gibt nur wenige, die sich dann nicht hingeben. Glauben Sie mir, Liebe muss man sich verdienen.«

»Ich fürchte, diese Raffiniertheiten machen mich schnell überdrüssig.«

»Dann geben Sie sich mit denen zufrieden, die sich Ihrem Appetit anbieten. In Versailles spricht man überall nur von Ihnen, wie mir berichtet wurde. Also wird es daran nicht mangeln. Ihr leibliches Wohl wird auf seine Kosten kommen, und Sie werden reichlich Gelegenheit haben, vergleichende

Studien der Liebeskünste von Französinnen und Chinesinnen anzustellen.«

Li Ying lachte herzlich. Die alte Dame mit ihrem scharfen Geist war unvergleichlich, um alles an seinen rechten Platz zu rücken. Sie enthüllte ihm die Karten eines Spiels, von dem er nichts geahnt hatte, und eröffnete ihm damit neue Perspektiven. Wenn er sie richtig verstand, so tat Béatrice nichts anderes, als sich an Regeln zu halten. Sie dachte gar nicht daran, sich zu verweigern, sondern wartete nur auf ein Zeichen, um die Partie fortzusetzen.

»Wenn Sie allerdings darauf bestehen, diese Béatrice zu verführen«, fuhr die Marquise fort, »dann kann ich Ihnen nur eindringlich raten, Ihre Haltung zu ändern. Seien Sie distanziert und kühl, anstatt sie zu bedrängen. Spielen Sie auch den Gleichgültigen. Streiten Sie mit ihr. Das ist ein Gesetz der Mechanik: Wenn einer sich entfernt, kommt der andere näher. Sie werden sehen, wie sich die junge Dame um Sie sorgt und Sie umschmeichelt, damit Sie sich wieder für sie interessieren. Die Angst, Sie zu verlieren, verstehen Sie?«

»Und wenn ich sie nicht gewinnen wollte?«

»Würden Sie sie zu der gefährlichsten Feindin machen, die Sie sich vorstellen können.«

Der Abend brach herein. Er betrachtete die Marquise du Deffand, die die Geheimnisse des Frauenherzens so gut kannte und sie ihm offenbarte, ohne als Gegenleistung anderes zu verlangen als etwas Freundschaft und Plauderei. Er fragte sich, durch welchen Fluch diese reizende Dame mit Blindheit geschlagen war, und hatte plötzlich Mitleid mit ihr.

»Bedauern Sie mich um Gottes willen nicht«, murmelte sie, da sie seine Gedanken erriet. »Sie würden mich verärgern. Warum müssen Sie mein Schicksal beklagen? Es ist nicht sehr beneidenswert, aber ich begnüge mich damit. Ich bin weniger unglücklich, als ich sein sollte. Ein paar Freunde, geistige Anregung, das Feuer des Austauschs, Seelenfrieden, was soll man mehr verlangen? Die Dunkelheit, die Finsternis, die mich umgibt? Ja, und weiter? Man stellt fest, dass unsere Sinne letztendlich weniger notwendig sind, als wir glauben, um die Welt zu verstehen und unsere Zeitgenossen zu schätzen. Manchmal amüsiert sich Gott sogar damit, uns einen Sinn zu rauben, um uns zu helfen, an den Grund der Dinge zu gelangen. Erzählen Sie mir lieber von sich, und lassen Sie mich ein wenig reisen. Erzählen Sie mir noch mehr von China.«

Und bis in die Nacht hinein ließ sich Li Ying von seinen Erinnerungen mitreißen und verwandelte den Salon von Madame du Deffand in ein Vorzimmer der Verbotenen Stadt. Er führte sie in den Yuanming-Garten, um ihr die Pagoden zu zeigen, deren Dächer sich hinter einem Hügel dem Himmel entgegenstreckten, und die Geheimnisse der Himmelspaläste, in denen die Unsterblichen lebten.

Siebenundfünfzigstes Kapitel

Die Pferde waren ebenso erschöpft wie die Hunde. Mit müder Hand von den Stallburschen geführt, kehrten die einen langsam in die Ställe zurück, und auch bei den anderen war nichts mehr von der morgendlichen Begeisterung zu spüren. Einige humpelten, andere waren am Bauch oder an der Kehle verletzt. Die Jagd war lang und schwierig gewesen. Nur König Ludwig, dessen Gesicht scharlachrot glänzte, schien zufrieden damit, den ganzen Tag geritten zu sein. Li Ying, der mit ihm in der königlichen Kutsche saß, versuchte zu Atem zu kommen. Dieser Ausflug war ein Vorwand gewesen: Ludwig XV. hatte ihn nur eingeladen, um ihn über Qianlong auszufragen, über seine Regierungsmethoden, das kleine Versailles, das er sich nahe Peking errichten ließ, und die mögliche Allianz zwischen beiden Nationen. Li Ying hatte sich voller Leidenschaft dafür eingesetzt und die Argumente dargelegt, die er bereits dem Kaiser übermittelt hatte. Der König wirkte sehr angetan und versprach ihm, darüber nachzudenken.

»Die Robustheit Ihrer Majestät ist beeindruckend«, sagte Li Ying.

»Bewegung und frische Luft, mein Lieber, das ist das Geheimnis. Auch die Aufmerksamkeit der Frauen, vor allem von Madame de Ventadour, die die Rolle meiner verstorbenen Mutter einnimmt, trägt viel zu meiner guten Verfassung bei. Als Kind wäre ich beinahe an den Masern gestorben, wie meine Eltern und mein älterer Bruder. Die Ärzte wollten mich zur Ader lassen. Sie hat es verhindert und mir das Leben gerettet. An dem wir doch alle hängen, nicht wahr? Warum blieb ich verschont und nicht mein Bruder, der doch hätte herrschen sollen? Manchmal frage ich mich nach dem Grund dafür, nach dem göttlichen Willen, der aus mir gemacht hat, was ich heute bin, ohne dass ich es wollte.«

Li Ying war fassungslos, Zeuge solcher Geständnisse zu werden.

»Wären Sie lieber nicht König geworden?«, wagte er zu fragen, ermutigt durch die Vertraulichkeit, die ihm Ludwig XV. anbot.

»Was für eine seltsame Frage«, sagte dieser. »Ich habe sie mir nie auf diese Weise gestellt. Ich hätte zu große Angst vor der Antwort. Sind wir nur der, zu dem Gott uns bestimmt hat, oder könnten wir auch ein anderer sein, ein völlig anderer? Anders gefragt, sind wir frei, zu werden, was wir werden müssen? Nur Gott kennt die Antwort.«

»Auch die Philosophen haben gewisse Kenntnisse in dieser Sache«, sagte Li Ying, erstaunt über die Fragen, die den König bewegten.

»Die Philosophen? Voltaire, d'Alembert und die anderen? Sie haben vielleicht Kenntnisse, aber manchmal täuschen sie sich voller Leidenschaft. Sehen Sie nur, wie sie unseren Feind Friedrich II. beweihräuchern, der ihnen allerdings auch dicke Pensionen gibt. Hat Voltaire nach der Niederlage von Rossbach nicht angeregt, an den Hof in Berlin zu emigrieren? Ist das nicht eine merkwürdige Haltung? Im Namen des freien Denkens und des Kampfes gegen das, was sie das Böse nennen, unterstützen unsere Philosophen offen unseren Feind und feiern dessen Siege. Ich finde das nicht sehr anständig, aber ich fürchte, es ist ein sehr französischer Zug, sein Vaterland zu verunglimpfen, um im Namen der Ideen den zu verehren, der es vernichten will. Ich erhalte von keinem englischen oder deutschen Philosophen derartige Lobeshymnen.

Wie würde Euer Herrscher sich verhalten, wenn in seinem eigenen Land die Menschen dem Sieg seines Feindes applaudierten?«

»Er würde sie vor das *xingbu* laden, das Verbrechertribunal, und sie wegen Verrats verurteilen.«

Ludwig XV. überlegte. Graue Schatten traten in seine Augen. Er schüttelte den Kopf und wandte den Blick zum Schlosshof, den die Kalesche gerade erreichte.

»Ich würde mich nie zu solch extremen Taten herablassen. Wort und Gedanke sind frei in diesem Land …«

Vergilius Kimble reiste eines Morgens ab, wie er gekommen war, ohne Aufsehen zu erregen. Tercier hatte ihm eine Kutsche zur Verfügung gestellt, die ihn nach Calais zurückbringen würde. Von dort würde er nach England übersetzen.

»Leben Sie wohl, mein Freund«, sagte er und nahm Li Ying in die Arme. »Vergessen Sie mich nicht. Wenn Sie eines Tages das Bedauern packt, folgen Sie mir. Sie finden mich in Boston.«

»Sprachen Sie nicht von Philadelphia?«

»Tercier ist sehr überzeugend. Er hat mich gebeten, weiter für ihn zu arbeiten. Ich muss zugeben, dass die Pension, die er mir anbietet, seinen Vorschlag sehr verlockend erscheinen lässt. Ich habe es nicht fertig gebracht, ihn abzulehnen. Er hat mir geholfen, meine vorübergehende Mutlosigkeit zu überwinden. Insgeheim den Kampf gegen England fortzusetzen ist eine Aussicht, die mir letztendlich nicht schlecht gefällt. In dieser Hinsicht ist Boston der beste Beobachtungsposten.«

»Wir bleiben also in Gedanken Freunde. Ich werde oft an Sie denken und mich der lateinischen Dichter erinnern, die wir in den Straßen Londons rezitierten, und an all die wunderbaren Stunden, die ich mit Ihnen verbracht habe. Leben Sie wohl, Vergilius. Möge Ihr Gott Sie beschützen!«

»Auf Wiedersehen, mein Prinz. Ich nehme von Ihnen das

Bild des außergewöhnlichsten Menschen mit, den ich jemals treffen durfte. Ein Mann aus China, mir so nah und gleichzeitig so fern. Werden Sie glücklich. Das ist das Einzige, was auf dieser Welt zählt. Und wenn es Ihnen nicht gelingt, denken Sie stets daran, dass Sie bei mir ein Platz erwartet, in jenem Amerika, von dem man sagt, es sei das Land der Freiheit für alle, die sie zu verlieren drohen.«

»Gewiss werde ich niemals die Freude erleben, Sie dort wiederzusehen.«

»Wer weiß?«, sagte Vergilius, während er schwerfällig in seine Kutsche stieg.

Baptiste schloss den Wagenschlag, während sich Shi Xiu tief verbeugte. Li Ying winkte dem Freund ein letztes Mal zu und blieb reglos vor dem Haus stehen, bis die Kutsche am Ende der Rue Médéric verschwunden war.

Achtundfünfzigstes Kapitel

Die Männer beneideten die Frauen um ihre Fächer. Sie bemühten sich um Haltung und leerten ein Glas nach dem anderen, um sich zu erfrischen. Obwohl alle Fenster geöffnet waren, glich Choiseuls Speisezimmer einem Backofen. Die Diener tauschten in kurzen Abständen die Weinflaschen in den silbernen Eiskübeln aus. Nur den Minister schien die Hitze nicht zu stören. Es war eine seiner wöchentlichen Abendgesellschaften, bei denen er seinen kleinen Hofstaat zu versammeln pflegte. Auch Li Ying war dabei. Nach reiflicher Überlegung war Choiseul zu dem Ergebnis gelangt, dass der Prinz aus China, wie man ihn in Versailles nannte, kein Tauschobjekt für William Pitt darstellte. Er würde noch herausfinden, was ihn mit dem König verband. Inzwischen war es besser, ihn als Verbündeten zu haben denn als Feind. An denen mangelte es ihm nicht.

Choiseul saß am Ende des Tisches und plauderte angeregt mit Béatrice de Solanes. Li Ying ließ sie nicht aus den Augen und spürte, wie die Eifersucht an seinen Eingeweiden nagte. Er fragte sich, wovon die Marquise sprechen mochte, dass sie den Minister Ludwigs XV. so sehr faszinierte. Wollte er sie zu seiner Mätresse machen? War sie es bereits? Trotz seiner Hässlichkeit war Choiseul nicht ohne Charme, und die Macht besaß für manche Frauen unwiderstehliche Anziehungskraft. Li Ying reckte den Hals, um die Marquise zu beobachten, als sich der Schenkel von Madame d'Esparbès fest gegen seinen presste.

»Gehen Sie mir aus dem Weg?«, warf sie ihm halb laut vor und bewegte ihren chinesischen Fächer. »Ich habe Sie seit Wochen nicht gesehen. Warum fliehen Sie vor mir, Monsieur?«

»Ich fliehe nicht vor Ihnen, Comtesse, sondern vor mir«, flüsterte er ihr ins Ohr.

»Ich verstehe Sie nicht.«

»Es ist leider nur allzu einfach. Würde ich meinem Begehren und Ihren Verlockungen ein weiteres Mal nachgeben, könnte ich nie mehr darauf verzichten. Ich bin sicher, Sie würden mich so verrückt machen, dass ich Sie für immer besitzen müsste. Das aber ist unmöglich.«

»Und warum?«, fragte die Comtesse, deren Augen zu leuchten begannen.

»Weil Sie sich niemals mit einem einzigen Liebhaber zufrieden geben könnten.«

Sie versteifte sich ein wenig, gleich darauf aber lächelte sie ihn so schamlos an, wie es sich ein Mann nur wünschen konnte.

»So lange, bis meine Leidenschaft für Sie erlischt, bin ich durchaus dazu imstande«, sagte sie und liebkoste seinen Schenkel mit indiskreter Hand.

Er schob sie mit verkrampftem Lächeln zurück und wandte sich Ausflucht suchend zu seinen Nachbarn um. La Rivière sprach von seinem Waffenhersteller, der offenbar ein neues Gewehr entwickelt hatte, das er dem König persönlich vorführen wollte.

»Dieser Mann hat goldene Finger. Sein technisches Geschick ist ein Wunder«, erklärte La Rivière. »Er hat mir ein Jagdgewehr von erschreckender Genauigkeit gebaut.«

»Und was ist so revolutionär an dem, was er Ludwig zeigen will?«, fragte der Chevalier de Beaupré.

Li Ying lauschte aufmerksam, versuchte aber, sein plötzliches Interesse an diesem Gespräch nicht erkennen zu lassen. Er ließ sogar die Hand der Comtesse d'Esparbès unter dem

Tisch auf Abwege geraten, ohne dass dies jedoch die gewünschte Wirkung hervorrief.

»Wenn ich es richtig verstanden habe, geht es um ein neues Zündsystem, das viel wirksamer ist als bei den derzeitigen Waffen, und dazu ein spezielles, ebenfalls von ihm entwickeltes Pulver: Es soll sich sogar entzünden, wenn es regnet, was heute durchaus nicht der Fall ist«, erklärte La Rivière. »Wer jemals auf dem Schlachtfeld stand, weiß, dass nur jeder dritte Schuss wirklich losgeht. Ein großer Mangel, dem unser Mann abhelfen wollte.«

Li Ying spürte sein Blut rascher durch seine Adern fließen. Er musste die Pläne dieses Gewehres bekommen, um jeden Preis. Der Gedanke, sich endlich wieder auf die Jagd zu machen, erhitzte ihn. Er liebte dieses berauschende Gefühl, das an diesem Tisch nur er allein kannte. Plötzlich bedrückte ihn Béatrices Gleichgültigkeit nicht mehr.

»Und wie heißt dieser Mann?«, fragte Beaupré.

»Honoré Lenoir. Ein komischer Kauz. Ich glaube, er ist auch ein wenig Alchimist.«

»Das muss man wohl sein, um ein neues Pulver zu erfinden!«, spottete der Chevalier und leerte mit einem Zug das Glas, das man gerade gefüllt hatte.

»Und ich bin mir sicher, dass er zu einer dieser Freimaurerlogen gehört, die derzeit so viel von sich reden machen«, fuhr La Rivière fort.

»Freimaurer? Was ist das?«, fragte Li Ying, während er einen Blick zu Béatrice de Solanes warf, deren helles Lachen vom anderen Ende des Tisches zu ihm drang.

»Haben Sie so etwas in China nicht?«

»Sie haben die Jesuiten, das reicht ihnen!«, sagte Beaupré und lachte. Alle Gäste stimmten ein.

»Das ist die neueste Mode, mein Lieber. Eine Art Geheimgesellschaft, die vor etwa vierzig Jahren aus England zu uns gedrungen ist und bei Edelleuten ebenso wie bei den Händlern und Philosophen ihre Anhänger findet. Sogar Comte de

Clermont, ein echter Prinz, ist ein Großmeister. Seitdem drängen sich alle danach.«

»Und was macht man dort?«

»Ich habe keine Ahnung. Offenbar gebrauchen sie dort seltsame Zeichen, geben sich hochtrabende Titel und beglückwünschen sich gegenseitig ohne Ende im Namen der universellen Brüderlichkeit.«

»Eine Beschäftigung, die zumindest niemandem schadet«, kommentierte Beaupré.

»Bis jetzt. Wenn sie immer von Gleichheit reden und alle Schichten vermischen, werden sie irgendwann so sein wie die Philosophen und die Welt verändern wollen«, meinte La Rivière.

»Viel Spaß!«

Plötzlich hatte Li Ying eine Erleuchtung. Eine verrückte Idee begann in ihm zu keimen.

»Woher wissen Sie, dass dieser Mann Freimaurer ist?«, fragte er angeregt. »Sie sprachen doch von einer Geheimgesellschaft. Ich kann mir kaum vorstellen, dass eine Gesellschaft, deren Mitglieder man kennt, wirklich so geheim ist.«

»Geheim ist das, was sie praktiziert«, erklärte La Rivière. »Aber viele Brüder, so nennen sie einander, rühmen sich, ihr anzugehören und verbergen es nicht. Von Honoré Lenoir weiß ich es durch einen Freund, Henri Brest de la Chaussée, Beamter der Marine. Sie gehören derselben Loge an.«

›Versuche stets, eine unsichtbare Mauer zu errichten zwischen denen, derer du dich bedienst‹, hatte ihm einst sein Strategielehrer beigebracht. ›Vor allem, wenn sie einander kennen.‹ Li Ying hätte natürlich La Rivière bitten können, ihm Lenoir vorzustellen, aber das hätte gewiss seine Neugier oder gar sein Misstrauen erregt. Er wusste genug und beschloss zu schweigen.

Begeistert von seiner Entdeckung besserte sich auch seine Laune. Bis zum Ende der Mahlzeit umschmeichelte er Marguerite d'Esperbès, konnte sich jedoch nicht enthalten, hin und wieder nachzusehen, ob Béatrice de Solanes in seine Richtung blickte. Sie schenkte ihm nicht die geringste Aufmerksamkeit und war ganz in ihr Gespräch mit Choiseul und seinen Nachbarn vertieft. Pech für sie. Er hatte jetzt Besseres zu tun, als sich von der Leidenschaft quälen zu lassen. Später, als er sich verabschiedete, bemerkten alle den wütenden Blick, den ihm die Comtesse zuwarf, und den fragenden von Béatrice de Solanes, als er ihre Hand mit ungewohnter Kühle küsste.

Neunundfünfzigstes Kapitel

»Der König ist tot.«

Die Neuigkeit war so sensationell und so unerwartet, dass sie wohl die Einberufung eines außerordentlichen Hofrates verdiente. Alle Minister hatten am Tisch Platz genommen.

»Meine Herren, ich habe Euch zusammengerufen um Euch mitzuteilen, dass mein Cousin, König Georg II. von England, gestern, am 25. Oktober in London gestorben ist und dass sein Enkelsohn, Georg III., ihm auf dem Thron folgen wird«, erklärte Ludwig XV. nach einem Räuspern.

Schweigen folgte dieser Ankündigung, die der König sehr feierlich vorgetragen hatte. Jeder, von Choiseul bis Bertin, verstand, dass der Tod des feindlichen Monarchen die politische Situation grundlegend änderte.

»Unter welchen Umständen kam der König zu Tode?«, fragte Bertin.

Verlegen hustete der König noch einmal und blickte auf das Blatt in seinen Händen.

»Auf dem Thron, heißt es in dieser Depesche«, antwortete er.

»Das ist ein schöner Tod für einen Herrscher, auf dem Königsthron zu verscheiden«, kommentierte der Finanzminister.

»Nicht auf diesem, Bertin. Auf dem anderen. Dem, der uns allen gemeinsam ist.«

Einige konnten ihr Lächeln nicht unterdrücken. Choiseul verzichtete nicht darauf, einen Beweis für seine Scharfzüngigkeit zu liefern.

»Da er zu sehr drückte, um seine Eingeweide zu entleeren, wird er auch die Seele verloren haben!«, spottete er.

»Herr Minister, erspart mir Eure Kommentare«, schimpfte Ludwig XV. »Sagt mir lieber, ob wir uns über diesen Tod freuen oder ihn bedauern sollen.«

»Trotz unseres Kummers sollten wir uns darüber freuen, Sire. Daran gibt es keine Zweifel«, antwortete Choiseul. »Aus einem wesentlichen Grund. Die antifranzösische Politik von William Pitts Kabinett wird durch den neuen König unvermeidlich infrage gestellt werden.«

»Warum das?«

»Weil der junge Georg III. die Minister seines Großvaters verabscheut, vor allem Pitt und Newcastle. Deshalb wird er alles tun, um die Herrschaft der *whigs* im Parlament zu beenden und die Macht mit den *tories* zu teilen, die uns eher gewogen sind. Ich ahne deshalb, dass eine Anzahl Parlamentssitze bald an die *tories* gehen und Pitt dann in der Opposition sein wird. Dann sind wir ihn endlich los.«

»Wie alt ist der neue König?«

»Zweiundzwanzig, Sire. Aber er gilt nicht als brillanter Geist. Er hat erst mit elf Jahren lesen gelernt, und seine Schrift ist heute noch eher die eines Kindes als eines Königs. Das ist unsere Chance. Hinzu kommt, dass die Position seines Favoriten, Graf de Bute, gestärkt wird, des Ratgebers seiner Mutter. Das wird unseren Interessen dienen, denn de Bute tritt bekanntermaßen für ein Ende des Krieges ein, der die englischen Finanzen ruiniert.«

»Ihr schlussfolgert also, dass wir eine Veränderung der englischen Politik gegenüber unserem Land zu erwarten haben?«

»Ganz gewiss, Sire. Dann haben wir zwei Möglichkeiten. Eine besteht darin, sobald wie möglich Friedensverhandlungen mit London anzustreben.«

»Woran nicht zu denken ist, solange William Pitt an der Spitze der Regierung steht«, wandte Bertin ein.

»Die andere wäre, die Schwäche auszunutzen, die durch den Regierungswechsel in sechs Monaten oder einem Jahr entstehen wird, um England anzugreifen.«

Ludwig XV. sah seinen Minister erstaunt an. Was war nur in den Herzog gefahren?

»Spricht jetzt der Soldat aus Euch, Choiseul, oder der Diplomat?«

»Beide, Sire. Sie sind untrennbar verbunden. Wenn der Erste nicht mehr kämpfen kann, machte er dem Zweiten Platz. Wenn dieser wiederum eine Lösung nur mit den Waffen erkennt und nicht durch Verhandlungen, dann muss er zum Wohl des Königreiches und zum Ruhm seines Königs zurücktreten. Die Machtübernahme von Georg III. mit all ihren Konsequenzen ist eine ideale Gelegenheit. Wir haben schon lange darauf gewartet, die Initiative zu ergreifen. Nicht mehr auf dem Kontinent, sondern diesmal im Herzen Englands, unseres ewigen Feindes.«

»Aber Friedrich II. bleibt doch die größte Gefahr«, wandte der König ein.

»Eine Gefahr ja, aber mehr nicht. Was fürchtet Ihr? Dass er das Königreich überfällt? Mit welcher Armee? Er hat keine Mittel. Lassen wir die Österreicher, die Russen und unsere Philosophen sich um ihn kümmern, und wenden wir uns ein für alle Mal gegen London. Ich bin überzeugt, dass diesmal der Wind auf unserer Seite blasen wird.«

Ludwig XV. schwieg. Choiseul sah ihn fragend an, erwartete Zustimmung, wenigstens eine Ermutigung. Doch nichts kam. Der König beendete die Sitzung, ohne noch einmal den Mund aufzumachen. Auf seinem Gesicht konnte man größten Ärger lesen, als er den Ratssaal verließ.

Wie hatte sein Minister erraten können, dass der Comte de Broglie und der *Dienst* seit Monaten an einem Plan für die Landung an der englischen Küste arbeiteten?

Sechzigstes Kapitel

Brest de la Chaussée war ebenso massiv wie ein Menhir aus seiner Heimat, der Bretagne. Sein Gesicht wirkte wie ein Stein, in den Wind und Wellen tiefe Furchen gezogen hatten. Die buschigen Brauen, die markante Nase, die kleinen grauen Augen – alles deutete auf einen Mann, der daran gewöhnt war, Unwettern standzuhalten und seine Männer in den sicheren Hafen zu führen. Als Li Ying ihn im Staatssekretariat der Marine besuchte, schien dieser Fels durch die Heftikeit seines Erstaunens Risse zu bekommen. Mit allem hätte er eher gerechnet als damit, einen Chinesen vor sich zu sehen, der ihn ohne Umschweife darum bat, ihn bei den Freimaurern einzuführen. Ein derartiges Anliegen war undenkbar, suchten doch die Brüder gewöhnlich selbst aus, wen sie für würdig hielten, in ihre Reihen zu treten. Als die erste Überraschung abgeklungen war, wollte Brest de la Chaussée seinem seltsamen Gast keine falsche Hoffnung lassen.

»Man muss ein getaufter Christ sein, um das Licht zu empfangen, Monsieur«, erklärte er.

»Eine seltsame Vorstellung von einer universellen Bruderschaft, die Sie doch erschaffen wollen«, wunderte sich Li Ying. »In wessen Namen verschließen Sie diese jenen, die aus fernen Ländern kommen?«

Die Berechtigung dieser Kritik brachte sein Gegenüber aus dem Konzept.

»Wir verschließen sie nicht, aber die Tradition unseres Ordens, die Gesetze, die wir uns gegeben haben, ganz einfach unsere Religion zwingen uns dazu, das Betreten des Tempels den Bewohnern unserer Welt vorzubehalten. Aber Ihre Frage bekümmert mich. Ich werde darüber nachdenken und Ihren Fall den Brüdern meiner Loge unterbreiten. Vielleicht finden wir eine Lösung. Ich will Ihnen nicht verheimlichen, dass es mich sehr freuen würde. Schließlich sind Sie doch ein freier Mann mit ordentlichen Sitten.«

»Und ich glaube an einen Gott, der *Shangdi* heißt«, fügte Li Ying hinzu. »Ist das nicht das Wesentliche?«

Einige Wochen später teilte ihm Brest de la Chaussée mit, dass es seiner Loge *L'Écossaise et l'Exactitude* in Paris nach reiflicher Prüfung und Beratung eine Ehre sein werde, einen so angesehenen Mann wie ihn aufzunehmen. Schon durch sein Verlangen, das Licht zu erfahren – so hätten die Brüder geurteilt –, habe er hinreichend bewiesen, dass er, getauft oder nicht, würdig sei, es zu erfahren. Entscheidend sei, dass er kein hirnloser Atheist sei und einen guten Ruf genieße. Seine Einweihung wurde für den folgenden Monat festgesetzt und sollte in einem Haus an der Place Royale stattfinden, dessen Adresse ihm mitgeteilt wurde.

Am angegebenen Tag gab Li Ying einen Besuch bei den Buchhändlern in der Rue Saint-Antoine vor, um sich von Baptiste in der Nähe des Platzes absetzen zu lassen. Als er die letzten Schritte zurücklegte, die ihn von seiner Einweihung trennten, mischte sich seine Neugier mit leichter Furcht. In China hatte er von Geheimgesellschaften gehört, die jedem, der ihnen beitreten wollte, schreckliche Prüfungen auferlegten. War es im Westen ebenso? Brest de la Chaussée hatte ihm nichts von dem verraten, was ihn erwartete, und sein Herz schlug heftig, als er wie vereinbart dreimal an eine namenlose Tür unter den Arkaden des Platzes klopfte.

Ein Mann mit strengem Gesicht ließ ihn in einen dunklen Korridor eintreten und führte ihn in eine Art unterirdisches

Verlies, wo er ihn sogleich einschloss, nachdem er ihm folgenden Befehl erteilt hatte: »Meditieren Sie!« Vor ihm standen auf einem von einer Kerze schwach erleuchteten Tischchen ein menschlicher Schädel, ein Krug Wasser, eine Schale mit Salz, eine andere mit Schwefel und ein Stück Brot. Die Stille, die Dunkelheit und der Geruch nach feuchtem Stein ließen ihn in einen unerwarteten Frieden versinken. Er dachte nach, die Zeit erschien ihm endlos. Er verspürte keine Angst. Man hatte ihm das Licht versprochen. Welch anderen Weg gab es, das Licht zu empfangen, als zuvor die Dunkelheit zu erfahren? Das war eine andere Weise, die Dualität des Universums auszudrücken, das Gleichgewicht der Kräfte, die es beherrschten, wie das *yin* und das *yang* es auf ihre Art in China verkörperten. Selbst in größter Dunkelheit blieb immer noch ein Leuchten, wie die Kerze es in diesen Mauern bewies. Und auch die blendende Helle enthielt, gut verborgen, einen Schatten. So weit war er mit seinen Überlegungen gelangt, als man ihn holen kam.

Ein Mann entblößte seine linke Brust und das rechte Knie, zog ihm den Schuh vom linken Fuß, dann hieß er ihn alle metallischen Gegenstände ablegen, die er bei sich hatte, Uhr, Münzen, Ring, Degen. Anschließend verband er ihm mit einem Tuch die Augen. Nunmehr in absolute Dunkelheit getaucht, aller Bezugspunkte beraubt, entsann sich Li Ying der Empfindungen, die ihn bei der Entführung durch William Pitt überfallen hatten. Bei dieser schlimmen Erinnerung ergriff ihn leichte Unruhe, aber er konnte nicht mehr zurück.

Jemand nahm ihn beim Arm, führte ihn eine Treppe hinauf. Nach einigen unsicheren Schritten durch einen Raum, der ein langer Korridor zu sein schien, hörte er, wie an eine Tür geklopft wurde. Er fuhr zusammen, als sie sich geräuschvoll öffnete und er eine Degenspitze an seiner Brust spürte.

»Wer ist der Wagemutige, der den Einlass in unseren Tempel erzwingt?«, fragte eine laute Stimme aus dem Innern.

»Ich bin es, Bruder Fachmann, ich stelle der ehrwürdigen Loge einen Nichteingeweihten vor.«

»Ergreift Eure Schwerter, meine Brüder! Ein Nichteingeweihter steht an der Tür des Tempels. Bruder Fachmann, was verlangt Ihr?«

»Dass er in unsere Reihen aufgenommen werde.«

»Wie wagt er, dies zu erhoffen?«

»Weil er als freier und ehrbarer Mann geboren ist.«

Li Ying hörte diesem Dialog neugierig zu und fragte sich, was geschehen würde. Die vollkommene Dunkelheit schärfte sein Gehör, und er versuchte jedes Geräusch, jeden Ton zu interpretieren, um zu erraten, was rings um ihn vor sich ging. Er hatte das Gefühl, sich nun auf der Schwelle eines riesigen Saales zu befinden. Man ließ ihn herein, erneut fühlte er die Degenspitze auf seiner Haut. Jemand fragte ihn, ob er auf seinen Willen beharre, als Freimaurer aufgenommen zu werden. Er antwortete mit ja, dann musste er in ein Gebet einstimmen, das sich an den Allmächtigen Baumeister aller Welten richtete.

»Bruder Schrecklich«, donnerte die Stimme, »ergreift diesen Nichteingeweihten, und lasst ihn die Reise unternehmen.«

Li Ying fühlte, wie sich eine Hand um seinen Arm schloss. Die Zeit der Prüfungen begann. Er musste schwören, dass er über alles, was er erleiden sollte, schweigen würde, und einen Kelch mit bitterem Wasser trinken. Dann führte man ihn auf einen gewundenen Weg, wo jeder Schritt auf ein Hindernis stieß. Gleichzeitig brach ein ohrenbetäubender Lärm los. In das Grollen des Donners mischte sich der Lärm der Höllenketten. Kaum hatte er sich gefangen und die Frage, ob er fortfahren wolle, bejaht, ließ man ihn einen Feuerkreis durchqueren, dessen Hitze ihm ins Gesicht schlug. Jede dieser Prüfungen dauerte lange, unterbrochen von Fragen, auf die er mit festgelegten Sätzen antwortete, die ihm Bruder Schrecklich zuflüsterte. Nach der vierten Reise leistete er einen Schwur, der durch einen Kuss auf die Bibel besiegelt wurde. Dann endlich waren seine Prüfungen zu Ende.

»Was verlangt Ihr für den Neubekehrten, Bruder Erster Aufseher?«, fragte die Stimme.

»Das Licht, erhabener Meister!«

»Ihm sei das Licht gegeben. Möge er sehen und meditieren.«

Li Ying vernahm einen Schlag und spürte, wie Hände den ersten Knoten seines Bandes lösten, ein zweiter Schlag für den zweiten Knoten. Beim dritten Schlag fiel das Band. Er kniff die Augen zusammen.

Im Halbschatten umstanden ihn im Kreis Gestalten mit unkenntlichen Gesichtern, sie hatten eine Hand auf die Brust gelegt und richteten die Degen auf ihn. Auf dem Boden lag ein Mann wie tot.

»Diese Schwerter werden von ebenso vielen unversöhnlichen Feinden geführt, die bereit sind, sie in Eurer Brust zu versenken, solltet Ihr jemals so unselig sein, Euren Schwur zu brechen«, sagte ein Mann, der an der Hinterwand des Saales unter einer Art Baldachin thronte, den ein dreiarmiger Leuchter schwach erhellte.

Man legte ihm von neuem das Band an und führte ihn nach draußen, damit er sich ankleide, dann betrat er die Loge erneut nach dem gleichen Zeremoniell wie zuvor. Er hörte folgende Worte: »Haltet Ihr ihn für würdig, unter uns aufgenommen zu werden?«

»Ja, Erhabener.«

»Was verlangt Ihr für ihn?«

»Das Große Licht.«

Li Ying hörte einen lauten Schlag.

»Es werde Licht!«, sagte der Erhabene im gleichen Moment.

Wieder fiel das Band, und Li Ying stand geblendet in einem Lichtermeer, aus dem etwa fünfzehn Männer mit Degen in der Hand hervortraten, die prächtig bestickte Bänder quer über dem Oberkörper trugen und ihn mit einer Mischung aus Sympathie und Ernsthaftigkeit ansahen. Er erkannte Brest de la Chaussée, der ihm ein breites Lächeln schenkte.

»Endlich ist der glückliche Tag der ewigen Freundschaft für Euch angebrochen«, sagte der Mann, der den Vorsitz hatte. »Seht in uns nur noch Brüder und Freunde, die bereit sind, Euch zu Hilfe zu eilen und sich ihrer Waffen zu bedienen, um Euch und Eure Ehre zu verteidigen. Führt unseren neuen Bruder zum Thron.«

Man brachte ihn zum Meister vom Stuhl, vor dem er ein Knie auf den Boden setzte. Feierlich legte dieser sein Schwert flach auf Li Yings Kopf und sagte:

»Zum Ruhm des Allmächtigen Baumeisters aller Welten, im Namen und unter den Auspizien der Großloge von Frankreich, mit der Macht, die mir von dieser ehrwürdigen Loge übertragen wurde, empfange ich Euch und erkläre Euch zum Freimaurerlehrling nach schottischem Ritual und Mitglied der ehrwürdigen Loge *L'Écossaise et l'Exactitude* im Osten von Paris.«

Man bekleidete ihn mit einem Schurz aus fleckenlosem Leder und reichte ihm ein paar weißer Handschuhe.

»Empfangt diesen Schurz. Er gibt Euch das Recht, unter uns zu weilen. Befleckt niemals die Reinheit dieser Handschuhe, indem Ihr die Hände in die schlammigen Wasser der Sünde taucht. Sie sind das Symbol für Eure Aufnahme im Tempel der Tugend.«

Die Zeremonie dauerte noch länger als eine Stunde. Li Ying lernte die geheimen Worte, die Berührungen, das Zeichen des Lehrlings-Grades, entdeckte die ersten symbolischen Bedeutungen von Winkelmaß, Kompass und den drei Kerzen, die die Loge erhellten, und betrachtete alle Symbole, Sonne, Mond, Säulen, Senkblei, Winkelwaage und andere, die auf einem in der Mitte des Raumes ausgebreiteten Teppich zu sehen waren. Er befand sich in einem ganz seltsamen Geisteszustand, unerklärlich glücklich, als habe er soeben gefunden, was er nicht gesucht hatte. Ein lichtvoller Frieden erfüllte ihn, und er fühlte beinahe körperlich die Brüderlichkeit derer, die ihn, aufgenommen hatten. Er, der so lange allein gewesen war, er, der zu seinen Zeitgenossen, mit Ausnahme von Vergilius Kimble, nur von Notwendigkeit oder Interessen geprägte Beziehungen unterhalten hatte, fand zum ersten Mal eine Gemeinschaft von Männern, die bereit waren, ihn zu lieben für das, was er war und was er nicht war. Er lächelte alle an, ohne seine Rührung zu verbergen.

Das Bankett, das der Initiationszeremonie folgte, verstärkte dieses berauschende Gefühl. Nacheinander stellten sich seine neuen Brüder ihm vor und beglückwünschten ihn zu der Würde, mit der er die Prüfungen bestanden hatte, obwohl sie nur symbolisch waren. Als ihn Honoré Lenoir in die Arme schloss, schlug Li Yings Herz schneller und erinnerte ihn daran, mit welchem uneingestandenen Ziel er beschlossen hatte Freimaurer zu werden. Obwohl er sich hätte freuen müssen, diesen Kontakt herzustellen, erfüllte ihn tiefe Verlegenheit. In diesem Augenblick erhob sich der Meister vom Stuhl mit einem Glas in der Hand, bat alle, es ihm nachzutun, und brachte einen Trinkspruch auf den König aus, dann einen auf den Großmeister, den Comte de Clermont, der bei dieser außergewöhnlichen Initiation leider am Kommen gehindert war. Als man schließlich ihm zuprostete, war Li Ying zu Tränen gerührt. Man führte sie auf sein Glücksgefühl zurück. Er allein wusste, dass sie mit dem Dilemma zusammenhingen, in das er nun geraten war: Diese Männer, für die er eine ebenso spontane wie unerklärliche Freundschaft empfand, würde er verraten müssen.

Einundsechzigstes Kapitel

Von der Terrasse bis hinab zum Großen Kanal blickte man auf eine üppige Vegetation mit roten und goldenen Blättern, die durch das flache Oktoberlicht noch prächtiger wirkte. Am Landungssteg ankerte die kleine Fregatte, die an windigen Tagen zur großen Freude der Hofdamen auf dem Kanal kreuzte, konnten sie sich doch für ein paar Minuten in dem Glauben wähnen, auf dem unendlichen Ozean das wahre Abenteuer zu erleben. Die Buchen, Eichen und Ulmen des Parks standen wie flammende Wachen um das Wasser herum, und die reinweißen Statuen schienen in einem strahlenden Glorienschein erstarrt. Schweigend gingen sie bis zum Latonebecken hinab. Li Ying folgte den Ratschlägen von Madame du Deffand aufs Wort und bemühte sich, bei dem Spaziergang, zu dem ihn Marquise de Solanes eingeladen hatte, nichts anderes als freundliche Höflichkeit zu zeigen. Tatsächlich hatte er all seine Willenskraft aufbieten müssen, um nicht vor Freude in die Luft zu springen, als er sie in der Spiegelgalerie getroffen hatte und sie ihm vorschlug, ein paar Schritte zu machen, um die letzten Sonnenstrahlen zu genießen.

»Sind Sie mit Schiffen wie diesem gereist, um bis zu uns zu kommen?«, fragte Béatrice und wies auf die Fregatte.

»Ich habe den größten Teil des Weges zu Fuß zurückgelegt, von Peking bis ans Ufer des Mittelmeeres. Erst in Istanbul bin ich an Bord eines Schiffes gegangen. Aber es war weitaus größer als dieses dort.«

»Sie haben mir nie etwas davon erzählt«, warf sie ihm vor, und ihre Stimme sollte ärgerlich klingen.

»Sie haben mich nie gefragt.«

»Eine Frau kann so etwas nicht tun. Das könnte falsch ausgelegt werden.«

Welch ein Sinn für Schicklichkeit! Er musste zugeben, dass in dieser Gesellschaft, wo der Umgang zwischen Männern und Frauen so liebenswürdig erschien, der Respekt vor gewissen Usancen etwas verwirrend war.

»Wohin wollten Sie mich neulich führen, als Sie mich zwischen den beiden Sphinxen stehen ließen?«, fragte er, während sie die Königsallee zum Apollonbecken hinabgingen.

Die ersten welken Blätter lagen am Boden, und sie machten ein Spiel daraus, ihnen mit tänzelnden Schritten auszuweichen.

»Nirgendwohin!«, antwortete Béatrice in gespieltem Erstaunen. »Ich wollte Ihnen nur zeigen, dass es viele Wege gibt, um das Herz einer Frau zu gewinnen. Ein kleiner Gang durch die Haine von Versailles war die beste Gelegenheit, es Ihnen bewusst zu machen. Gefiel es Ihnen nicht?«, fragte sie und sah ihn schelmisch an.

»Ich war sehr zornig auf Sie, Marquise. Und ich weiß nicht, ob der Zorn sich gelegt hat.«

»Mein Gott, sollte ich Sie verärgert haben? Jetzt verstehe ich, warum Sie mir seit Wochen die kalte Schulter zeigen.«

»Was dachten Sie denn?«

»Dass Sie dem Charme von Madame d'Esparbès erlegen und für anständige Frauen wie mich endgültig verloren wären. Man erzählt sich auch, Sie verbrächten Ihre Nächte bei der alten Blinden, der Marquise du Deffand. Muss man sich die Augen verbinden, um Ihnen zu gefallen?«

»Wie können Sie nur solche Dummheiten erzählen?«

Béatrice seufzte.

»Frauen sind immer etwas dumm, wenn sie gewisse Regungen verspüren«, flüsterte sie.

Li Ying zögerte unmerklich. Entweder er verstand kein Französisch mehr, oder das war der Anfang eines Geständnisses. Er tat, als habe er nichts bemerkt und wartete mit klopfendem Herzen auf die Fortsetzung. Sie erreichten das Apollonbecken. Béatrice glitt aus und griff nach seinem Arm, um sich zu halten. Ihre zarte Hand ließ ihn nicht mehr los. Gezogen von schäumenden Pferden und trompetenden Tritonen tauchte der Wagen des Gottes aus den Fluten auf. Um seine Verwirrung zu verbergen, begann Li Ying einen langen Vortrag über die Gartenkunst, als inspiriere ihn allein die Schönheit der Landschaft.

»Dieser Park darf sich durchaus mit dem Yuanming-Garten von Qianlong vergleichen. Allerdings ist er seine Antithese. Jeder zeugt auf seine Weise von demselben Willen, die Welt nachzubilden, die Natur neu zu erschaffen, den Bäumen und dem Wasser sein Gesetz aufzuzwingen. Hier die riesigen Perspektiven und die unfehlbare Symmetrie, dort ständig neue Überraschungen hinter der Biegung eines Tales, eines Baches, eines künstlichen Hügels. Überall das Ergötzen für Auge und Geist. In Versailles die Regeln der Geometrie. In Yuanming Yuan die der Fantasie. Hier liegt die Ordnung in dem, was man sieht, den Alleen, den Wasserflächen mit strengen Formen. Die Unordnung liegt in dem, was man nicht sieht. Man muss es in den Hainen suchen. Der Yuanming-Garten ist das ganze Gegenteil. Dort ist das Imaginäre König. Die vermeintliche Natur liegt in dem, was sich den Blicken darbietet, die Ordnung im Verborgenen, in der unsichtbaren Organisation des Gartens, wo jede Zufälligkeit, jeder Teich, jeder Baum in Wirklichkeit einem klaren Willen und einer kosmischen Vernunft gehorcht.«

Je länger er sprach, desto deutlicher schmiegte sie sich an ihn. Ihr Arm lag auf seinem, er spürte, wie sich ihre Brust gegen ihn presste. In dem Fieber, das ihn überfiel, fragte er sich flüchtig, was sie wohl dazu gebracht hatte, ihre Haltung ihm gegenüber so radikal zu ändern, aber er wagte diesen äußerst verheißungsvollen Augenblick nicht durch dumme Fragen zu stören.

»Ich mag es, wie Sie über Gärten sprechen«, sagte sie sanft.

Er lächelte sie an.

»Die Gärten des Kaisers würden Ihnen gefallen. Die Vielfalt ist dort die Regel. Als großer Bewunderer von Versailles hat er sich einen Sommerpalast und wunderbare Gärten in französischem Stil bauen lassen. Als ich China verließ, entwarfen Castiglione und Benoist gerade einen anderen mit wunderbaren Springbrunnen.«

»Ich träume davon, Ihr Land kennen zu lernen«, hauchte sie.

Er blieb überrascht stehen.

»Ich dachte, Sie ärgerten sich über China.«

»Keineswegs«, entgegnete sie dreist. »Ich ärgere mich über all die Leute, die von einer idealen Welt träumen und glauben, sie in China gefunden zu haben, Leute, die nur noch darauf schwören und verlangen, dass wir es kopieren. Es sind dieselben, die in Friedrich II. einen Wohltäter der Menschheit sehen, unter dem Vorwand, dass er schlechte Verse auf Französisch schreibt und sich mit der Philosophie großtut!«

»Sie mögen die Philosophen nicht?«

»Sie sind von sich selbst eingenommen und gieren nach Anerkennung. Das verdirbt alles, denn sie verdienen eigentlich unsere Achtung. Ihre Ideen befreien uns vom Aberglauben der Unwissenheit. Die Menschheit braucht sie, um voranzukommen, aber einem vermeintlich aufgeklärten Monarchen zu folgen, der nur daran denkt Krieg zu führen und sein Reich zu vergrößern, um ein riesiges Militärlager daraus zu machen, das ist ein Irrweg. Gehen wir doch zurück, ich fürchte es wird kalt.«

Sie schloss den Kragen des mit Seide gefütterten Pelzmantels und nahm seine Hand. Ohne ein Wort führte sie ihn zu einer von majestätischen Buchen gesäumten Allee, die sich in das Wäldchen verlängerte.

»Wohin führen Sie mich diesmal?«, fragte er.

»Zu einem meiner Lieblingsorte.«

Wenig später kamen sie bei der Kolonnade heraus. In der Mitte, im leuchtenden Weiß des zu Stein erstarrten Fleisches, entführte Pluto Persephone, die die Arme zum Himmel emporstreckte. Die Säulen mit ihren klaren Formen bildeten einen stummen Kranz um dieses stille Drama.

»Mir ist kalt«, sagte sie mit belegter Stimme.

Wie durch ein Wunder von allen Hemmungen befreit, nahm Li Ying sie in die Arme, schaute lange in das so heiß begehrte Gesicht, das sich zu ihm erhob, und sah in Béatrices Augen mehr als Zustimmung, eine Einladung. Er neigte sich über sie, seine Lippen streiften ihren zitternden Mund, bemächtigten sich seiner mit einer Leidenschaft, in der sich die monatelange Erwartung mit einem Schlag entlud.

»Ich liebe Sie«, gestand er, als er sich atemlos von ihren Lippen löste.

»Sind Sie dessen sicher?«

»Seit dem ersten Tag«, antwortete er und küsste sie erneut.

Er spürte, wie sie schwach wurde und sich ihm fast schon hingab.

»Entführen Sie mich«, sagte sie. »Ich gehöre Ihnen.«

Später wussten sie sich nicht mehr zu erinnern, wie sie das Schloss verließen und das Haus in der Rue Médéric erreichten. Sie stießen Baptiste beiseite, der ihnen die Tür öffnete, wiesen Shi Xiu hinaus, der ihnen heißen Tee anbot, eilten die Treppe hinauf und schlossen sich im Schlafzimmer ein. Unter Li Yings fiebernden Fingern glitten Béatrices Mantel und Kleid zu Boden, während sie ihm den Umhang, die Weste, die Perücke abnahm. Als sie in ihrem feinen Spitzenhemd vor ihm stand, fiel er vor ihr auf die Knie und küsste ihre Schenkel, während er die Strümpfe hinunterstreifte. Sie löste die Silbernadel, die ihren Knoten hielt, und das kastanienbraune Haar fiel auf ihre Schultern nieder.

Béatrice war strahlend schön. Als er jedoch die Knoten öffnen wollte, die ihr Hemd hielten, trat sie ein paar Schritte zurück, blieb unbeweglich vor ihm stehen, blickte ihn mit überraschender Autorität und einem himmlischen Lächeln an, dann löste sie selbst die Knoten, die ihre Blöße schützten. In einer Bewegung, die er gern über eine Ewigkeit ausgedehnt hätte, glitt das Hemd wie ein weißer Kranz zu ihren Füßen herab. Nach Atem ringend, geblendet von so viel Anmut, betrachtete er sie. In einer letzten schüchternen Regung legte sie die Hand auf ihr Schamhaar und ließ ihn ihren weißen Hals bewundern, die runden Schultern, die stolzen Brüste, die durch ihre Bewegung hervortraten, ihren Bauch, den die Hüften wie eine Amphora umfingen, die langen Schenkel. Dann kam Béatrice de Solanes mit langsamen Schritten näher und streckte die Hand nach ihm aus. Er warf sein Hemd, seine Strümpfe und seine samtene Unterhose beiseite, ohne sie aus den Augen zu lassen. Niemals hatte er eine schönere Frau, einen harmonischeren Körper gesehen. Beide nackt, einen Schritt voneinander entfernt, maßen sie sich einen Augenblick mit Blicken, dann umfingen sie einander voller Leidenschaft.

Ihre Haut unter seinen Fingern war von berauschender Zartheit. Er liebkoste ihr Haar, ihren wollüstigen Rücken, die im Begehren gewölbten Lenden. Wie aneinander geschweißt fielen sie auf das Bett und suchten einander voller Ungeduld. Li Ying wollte sich Zeit lassen, die Göttin zu bewundern, die sich ihm anbot. Er küsste ihre Brüste, ließ seine Lippen zu ihrem Bauch herabgleiten, spürte sie sanft sich wiegen, fand die Quelle ihrer Lust und ergötzte sich daran bis zur Trunkenheit. Als er sie nehmen wollte, widersetzte sie sich, verlangte neue Liebkosungen, entzog sich, gab sich hin, fand Gesten voller Kühnheit, zog ihn schließlich über sich. Langsam, vorsichtig drang er in sie ein. Die Leidenschaft riss ihn mit sich, aber er weihte sie allein der Lust dieser Frau. Sie schloss die Augen. Ihre Kehle pulsierte. An ihre Brust gepresst, hörte er ihr Herz schlagen, als wolle es zerbrechen.

»Lieben Sie mich noch lange so, Monsieur«, murmelte sie.

»Das ganze Leben, Marquise.«

Sie betraten eine andere Welt, die Welt der Engel und der höchsten Wollust. Li Ying setzte all seine Liebeskunst ein, um Béatrice zu beglücken. Ohne Anstrengung hielt er sein *yang* zurück und war bald Herr über Zeit und Lust, in vollkommenem Einklang mit ihr. Lange noch hätte er ihr diese Lust bereiten können, aber in einem letzten Aufbäumen umklammerte sie ihn voller Heftigkeit, und auch er gab sich endlich hin.

Stundenlang entfalteten sie die Fantasien ihrer Liebe. Li Ying wurde nicht müde, ihren wundervollen Körper zu liebkosen, ihre Brust zu berühren, zu der sie seinen Kopf lenkte. Mit einem Finger zeichnete er Buchstaben auf ihre Seidenhaut. Den Augenblicken sanfter Zärtlichkeit folgten entfesselte Reigen.

Um Mitternacht stürzten sie sich ausgehungert auf das Essen, das Shi Xiu in weiser Voraussicht zubereitet hatte. Kleine chinesische Fleischpasteten, Geflügelchaudfroid, nach Zimt duftende Apfeltorte, dazu ein Bordeaux, den Li Ying wegen seiner stärkenden Wirkung schätzte. Danach Austern. Seit Li Ying sie bei einem Souper im privaten Speisezimmer des Königs, an dessen Wand das von Troy gemalte *Dîner des huîtres* hing, probiert hatte, war er begeistert davon und ließ sie ständig von Shi Xiu auftragen.

Dann überfiel sie erneut das Verlangen, und sie verbrachten den Rest der Nacht damit, einander neue Freude zu schenken. Erst im Morgengrauen schliefen sie ein, erschöpft, gesättigt von Sinnlichkeit, Wein und Wonne, aneinander geschmiegt, glücklich.

Zweiundsechzigstes Kapitel

Die Werkstatt – man hätte auch sagen können die Höhle – von Honoré Lenoir befand sich im Hinterhof eines Gebäudes in der Rue Saint-Paul. Die Gerüche von schmelzendem Metall, Gewehrfett, kaltem Eisen, Holz und Lack raubten dem Besucher den Atem. Mit dem ersten Schritt betrat Li Ying die raucherfüllte Welt eines Vulkanus des 18. Jahrhunderts, dessen Gehilfen, Lehrjungen und Gesellen in einem Höllenlärm mit Blasebälgen, Hämmern, Feilen und Sägen hantierten. Als Kind hatte Honoré in der väterlichen Werkstatt in Saint-Étienne die faszinierende Welt der Feuerwaffen, Musketen, Gewehre, Karabiner und Pistolen entdeckt. Als Erbe der Berufsgeheimnisse seines Vaters und der alten Meister der Metallurgie, die den Jungen, der zwischen ihren Beinen herumlief, lieb gewannen, hatte er seine Lehrzeit über mehrere Jahre in den besten Werkstätten Frankreichs fortgesetzt.

Nach Saint-Étienne zurückgekehrt, hatte er die Nachfolge seines Vaters angetreten und fortan nur noch daran gedacht, die schönsten, genauesten und zuverlässigsten Waffen des Königreiches herzustellen. Er war immer unzufrieden, versuchte ständig, die Gewehre, die er herstellte, zu verbessern, experimentierte mit neuen Legierungen für die Läufe und die Kugeln, probierte unbekannte Pulvermischungen aus, um weiter schießen zu können. Bald waren die Gewehre aus seiner Werkstatt so berühmt, dass er eine

Bestellung von mehreren hundert Musketen für das Dragonerregiment des Königs erhielt. Mit übermenschlichen Anstrengungen und ruinösen Investitionen gelang es Lenoir, diesen kostbaren Auftrag zu erfüllen und in den vorgegebenen Fristen zu liefern. Leider war er in der Verwaltung weniger genial als bei der Herstellung. Die Raffgier der Spekulanten und der Lieferanten der Armee war stärker als seine finanziellen Fähigkeiten, und er musste die Werkstatt zu einem lächerlichen Preis verkaufen, um seine Schulden zurückzuzahlen.

Ein solches Talent konnte nicht lange unbeschäftigt bleiben. Mehrere große Adlige, die auf ihn schworen, gründeten eine Gesellschaft, damit er wieder die Pistolen und Karabiner herstellen konnte, die sie liebten. Honoré Lenoir verließ Saint-Étienne und ließ sich in Paris nieder. In der großen Werkstatt, die man ihm zur Verfügung stellte, verbrachte er seine Tage meist damit, Waffen auf Bestellung zu fabrizieren, und einen Teil der Nächte, ihre Mechanik und die Pulvermischungen zu verbessern.

»Ein Dutzend Mal schon hätte ich mein Labor beinahe in die Luft gesprengt«, gestand er Li Ying lachend. »Aber es muss einen Gott der Pyrotechniker geben. Alles ist eine Frage der Dosierung von Kohle, Salpeter und Schwefel. Zu viel Pulver in der Patrone, und sie sprengt den Lauf, nicht genug Pulver, und die Kugel erreicht ihr Ziel nicht.«

Li Ying hatte keine Zeit verloren. Einen Monat nach seiner Einweihung hatte er Bruder Lenoir am Ende einer Sitzung ihrer Loge angesprochen. Er brachte das Gespräch auf die Feuerwerkskörper, die in Versailles großes Aufsehen erregten, und erinnerte daran, dass diese Erfindung aus China stammte. Lenoir hatte die Gelegenheit, über seine pyrotechnische Leidenschaft zu sprechen, sogleich beim Schopf ergriffen und ihm höchst wissenschaftliche Erklärungen gegeben. Li Ying musste keineswegs heucheln um einzugestehen, dass er kaum etwas davon verstand. Am Ende des Festmahls hatte Lenoir ihm von selbst vorgeschlagen, seine Werkstatt zu besuchen. Darauf hatte Li Ying nur gewartet.

Vor jeder Werkbank erklärte ihm Lenoir, mit welcher Arbeit man dort gerade beschäftigt war. Hier nahm ein Lehrling vorsichtig Metallteile aus einer Form. Dort justierte ein Geselle sehr genau die Teile eines Steinschlosses, dessen Plan auf dem Tisch ausgebreitet war. Weiter hinten vollendete ein anderer eben ein Gewehr und verwandte größte Sorgfalt darauf, das ordnungsgemäße Funktionieren der Pfanne zu überprüfen. Jedes Mal ließ sich Li Ying alle Einzelheiten schildern und prägte sie sich ein, um sie zu Hause zu Papier zu bringen.

»Jedes Gewehr ist ein Einzelstück«, erklärte der Waffenmacher. »Auch wenn sie nach demselben Modell hergestellt werden, ist jedes etwas anders. Ihre Präzision variiert je nach der Sorgfalt, mit der jedes einzelne Teil angefertigt wurde. Das Ideal wäre es, sie in Serie zu produzieren, nach einem Modell, das noch weit präziser wäre als die heutigen. Das würde viele Probleme lösen.«

»Warum tun Sie es nicht?«, fragte Li Ying. »Fehlt es Ihnen an Geld?«

»Nicht nur. Die Fabrikanten und Handwerker, die für die Armee arbeiten, würden sich niemals der Strenge unterwerfen, die ein solches technisches Verfahren erforderte. Das ist schade. Wenigstens hätten dann all unsere Gewehre die gleiche Qualität und würden gleich weit schießen. Die Risiken des Versagens wären ausgeschlossen, und wir hätten einen beachtlichen Vorteil gegenüber unseren Gegnern. Was soll's, vergessen wir es. Die Ingenieure der Zukunft werden sich schon darum kümmern, eine Lösung für dieses Problem zu finden. Inzwischen habe ich ein Zündsystem entwickelt, das weniger anfällig ist als das heute benutzte. Sehen Sie«, sagte er und zog ihn zu einem Tisch in einer Ecke der Werkstatt.

Der Mann, der dort arbeitete, hob nicht den Kopf, als sie näher kamen. Er war damit beschäftigt, ein Zündschloss zusammenzusetzen, das kompakter und kleiner war als die bisher gesehenen. Der vor ihm an einen Holzpfeiler genagelte Plan zeigte genau die Maße jedes Elements und die Richtung der Montage.

»Erklären Sie mir, was es von den anderen unterscheidet«, bat Li Ying.

»Verschiedenes«, antwortete Lenoir stolz. »Zunächst der neue Mechanismus der Feder, da, sehen Sie, die den Hahn sehr präzise auslöst, ohne jedes Spiel. Dann die Zündpfanne, die ich so geformt habe, dass das Pulver, wenn es entzündet ist, nicht mehr ausgehen kann, ehe es das Innere des Laufs erreicht hat. Gerade das kommt so oft vor, vor allem, wenn es regnet. Jetzt arbeite ich noch an der Zusammensetzung des Pulvers. Wenn das Modell dem König gefällt, haben wir etwas in der Hand, womit wir jede Armee der Welt besiegen können.«

An seiner inneren Erregung erkannte Li Ying, dass er gefunden hatte, was er suchte. Es war die Zeichnung dieser revolutionären Waffe, die er Qianlong übersenden musste, mit Abmessungen, Bauanweisungen und allen Erklärungen, die notwendig waren, um sie herzustellen. Wenn es ihm gelang, würde China die Mittel erhalten, die Überlegenheit seiner Armeen über die des Gegners zu sichern. Er erkannte den Fieberrausch wieder, der ihn in London gepackt hatte, als er den Plan der Fregatte in den Händen hielt.

»Wird das Pulver auch hier produziert?«, fragte er.

»Gott im Himmel, nein! Das darf ich nicht. Das ist ein Monopol des Staates, in den Händen einiger Generalpächter, die es herstellen und verkaufen. Der König hat mir aber das Privileg gewährt, alle Untersuchungen anzustellen, die ich für nötig halte. Ja er ermutigt mich sogar dazu. Ich kann also selbst das Pulver mischen, das ich für meine Experimente benötige. Kommen Sie, lieber Bruder, ich werde es Ihnen zeigen«, sagte Lenoir und zog Li Ying in ein kleines, zweifach abgeschlossenes Labor.

Das Zimmer war klein und ziemlich frisch, es enthielt nur einen langen Arbeitstisch mit verschiedenen Instrumenten. Eine Goldwaage für Präzisionsabwiegungen, winzige Löffelchen, feine Silbertafeln, sorgfältig beschriftete Säckchen, Retorten, Glaskolben, mit Zahlen bedeckte Papiere.

»Das ist mein Labor. Haben Sie so etwas auch in China?«

»Natürlich«, versicherte Li Ying, der gar nichts darüber wusste.

»Hier mache ich meine Mischungen, dosiere, rechne, experimentiere. Es heißt oft, Wissenschaft sei eine Frage der Berechnung. Das ist wahr. Aber sie ist vor allem eine Angelegenheit von Inspiration und Hypothesen. Ihnen kommt eine Idee, die Sie nicht mehr loslässt, und Sie denken nur noch daran, sie umzusetzen, um sie zu überprüfen. Nur das Experiment bringt Gewissheit. Auf meinem Gebiet ist es der spannendste und gefährlichste Teil.«

»Sind das dort Ihre Mischungen?«

»Ja. Salpeter, Kohle, Schwefel, in verschiedenen Anteilen. Die Qualität des Pulvers hängt davon ab, wie die Kohle gewonnen wird. Dann darf das Pulver auch nicht allzu fein sein, damit es nicht zu schnell verbrennt, sondern bis zum Zünder gelangt, der die Kugel abschießt.«

Li Ying versuchte sein Glück.

»Und was ist die ideale Dosierung?«

»Auf hundert zwölfeinhalb Kohle, ebenso viel Schwefel und fünfundsiebzig Salpeter. Aber ich füge noch eine Spur Kali hinzu, dessen Proportion ein Geheimnis bleibt. Aus dem einfachen Grund, dass ich sie noch nicht entdeckt habe!«

Li Ying fragte nicht weiter. Er hatte, was er suchte. Er lauschte noch eine Weile Lenoirs technischen Erklärungen, dann beendete er seinen Besuch und kehrte mit verhängten Zügeln nach Versailles zurück, um auf Papier festzuhalten, was er gerade erfahren hatte.

Dreiundsechzigstes Kapitel

Du hast China verraten, Elender!« Qianlongs Brüllen ließ Li Ying aus dem Schlaf auffahren. Er war eingeschlummert, während er aufschrieb, was er von seinem Besuch bei Lenoir mitgebracht hatte. Es war ein entsetzlicher Alptraum gewesen. Er zitterte noch immer. Umgeben von grinsenden Totenköpfen hatte er in einem dunklen Zimmer gesessen, das der unterirdischen Kammer glich, in der er vor seiner Einweihung meditiert hatte. Nacheinander waren Caroline und William Pitt aufgetreten, um ihn anzuschreien, er sei ein gemeiner Spion. Dann tauchte Horace Walpole kichernd auf: »Doppelagent, Dreifachagent, wo hört er wohl auf?«, knarrte er. Wen verriet er diesmal? Auch seine Freimaurerbrüder waren hereingekommen und hatten einen höllischen Tanz um ihn aufgeführt, mit Messern in der Hand, um ihm die Kehle durchzuschneiden. »Hoffst du, uns zu täuschen, schlechter Bruder? Halte deinen Schwur, sonst wirst du sterben!«, brüllten sie. Béatrice kam herbeigeeilt, ausstaffiert mit dem Gesicht einer alten Frau: »Und mich, wann wirst du mich missbrauchen?« Aber Qianlong hatte sie alle vertrieben. »Du bist mein Geschöpf! Du hast geglaubt, mich verraten zu können, um deine Freiheit zu erlangen, kleiner Li Ying? Du täuschst dich, du gehörst mir für immer!«

Endlich fand er seine Sinne wieder. War dieser schlimme Traum eine Warnung oder die Manifestation seines schlechten Gewissens? Wer verriet wen? Er sah Béatrice vor sich, versunken in einem Nymphenschlaf, und erkannte, wie plötzlich und unerwartet ihre Hingabe gekommen war. Auf einmal kam ihm ihr plötzlicher Sinneswandel, der ihm zunächst so natürlich erschienen war, höchst verdächtig vor. Ein entsetzlicher Zweifel keimte in ihm auf. Warum hatte Béatrice nachgegeben, ohne sich zu wehren? War es das glückliche Ergebnis der kleinen List, die ihm Madame du Deffand eingeflüstert hatte? Oder hatte der Mann, an dem sie so zu hängen schien, Herzog de Choiseul persönlich, es ihr befohlen? Hatte sie ihre Verliebtheit nur gespielt und auf Anweisung mit ihm geschlafen? Kalter Schweiß lief ihm den Rücken hinab. Er fantasierte. Wie hätte diese so junge, so unabhängige, so eigensinnige Frau sich zu einer solchen Maskerade hergeben können?, fragte er sich, um sich zu beruhigen. Ein anderes Spiel für sie, die so gerne spielte? Aber mit welchem Ziel hätte Choiseul es ihr befohlen? Um ihn zu überwachen? Wahrscheinlich. Der Herzog hatte gewiss erfahren, dass er mit Tercier und Broglie in Verbindung stand und zuweilen vom König in dessen Privatgemächern empfangen wurde. Durch Béatrice hoffte er zu erfahren, was hinter seinem Rücken ausgeheckt wurde.

Li Ying erinnerte sich, wie die junge Frau neben ihm geschlafen hatte. Ihr Atem war friedlich und regelmäßig, ihr quer auf dem Bett liegender Körper das wahre Abbild der bezauberndsten Weiblichkeit und der Unschuld. Wie könnte sie lügen? »Alle Frauen lügen«, hatte ihm einst Du Wei gesagt. »Das ist das beste Mittel für sie, um zu überleben.«

Wenn es so war, was musste Béatrice de Solanes überleben?

Vierundsechzigstes Kapitel

Graf Charles-François de Broglie verteidigte die Stadt Kassel so wachsam gegen die Angriffe von Prinz Ferdinand von Braunschweig, dass dieser am 28. März 1761 entmutigt die Belagerung aufhob. Um Broglie seine Wertschätzung zu bezeigen, ernannte ihn Ludwig XV. zum Gouverneur der Stadt, befahl ihm jedoch mit gleicher Post, so schnell wie möglich nach Versailles zurückzukehren, weil er ihm etwas höchst Wichtiges mitzuteilen habe.

Die Aprilsonne ging gerade auf, als der Graf durch das von der Schweizer Garde bewachte Tor des Schlosshofes trat. Er wirkte so lebendig und voller Energie, als habe ihn die lange Reise kaum angegriffen, die ihn ohne Rast aus Westfalen bis ins Herz Frankreichs geführt hatte. Gefolgt von seinem Adjutanten, der seine Erschöpfung nicht verbarg, lief er mit großen Sätzen die Treppe zur ersten Etage hinauf. Ganz Versailles lag noch im Schlaf, bis auf zahllose Diener und Lakaien, die die Levers der Königin und ihrer Töchter vorbereiteten. Charles de Broglie ließ seinen Adjutanten in der ersten Etage zurück und lief ohne aufzufallen bis zum Depeschenkabinett, gab das vereinbarte Klopfzeichen und wartete. Tercier öffnete ihm mit ernster Miene die Tür. Auch er fragte sich offenbar, warum der König sie so früh am Morgen unverzüglich in das Kabinett bestellt hatte, wo die Geschäfte des *Dienstes* besprochen wurden. Ludwig XV. saß vor seinem Schreibtisch und stand auf, um den Gast zu begrüßen.

»Graf, ich bin stolz auf Euch«, begann er. »Mit der Verteidigung von Kassel habt Ihr unserer Armee endgültig den Ruhm zurückgegeben, den sie schon bei den Siegen von Clostercamp im Oktober und Grundberg unter Führung Eures Bruders, Marschall Victor-François, erworben hatte.«

»Ich habe nur meine Pflicht getan, Sire, und an das Wohl Eurer Majestät gedacht«, entgegnete Broglie beunruhigt.

Der König war meist sehr geizig mit Komplimenten, und das eben Gehörte, wenngleich verdient, verhieß nichts Gutes. Er sah, dass auch Tercier sich fragte, was dahinter steckte. Im Wissen um das Zögern und die Zaghaftigkeit des Königs rechnete er mit dem Schlimmsten. Sie nahmen in den beiden Sesseln vor dem Schreibtisch Platz.

»Ich habe eine wichtige Entscheidung getroffen, meine Herren«, fuhr Ludwig XV. fort. »Ich will Sie unverzüglich darüber informieren, damit Sie sogleich die entsprechenden Vorkehrungen ergreifen.«

Tercier und Broglie tauschten einen fragenden Blick aus.

»Dank Euch und Eurem Bruder haben wir die Situation jenseits des Rheins entscheidend zu unseren Gunsten verändert. Leider haben unsere österreichischen Alliierten nicht ebenso viel Glück. Ihre Niederlage von Torgau gegen Preußen hat im November ihre Armee vernichtet. Ich fürchte deshalb, dass wir erst nach längerer Zeit wieder mit ihnen rechnen können. Den Russen misstraue ich weiterhin. Ich verdächtige sie vor allem, nur auf eigene Faust zu handeln.«

Broglie begann zu ahnen, worauf der König, der den Krieg schon immer verabscheut hatte, hinaus wollte.

»Die Situation erscheint mir deshalb geeignet, um Verhandlungen mit dem König von Preußen anzustreben.«

»Jetzt schon?«, rief Broglie entsetzt.

»Es nützt nichts, weiter Blut zu vergießen«, antwortete der König mit schneidender Stimme. »Aber das ist nicht Eure Sache, Comte, sondern die von Choiseul. Weshalb ich Euch hergebeten habe, steht damit im Zusammenhang. Ihr wisst natürlich, dass Graf de Bute ins englische Kabinett eingetreten ist, um William Pitt die Stirn zu bieten. Ich weiß auch, dass Georg III. den Minister dazu bringen möchte, die Feindseligkeiten einzustellen und einen Vertrag mit Frankreich auszuhandeln. Davon zeugen die vielversprechenden Depeschen, die uns Louis de Magnac schickt. Die Änderungen, die sich in London ankündigen, können nur positiv sein. Deshalb habe ich beschlossen, unseren Plan einer Landung an der englischen Küste auszusetzen.«

»Majestät, das ist unmöglich!«, rief Tercier. »Die Vorbereitungen sind sehr weit fortgeschritten. Wir können nicht mehr zurück.«

»Wir können immer, Tercier!«, unterbrach ihn Ludwig XV. »Erst recht, wenn es im Interesse des Königreiches liegt.«

»Aber warum einhalten, Majestät?«, drängte auch Broglie. »In dem Augenblick, da unsere Feinde schwächer werden, müssen wir ihnen den entscheidenden Schlag versetzen.«

»Ich will, dass dieser Krieg aufhört!«

»Aber Ihr werdet verhandeln müssen, Sire. Wenn Ihr auf die Landung in England verzichtet, gebt Ihr die Hoffnung auf, einen Friedensvertrag mit besseren Bedingungen auszuhandeln als heute, und Frankreich wird seine Besitzungen in Übersee niemals zurückgewinnen!«

Ludwig XV. sah plötzlich sehr müde aus.

»Nein, es wird uns niemals gelingen, eine Operation von dieser Größe zum Erfolg zu führen. Sie kostet jetzt schon unendlich viel, und die Staatsfinanzen können diese Ausgaben nicht länger tragen. Wir sind in einer Zwickmühle. Das Parlament verweigert mir die Erlaubnis, die Steuern einzutreiben, die wir unbedingt bräuchten, um Frankreich vor seinen Feinden zu schützen. Deshalb möchte ich lieber diese Gelegenheit ergreifen, um die Finanzkrise zu beenden.«

»Lassen Sie uns wenigstens mit den Vorbereitungen weitermachen, die schon am weitesten fortgeschritten sind, Sire«, bat Tercier. »Die Schiffe in den Werften, die Intendantur, die Ausstattung, Munition, Waffen. Was auch geschehen mag, diese Arbeit wird nicht vergebens sein. Was die Männer angeht, so kann man das später noch sehen.«

»Umso mehr, als sich die Situation auch in eine weniger günstige Richtung entwickeln kann, so dass Ihr Eure Entscheidung möglicherweise überdenken müsstet, Sire«, pflichtete ihm Broglie bei.

Der König überlegte schweigend und beschloss, auf seine beiden Vertrauten zu hören.

»Einverstanden, aber mit weniger Aufwand als bisher.«

Ein leichtes Lächeln trat auf die Lippen des Grafen, während Tercier plötzlich besorgt dreinschaute.

»Die Entscheidung Eurer Majestät stellt uns dennoch vor ein Problem, an das wir bisher nicht gedacht haben«, sagte er stirnrunzelnd.

»Welches?«, fragte Ludwig XV.

»Was machen wir mit unserem Chinesen?«

Fünfundsechzigstes Kapitel

Das Schlafzimmer von Béatrice de Solanes erinnerte eher an die Zelle eines Benediktinermönchs als an das Gemach einer jungen Hofdame. Ein ovaler Spiegel und eine Frisierkommode mit einigen Flakons und Bürsten mit Elfenbeingriff auf der Intarsienplatte waren die einzigen Möbel, die darauf hindeuteten, dass eine Frau hier ihre Nächte verbrachte. Ansonsten glich der Raum einer Bibliothek. Die vier Wände waren mit Regalen bedeckt, die von Büchern überquollen. Manche waren kostbar gebunden, andere bescheidene Kolportagebände, aber alle kündeten sie von einer erstaunlichen Offenheit im Geschmack der Marquise. Wer die golden eingravierten Titel las, unternahm eine gar eigenartige Reise durch die Zeit und die Ideen der Menschheit. Die Tragödien von Sophokles standen neben denen von Racine, *Die Rhetorik* und *Die Metaphysik* von Aristoteles umrahmten Pascals *Gedanken über die Religion*, die *Georgica* von Vergil und die *Metamorphosen* des Ovid fanden sich neben der *Dichtkunst* von Boileau, *La Sepmaine* von Du Bartas neben den Gedichten von Louise Labé. Beim Stöbern entdeckte man gelehrte Annäherungen zwischen der *Reise in die Sonne* von Cyrano de Bergerac, dem *Quart Livre* von Rabelais und *Gullivers Reisen*. Wörterbücher und naturwissenschaftliche Werke ergänzten diese Sammlung. Am Fuß des Bettes zeugten zwei wackelige Stapel von den jüngsten Entdeckungen einer unermüdlichen und neugierigen Leserin der letzten

Romane ebenso wie eines neuen theologischen Traktats, von dem sie die Imprimatur erhalten hatte. In diesem Zimmer, das sie ihre *querencia* nannte, hielt sich Béatrice am liebsten auf, wenn nicht Madame de Pompadour nach ihren Diensten verlangte. Dort allein, sagte sie, fühle sie sich geschützt, um zu lesen, zu schreiben und ihren Liebsten zu empfangen.

»Im letzten Jahrhundert hätte ich dich wie alle gebildeten Frauen in meinem Alkoven empfangen, um dir vorzulesen«, sagte sie.

»Es ist ein unzweifelhaftes Anzeichen für den Fortschritt der Sitten, dass du es heute direkt in deinem Bett tun kannst!«, kommentierte Li Ying.

Béatrice lachte leise. Sie lag nackt auf dem Bauch und hielt das dritte Buch der *Essais* in den Händen.

»Montaigne ist mein Lieblingsautor. Nie werde ich seiner müde, jeder Satz ist ein Kontinent, den es zu erkunden gilt. Ich weiß nicht, durch welch seltsames Phänomen ich mich ihm so nahe fühle. Als hätte ich ihn früher schon gekannt, als hätte ich in seiner Nähe gelebt, als wäre er mein Vater oder ich seine Geliebte gewesen, vor beinahe zwei Jahrhunderten.«

»Vielleicht ist es so, wer weiß?«, sagte er und strich zerstreut über ihren runden Po.

»Was meinst du damit?«, fragte sie und drehte sich um.

So auf der Seite liegend offenbarte sie ihm ihre üppigen Kurven, und Li Ying konnte sich nicht zurückhalten, ihren Nabel zu küssen, was sie zum Lachen brachte.

»Buddha sagt, dass wir von Körper zu Körper gehen müssen, ehe wir das Erwachen kennen lernen, die höchste Glückseligkeit, ein bisschen wie das christliche Paradies. Nach jedem Tod werden wir in einem neuen Körper wiedergeboren, bis wir einen Zustand der Vollkommenheit erreicht haben, der uns von diesem Gesetz der Reinkarnation befreit, vom Kreislauf von Tod und Wiedergeburt, zu dem wir verurteilt sind.«

Béatrice setzte sich voller Interesse auf.

»Wenn wir leben, sterben und wieder leben heißt das also, dass ich schon vorher gelebt habe?«

»Genau.«

»Dann hätte ich Montaigne also durchaus zu seiner Zeit gekannt haben können. Ich hätte seine Tochter oder seine Frau sein können. Jetzt wird mir alles klar! Das ist wundervoll. Es würde mir sehr gefallen, wenn diese Doktrin wahr wäre«, rief sie begeistert und schlang die Arme um Li Yings Hals.

Dann überlegte sie laut weiter: »Ist das die Erklärung für dieses Déjà-vu-Erlebnis, diese Eingebungen, die über alles hinausgehen, was ich weiß, diese sofortige Vertrautheit, die wir bei manchen Menschen und in bestimmten Situationen empfinden?«

»Vielleicht haben auch wir uns in einem früheren Leben gekannt«, sagte er und warf sich auf sie. »Ich kenne dich lieber in diesem Leben.«

Sie ließ sich lachend zurückfallen. Er bedeckte sie mit Küssen, liebkoste lange ihre Brüste, glitt ihren Bauch hinab, der sich seinem gierigen Mund entgegenhob, kehrte zurück zu ihren Lippen. Sie saugte ihn ein, wie man einen Schluck frisches Wasser trinkt, ihre Beine umklammerten seinen Körper, und er nahm sie mit all der Zärtlichkeit, zu der er imstande war. Sie stieß einen leisen Schrei aus und passte sich seinem Rhythmus an. Lange versenkten sie sich in jenes frühere Leben, in dem sie einander bereits geliebt hatten.

»Ich war noch nie so glücklich«, gestand Li Ying später. »Zum ersten Mal fühle ich mich erfüllt, voller Frieden und Gewissheit.«

»Warst du denn so unglücklich?«

Ihre Frage traf ihn völlig unerwartet. Er spürte einen leichten Stich im Herzen, wusste aber, dass er nun das Geheimnis seiner Kindheit offenbaren würde. Wollte er diese Frau halten, ohne die er nicht mehr leben konnte, so musste er von dem seltsamen Leben sprechen, das er geführt hatte.

»Ich habe meine Eltern nie gekannt«, gestand er.

»Du bist ein Waisenkind?«, fragte sie und nahm ihn in die Arme. »Wer hat dich aufgezogen?«

»Ein alter stummer Chinese namens Zhao war meine Mutter, ein französischer Missionar, Pater Gallois, mein Vater. Aber keiner von beiden konnte mir die Eltern ersetzen. Ich habe nie erfahren, was mit ihnen geschehen ist.«

»Du hast keine Geschwister?«

»Niemanden, ich war allein auf der Welt. Und ich bin es geblieben, bis ich dir begegnet bin. Als ich klein war, verstand ich nicht, weshalb ich auf der Welt war. Ich lebte in vollkommener Isolation.«

»Niemals mit Kindern deines Alters?«

»Niemals.«

»Warum nicht?«

»Später hat man mir erklärt, dass ich der letzte Abkömmling der alten Ming-Dynastie sei und dass der Kaiser beschlossen habe, mich am Leben zu lassen, wenn ich für immer von der Außenwelt getrennt bliebe.«

Würde er ihr eines Tages sagen können, mit welchem Ziel Qianlong ihn wie ein kluges Tier dressiert hatte? Warum er ihn zu einem vollendeten Gelehrten gemacht hatte, einem Kenner beider Welten? Würde er ihr gestehen können, dass er ein Spion im Dienste eines Kaisers war, den er über alles verehrte, trotz der Einsamkeit, die er ihm auferlegt hatte?

»Aber wie ist es dir gelungen, hierher zu kommen?«

»Ich bin geflohen«, log er. »Pater Gallois hatte Mitleid mit mir und entdeckte einen Weg, mich aus dem Haus zu holen, in dem ich eingeschlossen war. Er fand eine Karawane, die durch Asien bis ans Mittelmeer zog und bereit war, mich mitzunehmen. Ich verkleidete mich sorgfältig und schloss mich ihr an.«

»Und woher kommt dein Shi Xiu?«

Er wunderte sich, dass Béatrice so neugierig und so klug fragte. Niemand hatte ihm je diese Frage gestellt. Er erfand eine möglichst glaubhafte Antwort.

»Aus Sichuan. Er gehörte zu der Karawane. Als wir Buchara erreichten, schlug ich ihm vor, in meinen Dienst zu treten und die Reise mit mir fortzusetzen. Er willigte ein. Auch er hatte Lust, den Westen zu entdecken. Und du? Woher kommst du?«, fragte er, um das Thema zu wechseln. »Du hast mir nie davon erzählt.«

»Mein Leben ist viel banaler als deins, mein Prinz«, antwortete sie lachend. »Mein Vater ist einer jener Provinzadligen, die es in Frankreich zu Tausenden gibt, ein Abkömmling der Westgoten, die in der Septimanien genannten Region, dem einstigen Herzogtum Narbonne, ein Geschlecht begründeten. Solanes ist der Name unseres Lehens im Languedoc. Trotz dieses abgelegenen Besitzes hat mein Vater, ein sehr neugieriger Mensch, stets alle neuen Ideen, die wissenschaftlichen und technischen Entdeckungen verfolgt. Er hat mir diesen Hunger nach Wissen vererbt und lehrte mich selbst Griechisch und Latein sowie alles, was er über Mathematik wusste. Mit der Lust am Lernen hat er mich für das Leben gerüstet.«

»*Felix qui potuit rerum cognoscere causas*, sagte Vergil, Glücklich ist, wer den Grund der Dinge kennt.«

»Du hast Vergil gelesen?«

Béatrice war fassungslos.

»Ist die Kenntnis des Latein vielleicht der französischen Aristokratie vorbehalten?«

»Nein, aber ich konnte mir kaum vorstellen, dass ein chinesischer Gelehrter Zugang dazu erhält.«

»Du siehst, alles ist möglich. Pater Gallois hat es mich gelehrt. Und wie kamst du nach Versailles?«

»Nach dem Tod meines Vaters nahm mich eine Cousine zu sich, damit ich meine Studien fortsetzen könnte. Sie war eine Freundin von Madame Geoffrin. Ich hatte das Glück, eine

Zeit lang ihren Salon besuchen zu dürfen, wo ich d'Alembert und die Enzyklopädisten kennen lernte. Später stellte sie mich Marquise de Pompadour vor, die eine Sekretärin suchte.«

»Und gefällt dir dein Leben so?«

»Wer würde nicht davon träumen, in Versailles zu sein, im Dienste der Favoritin des Königs, und mit den Größten des Landes zu verkehren?«

»Choiseul, nicht wahr?«

»Bist du eifersüchtig?«

»Entsetzlich.«

»Du hast überhaupt keinen Grund dazu, er ist zu hässlich. Er hat mich unter seinen Schutz genommen, weiter nichts. Und ich habe ihm dafür nicht die geringste Gunst gewährt.«

Ihre Antwort wirkte aufrichtig. Li Ying hatte Lust, die Sache voranzutreiben. Am Vortag hatte er Tercier getroffen. Der von Überarbeitung gezeichnete Agentenführer hatte ihm erklärt, dass sie auf alle Landungspläne für England verzichten müssten, vorläufig, wie er hoffte. Er konnte seine Enttäuschung kaum verbergen, als er ihm indirekt zu verstehen gab, dass der König seine Meinung geändert hatte. Li Yings Mission in London war also nicht mehr aktuell und seine Schuld gegenüber dem *Dienst* null und nichtig. Er war frei, Frankreich zu verlassen, wann er es wünschte. Li Ying fühlte sich mit einem Mal befreit. Die Aussicht, nach England zurückzukehren, hatte ihn nie begeistert. Auch Caroline Rochefort war endgültig aus seinen Gedanken verschwunden. Tercier hatte ihm dann wie einem alten Kriegsgefährten lange das Herz ausgeschüttet und den Wunsch ausgedrückt, weiter mit ihm zusammenzuarbeiten, wenn er noch einige Zeit in Versailles bliebe. Das war so zurückhaltend formuliert worden, dass Li Ying ihn eilig beruhigte. Er habe keineswegs die Absicht, fortzureisen. Wie Baptiste ihn wohl informiert habe, sei er bis über beide Ohren verliebt in Béatrice de Solanes und beabsichtige, dieses Glück so lange wie möglich auszukosten.

Warum also nicht die Sache vorantreiben? Einen Schritt weiter gehen. Er beugte sich über Béatrice, kam mit dem Gesicht dicht an ihres heran, sah ihre geweiteten Pupillen, ihren Mund, der sich öffnete.

»Willst du meine Frau werden?«, fragte er mit einer Stimme, die die Angst vor einer Ablehnung erzittern ließ.

Einen Moment glaubte er, sie werde ihn auslachen. Aber ihre Augen wurden dunkel. Es waren nicht mehr die eines jungen, schelmischen Mädchens, das geschickt seine Pfeile verschoss, sondern die einer Frau, die ein Mann vor die größte Herausforderung stellte. Sie sah ihn an, als wolle sie ihn stumm befragen.

»Antworte mir!«

Béatrice nahm sein Gesicht in die Hände, zog es zu sich, küsste zärtlich seine Lippen und seufzte.

»Ich weiß es nicht, Li Ying«, murmelte sie. »Das kommt so unerwartet, das stellt mich vor so viele Fragen, dass ich dir nicht sofort antworten kann. «

»Wann kannst du es?«, fragte er, enttäuscht, aber noch voller Hoffnung.

Sie hatte nicht abgelehnt, das war das Wichtigste.

»Meine Mutter, die Marquise de Pompadour ...«

»Du selbst musst entscheiden, nicht sie. Du bist frei, Béatrice, losgelöst von allen Konventionen, du selbst hast es mir gesagt. Wann?«, drängte er.

»Spätestens in einem Monat«, flüsterte sie mit einem Lächeln.

Er wollte noch etwas sagen, aber sie bemächtigte sich seines Mundes, liebkoste seinen Körper mit erfahrener Hand und setzte sich, ohne ihm Zeit zum Protest zu lassen, auf ihn, um ihn auf einen Ausritt voller Wonne zu führen.

Sechsundsechzigstes Kapitel

Schatten sein. Kein Geräusch machen beim Öffnen der Tür. Das Schloss hatte zwei Minuten Widerstand geleistet, die ihm wie eine Ewigkeit erschienen waren. Vorsichtig trat er ein. Der Geruch raubte ihm den Atem. Eine Mischung aus Lack, Feilspänen, kalter Asche. Undurchdringliche Dunkelheit. Reglos verharren. Bis sich die Augen an die Dunkelheit gewöhnen, die anders war als die der Nacht. Dichter, weniger natürlich. Allmählich erkannte er die Tische, die Maschinen. Ganz hinten ein roter Punkt, die noch glühende Asche des Ofens. Er hielt den Atem an um zu lauschen. Niemand. Kein Lehrling schlief in diesem Raum.

Undenkbar, auch nur das kleinste Licht anzuzünden. Er ging weiter, zählte die Schritte. Bei zwanzig wandte er sich nach rechts. Noch vier Schritte, dann wieder nach links und weitere zehn. Der Arbeitstisch musste ganz nah sein. Vorsichtig bewegte er sich seitwärts, griff ins Leere, machte einen letzten Schritt, streckte die Hand aus. Eine Holzfläche, gerade und uneben. Der Tisch.

In die Mitte stellen, wie er es sich gemerkt hatte, von dort die Hand noch weiter nach vorn schieben. Die Finger ausstrecken. Noch ein bisschen. Die glatte Oberfläche eines dicken Blatts Papier! Die Zeichnung. Ein Lächeln. Sie von dem Balken lösen, an den sie geheftet war, unter der Jacke verstecken und unverzüglich den Rückweg antreten.

Sein Pferd mit Filz unter den Hufen draußen im Hof war nicht verschwunden. Li Ying wartete, bis er die verlassene Straße erreichte, ehe er aufsaß, und geduldete sich, bis er an die Seine gelangt war, um die Zeichnung zu prüfen. Erst dann stieß er einen leisen Ruf der Befriedigung aus.

Seine Gedanken rasten im Rhythmus des Galopps, der ihn nach Hause zurückbrachte. Würde Lenoir einen Diebstahl vermuten, wenn er das Verschwinden der Zeichnung bemerkte? Es gab keine Einbruchsspuren. Nichts anderes war gestohlen worden? Oder würde er den Verlust einer Unachtsamkeit zuschreiben? Aber welcher? Und wenn nicht, würde er ihn verdächtigen? War er der Einzige, den der Waffenmeister durch seine Werkstatt geführt hatte? Würde er bei der nächsten Logensitzung reden? Was sollte er dann sagen? Es wäre Zeit, darüber nachzudenken.

Bis dahin würde ihm Béatrice geantwortet haben. Wie auch immer diese Antwort lauten mochte, er würde ein neues Leben beginnen. Wenn sie ja sagte, würde er ihr vorschlagen, mit ihm nach China zurückzukehren. Sie würde einwilligen, dessen war er gewiss. Ansonsten würde er allein fahren. Seine Mission war beendet, seine Rückkehr berechtigt. Die Franzosen? Er würde dem König und Choiseul vorschlagen, bei Qianlong die Idee einer Allianz mit dem Kaiserreich zu vertreten. Er fragte sich, ob sein Herr den letzten Bericht erhalten hatte und wie er darauf reagieren würde. Rasch vertrieb er diesen Gedanken und gab seinem Pferd heftig die Sporen.

Erst als er sich Versailles näherte und die Erregung sich legte, begann er Gewissensbisse zu verspüren. Bei den Freimaurern hatte er viel mehr gefunden, als er sich vorgestellt hatte. Freunde im Herzen und im Denken, deren Brüderlichkeit im Gegensatz zu der seinen völlig uneigennützig war und deren Tugendideal sich weder an der Farbe seiner Haut noch an seiner Religion stieß. Diese Männer, die keinerlei Misstrauen hegten, verraten zu haben, ließ ihn schaudern.

Oder war es die Nacht? Die Feuchtigkeit der Wälder von Chaville?

Menschen verraten, die ihm nur Gutes wollten. Reine Gefühle mit Füßen treten. Sich so zynisch verhalten, um seine Ziele zu erreichen. Warum hatte er all das getan? Zum Wohle des Kaiserreichs? Um vor den Augen Qianlongs nicht unwürdig zu erscheinen? In Erwartung welcher Belohnung? Oder einfach nur, um seinen Abenteuergeist zu befriedigen, den Drang nach der Freiheit, die er niemals besessen hatte?

Ein Mann, der bis zum Alter von zwanzig Jahren eingesperrt war, bleibt sein Leben lang ein Sklave. Lagen nicht in der von den Kerkermeistern angebotenen Freiheit neue Ketten? Die vier Wände, einziger Horizont seiner Kindheit, würden immer zwischen ihm und der Welt stehen, unsichtbar, aber vorhanden, und bis zu seinem letzten Atemzug würde er dagegen anrennen, wie als kleiner Junge. Er war ein Gefangener des Lebens. Nur Béatrice de Solanes konnte ihm helfen, diese Mauern zu überwinden, um endlich auf die andere Seite zu gelangen. Wenn sie aber ablehnte, würde er auf ewig mit gefesselten Händen und Füßen vor einem Spiegel stehen, der ihm allein die Leere seines Daseins zurückwarf.

Siebenundsechzigstes Kapitel

Ihn wiederzufinden war leichter, als sie gefürchtet hatte. Als sie aus der Kutsche stieg, wagte sie kaum zu glauben, dass sie am Ziel ihrer Suche angelangt war. Es glich einem Wunder. Das Haus in der Rue Médéric hatte zwei Etagen, wie man es ihr beschrieben hatte. Zwei Statuen umrahmten die Tür. Sie konnte sich nicht irren. Mit klopfendem Herzen schlug sie dreimal gegen die Tür und flehte zum Himmel, richtig zu sein. Es war spät, und sie zitterte.

Shi Xiu öffnete die Tür und starrte sie mit aufgerissenen Augen an.

»Milady, seid Ihr es?«, stammelte er, als er Caroline Rochefort erkannte.

»Ja, Shi Xiu«, antwortete sie mit strahlendem Lächeln. »Darf ich hereinkommen?«

»Natürlich«, sagte er und verneigte sich tief.

Noch immer erstaunt trat sie mit festem Schritt in die Eingangshalle.

»Ist dein Herr da? Kannst du mich bei ihm ankündigen?«

»Aber ... Ich weiß nicht, ob er Euch empfangen kann«, stammelte Shi Xiu.

»Vielleicht ist er nicht allein?«

»Doch, aber ... ich werde nachsehen«, sagte er völlig verwirrt.

Während der Diener ins Obergeschoss hinaufging, prüfte Caroline ihre Frisur in dem schönen Spiegel mit dem vergoldeten Holzrahmen. Dann strich sie nervös über die Falten ihres Seidenkleides und setzte sich auf eine Bank aus blauem Samt. Der Eingangsraum war nach französischem Geschmack eingerichtet. Er war schwarzweiß gekachelt und empfing das Licht durch ein kleines Rundfenster. Ein großer Kristalllüster hing über der Treppe mit schmiedeeisernem Geländer, auf einer Konsole aus geschnitztem Holz lag eine rosafarbene Marmorplatte, auf der eine Vase aus Sèvres-Porzellan mit wunderschönen Blumen stand. Sie hörte eine Tür zuschlagen, dann Schritte, und sprang auf. Die Hitze stieg in ihre Wangen, und sie versuchte ihren Atem zu kontrollieren. Wie würde Li Ying sie empfangen? Er erschien, schöner noch als in ihrer Erinnerung. Sein Aufenthalt in Frankreich bekam ihm. Sein Teint war frischer, die Augen glänzender, der Schritt weniger steif. Als sie ihn in seiner Jacke aus gelbem Samt und der Hose aus grauer Seide vor sich sah, wusste Lady Rochefort, dass sie ihn allzeit geliebt hatte.

»Meine liebe Caroline, was für eine Überraschung!«, rief Li Ying und nahm ihre Hand um sie zu küssen.

Hinter seinem erfreuten Ton vernahm sie, dass er vollkommen entsetzt war.

»Was tun Sie in Versailles? Eine Vergnügungsreise?«, fragte er und zog sie in den kleinen Salon.

Caroline zuckte zusammen, als er sie siezte, verzichtete jedoch auf eine Bemerkung und setzte sich in den Sessel, den er ihr anbot. Shi Xiu kam herein, um Tee zu servieren, was ihr genug Zeit zum Antworten ließ.

»Ich bin allein Ihretwegen gekommen, Li Ying. Es hängt also von Ihnen ab, ob es eine vergnügliche Reise sein wird oder nicht.«

»Gott im Himmel! Was für eine Verantwortung auf meinen Schultern«, sagte er.

»Ich übernehme einen Teil davon, keine Angst.«

Ungewollt waren sie wieder in den etwas gezierten Ton verfallen, der einst in London zwischen ihnen üblich gewesen war.

»Ich habe unsere Trennung in St James nicht vergessen«, sagte sie mit belegter Stimme. »Ich habe sie immer bedauert. Du hast mich an diesem Tag sicher verabscheut.«

Ihrem Temperament folgend kam Caroline Rochefort sogleich zur Sache.

»Dazu war ich nicht imstande, Caroline«, entgegnete Li Ying. »Ich liebte dich. Ich war einfach enttäuscht über die Reaktion, die so wenig meinen Hoffnungen entsprach.«

»Ist das der Grund, dass du mich nicht mehr liebst?«

»Es ist viel Zeit vergangen seitdem.«

»Und es gibt eine andere Frau in deinem Leben?«

Wenigstens hatte sie nichts von ihrer Lebendigkeit verloren.

»Ja«, gab er zu. »Was hattest du erwartet? Dass ich hier einsam darauf warte, dass du dich entscheidest?«

»Nein, natürlich nicht«, antwortete sie und senkte den Blick. »Ich weiß, dass ich Schuld habe. Mach mir deshalb keine Vorwürfe.«

»Das ist nicht meine Absicht. Ich versuche nur zu verstehen, was du willst.«

Caroline sah ihm tief in die Augen und griff in einer so ungekünstelten Aufwallung nach seinen Händen, dass er nicht das Herz hatte, sie ihr wegzunehmen.

»Dich«, sagte sie. »Dich will ich. Nach deiner überstürzten Abreise aus London dachte ich, ich würde dich vergessen wie die anderen. Du würdest eine der schönsten Erinnerungen meines Lebens bleiben. Aber ich war nicht dazu imstande. Die Tage vergingen, und ich brauchte dich immer noch. Deine Hände, dein Körper fehlten mir, fern von dir ging ich zugrunde.«

Berührt von diesem schmerzlichen Geständnis senkte Li Ying die Augen.

»Wie könnte ich zurückkommen?«, fragte er mit sanfter Stimme. »Ich liebe eine andere Frau, und was dich angeht, so bist du wohl immer noch verheiratet.«

»Hat uns das daran gehindert, uns zu lieben? Mein alter Ehemann wird diese Welt bald verlassen.«

»Ich strebe heute nach einem anderen Leben.«

»Ich auch, und wir könnten es bald in aller Freiheit führen. Ein Ereignis, das jüngst stattfand, hat alles geändert. Es hat mir erlaubt, ohne Gefahr hierher zu kommen.«

»Was ist passiert?«, fragte Li Ying erstaunt.

»William Pitt ist endgültig in Ungnade gefallen. Georg III. verabscheut ihn und spricht ständig davon ihn abzulösen. Er behauptet, Pitt sei *the blackest of the hearts*. Heute schon entscheidet nicht mehr Pitt über die Politik des Landes, sondern Bute. Pitts Macht ist sehr eingeschränkt. Du hast nichts mehr zu fürchten, Li Ying. Du kannst nach London zurückkehren, ohne dass dir Gefahr droht.«

Li Ying sah sie lange an, von plötzlichem Misstrauen erfüllt. Und wenn Carolines unverhoffte Ankunft eine neue List von Pitt war, um sich seiner zu bemächtigen? Wenn ihre Sätze eine neue Falle verbargen?

»Ich glaube nichts davon. Er beschuldigt mich des Todes einer seiner Männer.«

»Das war nur eine weitere Erpressung. Tatsächlich hat die Befragung der Zeugen ergeben, dass der Mörder einer der Männer war, die deine Flucht deckten. Es gibt nicht die geringste Gefahr, dass du vor Gericht gestellt wirst.«

»Und seine Erpressung dir gegenüber?«

»Sie hat nach deinem Verschwinden aufgehört. Er hat mich noch einmal zu sich bestellt um zu fragen, ob ich wüsste, wo du seist. Er hat mir gedroht, um mich zum Reden zu bringen, aber ich war so verzweifelt über deine Abreise, dass er keine Macht mehr über mich besaß. Ich habe aufbegehrt und ihn seinerseits bedroht, den Zeitungen zu enthüllen, was er hinter dem Rücken des Königs und des Parlaments ausheckte. Er raste vor Zorn, dann brach er zusammen und bat mich um Vergebung. Dieser Mann ist ein Verrückter.«

»Ein Verrückter, durch den England gerade ein Kolonialreich erobert.«

»Was kümmert uns ein Kolonialreich? Komm mit mir zurück. Ich mache dich glücklich, ich schenke dir so viele Kinder, wie du willst. Ich werde bald reich genug sein um dir ein Leben zu sichern, das deinem Stande würdig ist.«

Li Ying verabscheute die Vorstellung, seine Zukunft auf dem erwarteten Tod eines Greises zu begründen. Und er empfand keine Gefühle mehr für die Frau, die vor ihm saß. Er schüttelte den Kopf.

»Ich kann nicht, Caroline. Ich liebe eine Französin. Ich möchte sie heiraten. Und ich will Kinder von ihr.«

Endlich war es gesagt. Caroline erbleichte. Sie hatte voller Naivität geglaubt, er würde sie weiter lieben und Pitts Sturz würde ausreichen, ihn in ihre Arme zurückzubringen. Sie hatte sich getäuscht. Tränen quollen aus ihren Augen. Sie stand auf.

»Nun gut. Ich glaube, ich kann nicht kämpfen. Wie soll man eine Rivalin bekämpfen, die man nicht kennt? Ich hätte gern mit dir gelebt, um dich für deine geheimen Wunden zu trösten. Wir haben einander nichts mehr zu sagen, nicht wahr?«, murmelte sie mit entstellter Stimme. »Ich war so dumm zu glauben, dir würde noch genug an mir liegen um mir zu folgen.«

»Mir liegt an dir, Caroline, aber jetzt auf andere Weise.«

»Erzähl mir nichts über deine Freundschaft. Meine Liebe für dich besteht fort, und deine guten Absichten lassen sie nicht verschwinden. Sie hat mir erlaubt, mich selbst zu vergessen, so sehr, dass ich zu dir gekommen bin, um mich vor dir zu erniedrigen. Adieu, Li Ying. Du wirst mich nicht wiedersehen.«

Er hätte sie in die Arme nehmen mögen, aber sein ganzer Körper sträubte sich dagegen. Er führte ihre zitternde Hand an die Lippen.

»Leb wohl, Caroline. Ich werde dich nie vergessen.«

Ehe sie ging, wandte sie sich ein letztes Mal zu ihm um. Ihr Gesicht war von Tränen überströmt.

»Ich werde warten, Li Ying. Ich warte darauf, dass du an meine Tür klopfst. Dann werde ich sie öffnen, und dieses Gespräch wird niemals stattgefunden haben.«

Achtundsechzigstes Kapitel

Die von Béatrice gesetzte Frist für ihre Antwort lief aus, und Li Yings Ungeduld erreichte ihren Höhepunkt. Caroline Rocheforts unerwarteter Besuch und die schmerzhafte Vergangenheit, die sie hatte auftauchen lassen, machten das Warten immer unerträglicher. Noch vor wenigen Tagen war Béatrice ausgewichen, als er sie nach einem Souper bei Choiseul drängte, nicht länger zu schwanken.

»Ich überlege!«, hatte sie heftig entgegnet. »Ist das zu viel verlangt, wenn man eine Entscheidung von solcher Tragweite treffen soll?«

Er hatte im gleichen Ton geantwortet, die Überlegung könne die Liebe töten. Sie hatten sich im Streit getrennt, unglücklich über diese Auseinandersetzung. Um die Zeit totzuschlagen hatte Li Ying begonnen, seine Abreise vorzubereiten. Er war entschlossen, nach Peking zurückzukehren. Nichts hielt ihn mehr in Europa. Er hatte eine große Menge an Informationen über die beiden mächtigsten Reiche des Westens gesammelt. Qianlong würde zufrieden sein. Durch ihn würde das unendliche Wissen des Abendlandes nach China gelangen, dort den Fortschritt befördern, wie es der Kaiser hoffte, dem Land die Augen über eine Welt öffnen, für deren Zentrum es sich noch immer hielt.

In Wirklichkeit hatte seine Eile viel mit dem Wunsch zu tun, Béatrice in die Welt zu führen, die ihm teuer war. Ihrer Antwort gewiss, starb er fast vor Verlangen, ihr die Schönheiten seiner Heimat zu zeigen, die Orte seiner Kindheit. Er genoss bereits den Stolz, sie Qianlong vorzustellen und nach den chinesischen Riten zu seiner Frau zu machen.

Shi Xius Freude heimzukehren war unvergleichlich. Nach dem, was er erlebt hatte, sehnte er sich nur noch danach, auf der Erde seiner Ahnen zu sterben, und er bat den Himmel, ihn heil nach Peking zu bringen. Eifrig bereitete er das Gepäck vor, packte sorgfältig die Kleidung seines Herren und seine Bücher ein, vor allem die kostbaren Bände der *Encyclopédie*.

Die *Cassiopée*, ein mächtiges Schiff der Ostindiengesellschaft, würde in einem Monat in Nantes ablegen. So könnte sich Li Ying noch in würdiger Form vom König verabschieden, außerdem von Choiseul, mit dem er sich über den Plan eines Vertrages zwischen Frankreich und China geeinigt hatte, und von Jean-Baptiste Tercier. Am meisten würde ihn der letzte Besuch bei Madame du Deffand berühren, die ihm zweifellos mit freundlichem Humor vorwerfen würde, sie im Stich zu lassen, am schwierigsten würde die Teilnahme an der letzten Logensitzung sein. Trotz seiner Schuldgefühle dachte er keineswegs daran, abzureisen, ohne seinen Brüdern adieu zu sagen und in gewandelter Form zurückzugeben, was er gestohlen hatte. Er wollte Honoré Lenoir diskret einen Jadering schenken, um ihn in versteckter Form für den Schaden zu entschädigen, den er angerichtet hatte.

Auch Pater Romanet erwartete ihn zu einem letzten Besuch. In einem Brief hatte er Li Ying mitgeteilt, dass seine Nachforschungen endlich erfolgreich gewesen waren und er einen alten Lazaristen gefunden hatte, der Pater Gallois einst gekannt hatte. Er war jederzeit bereit, sie miteinander bekannt zu machen. Glücklich, endlich Nachricht von seinem Lehrer zu erhalten, fuhr Li Ying nach Paris und besuchte Romanet im Kreuzgang des Lazaristenhauses.

»Sie kehren also nach China zurück?«, erkundigte sich Romanet. »Ich beneide Sie. Kommen Sie eines Tages wieder nach Europa?«

»Ich hoffe es, denn hier habe ich die besten Jahre meines Lebens verbracht. Gott allein weiß, ob dieser Wunsch in Erfüllung gehen wird.«

»Gott, natürlich … Aber weiß er wirklich alles? Manchmal frage ich mich das.«

Li Ying war erstaunt über dieses unerwartete Geständnis.

»Wie können Sie, der Sie Ihr ganzes Leben Christus geweiht haben, solche Zweifel hegen?«

»Vor allem den Menschen habe ich mein Leben geweiht. Ich werde Ihnen ein Geheimnis verraten. Gerade weil es mir zuweilen so vorkam, als sei Gott in der Welt der Menschen nur wenig präsent, habe ich sein Wort gepredigt. Um ihn zu zwingen, zu den Menschen zu kommen und sich etwas mehr für ihr Schicksal zu interessieren. Welch ein betäubendes Schweigen Gottes verbirgt sich letztendlich hinter den Hymnen der Kirche, finden Sie nicht?«

Li Ying war fassungslos. Es war das erste und zweifellos auch das letzte Mal, dass ein Priester eine solche Beichte ablegte. Nie hätte er bei Pater Romanet solche Gedanken vermutet. Er bedauerte, nicht mehr mit diesem ebenso bescheidenen wie seltsamen Mann geplaudert zu haben. Jetzt war es zu spät.

»Die Gründe für Ihren Dienst für die Kirche verwirren mich«, sagte er. »Vielleicht könnten Sie mir in einem Brief mehr davon erzählen? Ich werden Ihnen antworten. Wir könnten eine Korrespondenz führen, die sicher fruchtbar wäre. Sie würden meine Verbindung zu Frankreich sein, ich die Ihre nach China. Was halten Sie davon?«

»Das nehme ich mit Begeisterung an. Und ich werde Ihre Briefe veröffentlichen. Sie werden ein nützliches Gegengewicht zu denen der Jesuiten bilden!«

Sie lachten herzlich.

»Kennen Sie die *Encyclopédie*, Monsieur Romanet?«, fragte Li Ying unverhofft.

»Natürlich. Ich habe die wichtigsten Artikel gelesen. Einige sind nur mittelmäßig interessant, andere wirklich bewundernswert. Ein gutes Unterfangen. Bedauerlich, dass die Kirche es verurteilt hat, denn alles, was zum Fortschritt der menschlichen Erkenntnis führt, muss gefördert und nicht behindert werden. Die Kirche ist immer etwas rückständig. Warum fragen Sie?«

»Meine Abreise hindert mich daran, das Erscheinen der letzten Bände abzuwarten, vor allem jene mit den Illustrationen, von denen soviel die Rede ist. Wären Sie bereit, sie für mich bei dem Buchhändler Le Breton abzuholen, wenn sie erscheinen und sie mir über Monsieur Desmarais nach Kanton zu senden?«

»Nichts leichter als das.«

»Vielleicht wird der Subskriptionspreis steigen. Hier ist etwas zum Ausgleich«, sagte Li Ying und gab ihm einige Goldmünzen. »Würden Sie mich jetzt bitte zu dem Mann führen, der Pater Gallois gekannt hat?«

»Hier ist er«, entgegnete Romanet und wies auf einen kleinen Mann, der langsam auf sie zukam. »Er heißt Sébastien Fontaine und hat lange in Ihrem Land gelebt. Er war Missionar in Hunan, dann in Peking. Dort, so hat er mir erzählt, begegnete er Michel Gallois. Er ist vor einigen Jahren zurückgekehrt.«

Pater Fontaine war so faltig und gegerbt wie eine alte Weinranke. Er war sehr zart, stützte sich mit knotiger Hand auf einen Stock, und es schien, als halte ihn allein ein Wunder aufrecht. Seine blassen Augen musterten den Chinesen misstrauisch.

»Das ist Prinz Li Ying, Bruder Fontaine«, stellte Romanet vor.

Pater Fontaine sagte nichts. Mit gerunzelten Brauen schien er intensiv nachzudenken und sich Erinnerungen ins Gedächtnis zu rufen.

»Sie behaupten, Gallois gekannt zu haben?«, fragte er mit meckernder Stimme.

»Ich habe ihn wirklich gekannt«, protestierte Li Ying. »Er war jahrelang mein Lehrer.«

»Sie sind Chinese, nicht wahr?«

»Ganz und gar. Was wissen Sie von ihm? Ist er noch auf dieser Welt?«, fragte Li Ying ungeduldig.

Pater Fontaine setzte sich auf eine Steinbank.

»Nein, er ist tot«, sagte er. »Er starb in Peking, fast in meinen Armen, vor beinahe zehn Jahren.«

Bittere Enttäuschung war auf Li Yings Gesicht zu lesen. Sie war umso grausamer, als er im Moment seines Todes noch in China gewesen war. Ausnahmsweise versuchte er nicht, seine Gefühle zu verbergen, und Romanet legte ihm freundschaftlich den Arm um die Schulter.

»Ich sehe an Ihrem Gesicht, wie sehr Sie ihn geliebt haben«, fuhr Pater Fontaine fort. »Deshalb glaube ich, dass Sie ihn gekannt haben.«

»Erzählen Sie mir von ihm«, murmelte Li Ying.

Der alte Priester musterte ihn schweigend und nickte.

»Ich verbrachte die letzten Jahre in China in Peking, wo die Missionare bei Qianlong keineswegs mehr den Ruf der Heiligkeit genossen, wenn ich das so sagen darf. Ich lebte im Xitang, dem Haus, das uns unser Bruder Pedrini hinterlassen hat. Dort lernte ich Gallois kennen. Er ist der seltsamste Missionar, den die *Propaganda fide* jemals nach China entsandt hat. Er sagte immer, in einem anderen Leben müsse er Chinese gewesen sein, weil er sich in diesem Land so wohl fühle. Er schrieb und sprach die Sprache der Mandarine perfekt, und alle bei Hof, auch der Kaiser selbst, sahen ihn als einen der größten Gelehrten an. Wir sprachen lange miteinander. Er erzählte oft von einem Kind, das er sehr lieb gewonnen hatte.«

Li Yings Herz schlug schneller. Pater Fontaine starrte blicklos vor sich hin. Er schien die fernen Stunden in der Stille des Xitang zu sehen, da er die Geständnisse seines Freundes vernahm. Er seufzte kopfschüttelnd und fuhr mit erstaunlich fester Stimme fort.

»Das war eine seltsame Geschichte. Kaiser Qianlong hatte ihm die Erziehung eines kleinen Jungen anvertraut. Er liebte ihn wie ein Vater und machte aus ihm, nach seiner Aussage, ein vollkommenes Beispiel für das, was die chinesische Zivilisation hervorbringen könnte, wenn sie von der französischen Zivilisation befruchtet würde. Viele Jahre kümmerte er sich um diesen Knaben, der aus einem Grund, den er nicht kannte, in völliger Abgeschlossenheit gehalten wurde, ohne einen Spielgefährten in seinem Alter, allein mit seinen Lehrern.«

Li Ying war so betroffen, dass er sich gegen eine Säule lehnen musste. Der Alte sah ihn aufmerksam an.

»Er tat, was er konnte, um ihn zu zerstreuen und ihn seine Einsamkeit vergessen zu lassen. Bis zu dem Tag, da ihm sein Schüler, der zu einem Jüngling herangewachsen war, entrissen wurde. Er sah ihn nicht mehr wieder. Später erfuhr er, dass sein Zögling zur Westarmee entsandt worden war, und war entsetzt, dass man ein so vielversprechendes Geschöpf dem Tode aussetzen könne.«

Pater Fontaine schlug mit dem Stock auf den Boden und hustete.

»Dieses Kind waren Sie, nicht wahr?«, fragte er und sah ihn scharf an.

»Ja«, flüsterte Li Ying. »Und ich bin am Leben geblieben, trotz seiner Befürchtungen.«

»Sie hatten nicht das Recht zu sterben«, kommentierte Fontaine mit einem rätselhaften Lächeln.

»Ich verstehe nicht? Weshalb nicht?«

»Weil Sie bis heute am Leben bleiben mussten. Bis die göttliche Vorsehung Sie meinen Weg kreuzen ließ, damit die Seele unseres geliebten Freundes Gallois endlich Frieden finden möge.«

»Erklären Sie, was Sie meinen, mein Bruder«, rief Romanet. »Wir verstehen nichts von dem, was Sie sagen.«

Fontaine lächelte ihn strahlend an.

»Weil es einem Wunder gleicht, mein Bruder! Kurz vor seinem Tod rief mich Gallois zu sich und vertraute mir ein Geheimnis an. ›Ich weiß nicht, wohin Gott und die Führer unseres Ordens deine Schritte lenken werden‹, sagte er zu mir. ›Aber ich bitte Gott, dass sie den Weg meines jungen Prinzen kreuzen mögen, ehe auch du stirbst. Das wäre Gerechtigkeit und würde mich von den schweren Gewissensbissen befreien, ihm die Wahrheit verschwiegen zu haben.‹ Dann beschrieb er Sie so genau, dass ich Sie eben wiedererkannte, obwohl zehn Jahre vergangen sind. Ihr Gang, Ihre Augen, Ihr Haar, Ihre regelmäßigen Gesichtszüge, er hat sie mir lange geschildert, als wolle er sicher sein, dass die Erinnerung daran es mir früher oder später erlauben würde, Sie wiederzufinden. Und er hat sich nicht getäuscht.«

»Was hat er Ihnen gesagt? Welches Geheimnis hat er mir verschwiegen?«, fragte Li Ying beklommen.

»Das Ihrer Geburt, mein Herr. Sie sind nicht der letzte Abkömmling der Ming-Dynastie, wie man Sie glauben ließ, als Sie ein Kind waren. In der Beichte hatte ein Eunuch der Verbotenen Stadt, ein heimlicher Christ, Gallois enthüllt, wer Sie wirklich waren.«

»Ich bin nicht Prinz Li Ying? Wer bin ich dann?«

Pater Fontaine stützte sich mühevoll auf seinen Stock um aufzustehen, versenkte den Blick seiner bleichen Augen in die fiebrig glänzenden des Chinesen und sagte: »Sie sind der Sohn von Kaiser Qianlong und seiner ersten Konkubine.«

Li Ying stockte der Atem. Sein Herz stand still, und alles begann sich um ihn zu drehen. Ein Schmerz zerriss seine Eingeweide. Er war gelähmt, stumm vor Fassungslosigkeit, den Blick starr auf Fontaine gerichtet. Der Vater, den er so gern kennen gelernt hätte, war also Qianlong? Eine Flut von Fragen überströmte ihn. Warum hatte er ihn so grausam behandelt? Warum hatte er ihm verboten, seine Mutter kennen zu lernen, die Wärme ihrer Arme, ihr Lächeln, und sei es nur ein einziges Mal? Ihn zum Spion zu machen war dieses Opfer nicht wert! Li Ying, zerrissen zwischen Auflehnung und Enttäuschung, war zutiefst erschüttert.

»Meine Mutter …«, fragte er schließlich.

»Starb kurz nachdem Sie zur Welt gekommen waren«, antwortete Fontaine.

»Diese Enthüllung macht Sie zu einem Erben des Kaiserreiches, mein Freund«, sagte Romanet. »Sie müssen Ihre Rechte geltend machen.«

Li Ying richtete seinen verwirrten Blick auf ihn.

»Was bedeutet mir das Reich, nun, da ich weiß, wie sehr mich mein Vater betrogen hat?«

»Er hatte gewiss Gründe, das zu tun. Sie werden ihn bei Ihrer Rückkehr fragen.«

»Das ist nicht nötig. Ich kenne sie nur allzu gut. Ich danke Ihnen, Pater Fontaine, dass Sie mir die Augen geöffnet haben. Pater Gallois kann nunmehr in Frieden ruhen. Das ist das Wichtigste.«

»Und Sie?«

Li Ying überlegte einen Augenblick. Es lag keine Spur von Verzweiflung mehr in seinen Augen. Vielmehr die wilde Entschlossenheit eines Mannes, der eine unwiderrufliche Entscheidung getroffen hatte.

»Ich gehe. Aber dahin, wo man mich nicht erwartet.«

Neunundsechzigstes Kapitel

In der Kutsche, die ihn in wildem Galopp zu Béatrice brachte, verstärkte jedes Holpern seine Auflehnung. Seine Bewunderung für Qianlong hatte größter Abscheu Platz gemacht. Nichts schuldete er diesem Manne mehr, der aus der Tiefe seines Palastes zynisch das eigene Kind manipuliert hatte. Es wurde Zeit, dass er sich aus der Falle befreite, in die ihn seine Geburt gesperrt hatte. Er wollte nicht mehr der Schatten sein, der sich auf dem weißen Vorhang einer unwirklichen Welt abzeichnete. Mitten im Licht zu leben war sein einziges Begehren. Indem er das westliche Denken und die westlichen Vorstellungen von Freiheit genoss, hatte er gelernt, dass der Mensch kein Bauer war, den man nach Belieben auf dem Schachbrett eines fremden Willens verschieben konnte, und wäre es ein kaiserlicher. Sein Leben gehörte nur ihm selbst und niemand anderem, weder Gott noch Nation, noch König.

Durch die Enthüllungen von Pater Fontaine wurde ihm seine unendliche Müdigkeit bewusst. Er war es müde zu täuschen, zu betrügen. Er war nicht mehr wert als ein Straßendieb. Er ging in einer Welt der Illusionen und Lügen um, in der niemand, angefangen bei ihm selbst, war, wer er zu sein behauptete. Außer Béatrice.

Als er den Eingang des Schlosses erreicht hatte, rannte er die Treppen hinauf, die zu ihr führten, nachsichtig behandelt von der Schweizer Garde, die daran gewöhnt war, ihn auch mitten in der Nacht kommen und gehen zu sehen.

Béatrices Finger folgte der dritten Zeile der Seite 92 der *Geschichte Karls XII.* von Voltaire, die aufgeschlagen auf dem Tisch lag. Sie zählte im Kopf, errechnete eine Zahl, die sie denen hinzufügte, die sie bereits auf das Blatt Papier geschrieben hatte, und fuhr fort. Das war der unangenehmste Teil der Arbeit, aber er garantierte die vollkommene Geheimhaltung ihrer Korrespondenz. Sollte ihr Brief unglücklicherweise abgefangen werden, würde niemand ihn entziffern können. Seit zwei Stunden verschlüsselte sie ihre Nachricht mit der Präzision und Strenge, die sie in jede ihrer Handlungen legte. Ein einziger Fehler, und sie würde von vorn beginnen müssen. Jedes Wort war mit Hilfe von Buchstaben kodiert, die die dritte Zeile der Seite 92 bildeten, wie es zuvor vereinbart worden war. Diese Zahlenfolge ergab einen Sinn allein für den, der ein Exemplar desselben Buches besaß und wusste, welche Seite und welche Zeile zu nutzen war, um sie zu entschlüsseln. Um die Sicherheit noch zu erhöhen verwandte Béatrice seltsame Worte, die allein ihr Briefpartner kannte, »Fisch« für König, »Puderquaste« für Pompadour, »Fa« für Vertrag, »Do« für Kommando. Das Licht der Kerzen warf fahle Reflexe auf ihr Haar, das offen über die Schultern herabfiel. Sie hatte ein Hauskleid über das Batisthemd gezogen, das zu dünn war, um sie vor der Kälte zu schützen.

In ihre Bücher vertieft glich Béatrice einer verliebten jungen Frau, die ihrem Geliebten schreibt.

Als die Tür heftig aufgestoßen wurde, fuhr sie zusammen wie ein ertapptes Kind. Einem Reflex folgend schob sie ein weißes Blatt über das, auf dem sie gerade schrieb, nicht schnell genug jedoch, um Li Ying daran zu hindern, die Zahlenreihen und den Originaltext zu sehen.

»Du wirkst verstört«, sagte sie mit gerötetem Gesicht. »Was ist los?«

Li Ying antwortete nicht. Verärgert fragte er sich, warum Béatrice so plötzlich errötete. Er blickte wortlos auf die Papiere, die den Tisch bedeckten, und auf ihre Hand, die ein wenig zitterte.

»Ich störe dich wie es scheint«, sagte er mit dumpfer Stimme. »Was hast du getan, das du vor mir verbergen willst?«

Béatrice suchte verzweifelt nach einer Antwort. Welche Erklärung konnte sie für diese Zahlenfolgen geben? Nichts fiel ihr ein.

»Ich rechne«, log sie in dem Bewusstsein, dass er ihr keine Sekunde glauben würde.

»Und das, was ist das?«, fragte er und griff nach der Botschaft, die sie gerade kodierte.

Béatrice sprang auf.

»Dazu hast du kein Recht! Gib es mir zurück!«

Li Ying begann zu lesen: »Majestät, es ist mir gelungen, mir die Pläne eines revolutionären Geschützes zu besorgen, das ein französischer Waffenbauer, Honoré Lenoir, entwickelt hat …« Blass wie der Tod legte er das Blatt hin und ließ sich in einen Sessel fallen. Einige Sekunden weigerte er sich, die Wahrheit einzusehen.

»Nicht du, nicht du!«, stöhnte er mit gebrochener Stimme.

Konnte sie es länger leugnen? Bestürzt warf sich Béatrice ihm zu Füßen und begann mit gesenktem Kopf zu sprechen.

»Doch, Li Ying. Ich bin eine Spionin. Ich kann dich nicht länger belügen.«

»Und du hast mir die Zeichnung von Lenoir gestohlen?«, fragte er, ohne sie anzusehen.

»Ja. Was hatte sie bei dir zu suchen, unter deinen Papieren versteckt? Du hast sie auch gestohlen, aber ich frage dich nicht weshalb.«

»Warum nicht?«

»Weil ich es weiß, natürlich. Du bist ein Agent, wie ich.«

Li Ying hob den Kopf und sah sie an. War es zum Lachen oder zum Weinen? Er wusste es nicht mehr.

»Für wen arbeitest du? Frankreich? England?«

»Weder noch. Für den König von Preußen«, antwortete sie unverfroren und setzte sich auf das Bett.

Li Ying traute seinen Ohren nicht.

»Bist du Preußin?«

»Keineswegs. Ich bin Französin.«

»Aber warum machst du das dann?«

Béatrices Lachen schallte durch das kleine, mit Büchern tapezierte Zimmer.

»Natürlich für Geld, mein Herz! Für das Spiel, das Vergnügen, das Abenteuer. Für alles, was die Freude des Daseins ausmacht!«

»Und dabei verrätst du dein Heimatland?«

»Verraten? Du scherzt! Was hat mir mein Heimatland gebracht? Elend, weiter nichts.«

»Das Elend, Marquise zu sein?«, spottete er.

»Ich bin nicht mehr Marquise als du«, gestand sie. »Das ist eine Legende, die man sich in Berlin für mich ausgedacht hat, als ich für Friedrichs Geheimkabinett rekrutiert wurde.«

Li Ying erkannte, dass die Europäer selbst auf dem Gebiet des falschen Scheins den Chinesen weit voraus waren. Nachdem er sich von Tercier hatte manipulieren lassen, erkannte er nun, dass er seit Monaten auf eine Abenteurerin hereingefallen war. Und er hatte noch Skrupel! Tatsächlich spionierte hier jeder gegen jeden. Oder aber Spione zogen einander wie Liebende unbezwingbar an. Er seufzte niedergeschlagen.

»Wer bist du dann?«

»Ich heiße Claire. Meine Familie war so arm, dass ich das Haus verlassen musste, um zu überleben. Glücklicherweise war ich nicht allzu hässlich. Meine frühreife Schönheit war der beste *Sesam öffne dich*, um mir einen Namen und ein Vermögen in der Gesellschaft zu machen. Mit fünfzehn Jahren geriet ich in die Fänge eines älteren Mannes, der mich unter seinen Schutz nahm, wie man das nennt. Er war mein Pygmalion. Ein Italiener, für mich junges Ding von bezaubernder Schönheit. Er lehrte mich alle Vergnügungen des Lebens und führte mich an alle Höfe Europas.«

Rückwirkende Eifersucht brannte Li Ying im Herzen.

»Er behauptete, ein Chevalier zu sein, Abkomme einer vornehmen venezianischen Familie. Er lehrte mich zu verführen, zu stehlen, zu lügen, Komödien zu spielen, die der Liebe wie die des Hasses. Er lehrte mich, mehr als meinen Körper meine Intelligenz zu benutzen, mich anders als durch den üblichen weiblichen Weg in jeder Situation aus der Affäre zu ziehen. Unter seiner Zucht wurde ich eine Abenteurerin, eilte mit angenommenen Namen von einem Hof zum nächsten, verschleuderte das Vermögen der Männer, die das Unglück hatten, sich in mich zu verlieben. Hinterließ den anderen so brennende Erinnerungen, dass sie nur noch ins Kloster gehen konnten.«

Li Ying ahnte, dass der Mann, den sie ihm einmal als ihren Vater beschrieben hatte, in Wirklichkeit ihr Liebhaber war.

»Was ist aus ihm geworden?«, fragte er, fasziniert von Béatrices Bericht.

»Er starb eines Abends in Berlin, während er einem alten Landjunker erklärte, dass er bereit sei, ihm die Geheimformel für die Herstellung von Gold zu verkaufen. Ein paar Wochen dachte ich, Gott sei wahrhaft grausam und ich das unglücklichste Geschöpf auf der Welt. Dann fiel mir ein, dass Giacomo weder Tränen noch Jammern ertragen hatte. Ich glaubte sein Flüstern zu hören, ich solle aufhören zu klagen und zum Leben zurückkehren. Wenig später machte sich einer der Männer Friedrichs II. an mich heran. Er hatte von mir gehört und wollte mich für eine Geheimmission am Hof von Frankreich engagieren. Ich sollte Choiseuls Regierung ausspionieren. Wie konnte ich eine solche Chance ablehnen? Ich nahm an. Sie gaben mir einen neuen Namen, eine neue Identität, lehrten mich die Geheimnisse des Berufes und die Handhabung der Codes. So also kam die Marquise Béatrice de Solanes nach Versailles, der Ruf einer gebildeten Frau eilte ihr voraus, der zwar erfunden war, an dem ich aber so viel Gefallen fand, dass er heute ganz und gar nicht mehr anmaßend ist.«

»In gewisser Weise eine Rache«, meinte er.

»Woran? Am Unglück meiner Kindheit, an meinem Elend? Nicht einmal das«, gestand sie. »Das Leben ist ein Kampf. Wer ihn nicht führen will, bekommt nur, was er verdient. Frankreich hatte mir nichts gegeben, ich erwartete nichts von ihm, aber ich dachte auch überhaupt nicht daran, mich an irgendjemandem zu rächen. Allein das Spiel und das Vergnügen haben mich geführt. Ist unser Beruf denn letztendlich etwas anderes? Gib es doch zu.«

Sie kauerte auf ihrem Bett, er saß auf dem Stuhl, sie ließen einander nicht aus den Augen.

»Das Spiel? Ja, vielleicht. Dieser Eindruck manchmal, hinter dem Paravent zu stehen, Herr über ein Stück, das niemand kennt außer man selbst.«

»Das ist doch ein köstliches Vergnügen, nicht wahr?«, fragte sie in einem Atemzug.

Li Ying überraschte sich dabei, diese Komplizenschaft zu mögen, diese gemeinsame Heimlichkeit, die sie auf einmal verband. Béatrice hatte Recht. Es lag echtes Vergnügen darin, etwas anderes vorzugeben, als man war, zu wissen, dass hinter der Welt der Erscheinung eine andere, unverdächtige existierte, die die Wahrheit schuf und sie den anderen verbarg. Die Post der anderen zu öffnen, diejenigen, die man ausgewählt hatte, dorthin zu lenken, wo man sie haben wollte, ohne dass sie es bemerkten, ihnen zu schmeicheln oder zu drohen, um von ihnen zu erhalten, was man sich wünschte, zu lügen, zu stehlen, zu verschwinden, wie man gekommen war, ohne Spuren zu hinterlassen, war ein Privileg, das weit über dem der Mächtigen stand.

»Wie hast du erfahren, wer ich bin?«

Sie lehnte sich gegen ihre Kissen.

»Ich war ein Jahr in Versailles, als ich eine Botschaft aus Berlin mit dem Befehl erhielt, mich über einen chinesischen Spion zu informieren, der aus England geflohen war und von Pitt persönlich gesucht wurde. Es sei möglich, dass er sich in Frankreich oder Italien aufhalte. Du warst gerade angekommen. Man musste nicht sehr scharfsinnig sein um zu erraten, dass du es warst. Deshalb wusste ich es von Anfang an. Und ich habe dich sogleich bewundert.«

Sollte er ihr glauben? War das nicht eine weitere List? Aber mit welchem Zweck?

»Und woher hast du erfahren, dass ich den Plan von Lenoir zu Hause hatte?«

»Durch Zufall. Eines Abends warst du bei deinen Freimaurerfreunden.«

»Das wusstest du auch?«, fragte er empört.

»Das Geheimnis der Logen wird nicht so gut gehütet, wie die Brüder glauben. Die Polizei des Königs weiß sehr genau, was los ist und erfährt innerhalb von vierundzwanzig Stunden, wer sich aufnehmen lässt. Weißt du eigentlich, dass Friedrich II. auch Freimaurer ist? Anscheinend macht es ihm Spaß. Kurz und gut, ich habe diesen Abend genutzt, um zu dir zu gehen und zu sehen, ob ich einen Beweis dafür fände, dass du tatsächlich der von Pitt gesuchte Mann warst. In Berlin wollten sie konkrete Belege, nicht nur den Eindruck eines Agenten. Meine Liebe zu dir machte mir meine Aufgabe noch schwerer. Der gute Shi Xiu schlief den Schlaf der Gerechten, und Baptiste war unterwegs, um eine Dame zu befriedigen, die es nach kräftigen Männern verlangte. Das Geheimfach deines Schreibtisches aufzubrechen war ein Kinderspiel. Ich stieß auf diesen Plan. Mit einem Blick habe ich erfasst, worum es sich handelte. Ich konnte nicht widerstehen.«

»Was hattest du damit vor?«

»Ihn so teuer wie möglich zu verkaufen natürlich! Nach einem solchen Geschäft könnte ich mich aus dem Großen Spiel zurückziehen und daran denken, die anständigste aller Marquisen zu werden und den Mann zu heiraten, den ich liebe.«

Li Ying nickte ernüchtert. Er wirkte völlig abwesend.

»Hast du gehört, was ich gerade gesagt habe?«, fragte Béatrice.

Der Chinese schien sich zu schütteln und richtete seinen verstörten Blick auf sie.

»Du wolltest deine Antwort«, fuhr sie fort. »Ich habe sie dir gerade gegeben. Sie heißt ja, verstehst du?«

»Warum hast du es mir nicht früher gesagt?«

»Weil ich Friedrich II. persönlich um die Genehmigung bitten musste, dich zu heiraten.«

Das alles war jetzt überhaupt nicht mehr wichtig, aber Li Ying wollte bis zum Ende gehen.

»Hat er zugestimmt?«

»Nein!«

Li Ying fuhr auf, als habe ihn ein Peitschenhieb getroffen.

»Und?«

»Pech für ihn! Wir sind frei, oder?«

Er sah sie erneut an, als sei sie durchsichtig. Frei, ja, das war er, aber war die Frau, die er vor sich sah, noch die, die er liebte? Er wusste es nicht mehr. Béatrice de Solanes war heute Abend verschwunden und hatte einer gerissenen Spionin Platz gemacht, von der er allein den Vornamen kannte. Béatrice ahnte, in welchem inneren Kampf Li Ying sich verlor. Sie sah in seinen Augen, dass er meilenweit von ihr entfernt war und dass sie dabei war, ihn zu verlieren.

»Für uns habe ich es getan, verstehst du?«, sagte sie mit leidenschaftlicher Stimme. »Für uns beide. Mit dem Geld, das ich mir von Friedrich hole, können wir dieses illegale Dasein aufgeben und leben wie wir es wollen, in einer kleinen Stadt in Frankreich oder Italien, leben, wie es uns gefällt, eine Familie gründen.«

»Das ist nicht, was ich mir vorgestellt hatte.«

»Du wolltest nach China zurückkehren?«

»Jetzt nicht mehr.«

Béatrice sah ihn fragend und ungläubig an. Er betrachtete sie lange und überlegte, ob er mit ihr teilen sollte, was er gerade erfahren hatte, oder sein Geheimnis mit sich nehmen.

»Ich bin auch nicht der, für den du mich gehalten hast«, gestand er schließlich. »Aber ich habe es selbst gerade erst erfahren.«

Béatrice spürte, dass sie nichts tun durfte, außer ihn sprechen zu lassen. Sie ermunterte ihn mit ihrem Blick.

»Ich bin der Sohn eines Mannes, der nicht gezögert hat, mich im Interesse Chinas zu opfern. Der mich belogen, getäuscht, manipuliert hat. Der mir dreißig Jahre lang verborgen hat, dass er der Vater war, den ich verzweifelt suchte.«

»Ich verstehe nicht. Wer bist du denn?«, fragte Béatrice mit sanfter Stimme.

»Weder ein Ming-Prinz noch ein Spion, noch ein Waisenkind. Der Sohn des Kaisers, das bin ich.«

Béatrice blieb stumm vor Erstaunen und wagte keine Bewegung. Nur noch Schweigen breitete sich zwischen ihnen aus.

»Ich liebe dich, Li Ying, wer du auch sein magst«, flüsterte sie. »Es ist unwichtig, was wir früher getan haben, was wir sind oder nicht sind, aus welchen Ländern wir kommen. Unwichtig sind die, die uns für ihre Geschöpfe halten. Wir werden es nicht mehr sein, wenn wir es wollen. Du wirst mein neues Land sein, wohin auch immer du mich führen willst. Dich will ich für mein Leben, verstehst du? Für die Kinder, die du mir schenken wirst, die eine Dynastie eröffnen werden, von der man noch in künftigen Jahrhunderten reden wird. Komm zu mir, Li Ying«, bat sie und öffnete die Arme.

Er sah, wie sie sich ihm darbot. Ihre Liebe, das spürte er, war nicht gespielt. Im erlöschenden Licht der Kerzen betörte ihn ihre Schönheit aufs Neue. Ihr Hemd hatte sich über der nackten Brust geöffnet. Er empfand wahnsinnige Lust, sie in die Arme zu nehmen, diesem Körper zu verfallen, der ihn mit allen Kräften rief. Aber die Sekunden vergingen, ohne dass er sich auch nur einen Millimeter rührte. Sein Entschluss war gefasst. Sein Gesicht wurde hart wie Marmor. In seinen Augen brannte ein seltsames Licht. Béatrice bekam plötzlich Angst.

»Gib mir den Plan von Lenoir zurück«, sagte er schließlich und streckte die Hand aus.

Sie richtete sich auf, totenbleich, voller Entsetzen bei der Vorstellung, ihn zu verlieren.

»Du glaubst mir nicht, nein? Du vertraust mir nicht mehr? Du täuschst dich, Li Ying. Ich liebe dich. Ich habe nur dich auf der Welt. Verlass mich nicht.«

»Gib mir den Plan zurück«, wiederholte er in einem Ton, der keinen Widerspruch duldete.

Béatrice war einen Moment wie gelähmt. Alle Schattierungen von Zweifel, Enttäuschung, Verzweiflung gingen durch ihre Augen, dann gestand sie ihre Niederlage ein. Nichts würde ihn noch dazu bringen, seine Meinung zu ändern. Li Ying hatte das Gesicht verloren, sie hatte mit ihm gespielt, und er würde es ihr nie verzeihen. Er würde sie verlassen, fortgehen, aus ihrem Leben verschwinden. Sie stand auf, Tränen funkelten in ihren Augen, sie wandte sich zu ihrem Schreibtisch, griff nach Lenoirs Plan, der im Einband eines Buches versteckt war, und reichte ihn ihm schweigend.

»Verlass mich nicht, Li Ying, ich bitte dich«, flehte sie ein letztes Mal.

Er griff nach dem Papier, entfaltete es, um zu überprüfen, dass es das war, welches er gestohlen hatte und betrachtete es aufmerksam, ohne etwas zu sagen. Dann hob er den Kopf, sah ihr direkt in die Augen und fragte: »Was meinst du, wer gibt uns mehr dafür? Die Engländer oder die Preußen?«

Béatrice brauchte eine Sekunde, ehe sie verstand, brach in Lachen aus und warf sich ihm in die Arme.

Siebzigstes Kapitel

Versailles, Januar 1761. Vater, ich kehre nicht zurück. Um mich zu Eurem Jademann zu machen, habt Ihr mich in das schlimmste Gefängnis gesperrt, jenes, das einem Menschen das Wissen vorenthält, woher er kommt. Nun hat sich dieses Gefängnis geöffnet. Ich habe erfahren, dass Ihr nicht nur der Kaiser seid, sondern mein Vater. Ihr seid das große Risiko eingegangen, indem Ihr mir die Wahrheit verschwiegen habt, mich niemals wiederzusehen, sollte ich davon Kenntnis erlangen. Trotz all Eurer Vorsichtsmaßnahmen hat irgendjemand irgendwo gesprochen. Ihm verdanke ich meine Freiheit. Ich gehöre Euch nicht mehr. Und ich gehöre dem Reich nicht mehr.

Ich werde meine Reise fortsetzen, Vater. Der untergehenden Sonne entgegen. Nach Amerika, wo mich die Familie erwartet, die mich erwählt hat, mit der Frau, die ich liebe. Ihr seid nicht würdig, mich wiederzusehen und all das zu bekommen, was ich für Euch gesammelt hatte. Ihr werdet nichts weiter bekommen als das, was ich Euch bereits geschickt hatte. Sogar Shi Xiu hat beschlossen, mir zu folgen.

Ich glaube ohnehin, dass ich zu schwach bin und dass selbst das Wissen, das ich Euch bringen wollte, nicht ausgereicht hätte, um den Rückstand Chinas aufzuholen, erst recht nicht, um es in die neue Ära zu führen, die hier anbricht. China braucht nicht nur technischen Fortschritt, um eines Tages von gleich zu gleich mit den Mächten des Westens zu reden. Ihr müsst einsehen, dass Euer Land zurückbleibt, während die Welt voranschreitet, und dass es trotz der Vielzahl seiner Einwohner immer weniger Gewicht in dieser Welt haben wird.

Ihr müsst wissen, Vater, dass blinder Gehorsam das Denken nicht ersetzen kann. Lebt wohl. Ich behalte meinen Namen Li Ying, zur Erinnerung an Euch. Um niemals all das zu vergessen, was ich Euch nicht schulde.«

Danksagung

Der Autor möchte seinen Verlegern Isabelle Laffont und Jean-François Colosimo für ihre wertvollen Ratschläge danken, ebenso Gilles Perrault, der in einer bemerkenswerten Trilogie als erster das Geheimnis des Königs zu neuem Leben erweckt hat. Er dankt weiterhin allen, die ihm bei seinen Recherchen geholfen haben, Martine Mairal, Antoine Jouve, Alain und Isabelle de Broglie, Yannick de Prémorel, James Chambers, Evan Kimble und Tracy Chamoun.